暨南大学中华文化港澳台及海外传承传播协同创新中心
资助出版

暨南中文名家文丛

主编　程国赋　贺仲明

王统照集

黄　勇/编

人民出版社

王统照（1897—1957）

暨南大学 1921 年题词

1921 年南京暨南学校夏景图

《"五四"之日》，王统照著，载于《文艺春秋》1947年第4卷第6期

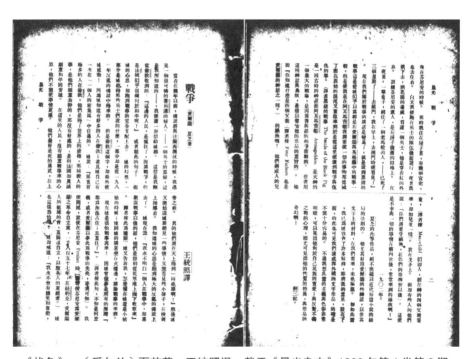

《战争》，〔爱尔兰〕夏芝著，王统照译，载于《晨光杂志》1922年第1卷第2期

总 序

程国赋　贺仲明

　　作为中国第一所由政府创办的华侨学府，暨南大学从创办开始就与中华文化传承传播息息相关。学校的前身是1906年清政府创立于南京的暨南学堂，后迁至上海，1927年更名为国立暨南大学。抗日战争期间，迁址福建建阳。1946年迁回上海，1949年8月合并于复旦大学、交通大学等高校。新中国成立后，暨南大学于1958年在广州重建，"文革"期间一度停办，1978年在广州复办。暨南学堂的创办，与清政府"宏教泽""系侨情"的考虑密切相关。"暨南"二字出自《尚书·禹贡》："东渐于海，西被于流沙，朔南暨，声教讫于四海。"意即面向南洋，将中华文化远播到五洲四海。2018年10月24日，习近平总书记视察暨南大学并发表重要讲话，肯定学校"作用独特"，指示学校"把中华优秀传统文化传播到五洲四海"。

　　暨南大学中文系成立于1927年，已有94年的发展历史，是暨南大学成立最早的院系之一。自此以来，中文系以其深厚的人文底蕴和国学基础，以传播中华文化为己任，坚持"宏教泽而系侨情"的办学宗旨，培养和造就了一代代人文英才，成为暨南大学办学历史上有着重要地位和影响的学系。

　　在中文系的发展历史上，名家荟萃，群星闪烁，1949年以前的各个时期，夏丏尊、方光焘、龙榆生、陈钟凡、郑振铎、许杰、刘大杰、梁实秋、沈从文、李健吾、钱锺书、洪深、曹聚仁、王统照、何家槐、沈端先（夏衍）等一大批名彦学者亲执教鞭，授业解惑。1958年暨大在广州重建后，萧殷、黄轶球、何家槐、郭安仁（丽尼）、秦牧等著名专家、学者、作家在中文系任教。可谓鸿儒硕学，流光溢彩，有云蒸霞蔚之盛。这些专家、学者不仅有着很深的学术造诣和学术成就，而且拥有浓厚的家国情怀。在随学校几度搬迁的过程中，在暨南大学坎坷曲折的办学历程中，一代又一代暨南大学中文系的师生以爱国爱校、坚忍不拔、顽强拼搏、不折不挠的精神践行着"忠信笃敬"的暨南校训。以抗日战争时期发生在暨南园的"最后一课"为例，1941年12月8日，太平洋战争爆发。日军坦克开进上海租界，并炮击停泊在黄浦江上的英美军舰。这天早晨，学校举行会议，作出了悲壮而坚毅的决定："当看到一个日本兵或一面日本旗经过校门时，立刻停课，将这所大学关闭。"何炳松校长含泪向教师们宣布后，大家分头准备上课。上课铃响了，学生们如往日一样坐在座位上。教师们宣布了学校的决定，学生们脸上呈现出坚毅的神色，静静地坐着，听老师在讲台上严肃而镇静地讲授"最后一课"。在郑振铎撰写的《最后一课》（收入《蛰居散记》，上海出版公司1951年版）中，他用沉重的笔调记下了暨南大学百年历史上最为悲壮也最为神圣的一幕：

　　我不荒废一秒钟的工夫，开始照常的讲下去。学生们照常的笔记着，默默无声的。

　　这一课似乎讲得格外的亲切，格外的清朗，语音里自己觉得有点异样；似带着坚毅的决心，最后的沉着；像殉难者的最后的晚餐，像冲锋前的士兵们似的上了刺刀，"引满待发"。

　　然而镇定、安详、没有一丝的紧张的神色。该来的事变，一定会来的。一切都已准备好。

　　谁都明白这"最后一课"的意义。我愿意讲得愈多愈好；学生们愿意笔记得愈多愈好。

讲下去，讲下去，讲下去。恨不得把所有的应该讲授的东西，统统在这一课里讲完了它；学生们也沙沙的不停的在抄记着，心无旁用，笔不停挥。……

没有伤感，没有悲哀，只有坚定的决心，沉毅异常的在等待着；等待着最后一刻的到来。

远远的有沉重的车轮辗地的声音可听到。

几分钟后，几辆满载着日本兵的军用车，经过校门口，由东向西，徐徐的走过，当头一面旭日旗，血红的一个圆圈，在迎风飘荡着。

时间是上午 10 时 30 分。

我一眼看见了这些车子走过去，立刻挺直了身体，作着立正的姿势沉毅的合上书本，以坚决的口气宣布道：

"现在下课！"

学生们一致的立了起来，默默的不说一句话，有几个女生似在低低的啜泣着。

没有一个学生有什么要问的，没有迟疑，没有踌躇，没有彷徨，没有顾虑。个个人都已决定了应该怎么办，应该向哪一个方面走去。

赤热的心，像钢铁铸成似的坚固，像走着鹅步的仪仗队似的一致。

从来没有那么无纷纭的一致的坚决过，从校长到工役。

这样的，光荣的国立暨南大学在上海暂时结束了她的生命。默默的在忙着迁校的工作。

这天早上，王统照教授给学生讲的是大学一年级国文课，内容是陆机的《文赋》。徐开垒从学生的角度记述了"最后一课"对他心灵的震撼和终身的影响：

这天他的脸色非常严肃，课堂上一片静寂，而我们回头从阳台上望下去，康脑脱路上却是一片乱哄哄，但见日本军队卡车正在马路上横冲直撞，卡车的喇叭声像鬼哭狼嚎。王统照老师像法国著名作家都德的短篇小说《最后一课》里的韩麦尔先生那样认真地坚持讲课，在到剩下最后一刻钟时间，他才终于放下课本（讲义），讲课程以外的话了。

他的神情是这样严峻，在他黑瘦的脸上，从玳瑁边眼镜里射出极其严肃的眼光，用十分沉痛又十分关切爱护的口气对我们说：

"同学们，刚才何校长与我们许多教师商量，决定向全校师生员工发出通知：学校从现在开始，停办了！因为日本军队已经开始进入租界！我们决不能让敌人来接管我们的学校！今天这一节是最后一课，我们现在要解散了！"……

多么沉痛的现实！多么使人刻骨铭心的难忘印象！这时我又忽然听到王统照先生对我们讲话了：

"同学们，你们都很年轻，都二十岁不到吧？我们的日子正长，青年人要有志气，要有能冲破黑暗的精神，学校可能内迁，你们跟不跟学校到内地去，何校长说过了：这要看每个人的家庭环境来定，不要勉强。问题在不论留下来，还是跟着内迁，都要有个精神准备，这就是坚持爱国，坚持抗日！……"（徐开垒：《何炳松校长的爱国主义精神》，载刘寅生等编：《何炳松纪念文集》，华东师范大学出版社1990年版）

后来，何炳松曾对人谈及当时的情况，说："与学校同仁共同经过'一·二八'之变，经过'八·一三'之变，又经过'一二·八'之变。我们忍受，我们镇定，我们照应该做的步骤，默默地做去。我们没有丢自己的脸，没有丢国家民族的脸。在事变已过，局势大定以后，总是邀少数友好喝一次酒。我们斟了满满的一大杯'干了吧！'一饮而尽。"（阮毅成：《记何炳松先生》，载刘寅生等编：《何炳松纪念文集》，华东师范大学出版社1990年版）正所谓仰天俯地，无愧于心！暨南百年，屡遭磨难，三度停办，数易其址，而终保华侨高等教育而不断，实有赖于是。

暨南大学中文系前辈学者的学术精神和家国情怀滋养、鼓励着一代代的中文人。在几代人的共同努力下，目前，暨南大学中文学科获得快速发展，在学科建设、人才队伍、教学、科研、社会服务等各方面均取得突出的成绩，截至2021年，本学科拥有一级学科博士点、博士后流动站、国家文科基础学科人才培养和科学研究基地、文艺学国家重点学科（2007年）、广东省一级攀峰重点学科。其中，国家文科基础学科人才培养和科学研究基地是全校唯一一个同类的研究基地；本学科拥有国家教学名师、长江学者特聘教授、青年长江学者、国家"万人计划"哲学社会科学领军人才、青年拔尖人才、教育部新世纪优秀人才等国家级人才20人次，广东省高校珠江学者特聘教授、广东省"千百十工程"国家级、省级培养对象等省级人才25人次，其中，长江学者特聘教授、青年长江学者、国家"万人计划"哲学社会科学领军人才、教育部新世纪优秀人才、广东省高校珠江学者特聘教授、广东省"千百十工程"国家级培养对象等人才称号的获批，均实现我校在同一领域的突破；目前本学科在研的国家社科基金重大项目14项，近五年新增国家社科基金项目62项；在2020年第八届教育部高等学校优秀成果奖评选中，中文系教师共获得一等奖1项，二等奖3项，这是全校迄今为止第一个教育部高等学校优秀成果奖一等奖，实现我校在科学研究领域的重要突破；近年来本学科教师发表论文715篇，其中在《中国社会科学》《文学评论》《文艺研究》《中国语文》等权威期刊发表论文125篇；入选首批国家级一流本科专业，在2020年软科中国最好学科排名中，暨南大学中文学科进入全国前 5%，在全国排名第九。2020 年 9 月，依托暨南大学文学院，中华文化港澳台及海外传承传播协同创新中心被教育部认定为省部共建协同创新中心，这是全国侨务系统第一家，同时也是广东省第二家人文社科类省部共建协同创新中心，协同创新中心的认定对于向港澳台和海外传播中华文化、对于包括中国语言文学学科在内的暨南大学文科的发展将起到很好的推动作用。

暨南大学中文系薪火相传，生生不息。目前，学科处在一个重要的发展时期。中文学科入选广东省高水平大学建设的行列，入选"冲一流、补短板、强特色"重点建设的学科。在国家双一流建设以及广东省高水平大学建设的征程中，暨南中文人将在前辈学者打下的扎实基础上不断开拓，力争将学科建设提上一个新的台阶。

为了纪念曾经在暨南大学中文系工作、任教过的前辈学者，为弘扬他们的学术精神和家国情怀，经中文系系务会集体讨论，决定编撰"暨南中文名家文丛"。暨南大学中文系前辈中优秀学者云集，我们无法悉数纳入，只能依据一定的选取原则。具体有三：一是学术或创作成就卓著；二是与暨大中文系渊源深厚；三是业已辞世。在此原则上，我们选取了夏丏尊、方光焘、龙榆生、郑振铎、刘大杰、许杰、王统照、何家槐、秦牧、萧殷等 10 位教授，编撰文集。其他许多名家大家，只能留遗珠之憾了。我们编撰该文丛的目的，既表达我们对前辈学者的崇高敬意，同时也希望更多的后来者知晓来路，立足当下，展望未来。这套丛书由中文系 10 位年轻老师主持编撰，分两年出版。

最后说明一下编选体例。版本方面，我们采用初版本和善本相结合的方式。编选上，尽量保留原文风格，但对一些术语、译名上的差异，以及异体字、标点符号等，则按照现在标准给予修订。个别逻辑错误或文字疏漏，也进行了补正。

　　"暨南中文名家文丛"的编撰得到中华文化港澳台及海外传承传播协同创新中心和广东省高水平大学经费的支持，得到人民出版社的大力支持，特此致谢。

2021 年 10 月于广州

目 录
CONTENTS

前　言

一

　　王统照（1897—1957），字剑三，笔名韦佩、剑仙、容庐等。1897 年出生于山东诸城，1957 年病逝于山东济南。其成年后的文学活动范围，主要在北京、青岛、上海和济南等城市。作为"五四"新文化运动的先驱者和"文学研究会"创始人之一，先生创作力旺盛，著述颇丰，是"五四"时期最早一批知名作家，擅长小说、散文、白话新诗创作。在文学界和出版界有较高声望与影响，作品多收入六卷本《王统照文集》（山东人民出版社，1980—1984 年）、七卷本《王统照全集》（中国工人出版社，2009 年）。

　　王统照出身当地望族，父亲早逝，由寡母培育成年。1913 年就读于济南育英中学，1918 年考入北京中国大学英文系，开始文学活动，同年在《妇女杂志》上发表第一篇白话短篇小说《纪念》。1921 年初，与沈雁冰、郑振铎、叶圣陶等 12 人在北京发起成立文学研究会，提倡"为人生"的艺术。1922 年大学毕业留校任教，1924 年任教授兼出版部主任。1918—1926 年在京期间，其创作活跃度高，成果数量多，并形成一定的社会影响。《纪念》以外，长篇小说《一叶》也是最早的白话长篇小说之一。还出版短篇小说集《春雨之夜》、诗集《童心》等。

　　1926 年 7 月，王统照因母病辞职，离京赴青岛，任教于当地中学，其间出版长篇小说《黄昏》。

　　1931 年 3 月，应邀到吉林任教，写作散文集《北国之春》。1933 年长篇小说《山雨》问世。作品反映了北方农村在地方势力、军阀及跨国资本的多重压榨下，经济和社会秩序急剧恶化乃至崩溃的现实。因作品所直面和暴露社会黑暗，次年被当局查禁。作者也被迫离沪，自费赴欧洲游历一年，写成散文集《欧游散记》。

归国后，在上海从事文学活动，历任大型文学月刊《文学》杂志主编、开明书店编辑、暨南大学教授。1935—1945 年的上海十年，是其创作的另一个高峰阶段，写作出版散文集《片云集》《青纱帐》、诗集《夜行集》、短篇小说集《华亭鹤》及长篇小说《春花》等，1937 年 6 月，编辑出版了《王统照短篇小说集》。

1945 年抗战胜利前夕重返青岛居住，后任山东大学教授。新中国成立后，历任山东省文联主席、山东大学中文系主任、山东省文化局局长等行政职务。这一阶段他身体状况欠佳，抱病工作之余，仍有零星创作，1957 年逝世前，出版了文艺随笔集《炉边文谈》、诗歌《鹊华小集》和《王统照短篇小说选集》等。

二

作为历史公认的新文学运动最早开拓者和奠基者之一，王统照先生对中国新文学的发展做出了卓越贡献。他在小说、诗歌、散文、译著等多种体裁文学创作上均有建树。作为教师，王统照也不断以平等和自由的精神教导学生，引导他们走积极向上的进步道路。

1938 年至 1941 年，王统照任暨南大学教授，讲授中国文学。当时郑振铎任暨南大学文学院院长期间广聘名师，一时名家荟萃，人才济济，校园文艺气氛相当活跃。在众多教授中，兼有作家和学者身份的王统照受到同事、学生的尊重和好评，曾与郑振铎等人被称为"暨南四教授"。

"孤岛"时期的暨南大学办学条件简陋艰辛，但学术研究和课程设置并未因此而受挫，校园内学风浓郁。王统照主要开设小说史和大学国文课。据学生回忆，王统照上课一丝不苟，对青年学生的学习和写作尝试多有鼓励提携。文学院部分学生在回忆文章里，如华东师范大学教授钱今昔的《亲切授业最难忘——记王统照教授》，《文汇报》高级编辑、《联合时报》创始元老、作家徐开垒的《我的"最后一课"老师王统照》等文章，都深情地回忆了暨大校园里充满个人魅力，上课认真、关切学生的老师王统照。

除此之外，暨南任教时期的王统照与滞留上海的巴金、柯灵、芦焚、李健吾等常有往来，并且坚持文学创作，成果丰硕。短短三年间，出版了小说集《华亭鹤》（1941），散文集《游痕》（1939）、《繁辞集》（1939）、《欧游散记》（1939）、《去来今》（1940），诗集《江南曲》（1940），译诗集《题石集》（1941）等。1940年，他还与郑振铎一起创办了"孤岛"上最负盛名的文艺刊物《文学集林》。

1941年底太平洋战争爆发，上海沦陷，暨南大学也被迫停课，随后内迁异地办学。12月8日日军开进租界，按照学校的安排，看到日军军车即行停止正常上课。那天早晨，王统照上的是大学一年级国文课。在这节特殊的课上，他除了坚持认真讲课，还一反平时上课不讲题外话的习惯，留出一刻钟鼓励学生保持志气，坚持爱国，"要有能冲破黑暗的精神"。"最后一课"的历史情景作为暨南大学办学历史上悲壮而高光的时刻，代表了历代暨南人不屈不挠的爱国热诚与孜孜不倦的求知毅力，长期激励、鼓舞并滋润着暨南人尤其是暨南中文人。

上完悲壮的"最后一课"后，王统照离开暨大，在"孤岛"化名王恂如，过上了艰难清苦的隐居生活，但仍笔耕不辍。

三

本选集的编选，是在系统读析王统照各类作品基础上，以艺术成就为主要标尺，综合作品在作者个人创作史的地位，并参照已出版王统照各种选本后综合呈现的内容。

作品编排上，按创作文体分为小说、散文和白话新诗三个部分，各部分主要以写作或出版时间先后排序，试图以此向读者展现王统照的文学创作流变、实绩与整体面貌。需要说明的是，限于篇幅和整套丛书体例，本书舍弃了长篇小说及其节选的编选。

通行的文学史对王统照创作成就的评价较为一致，通常认为他是新文学创作的最初阶段进行过多方面开拓的作家之一，除了本书编选的中短篇小说、散文、白话诗以外，在长篇小说、文学评论、翻译和旧体诗创作上也卓有建树，如长篇小说，在 1922 年 10 月出版的《一叶》被认为是中国新文学史上最早出现的白话长篇小说之一。1933 年出版的《山雨》"意在写出北方农村崩溃的几种原因与现象，以及农民的自觉"，小说以恢宏的结构和细致的人物刻画，生动而深刻地再现了现代北方农村和农民日益逼仄的生存困境，侧重写农村的《山雨》和侧重写城市的《子夜》，一起成为二十世纪三十年代现实主义长篇小说的重要收获和代表作品。

对中国农村、农民乃至其他底层民众困境的同情、关注与刻画，一直是王统照的创作重点，也集中体现了王统照对国家和民众命运的关切。他笔下描绘的各个阶层人物，从游走江湖的贩夫走卒到固守书斋的中小学教员，从乡镇民团小兵到城市普通女市民；从夏丏尊到徐志摩，从朱自清到鲁迅，皆鲜活地呈现独特的面貌。

编者认为，从整体看王统照及其创作，主要特点可以概括如下：

第一，他是一位热爱祖国、热爱家乡、热爱民众的作家，有着高度的民族文化自尊心和道德正义感。这在小说《沉船》《山雨》、散文《芦沟晓月》、诗歌《吊今战场》等作品里有着高度体现。

第二，有着赤诚之心和纯粹的童心，对朋友，对学生，对记忆里的乡土和岁月，浓缩在一系列的怀人写景抒情散文里。

第三，同情心，体现在众多以底层民众，尤其是以妇婴为关注对象的作品如《湖畔儿语》《一栏之隔》《母亲》等。

第四，作者是一位与时俱进，不囿于成见，同时视野开阔，不断开拓题材和表现范围的作家。对新旧冲突抱着"同情之理解"之心态，如《"华亭鹤"》和《五十元》中父子间代际关系的展现。他的创作主题是极为丰富多元的：无论是新旧社会观念的碰撞，民族、阶层以及代际的冲突，从自然景致到历史遗址，从雪莱墓地到波兰原野的黎明。

第五，尽管如此，王统照还是未能跻身"五四"第一流作家如鲁迅、郭沫若、郁达夫、茅盾等人的行列，原因很多，比如叙述上的欠简练、人物塑造与情节推进叙述方面的乏力导致情节拖沓。在很多作品里，我们也看到作者悲切忧愤有余，而反思批判深度不足，这也严重妨碍了作品描写的深度和高度。

尽管如此，我们还是能从这本选集的文字里，看到一颗赤诚的知识分子之心与直面现实的勇气。而这种文字品格，无论是在当下还是将来，都是我们需要汲取和吸收的。

| 第一编 |

小　说

湖中的夜月 *

施博基是个很诚朴的人，他自三十岁，便在湖外村的教堂里，当了一名牧师。自朝至暮，经营这种诵经祈祷的生活，忽忽的光阴，便过了十五年的岁月。三十岁尚是壮年，到现在丰润的面色，已变得枯瘦了，强健的身体，也微微的从行路说话上看起来，有些老态了。可是他的精神还充沛得很！每逢着礼拜日，在讲台上讲起道理来，总是提高了喉咙，滔滔不绝地去分别善恶的问题，天堂地狱的现象，总有几个钟头不肯休息。

虽是这么说，但是他越年老，他的态度，却越发沉肃了。平日总是一个人，在自己的书室里，念几首祈祷诗，研究研究宗教的道理，除此以外，便轻易不见他张口说笑的时候，——除了去宣讲的时候——就是他披着两肩的白发，穿了礼服，去向大众讲道，也是正言厉色，仿佛对上帝的样子，所以乡村里的小孩子，见了他总是不很欢迎，不是远远地躲避着他，便是想法去戏弄。然而这些小孩子，每每到了礼拜日早晨，却被他们的母亲，领着到教堂去听讲道，不过他们却个个扮着鬼脸儿，躲在大人的背后笑。

牧师全家住在教堂后的一所小宅子里，他只有一个儿子，才十五岁。但是，牧师既有了儿子，他却时常懊丧，悔恨他从前不坚决守独身主义，他很爱主张一个人独身，他说，必要这样，才可以使身心清洁，不至堕落，有了恋爱的关系，那末好好儿的人，便入了陷阱了，这个陷阱，是很危险的！有迷人的一种毒药，教你吸收着，可以变了你的品格，更换了你的性情，使无意中将人的童心失掉了！他常常用这些话，对人家说，人家听了，也有懂的，也有不懂的，然而妇女们听了，脸上都表示出一种不服从的态

---

*　本文原刊于《小说月报》第十一卷第十号（1920 年 10 月）。

度来。牧师的妻，是曾在学校里读过书的，容貌也很美丽，她有时领了她的孩子到邻舍家去闲玩，说起牧师来，便掉转头去不言语，只是微微儿呼气。

牧师的儿子，正在很活泼的青年时代，却成日里关在教堂里，请了一个老年教师，教他读书，注入的东西，实在很多，功课没一样不是精熟的，不过人家见了，总说他带些沉闷的颜色。

八月的夜里，秋气已经很深了，湖外村前面的回湖岸上的芦荻，被西风拂着，索索地响，有时芦荻中的宿雁被惊起来，向着湖里叫几声。湖中除了水波的微响以外，没有什么声息了。湖的面积极大，东面靠着一带树木极多的小山，在这月夜里，树木的倒影，浸在水里，非常明显，从水面上便可看得出木叶脱落的很多了！因为浸在水里的影子，已是稀稀落落的枝条了。湖岸的芦荻旁边，结着几间茅草小屋，月光下看去，墓田里的土堆儿似的。这村子是打渔人家住的地方。

这夜月光十分明朗，月色中的水啊，山啊，树木啊，摇摇摆摆的芦荻啊，灯火半明的渔舍啊，渔舍后的村庄啊，这一切都看得分明，和白天一样。正在这样静悄悄的时光里，却见从东岸的小山角下，一只小船，划开水面，冲了出来。船身很窄，上面只坐着三个人，一个是施博基老牧师，靠在船头上，俯着身躯用竹篙来划水的，便是他儿子灵都，灵都身后，斜欹着一个十八九岁的青年，穿着短衣，用手盖了上额，只是望着如白银般的明月出神。

原来老牧师今天晚上，有这等的清兴，却为的是这个青年的缘故。因为这个青年，为了恋爱失败，起了自杀的念头，成日里宛同痴子一样，他是邻村的一个学生，他的父母，便将他送到施牧师的教堂里，想借牧师的道德力量，去感化他。牧师果然拿出许多大道理来，去训教他。哪知不但什么反对恋爱啊，善恶问题啊，这个青年毫不关心，就是牧师那副严厉寂闷的态度，教他对守着，却越发使他的心弦滞涩了。老牧师看感动不了他，便另外变了法子，想引导他去观察天然风景去，破他胸中的烦闷。这一晚上，月色分外皎洁，又有小灵都怂恿着，所以老牧师便领着这两个青年，出了村子，雇了一只小船，小灵都自己点着篙，便撑到湖心里来。

夜气渐深，一阵阵的露点儿渐多，着在人的皮肤上，被风吹着，骤然起了一种峭栗的感觉，——不止是冷的感觉——一直从皮肤的纤维上颤到心头。外面对着明彻无边的月色，映在水面，这等景象，却越发使那小船上的青年，心里凄苦。老牧师那会知道，只是高谈阔论地去说："什么是造物咧，这清风明月一切的物象，方可以表现得出上帝的权能咧！人要违背了创物的本旨，便是罪恶咧！"又说："对着这样的自然，却正是消除心中罪恶不洁的好时机咧！"长篇大论的只管说，小灵都却只管用竹篙去点破水中的月影儿玩，那斜欹着的青年，却只管含着满眶失望的热泪，呆呆地出神，半晌，方呜咽着说道："自然——"他语气中很含了疑问的意思。

这个当儿，忽的从芦荻丛中，又咿咿呀呀出来了一只比他们的船较大的船，船上面也是没有棚子的，却只有两个人，并肩坐着。老远里从月光下看，便知是一男一女。他们的面前，陈设了些果品，两本书籍，那个男的身旁，有一个写生架子，却分不清架上已有画片没有。咿呀咿呀的声近了，这两只船距离，不过有十几码了，两边彼此都可以看得很清楚了。那只船上的男子，仿佛有三十岁，穿了一身纯黑色的西服，脸上现出又活泼又清秀的容色来。一手执着一只铅笔，瞧着对面的一带小山，正在画稿子。那个女的，约摸有二十四五岁，穿得非常的雅淡，只是右手上戴了只晶莹夺目的钻戒，仿佛是在蜜月中的情形。她靠在男子的身旁，两只秋水般的妙目，只是在月光下，随着男子的手指去移动她的视线。一回儿男子指着对面的自然景色，去和她低低地说话，她只是微笑着点头，就从微笑的时候，她的腮帮嘴角上便能表现出她的纯洁静蜜的爱情来。男子勾错了画稿，丢下铅笔，从衣袋里取出块橡皮，方要去抹擦去，不知怎的，竟然失手掉下水去，她急了，俯了身子去捞取，船一倾侧，几乎闪了下去。男子伸出膀臂，将她抱起，她喘着气儿，只是向着他微微地笑。这时他们俩互相依靠着，一个现出惊惶的颜色，一个却现出真美的笑容来。船面一仄一动着，水面起了一些微波，在美丽的月光下，真像美神和爱神出现一般，男子在惊急中越发见得出熨贴的情绪来，而她在天真活泼里更现出她的美丽。

水面起了一阵微飔，两只船便趁着这个当儿，就渐离渐远了，那只船转到东岸去了。这时从风声里，有一片娇婉的歌声，飘过水面，传到老牧师他们三人的耳朵里，是：

芙蓉花、芦荻叶，

你们俩是：一个儿美丽，一个儿清洁。

本不是同根儿生，却为什么在秋江岸上相团结？

为的是美丽！为的是清洁！因有这样爱力吸引着，便成了草木的夫妻，永没有分裂。

露冷冷、风烈烈。

哪怕有秋夜的严霜！冬日的飞雪！

雕瘦了黄花！枯落了秋叶！

但是他们的根本，是永久的团结。

因为有无穷的爱力相依托！

你们的美丽，你们的清洁，

宛同那江上的清风，山中的明月，永没有变更，没有绝灭。

音韵从水上流来，分外好听。这时老牧师，眼见那月下的爱情风景画的实现，不知怎的，从灵魂起了一种异感，只是一声儿不言语，枯黄的面色，也一阵一阵发起红润来，可见他这时血液流行的急旺。忽地记起自己青年的情事来，这时看见的皎洁无私的月儿，悬在清明的天上，一片平如镜子的湖光，映着多多少少的静物，这方可以发现天地的自然哦，方才他们那副甜蜜亲爱的表情正是宇宙的真自然哦，湖水啊！夜月啊！爱的人啊！真正的自然，自然的真美，仿佛世界上没有一点事物，所有的便是在这时的表现里。老牧师觉悟了！自己觉得，已经不是四十五岁的人了！也不是湖外村里，规行矩步须发皓然的老牧师了！觉得自己又返到三十年前的时代，什么东西都带着些神秘恋爱性的精神哦！这才是神秘恋爱的作用呢。牧师正在想着，一边又猛的想起，去拉起那个不幸的青年来，同他讲说这神秘自然的问题。忽然听得豁喇一声，回过身去一看：船边起了一个大旋涡，一个影子，沉了下去，还听得一个呼喊的反响，在小山的树林里。

牧师呆了，觉得迟了！小灵都也喃喃的继续颤声说："自……然……"拿着竹篙。不知要怎样！

一片薄薄的白云，遮住了半边明月，只听得西风拂着芦荻，索索地响。

沉　思[*]

　　韩叔云坐在他的画室里，正向西面宽大的玻璃窗子深沉地凝望。他有三十二三岁的年纪，是个壮年的画家。他住在这间屋子里，在最近三四年所出的作品有几种很博得社会上良好的批评，但他总不以自己的艺术品能满足他的天才的发挥；所以在最近期中，想画一幅极有艺术价值而可表现人生真美的绘画，送到绘画展览会想博得一个最大的荣誉。他想：她已经应允来作我这绘画的模型——裸体的模型——这是再好不过的事。在现代的女子中，她虽是女优，却有这种精神，情愿将她的肌体一一呈露到我的笔尖上，以我的画才表现出来。这才是真正的曲线美哩。哦！这是我一生最得意的艺术表现！她美丽而温和，即使能把她那一对大而黑的眼睛画出，也足使我们绘画界的作家都搁笔了。

　　他作这种想法非常愉快，是真洁的愉快，是艺术家艺术冲动的愉快。

　　这时正当春暮，他穿了一身灰色的呢洋服，加一朵紫色绫花的领结，衬着雪白领子。他满脸上现出了无限欣喜的情绪。窗外的日影已经慢慢地移过了对面一所花园中的楼顶，金色兼着虹彩的落日余光，反射着天上一群白肚青翼的鸽子，一闪一闪的光线耀人眼光。这群鸽子飞翔空中，鸣叫的声音也同发挥自然的美惠一样。

　　画室里充满了和静、深沉而安定的空气。韩叔云据在一张新式的斜面画案上，很精细地一笔一笔在描他对面的那个裸体美人的轮廓。他把前天那种喜乐都收藏在心里，这时拿出他全副的艺术天才，对于这个活动的裸体模型作周到细密的观察。琼逸女士，斜坐在西窗下一个垫了绣袱的沙发

---

　　*　本文原刊于《小说月报》第十二卷第一号（1921 年 1 月）。

上，右手托住沙发的靠背，抚着自己的额角。一头柔润细腻的头发自然蓬松着，不十分齐整。她那白润中显出微红的皮肤色素，和那双一见能感人极深的眼睛，与耳轮的外廓——半掩在发中——都表现出难以形容的美丽。腰间斜拖着极明极薄的茜色轻纱，半堆在沙发上，半掩在地上的绒毯上面。在那如波纹的细纱中，浮显出琢玉似的身体与纱的颜色相映。下面赤着双足，却非常平整、洁净，与云母石刻成的一样。她的态度自然安闲，更显出她不深思而深思的表情来。玻璃窗子虽被罗纹的白幕遮住，而净淡的日光线射到她的肉体上，越发有一种令人生出十分肃静的光景。

这时两个人都没一点声音，满室里充满了艺术的意味，与自然幽静的香味——是几上一瓶芍药花香和她的肉体上发散的香味。这位画家的灵魂沉浸在这香味里了。

两点半钟已过，忽有一种声浪从窗外传来。韩叔云向来不许有别人的声音打扰他的作画，现在正画得出神，正在画意上用功夫，竭力想发挥他的艺术天才，对着这个人身美心中却也怦怦地乱跃。他一笔一笔地画下去，他的思想，也一起一落，不知如何，总是不能安静。不意这叩门的声浪忽来惊破他的思潮。且是一连几次的门铃，扯得非常的响。他怒极了！再也不能画了，丢下笔，跑出画室。走到门口的时候，无意中回头来看看琼逸，她仍是手抚着额角，一毫不动，而洁白手腕上的皮肤里的青脉管，显得非常清楚。

大门开了，他一看来的人像是个新闻记者，又像是个教书的青年，戴一顶讲究的薄绒帽，这却拿在手里扇风。天气并不很暖，他头上偏有几个汗珠。他的脸色在苍白色中现出原是活泼秀美的神情。这时见门开了，不等韩叔云说一句话，便踏进门来道：

"密斯脱韩，……是你吗？"

韩叔云也摸不清头脑，本来一团怒气，更加上些疑惑，匆忙里道：

"是呀，我是，……但……"

"好……画室在哪里？……哼，……大画师！……"话还没说完，便要往里跑；叔云截上一步道："少年，……你是谁？为什么这样？……"

"我呀，……是《日日新闻》的记者，……琼逸女士，在这里吗？……"

他说时用精锐的眼光注射着叔云。叔云明白了他是什么人，更不由非常生气，把住少年的臂膀，想拉着他出去。正在这时，琼逸女士披着茜纱的长帔，把画室的西窗开放，叫出惊促的声音道：

"我以为是谁，还是你……你呀！请密斯脱韩让他到屋里坐吧。"

叔云抱了一腔子怒气，方要向着这个少年发泄，不料琼逸却从窗里说出这个话，竟要将他让到自己的画室里去。他简直手指都发抖了。那个少年更不管他，便闯进了画室。叔云也脸红气促，跟了进来。

琼逸满脸欣喜，披着茜纱长帔，两只润丽的眼睛，含了无限的乐意。待到青年进来后，使用双手握住了他的两臂。但青年看看屋里的画具，和她这种披着轻纱的裸体，觉得他所听的话，是没什么疑惑了！他脸上也发了一阵微红，即刻变成郁怒的样子，一句话也不说，只是反抓住她的手向叔云看。叔云此时，心里的艺术性已经消失无余了，从心灵中冒出热情的火焰来，面上火也似的热，觉得有些把持不定，恨不得将青年即时打死。自己也知道这话不能说出，便用力地坐在一把软椅上，用力过猛，几将弹簧坐陷。琼逸握住青年的手，觉得其冷如冰，也很奇怪。

青年对她除了极冷冷的不自然的微笑外，更不说别的话。把乍叩门时那种怒气又消失了，变成一种忧郁懊丧的面色。她后来几乎落下泪来。不多时穿好衣服，也不顾和叔云辞别，并着青年的肩膀走了出去。

叔云不能说一句话，眼睁睁望着她的影子，随了青年走去！白色丝裙的摆纹摇动，也似乎嘲笑他的失意一般。看她对待青年那种亲密态度，恨不能立刻便同他决斗。不知怎的，他原来的艺术性完全消失了！他忘了她来作裸体模型的钟点是过了，他似是仍然看见她的充实、美满、如云石琢成的身子还斜欹在那个沙发上。他恨极了，身上都觉得颤动，勉强立起身来，走到沙发边，却有一种芬香甜静的气味，触到了他的嗅觉。

她同青年出了韩画师的大门，她满心里不知怎样难过，不是靠近青年便站不住了。但青年却板起冷酷苍白的面目对她，有时向她脸上用力看一看。两个人都不言语。

转过了两条街角，忽听得吱吱的声响，一辆华丽摩托车从对面疾驰过来。车上就只有一个司机人，却是穿着礼服，戴着徽章，高高的礼帽压住浓厚的眉心，蕴了满脸的怒气。是个五十多岁的官吏。看他那个样子，似乎方从哪里宴会来的。但是当他的摩托车走的时候，琼逸的眼光非常尖利，从沙土飞扬中看见车上这个人，不禁吃了一惊！而且这辆车去的路线，正是他们从韩叔云家来的路线。这时被种种感觉渗到心头上，自己疑惑起来，不知为什么一天之中遇了这些奇怪的事情。

不多时，这辆车已经停在韩画师的门首了。这个五十多岁的人，穿了时髦华贵的大礼服，挺起胸脯，手里提着一根分量重的手杖，用力向着髹漆的极精致的门上乱敲。——他忘了扯门铃——相隔不到一点钟的工夫，韩叔云这个门首，受了这两次敲声。这种声音，直把画师的心潮激乱了，一层层的怒涛冲荡，也把他的心打碎，变成狂人了！

五十多岁的官吏和韩叔云对立在门首——因为他再不能让人到他室中去——这位官吏拿出一副骄贵傲慢的眼光注定叔云似怒似狂的面孔。他从狡猾的眼角里露出十二分瞧不起这位画师的态度。叔云对这个来人更加愤怒。两个人没说了两句话，就各人喊出难听而暴厉的声音。叔云两手用力叉着腰道：

"恶徒！……万恶的官吏！你有权力吗？……哼，……来站脏了我的门口！"

"呵呵！简直是个流氓，是个高等骗人的流氓！你骗了社会上多少金钱、虚誉还不算，又要借着画什么裸体不裸体的画来骗那个女子！我和你说，……"

这时这个官吏眼睛已经斜楞了，说到末后一个字，现出极坚决的态度。

"……什么？……"

"骗人的人！……往后不准你再引她入你的画室，……哼！……你敢不照我的话办理，……你听见吗？……她是我的！……"

狡猾的官吏话还没完，陡觉得脸上一响，眼前便发了一阵黑。原来韩叔云这时，他那一向温和幽静的艺术性质完全消失，直是成了狂人。听了这个官吏的话再也忍不住，便抓住他的衣领，给他脸上打了沉重有力的一掌。

于是两个人便在门首石阶上抓扭起来，手杖丢了，折断了，不知谁的金钮扣用脚踏坏了，各人很整齐光洁的头发纷乱了，韩叔云的紫绫花领结，也撕破了。他们——官吏和画家的庄严安闲的态度，全没有了。他们是被心中的迷妄的狂热燃烧着全身了！

春末的晚风已无些冷意，只挟着了一些花香气味，阵阵的吹到湖中的绿波上。天气微阴，一片一片暗云遮住蔚蓝的天色，有时从云影里露出些霞光来。映在湖滨的柳叶子上，更发出一种鲜嫩的微光，反射到平镜似的湖水上。风声微动，柳叶也随着沙沙作响。渐渐地四围罩了些暖雾，似有无穷的细小白点，与网目版上印的细点一样，将一片大地迷漫起来。这个城外的湖滨是风景最盛的地方，这时的一切风景笼在雾中，看不分明了。湖滨有个亭子，是预备游人息足的所在。琼逸一个人不知怎的却独自跑到这个亭子上来。

她怎么不到韩叔云画室里作裸体模型了？不到戏院里去扮演了？在这春日的黄昏，一个人儿跑出城外，在暖雾幕住的亭子里，独自沉思！

　　她穿了雅淡的衣服，脸上露出非常忧郁的面色。从前丰润的面貌已变成惨白，连眼圈也有些青色。她把握着自己的手像没点气力，只觉着周围的雾咧、水咧、风吹的柳叶声咧，和晚上归飞的乌鸦乱啼声都向她尽力的逼来，使她的心弦越发沉郁不扬！她在白雾的亭中，看着蒙蒙不清的湖光。她一面想：他和我几年的相知，平常对我很恳挚，很亲爱的，也没什么呀！我替人家作裸体画的模型并不是可耻的事，助成名家的艺术品，也没有别的关系啊。他知道的这样快，找到那里那样冷淡，看我像做了什么恶事，从此便和我同陌生的人一般，这是什么意思啊？……韩叔云却也奇怪得很，我的朋友找我，没有什么希奇，怎么便和人家抢去了他的画稿一样的愤怒？……我的灵魂却在我自己的身子里啊！……她想到这里，看看四围的雾气越发重了，毫无声息。她不觉又继续想道：那讨人嫌的狡猾官吏，听说后来和韩叔云还打了一场，被巡警劝开了。他来缠我，我只是不见他，他反在社会上给我散布些恶迹的谣言。现在我最爱的人不来了，不再爱我了！画师成了狂人，不再作他的艺术生活了！……奇怪？……到底我有我的自由啊！……世上的人怎么对于我这种人这么逼迫呢？

　　她想到这里，她的心像浸在冷水里一样抖颤。四围静寂，白雾渐渐消失了。从朦胧的云影里稍稍露出一丝的月光，射在幕着雾的湖水上。这阴黑的黄昏，却和她心中的沉思一般，但在云雾中还射出的一丝光明，在她心头上，只是闷沉沉的一片！

　　她沉思了多少时候，忽听得耳旁有一种呕……呕的声音，方由梦中醒悟过来。一阵微风吹过，抬头借着月光看去，原来是只白鸥从身旁飞过，没入淡雾的湖中去了。

一九二〇年十二月

春雨之夜[*]

黄昏过了，阴沉沉的黑幕罩住了大地。虽有清朗月光，却被一层层灰云遮住，更显得这是一个幽沉、静美、萧条的春夜。

灯影被窗隙的微风拂着，只在白纱帏上一来一往地颤动。我正自拿了一本现代的英文新诗集，包桃林所作的一首，名"悲哀之夜"，里面有几句是：

> 我听见落叶松林中如流水的声相近，
>
> 发出了锋动啊、静止啊，和那种摇音。
>
> 在寂寞的夜里，未眠之前，
>
> 我尽能听闻。

我口里重复念着，正在咀嚼那"寂寞之夜，未眠之前，我尽能听闻"几个字，仿佛这种文字里有浓厚味道一般。我便想寂寞之夜啊，今夕。……想到这里，不觉得便把很厚的一册洋装书掉在床上，原来有一种细微凄凉的声音，冲破了这个静境。那种声音打在窗纸上，流在树叶上，点滴在门外的菜畦边软而轻松的土壤上，都似奏着又静又轻妙的音乐，一声一声打着人们的心弦。起初还滴答滴答地散落作响，后来被阴夜的东风催着，一阵阵淅淅潇潇，却完成了这个寂寞的春雨之夜。

有这等轻灵凄咽的雨声，似是冲跑了寂寞；然而使人听了比静守着寂寞还要恐怖，还要感动！

和美的声音，容易触发人的深感，而幽凄的音响却难给人以愉乐的同

---

[*] 本文原刊于《小说月报》第十二卷第六号（1921年6月）。

情。幽凄的音啊，你怎么这样容易使人回思，使人想到那些微小的事实上去？这些事实，是深深地埋在人们的心深处，永远，永远用血花包住没有雕萎的日期，一得了幽凄音响的滋润，便开了蓓蕾，放出悱恻醉人的芳香，不过这等思想的芳香却使人如嚼"谏果"，从辛涩中得出甘苦的味道。

灯影依旧摇着，白纱的轻帏沙沙响动。一阵阵细雨声，使我重回到几年前的梦境。——八年前的梦境，或是虚伪的梦境？——脑中的幻想重重演出：荒野沉黑，轮声激动，细碎的雨点，打在玻璃窗上作清脆的音响，哦！又是一个别样的春雨之夜。

那夜是三月末的一夜，在一辆火车里，惨惨乱摇的灯光，映着这一连十数辆的客车，在荒郊中慢慢行去。那时不过晚上十点多钟，虽是春夜，却因在日落前下了一场雨，料峭东风，吹得车中人都打几个寒噤。车中的旅客也不多了。我那时靠在窗下，闭着眼睛，只是恨这天火车的轮机转动得太慢！雨中的汽笛声也非常沉闷，像哑了喉咙的老人拼命呼喊一样。越听得出车外雨声的清响。使人虽觉得精神沉闷，却只怨车开得慢，没有一点反感因为雨的来临。

我正想入睡，只是睡不着，忽有种亲切声音，由对面传来道：

"哦！你起来，……起来呀！看看有星星在天上了。"

我不自主地睁眼向对面望去，原来是两个旅行的女子。一个大一些的，一身淡素，一看便知是个在中学的女学生。那个小姑娘也不过十三四岁，梳着两个辫子，右手持着一张时下流行的画报，左手却垫着腮颊，俯在那个女学生的身上，她肩窝一起一伏地像在那里哭泣。那个大几岁的，聪慧的面目上，也带着凄惶的样子！手里拿着没有织成的墨绿色绒织物，一边用手抚着小姑娘的柔发道：

"妹妹，……你不听见雨声小些了吗？今晚上，……待一会星光有了。明日啊，……我们就躺在母亲的床上。你忘了吗？母亲叫你画的那张水彩画，……我和你钉在母亲的镜台上面。……唉！你笑了吗？"

那位小姑娘果然站起来拭了拭泪痕，两只明黑的大眼望着姊姊。一会隔着车上的玻璃窗子，听听外面的雨声，便又似有什么欢喜的大事一般，两只手搭在她姊姊肩上，有自然的笑容。但是那位大几岁的女学生，浅灰色的衣襟前却已润湿了一大片。她只是呆望着摇动的灯光，弯弯的眉痕时而蹙起，时而放开，眼睛里一片红晕。一会儿抚着胸口装作咳嗽，像怕她妹妹知道；一会儿强拉着小姑娘的手，柔和地亲爱地和她低声轻谈。

雨声只是零零地不住。我看她们那样天真，忘了车轮转动的快慢，心头上有一种纯洁的感动！至于她们各人为什么不高兴，为什么烦恼，只有轻妙的雨声能知道吧？

雨声没停，车轮却转得快了。到了最后一站，我们便冒着雨，挟着行李，下了车。各人都带着冷缩疲倦的神情。这个站是个乡村商业的市镇，除了几十家工厂和铺店外，却没有什么人家。道路上石子沙土被雨水胶合在一起，又没有什么车辆，委实难行。我们这时只望有个屋子休憩，因为那时已近半夜，一日的旅行，加上春雨中的苦闷，确是疲劳不堪。于是我们这一个客车上的同行人，便被一家栈房邀去。他们有些人扛着行李急急地走去，我只是缓步寻思。

半夜的冷风，挟着雨丝从斜面里往人脸上打来。我在前面时时回头望那两位姑娘，还在后边。小几岁的紧紧倚在姊姊身侧，她姊姊挟着一个旅行用的皮囊，举起迟缓无力的脚步，紧蹙双眉，随着我们走来。这时去站不远，电灯光还可照见。

栈里的房子很多，我便同好多作工的人住在一间大屋子里。十二点了，一点了，雨声渐渐停止，唯有门前大树叶子上面的雨水时而流下来的微响，可以听得见。我翻来覆去兀是睡不宁贴，又觉得身上微微有点痛。屋内还燃着油灯，看看旁边那些工人都呼呼地睡得非常沉酣。雨后的夜里，愈显寂寞，窗外水道里听得出流水潺潺的声音，马棚中的蹄声过一会还蹴踏不已，我竭力想睡去，总睡不好。喔喔的鸡声啼了，天快晓了，荒村中的春雨之夜也将终了，方朦胧睡去。

第二天仍然阴云密布，没一线儿阳光。清晨的冷空气，使人有新鲜的感觉。我不能再迟延了，雇好马匹，要践着泥泞的道路走去。

我正在院子里徘徊着，看竹篱里萱花的绿长叶子，红黄花蕊，着了昨夜一场时雨，非常娇美。忽听得隔室里有女子呻吟的声音。那边室门开了，昨晚在雨中同车的那位大几岁的女学生，微蓬着鬓发，立在门口。我看她的眼圈却红肿了。她一边望着阴沉的天色，一边带着吁气的口气向室内喊道：

"你不要着急，今天到家了！……到家了！母亲见我们回去就好了！你不要急得发烧，……啊！"

一九二一年初春

遗 音*

远远的一带枫树林子，拥抱着一个江边的市镇，这个市镇在左右的乡村中，算是一个人口最多风景最美的地方。镇前便是很弯曲而深入的江湾，湾的北面，却有所比较着还整齐而洁净的房子。房子中也有用砖石砌成的二层楼的建筑。正午的日影将楼影斜照在楼前的一片草场上，影子很修长。原来这所建筑，是镇中公立小学校的校舍；这镇上人很高明，他们寻得这个全镇风景最佳的江边，设立了这所学校。校里的男女儿童，约有三百人。

校舍的西角，便是教员住室，这也是校内特为教员所建筑的，预备教员家眷的住处。再往西去，就是些沙上陵阜，有些矮树野草，绿茸茸的一望皆是。这日正是星期的上午，江边的风，受了水气的调和：虽是秋末冬初，尚不十分冷冽，有时吹了些树叶落到江波上，便随着微细的波花，无踪影地流去。

教员住宅靠江的一间屋子里，一个二十七八岁的青年，对着许多书籍稿纸坐着发呆。他不是本地人，然而他在这个校里，当高等部教员主任，已将近三年。自近两年来，连他的母亲、妻子，都搬来同住。他的性格是崇高的小学教员的性格，他虽是不到三十岁的青年，然作这等粉笔黑板的生活，已经有七年多了！他自从二十岁在师范学校毕业以后，为生活问题所逼迫，便抛弃远大的希望，经营这种生活。他性情缜密而恬适，独勤于教育事业。终日与那些红颊可爱的儿童为伍的事业，是他非常乐意的。他不愿在都市里同一般人乱混。他觉得他的生活的兴味，这样也很满足的。他的学识不坏，就使教授中学校的学生，也能胜任，不过他是没有这种机

---

* 本文原刊于《小说月报》第十二卷第三号（1921 年 3 月）。

会，他也不找这种机会，他情愿一生都是这样的平淡、闲静、自然。可是他的境遇，现在虽是平淡、闲静、自然，他的心中，却终没有平淡、闲静、自然的时候。因为在他二十岁以后的生活里，忽然起了一次情海的波纹，这层波纹，在他的精神里，永不能泯去痕迹。他从前是活泼的，愉快的，然而这几年来，他是沉郁得多了。时时若有一个事物，据在他的灵魂里，使他对于无论什么事，都发生一种很奇异而不可解的疑问，因此他的心境，越发沉滞了！

这日是休假的日子，校里的儿童，都已放假回他们快乐的家庭里去，忙碌一星期的那些教员，也都各自找着他们的朋友，出去闲玩了。他这时候却坐在自己的书室里，对着一层层的书籍出神。原来他为《教育报》作的稿子须于三天以内作完，他想作一篇关于性欲教育的文章。早已参考了许多书，立了许多条目，这日用过早饭以后，他母亲和他妻与一个三周岁的小孩，都到镇中人家去闲谈去了。他独自坐在这里，想要将他的教育思想，趁着这一天的闲工夫，慢慢地写出。

他坐在一把竹椅子上，排好了书籍，铺正了稿纸，方要拿笔来写，但只是觉得身上陡地冷了一阵，觉得从窗隙钻进来的风使他心战；头上痛了一会子，不舒服得很！他不知怎的，把着一枝毛笔，只是望着对面绿色刷的壁上挂的五年前自己照的像片发呆。那张像片，虽是装在镜框里，然五年以来，片上的颜色，已有些陈旧，隔了一层细尘，更显得有些模糊，就像他的生活一年比一年暗淡一样。他看着像片框子上嵌镶的花纹，弯曲而美丽，像那一点曲线里，也藏着一个生命的小影在里面流转一般。他想这必是一个有名的美术家的作品，他不禁微微地叹了一口气，自己寻思，这就是一个人的精神剩余吗？想到这里，低头看看一张草稿上，仍然没写上一个字，便很勉强地拔出笔，向纸上很抖战的写了"性欲"两个字。哪知这支笔尖，早是秃了半截，写得认不清楚。他很愁闷地将笔往案上一搣，心里宛同有块石头塞住了似的，渐渐地立起来，抽开书案下层的抽屉，检了半天，方检出一支笔来，又一翻检，他不禁很惊讶惶急地说出一个"咳！……"字来，这个音由他喉中叹出，然而非常急促而沉重。他静默无语，拿出一张硬纸红字的美丽信片，用尽目力去注视。室中一点声浪没有，只是两个云雀，在窗外的细竹枝子上，一递一声的娇鸣。

信片虽是保存的非常严密，而红色的字迹，经过几年的空气侵蚀，也将颜色褪得淡了许多。他这时无意中将这个信片找出，便使他靠在椅背上，几乎全身都没得丝毫气力。原来那张信片里，藏了许多热烈而沉挚的泪、爱和不幸的命运，以及生活的幻影。也就是他的情海中的一层波纹，是他永不能忘记的波纹。

他呆呆地看了一会，很没气力地将那信片轻轻放在案上，自己想道：这是她最后的遗音了！这是她最后的遗音了！却再也不能够想起别的事情来。无意中将刚由抽屉里找出来的那支新笔，掉在地上，他便俯着身子拾起来，一抬头含着泪痕的眼光，与那壁上挂的像片接触着，猛然又想起是五年半的光阴了！那时这张像片，比较现在的面色，却不同得多，宛同她这纸最后遗音是当年一样鲜明的颜色，少年的容貌，都一年一年地暗淡消失了！而生活的兴味，也一年一年地减去了！环境的变迁，真快呀！……他想到这里，那很细琐很杂乱的前事，都如电影片子，一次一次地在他的脑子中映现而颤动了。

他想：他自从在学校毕业的那一个月里他父亲死在银行的会计室中，他本来可以再升学的，但那时不能有希望了。他父亲死了，家中又没有什么收入，他有个姊姊，有四十多岁身体很不康健的母亲，不能不离去学校，谋一家人的生计。于是他便由一个朋友的介绍，往一个极小的外县的农村里，充当一所女子高等小学校的历史国文教员。那时他刚二十一岁，然而他在学校里，成绩既好，性情又和蔼，所以人家很信任他。他记得第一次由家里去到这个远地的农村学校的时候，他母亲和姊姊在门首送他，他母亲，逆着很劲烈的北风，咳嗽了几声，及至咳完，眼中早含着满眶的泪痕。他姊姊替他将外衣披好，一断一续地似乎说："兄弟，你现在要出去作事了，第一次的作事，身体也不……要劳着！免得……妈……老远的记念着！……"这几句话没说完，一阵风就将他姊姊的话咽回去了。

他想到这种念头，记起他自小时最亲爱的姊姊来，可是他姊姊已经同她的丈夫到北方去了，远隔着几千里的路程呢！

他在那个极僻陋的农村子里，作一个月二十元的教员，却平平地过了一个年头，第二年他姊姊同他母亲也因为家中生活困难，便也搬来同他住在一处，后来他姊姊就同他的一个同事结了婚。

他想了这一些往事，便用手点着那张信片的拆角，心里很酸楚地想："我若不遇见你，我的精神当没有一点翻腾，可是啊！你是一个乡村中天真活泼而自然的女孩子，设使我不到那里去，你也可以很安贴地作一个无知无识的乡村妇人，到现在，在你的平静家庭里，安享点幸福，不比着飘零受苦好得多吗！"

他回忆在那个农村里与她无意中相遇见的时候，是在他到那里第二年的二月里。有一天下午，校中的女学生，都散学走了。他拿了一本诗集，穿了短衣，出了村子，就在河岸上一个桃树林子里，坐在草地上读去。那时桃花，已经有一半是开好了，红色和白色相间，烂漫得实在可爱，他检看书籍，精神极愉快，头发蓬着，从花影中现出了他的面貌。河滩里一群男女孩子，在那里游戏，她从山里采了一筐子茶芽，同她的女伴，沿着河岸走来，恰巧一个顽皮的孩子，扬起一把沙泥，向空中撒去，于是她的眼眯了，一失足跌在岸旁，触在块石头上，便晕去了。小孩子吓得跑了，她的女伴，都是十六七岁的女子，也急得在那里一齐乱喊，有的哭了。他看见了，便走去帮着她们将她用人工救急法治醒了。不多时她的寡母也来了，便扶她回去，向着他道谢了好多话，请明天到她家里去。他这时第一次认识她，他是第一次看见她清秀美丽的面庞，神光很安静的眼睛，便给他留下了一个不可洗刷的印象，在他脑子里。她们走了，日影也落到河水的沙底里去了，他只是看着撒下的碧绿鲜嫩的茶芽凝想。

自此以后，他在这个乡村里，便得了一种有兴趣而愉快的新生活。她是这乡村中很穷苦的女子，她比他小了四岁，她的家庭，就是她母亲和她，是村中人口最少的家庭。她是天然的美丽，天然的聪明，而又有丰厚而缠绵的感情。她的言词见解，处处都能见出她是天真未凿的女子。她每与他作种种谈话，都带了诗人的神思，她实在是自然的好女子。她母亲以诚恳的态度对他，不过她家中非常清苦，他去时只可坐在她那后园里桑树阴下的石头上，饮着很苦而颜色极浓的茶。

她识得几个字，又加上他的指教，不到半年的工夫，他便将她介绍到学校一年级里去读书。但她还是有暇便去采茶，饲蚕，纺织，作针线，去补助她家的生活，他每月给她几元钱的补助，但是别人都不知道。

她读书的天资，别的女孩子都赶不上，他也非常喜欢，于是一年的光阴，由温和的春日，到了年末。她的智识已经增加了许多，可是她那烂漫天真的性格，却依然如旧。在这一年中，算是她与他最安慰而快乐的一年了！他在这一天一天的光阴里过去，他只觉得似乎是在甜蜜与醇醪中度过。因为他们的灵魂，早已作了精神的接触，便于无意中享得了恋爱的滋味，这是他到了现在，方悟过来。那时只知是彼此的精神情绪，都十分安慰罢了！

他回想了半天，想到那时，他与她游泳于自然的爱河中的愉快，到如今还像就在昨天，或是刚才的事一般。但他又记起由喜剧而变为悲剧的情况，悲剧开幕的原因，即在她母亲的死。

她母亲自青年便受了情绪与生活的失调和压迫，早种下了肺结核的病根，这几年来虽然看着她自己的爱女，渐渐大了，长得美丽，又有智识，又因得了他的助力，心上也比从前放宽了些。但是她的身体，究竟枯弱极了，便在她女儿入校读书的第二年四月里死去了！她家里没有余钱，更没个人帮助，她哭得几次晕昏过去，幸得他姊姊同他去劝慰，他省了一个月的薪水，方得将她母亲殓葬。然而她成了孤女了！他的姊姊又恰在这时，随他的姊夫到别处去了。他与他母亲商好，便将她搬到他家去住着。她终日里长是哭泣，他母亲也非常可怜她，究竟是有些防嫌的意思，他觉得了，她又不是蠢笨的女子，自然也明白，更是终日自觉不安，所以他们自从经过这番变动以后，除了在学校以外，形式上更是疏远，而他们的精神上，却彼此都添了一层说不出的奇异而恐惧的感觉！

这个乡村的人，是非常尊重旧道德的，虽有女子学校，也是不得已方请了几个男教员。他是很纯洁而诚笃的，所以自到这里，无论是农夫啊，私塾的老学究啊，对于他没有什么恶意。但自从他将她介绍到女校里去念书，有些人便不以为然，不过还没有公然的反对；自她母亲死后，经此一番变动，村子里便造出许多的谣言来，说他两个人，尤其以乡村妇女为甚。她们都向他的母亲乱说，他母亲更是着急，那时女学生也不大去听他的教授了，于是村中的校董，便着急起来，直接将他的职务辞掉，他遂不能继续在这个村子生活。但他却也不以为意，商同母亲愿同她一同回到别地方去谋生活去，不料他话还没说完，他母亲便给他几句极坚决的话道："你自幼时，你父亲便已为你订过婚的，现在你为她竟然丢了职务，也好！我就趁此机会，去回家去与你完婚，……再打算法子，……她……你不必有什么思想！……"

这突如其来的打击，他与她生命之花的打击，使他昏了半天！原来他在高小学校的时候，他的父母，便看好一个亲戚的姑娘，就暗地里将婚定妥，因他素来主张婚姻自由，所以直至他父亲死后，他当了教员，他母亲才将这个消息说与他知道。他这时方明白他母亲虽是爱惜她，却防嫌她的原因，他这时看见婚书，聘礼，摆满了一桌子，——他母亲给他的证明——他心里直觉得一口口的凉气，渗透了肺腑，可是他不能舍弃了他母亲，便不能毁了这个婚约。他觉着这时什么思想也没有，只是身子摇摇不定，手足都没点气力。后来她进来了，看明白了，他与他母亲的情形，都在她聪明而有定力的眼光里，她乍一见时，有一叠泪波，在眼里作了一个红晕，即时便现出满脸的笑容。和他母亲看戒指问名字，还忙着给他贺喜，他也不明白她是什么意思，便很悲酸而颤栗的倒在床上。

这一下午，他这个小小家庭里，异常清寂，她在屋子里写了半天的信件，晚饭后，便亲往邮局去了。他呢，痴痴地趁着月明下弦的残光，披件夹衫，步出村子，到树林子里依着树，细细地寻思。但是他的寻思，很杂乱，不晓得怎样方好！

末后，她也来了，星光暗淡下，嗅着林中野蔷薇的香味与自然的夜气，两个人互握着手立着，总觉得彼此的手指，都是有同速率的颤动，而各人手腕上脉搏，跳得也越发急促。他们这时却不能说一句什么话，也不知是酸是苦，觉得前途有一重黑而深覆的幕，将要落下来了！他们这样悲凄的静默，约有四十分钟的工夫，后来还是她用极凄咽的音说出了一种忍心而坚决的话，这话他现在回思，像当时她在耳边梳着双髻呜咽地在他肩头上说的一般清楚。可是他这时已没有勇力再去追想。但记得她末后说的几句话是："不能在你家了！……我要赴都会里谋生活去，……这村子的人，都拿我，……无耻，……那封信，是寄与我一个表姊的，……她是在那边当保姆教员，……但是我不！……永不！……订……婚！……也不……愿你……还记！"……他记得说到这里，两个人便一齐晕倒在草地上了！

以后的事，他也不愿想了。这是明白的事，她竟自独身走了！他也作了恋爱的牺牲者了！结过婚了！他这位用红丝系定的妻，也是高等女学校毕过业的学生，性情才貌都很与他相配。若使他未曾经过那番情海的波纹，也没有什么。但是他自此以后，虽她——他的妻——对他，有极美满的爱情，他终是觉得心里有个东西成日里刺着作疼。一年一年地过去了，他起初和她通过几次信，可是她来信总是些泛泛的平常话，对于过去的事迹，却一句也不提及了！后来他充当了江边市镇学校的主任教员，她便寄这一张最后的遗音与他，说她近在某公司里充当打字生，——但不知是那个公司——后面她说她现在立誓不与男子通信，情愿一辈子过这种流浪生涯，并他也往后不再通信，即去见她，她也绝不愿再见他，她说他的小影，早已嵌住在她的心头，从此就算永没有关系！她这封信，连个地址也不写上，他一连写了几封沉痛的信，往她的旧地址寄去却是没见一个回字。他为她到过那个都会两次，却没找到一点关于她的消息。

过了二三年，他有了个小孩子，生活上不能抛了职务，家庭上也多了牵累，他与他妻子的爱情，在长日融洽里，不知不觉地比初婚时增加了好些，但他心头上的痛苦终难除去！

他这半日的回思使他少年的热泪，湿透了那张最厚的信片，泪痕渗在红钢笔写出的字迹上，宛同血一般的鲜艳。

二点钟三点钟四点钟也快过了，他坐在竹椅上，也不起立，也不动作，草稿上还只是有很草率而不清楚的两个"性欲"的大字。

日影渐渐落下去了，风声渐渐息了，一对娇鸣的云雀也拍着翅儿，回他们的窠巢去了，但他这个伤心梦影，却永没有醒回的一日！

院子的外门响了，他的妻穿了一身极雅淡的衣裙，抱着三岁的孩子，孩子手里弄着一枝白菊花，袅娜地从枯尽叶子的藤萝架下走进来。他们进屋来了。那小孩子呀呀道："爸爸！……爸爸！……一朵花呢！……"说着便将鲜嫩的小手，向空中一扑，将花丢在他的膝上。他这才醒悟过来，将那封最后的遗音，往抽屉中一丢，猛回头，却见他妻看了看草稿上"性欲"二字，朝着他从微红的腮窝里现出了一点微微的笑容。

一九二一年三月

一栏之隔 *

是两年前的一个光景，重现在回忆之中。

春天到了，温暖美丽的清晨，正是我从司法部街挟着书包往校中去的时候。那条街在北京城里，也可算比较优雅别致的街道，可也是一条森严与惨酷的街道。看见街道的命名，便可想到这是个什么地方。大理院、高等审判厅、地方审判厅、威严的司法部，转角去便是分看守所。它们虽是威严，而铁栏里面，却偏有好多的花木掩映。紫色与白色的丁香，霞光泛映的桃花，在袅娜含笑的花叶中间更有许多小鸟，跳跃着，唧啾着，唱着快乐的春日之歌。每天都与铁索的郎当声、守门兵士的皮靴声、法警的佩刀声、进门来的汽车声、马铃声搀杂着，和答着，成了一种不调协而凑和的声调。无论谁，凡从那里走过的，都要向四面看看。卖零食的老人、售纸烟的小贩，以及戴了方翅穿了厚鞋的旗装太太，与下学归来的儿童，走到那里，也都要把脸贴在铁栏上向里望望，并且临走时放松了脚步，并非急急地走过。

我是他们中的一个，并且因为自然美的引诱，与每天的习惯，更是"不厌百回"地看。

有一天，刚打过七点三十分的钟，我就匆匆走出寓所。方出巷口，立刻使我的感觉落入了另一个境界。融暖轻散的晨风，吹过对面的花丛，那些清香又甜净，又绵软，竟把我昨夜埋下的胡乱思想，全部消融。只感到阳光的明媚，和人生的快乐、幸福。而且在这片刻的思想中，不知从哪里来的魔力，使我仿佛觉得真有个"造物主宰"，散布下许多快乐的种子，种

---

* 本文原刊于《小说月报》第十三卷第二号（1922 年 2 月）。

在每个人的心里。脚步骤然间迅速起来，由对面街口穿过街心跑到西面来。啵啵的一辆红色汽车，从我身旁擦过，几乎没有将我撞倒，但我这时并没有半点恐怖与谨慎的心思，只看它在微动的街尘中驰去的后影。

"好美丽的花！"我心中这样想，我的面部却已贴近司法部大院前的铁栏上。只看见累累如绒毯般的紫丁香花，在枝头上轻轻摇曳。而耳旁却有许多音波正在颤动，这种音波，是从街上和小商店中传来的。

我正在看的出神，突然有个景象，把我的快乐观念打退了。哦！渐渐的加多了！那个自以为是首领的人，开始喊出怒暴的呼声。原来在丁香花中间，平铺的青草地上，我忽然发现了一群奇异的生物。他们穿了半黄半黑色的衣裤，颈上脚上，都戴了铁链。他们也一样的很整齐，是衣服形式很划一的队伍啊。他们在春日的清晨，拂动着花枝，听着小鸟的歌声，来住在这所高大建筑的阴影下的花院里，努力工作。谁说这不是快乐的生活？比着那些成日在工厂里、街道上，作机械般的工作者，不舒服得多吗？这是我乍见他们这等情形的第一个思想。

他们在四围的铁栏里，拿着各种器具：帚子、铁锹、锄、绳索、木担、篓子，正在各按地位工作。他们没得言语，走起路来迟缓地、懒散地，没点活泼气象。他们真没受着温风的吹拂，没吸到清爽的朝气，更没尝过花香的诱惑？工作！工作！枝头上婉转生动的小鸟，似乎在嘲笑他们了。

是他们的几个首领吧？戴了白沿高顶的帽子，青制服，皮带下斜挂着短刀，还有种武器在手里拿着，就是黄色藤条。"笨东西！……哼！……难道只会吃饭吗？笨小子！……谁教你爱到这里来！……你的皮肉不害臊吧？……"几个红面腔、粗手指的首领，即时怒喊起来。我听到了"谁教你爱到这里来！"这一句话，突然使我原是满贮了快乐的心，迸出一种刻不可耐的疑问来。"美丽的晨光，可爱的花木，谁也爱到这里来。不是这个铁栏的阻隔，我也愿到里边去，坐在草地上，嗅着甜净与绵软的花香，是怎样的快乐，更是怎样的难得的地方，在这人烟纷杂的都市里！不过是一栏之隔罢了，有谁不愿到这里来？为什么你要发这种问话？"我心中想着，然而他们——囚犯们，却悚惧不安起来！更谨慎、更殷勤地工作。草地上不多时便齐整了许多，洁净了许多，越发加添了花枝招展的美态与春日的光明。不过他们似乎没有感觉得到。他们的首领仍然是一份严厉面孔，监视的态度，像没有感觉到花香与春光的可爱。

然而我初出门的勇气与纯洁的快乐，到这时候，也渐渐降落下来。

哦！北边大理院里的大钟，发出沉宏的声，正打过八点。这种警动的音波把我从栏边唤醒，忽然想到我也有我的事呀。便匆匆离开铁栏，往南走去。而他们和他们首领的表情、面貌、言语、动作，一直使我在听讲心理学时，还恍惚在我眼前。

"人们的情绪与感觉的转移，是不可思议的。一样的明月良宵，为什么有的狂歌饮酒，有的伤心洒泪呢？一样的一种好吃的食物，为什么快乐的人吃之惟恐其尽，而愁闷的人不能下咽呢？……思想的变迁，由于所处地位的不同而有差异，而情绪与感觉，也不能一律。……"我在座子上，以先并没有听到先生说的什么话。忽然这几句疑问式的讲解，触到了我迟钝的听觉，我不禁暗中点头。继续听下去，却越听越不明白。揭开我的洋装本子看去，哦！原来他早已开始另讲一章了。

那片刻的经验又蒙上了我的心幕，天然的景物，与他们的面貌，又恍若使我置身铁栏之侧。

新经验的催促，却提起我的记忆来了。

方才经过的事实的余影渐渐暗淡起来，新显出了一个多年前的心影。冬夜月下，在清净与寒冷的乡村街道中，我仿佛听见喧呼欢喜的声音，杂沓的步声，追逐着、践踏着刀刃的相触声，哈哈！……哦！……啊哈的人语，带出可怕与骚动的意味。

那段使我难忘的记忆——

那年的冬日正是永可纪念的冬日。各处革命军报告捷音与独立的电报，新闻纸上不断的登载。我们僻远的乡村中也知道了这种消息。可是那时，我正是年轻孩子，偶然看见，不甚关心。不过觉得心境上有种新鲜与变换的希望！十月过了，十一月又到了末日。天气冷极了，乡村的道路上堆满了白色的冰雪，太阳每早从冷霜中升起，到了将近晌午的时候，方才明朗。有一天忽听得邻舍人家都说：我们的邻近什么县城也独立了，县官跑了，有的说已投降了革命。其实什么是独立？什么人是革命党？大都说不清白，但人人觉着大的祸事与大的转变都是不可免的了；也要在我们的地方出现。又一天，忽然有人说：县城的北门楼上也悬起白旗来了。这个消息，迅速地传出去，乡村中人人都有绝大的惊异！后来的消息更多起来。募兵，捐款，修筑城墙，要人人剪去发辫，这都是乡下人做梦也想不到的，弄得人人不知怎样方好。其实他们也并不害怕，只是如堕在迷网里，不知是怎样的一回事！末后，更有一个分外惊奇的消息散出，说是县城里的狱囚都全行放出，一概免了罪了。"他们出来作甚么？谁有权力能让他们出来？他们要上哪里去呢？"这是乡村中诚实老人们的疑问，是在茅屋中油灯下吸着烟悄悄的对话。

那正是传出末后的惊异消息的第二夜。当天还没有黑影笼罩的时候，在北风的怒号声中，却从我们那个乡村大道上，过去了百几十个人。其中似乎也有邻村的一些勇壮少年。他们有的斜披着衣服，有的带着棍棒与旧式的刀矛；有剪去发辫，却也有盘在帽子里的。他们冲着北风，从村中经过，有几个唱着"跳出龙潭虎穴中"的皮簧声调。他们过去以后，便听见村中的几个老人低声道："今天晚上，咱们得早早熄灯，关门，睡觉。这群……是去接牢狱中放出来的囚犯的。大约在半夜，他们同那些人，要由城中回来。"于是这一夜从夕阳刚落下地平线时起，我们村中就下了消极的戒严令了！有小孩子的人家，更恐怕因无知的哭声惹出祸来。早拣些好吃的东西，哄得不知不识的孩子们，伏在被底下作幼稚之梦去了。满街上只有明月的冷光，照着融化不尽的冰雪。什么声息也没了，如死的乡村之夜，寂静，沉默。我那时并不是很小的儿童了，同一个将近十岁的小表弟，还有一位常给我们料理点事务的张老头在一处。他是将近六十岁的老人了，他所经历的危险与到的地方，在左近的村子中没人能比。我们三个人，在我家靠街的书房中坐着，围了一个小小的火炉，燃烧木炭。惨白的月光，从窗纸上穿过。我的小表弟是前几日才来的，他幼弱的心中，在那天晚上，也受了一个迷闷的打击！大人的训令，使他不敢多说一句话。倒是张老头反倒精神兴旺起来。他觉得这等事，实在没有恐怖与戒严的必要。他吸着长杆旱烟，拈着胡子，正在拨弄木炭的白灰。他还时时低声说些他从前的冒险事，在山中走路，遇见盗贼打架……因此，我同小表弟更不想睡了。

张老头正谈得高兴，起初还是哑着喉咙低声说，后来他说话的声音，越谈越高起来。小表弟这时也忘了恐怖，开始跳跃起来。

甚么时候了，我们都没想到。

一种由远来的喧叫与狂呼的声浪，从夜的沉寂中破空而起。张老头的话突然停了。小表弟颤抖地拉着我的手，伏在我的怀里。

声由远渐近，仿佛屋子也被人声震动了！张老头不禁把双手离开了火炉。

狂傲的呼声中间杂些笑语，还有木器、铁刃碰撞的音响，从街道上传来。步履声杂乱而且急迫。"欢迎！……欢迎！……出了牢狱的伙计们！再不作栏中的人了！……杀呀！……哈哈！……"这种骇人的声，任谁听了，身上也有颤栗之感。小表弟伏在我身上，连动也不能动。声浪越混乱而扩大了。张老头轻蹑着脚步，从窗纸缝向外望去。我正想慢慢地拉他回来，因小表弟在我身上，他吓得那个样子，我推不开他。

一阵骚乱的喊声又起来了："……欢迎出牢狱的兄弟！……再不作栅栏中的人。……杀啊！……"又是一阵纷乱的走步声。越去越远，而欢呼的余音还震得窗纸发颤！张老头挪步过来，叹口气道："出了栅栏了，放出来！他们去迎接从牢狱中放出的囚犯。真不明白，什么值得这样的出奇！唉！什么世界？……怪不得我也老了许多了！……"那时我忽然想到牢狱中的伙计们，是住在栅栏式的屋子里。

直到如今，我才明白我的观念错误。原来欢迎者所说的栅栏正不必是一排一排的木桩堆列成的房子。

一栏之隔罢了！由这个春日之晨的新感觉，联想到童年的经验。

下课钟响了，我究竟不明白这一课的心理学讲授的是甚么。

一九二二年一月

湖畔儿语 *

因为我家城里那个向来很著名的湖上，满生了芦苇和满浮了无数的大船，分外显得逼仄、湫隘、喧嚷，所以我也不很高兴常去游逛。有时几个友人约着荡桨湖中，每每到了晚上，各种杂乱的声音一齐并作，锣鼓声、尖利的胡琴声、不很好听的唱声、男人的居心喊闹与粉面光头的女人调笑，更夹杂上小舟卖物的叫声，几乎把静静的湖水掀起了"大波"。因此，我去逛湖的时候，只有收视反听地去寻思些自己的事。有时在夕阳明灭、返映着湖水的时候，我却常常一个人跑到湖边僻静处去乘凉。一边散步，一边听着青蛙在草中奏着雨后之歌，看看小鸟啁啾着向柳枝上飞跳，还觉有些兴致。每在此时，一方引动我对于自然景物的鉴赏，一方却激发起无限的悠渺寻思。

一抹绀色间以青紫色的霞光，返映着湖堤上雨后的碧柳。某某祠庙的东边，有个小小荷荡，这处的荷叶最大不过，高得几乎比人还高。叶下的洁白如玉雕的荷花，到过午后，像慢慢地将花朵闭起。偶然一两只蜜蜂飞来飞去，还留恋着花香的气味，不肯即行归去。红霞照在湛绿的水上，散为金光，而红霞中快下沉的日光，也幻成异样的色彩。一层层的光与色，相荡相薄，闪闪烁烁地都映现在我的眼底。我因昨天一连落了六七个小时的急雨，今日天还晴朗，便独自顺步到湖西岸来，看一看雨后的湖边景色。斜铺的石道上满生了莓苔，我穿的皮鞋踏在上面，显出分明的印痕。

这时湖中正人声乱嚷，且是争吵的厉害。我便慢慢地踱着，向石道的那边走去。疏疏的柳枝与颤颤的芦苇旁的初开的蓼花，随着西风在水滨摇

---

* 本文原刊于《东方杂志》第十九卷第十八号（1922 年 9 月）。

舞。这里可说是全湖上最冷静幽僻的地方，除了偶尔遇到一二个行人之外，只有噪晚的小鸟在树上叫着。乱草中时有阁阁的蛙声与它们作伴。

我在这片时中觉得心上比较平时恬静好些。但对于这转眼即去的光景，却也不觉得有甚么深重的留恋。因为一时的清幽光景的感受，却记起"夕阳黄昏"的旧话，所以对留恋的思想也有点怕去思索了。

低头凝思着，疲重脚步也懒得时时举起。天上绀色与青紫色的霞光，也越散越淡了。而太阳的光已大半沉在返映的水里。我虽知时候渐渐晚了，却又不愿即行回家，遂即拣了一块湖边的白石，坐在上面。听着新秋噪晚的残蝉，便觉得在黄昏迷蒙的湖上渐有秋意了。一个人坐在几株柳树之下，看见渐远渐淡的黄昏微光，以及从远处映过来的几星灯火。天气并不十分烦热，到了晚上，觉得有些嫩凉的感触。同时也似乎因此凉意，给了我一些苍苍茫茫的没有着落的兴感。

我正自无意地想着，忽然听得柳树后面有擦擦的声音。在静默中，我听了仿佛有点疑惧！过了一会，又听得有个轻动的脚步声，在后面的苇塘里乱走。我便跳起来绕过柳树，走到后面的苇塘边下。那时模模糊糊地已不能看得清楚。但在苇芽旁边的泥堆上却有个小小的人影，我便叫了一声道："你是谁？"

不料那个黑影却不答我。

本来这个地方是很僻静的，每当晚上，更没人在这里停留。况且黑暗的空间越来越大，柳叶与苇叶还时时摇擦着作出微响。于是我觉得有点恐怖了。便接着又将"你是谁"三个字喊了一遍。正在我还没有回过身来的时候，泥堆上小小的黑影，却用细咽无力的声音，给我一个答语是：

"我是小顺，……在这里钓……鱼。"

他后一个字，已经咽了下去，且是有点颤抖。我听这个声音，便断定是个十一二岁男孩子的声音，但我分外疑惑了！便问他道："天已经黑了下来，水里的鱼还能钓吗？还看得见吗？"那小小的黑影又不答我。

"你在什么地方住？"

"在顺门街马头巷里。……"由他这一句话使我听了这个弱小口音仿佛在哪里听过的。便赶近一步道："你从前就在马头巷住吗？"

"不，"那个小男孩迅速地说，"我以前住在晏平街。……"

我于是突然把陈事记起，"哦！你不是陈家的小孩子，……你爸爸不是铁匠陈举吗？"

小孩子这时已把竹竿从水中拖起，赤了脚跑下泥堆来道："是……爸爸是做铁匠的，你是谁？"

我靠近看那个小孩子的面貌，尚可约略分清。哪里是像五六岁时候的可爱的小顺呀！满脸上乌黑，不知是泥还是煤烟。穿了一件蓝布小衫，下边露了多半部的腿，身上发出一阵泥土与汗湿的气味。他见我叫出他的名字，便呆呆地看着我。他的确不知道我是谁，的确他是不记得了。我回想小顺四五岁的时候，那时我还非常的好戏弄小孩子。每从他家门首走过，看见他同他母亲坐在那棵古干浓荫的大槐树的底下，他每每在母亲的怀中唱小公鸡的儿歌与我听。现在已经有六年多了，我也时常不在家中。但是后来听见家中人说，前街上的小顺迁居走了。这也不过是听自传说，并不知道是迁到什么地方去了。我每经过前街的时候，看看小顺的门首另换了人名的贴纸，我便觉得怅然，仿佛失掉了一件常常作我的伴的东西！在这日黄昏的冷清清的湖畔，忽然遇到他，怎不使我惊疑！尤其可怪的，怎么先时那个红颊白手的小顺，如今竟然同街头的小叫化子差不多了？他父亲是个安分的铁匠，也还可以照顾得起小孩子。哦！

我即刻将他领到我坐的白石上面，与他作详细的问答。

我就先告诉他：他几岁时我怎样常常见他，并且常引逗他喊笑。但他却懵然了。过后我便同他一问一答地谈起来。

"你的爸爸现在在哪里？"

"算在家里。……"小顺迟疑地答我。我从他呆呆目光中，看得出他对于我这老朋友有点奇怪。

"你爸爸还给人家作活吗？"

"什么？……他每天只是不在家，却也没有一次，……带回钱来，……作活……吗？……不知道。"

"你妈呢？"

"死了！"小顺简单而急迅地说。

我骤然为之一惊！这也是必然的，因为小顺的母亲是个瘦弱矮小的妇人，据以前我听见人家说过她嫁了十三年，生过七个小孩子，到末后却只剩小顺一个。然而想不到时间送人却这样的快！

"现在呢，家中还有谁？"

"还有妈，后来的。……"

"哦！你家现在比从前穷了吗？看你的……"

小顺果然是个自小就很聪明的孩子，他见我不客气地问起他家"穷"来，便呆呆地看着远处迷漫中的烟水。一会儿低下头去，半晌才低声说道：

"常是没有饭吃呢！我爸爸也常常不在家里。……"

"他到哪里去？"

"我不知道，……可是每天早饭后才来家一次。……听说在烟馆里给人家伺候，……不知道在哪里。"

说这几句话时，他是低声迟缓地对我说。我对于他家现在的情形，便多分明了一时的好问，便逼我更进一步向他继续问道：

"你……现在的妈多少年纪？还好呵？"

"听人家说我妈不过三十呢。她娘家是东门里的牛家。……"他说到这里，脸上仿佛有点疑惑与不安的神气。我又问道：

"你妈还打你吗？"

"她吗，没有工夫。……"他决绝地答。

我以为他家现在的状况，一个年轻的妇女支持他们全家的生计，自然没得有好多的工夫。

"那么她作什么活计呢？……"

"活计？……没有的，不过每天下午便忙了起来。所以也不准我在家里。……每天在晚上，这个苇塘边，我只在这里；……在这里！……"

"什么？……"

小顺也会摹仿成人的态度，由他小小的鼻孔中，哼了一声道："我家里常常是有客人去的！有时每晚上总有两三个人，有时冷清清地一个也不上门。……"

我听了这个话，有点惊颤，……他却不断地向我道：

"……我妈还可以有钱做饭吃。……他们来的时候，妈便把我喊出来，不到半夜，是不叫我回去的。我爸爸他是知道的，他夜里是再不回来的。……"

我听到这里，已经明白了小顺是在一个什么环境里了。仿佛有一篇小说中的事实告诉我：一个黄而瘦弱、目眶下陷、蓬着头发的小孩子，每天只是赤着脚，在苇塘里游逛。忍着饥饿，去听鸟朋友与水边蛙朋友的言语。时而去听听苇中的风声——这自然的音乐。但是父亲是个伺候偷吸鸦片的小伙役。母亲呢，且是后母；是为了生活，去作最苦不过的出卖肉体的事。待到夜静人稀的时候，惟有星光送他回家。明日呵，又是同样的一天！这仿佛是从小说中告诉我的一般。我真不相信，我幼时常常见面的玉雪可爱的小顺，竟会到这般田地？末后，我又问他一句："天天晚上，在你家出入的是些什么样的人？"

小顺道："我也不能常看见他们，有时也可以看一眼。他们，有的是穿了灰色短衣，歪戴了军帽的；有些身上尽是些煤油气，身上都带有粗的银链子的；还有几个是穿长衫的呢，每天晚上常有三个或四个，……可是有的时候一个也不上门。"

"那为什么呢？"

我觉得这种逼迫的问法，太对不起这个小孩子了。但又不能不问他。

小顺笑着向我说道："你怎么不知道呢？在马头巷那几条小道上，每家人家，每天晚上都有人去的！……"他接着又笑了。仿佛笑我一个读书人，却这样的少见少闻一般。

我觉得没有什么再问他了，而且也不忍再教这个天真烂漫的孩子，多告诉这种悲惨的历史。他这时也像正在寻思什么一般，望着黄昏淡雾下的星光出神。我想：果使小顺的亲妈在日子怕还不至如此，然而以一个妇女过这样的生活，他的现在的妈，自然也是天天在地狱中度生活的！

家庭呵！家庭的组织与时代的迫逼呀，社会生计的压榨呀！我本来趁这场雨后为消闲到湖边逛逛的，如今许多烦扰复杂的问题又在胸中打起圈子来。

试想一个忍着饥苦的小孩子，在黄昏后独自跑到苇塘边来，消磨大半夜。又试想到他的母亲，因为支持全家的生活，而受最大且长久的侮辱，这样非人的生活！现代社会组织下贫民的无可如何的死路！我想到这里，一重重的疑闷、烦激，再坐不住，而方才湖上晚景给我的鲜明清幽的印象，早随同黑暗沉落在湖的深处了。

我知道小顺不敢在这个时候回家去，但我又不忍遗弃这个孤无伴侣的小孩子，在夜中的湖岸上独看星光。因此使我感到悲哀更加上一份踌躇。我只索同他坐在柳树下面。待要再问他，实在觉得有点不忍。同时，我静静地想到每一个环境中造就的儿童，……使我对着眼前的小顺以及其他在小顺的地位上的儿童为之颤栗！

正在这个无可如何的时候，突有一个急遽的声音由对面传来。原来是喊的"小顺……在哪……里呵？"几个字，我不觉得愕然地站起来。小顺也吓得把手中没放下的竹竿投在水里，由一边的小径上跑过去。我在迷惘中不晓得什么事突然发生。这时由苇丛对面跑过来的一个中年人的黑影，拉了小顺就走。一边走着，一边说道："你爸爸今天晚上在烟馆子被……巡警抓了……进去，你家里……伍大爷正在那里，谁敢去得？……小孩子！……西邻家李伯伯，叫我把你喊……去。……"

他们的黑影，随了夜中的浓雾，渐走渐远。而那位中年男子说话的声音也听不分明了。

我一步步地踱回家来。在浓密的夜雾中，行人少了。我只觉得胸头沉沉地，仿佛这天晚上的气压度数分外低。一路上引导我的星光，也十分暗淡，不如平常明亮。

一九二二年八月

生与死的一行列 *

"老魏作了一辈子的好人，却偏偏不拣好日子死。……像这样落棉花瓢子的雪，这样刀尖似的风，我们却替他出殡！老魏还有这口气，少不得又点头砸舌地说：'劳不起驾！哦！劳不起驾'了！"

这句话是四十多岁、鹰钩鼻子的刚二说的。他是老魏近邻，专门为人扛棺材的行家。自十六七岁起首同他父亲作这等传代的事，已把二十多年的精力全消耗在死尸的身上。往常老魏总笑他是没出息的，是专与活人作对的，——因为刚二听见近处有了死人，便向烟酒店中先赊两个铜子的白酒喝。但在这天的雪花飞舞中，他可没先向常去的烟酒店喝一杯酒。他同伙伴们从棺材铺扛了一具薄薄的杨木棺，踏着街上雪泥的时候，并没有说话。只看见老魏的又厚而又紫的下唇藏在蓬蓬的短髯里，在巷后的茅檐下喝玉米粥。他那失去了明光的眼不大敢向着阳光启视。在朔风逼冷的腊月清晨，他低头喝着玉米粥，两眼尽向地上的薄薄霜痕上注视。—— 一群乞丐似的杠夫，束了草绳，戴了穿洞毡帽，上面的红缨摇飐着，正从他的身旁经过。大家预备到北长街为一个医生抬棺材去。他居然喊着"喝一碗粥再去"。记得还向他说了一句"咦！魏老头儿，回头我要替你剪一下胡子了"。他哈哈地笑了。

这都是刚二走在道中的回忆。天气冷得厉害，坐明亮包车的贵妇的颈部全包在狐毛的领子里。汽车的轮迹在雪上也少了好些。虽然听到午炮放过，日影可没曾露出一点。

当着快走近了老魏的门首，刚二沉默了一路，忍不住说出那几句话

---

* 本文原刊于《小说月报》第十五卷第一号（1924 年 1 月）。

来。三个伙伴，正如自己用力往前走去，仿佛没听明他的话一般。又走了几步，前头的小孩子阿毛道："刚二叔，你不知道魏老爷子不会拣好日子死的，若他会拣了日子死，他早会拣好日子活着了！他活的日子多坏！依我看来——不，我妈也是这样说呢，他老人家到死也没个老伴，一个养儿子，又病又跛了一条腿，连博利工厂也进不去了，还得他老人家弄饭来给他吃。——好日子，是呵，可不是他的！……"这几句话似乎使刚二听了有些动心，便用破洞的袖筒装了口，咳嗽几声，可没答话。

他们一同把棺材放在老魏的三间破屋前头，各人脸上不但没有一滴汗珠，反而都冻红了。几个替老魏办丧事的老人、妇女，便喊着小孩子们在墙角上烧了一瓦罐煤渣，让他们围着取暖。

自然是异常省事的，死尸装进了棺材，大家都觉得宽慰好多。拉车的李顺暂时充当木匠，把棺材盖板钉好，……叮叮……叮，一阵斧声，与土炕上蜷伏着跛足的老魏养子蒙儿的哀声、邻人们的嗟叹声同时并作。

棺殓已毕，一位年老的妈妈首先提议应该乘着人多手众，赶快送到城外五里墩的义地去。七十八岁的李顺的祖父，领导大家讨论，五六个办丧的都不约而同地说："应该赶快入土。"独有刚二在煤渣火边，摸着腮没答应一句。那位好絮叨的妈妈挂着拐杖，一手拭着鼻涕颤声向刚二道：

"你刚二叔今天想酒喝可不成，……哼哼！老魏待你不错，没有良心的小子！"

"我么？……"刚二夷然地苦笑，却没有续说下去。接着得了残疾的蒙儿又呜呜地哭出声来。

大家先回去午饭，回来重复聚议怎样处置蒙儿的问题。因为照例，蒙儿应该送他的义父到城外义地去，不过他的左足自去年有病，又被汽车轧了一次，万不能有力量走七八里路程。若是仍教他在土炕上哭泣，不但他自己不肯，李顺的祖父首先不答应，理由是正当而明了的。他在众人面前，一手捋着全白的胡子，一手用他的铜旱烟管扣着白色棺木道："蒙儿的事，……你们也有几个晓得的。他是个疯女人的弃儿，十年以前的事，你们年轻的人算算，他那时才几岁？"他少停了一会，眼望着围绕的一群人。

于是五岁、八岁的猜不定的说法一齐嚷了起来，李顺的祖父又把硕大的烟斗向棺木扣了一下，似乎教死尸也听得见。他说："我记得那时他正正是七岁呢。"正在这时，炕上的蒙儿哽咽地应了一声，别人更没有说话的了。李顺的祖父背历史似的重复说下去。

"不知哪里来的疯女人，赤着上身从城外跑来，在大街上被警察赶跑，来到我们这个贫民窟里，他们便不来干涉了。可怜的蒙儿还一前一后地随着他妈转。小孩子身上哪里有一丝线，亏得那时还是七月的天气。有些人以为这太难看了，想合伙将她和蒙儿撵出去。终究被我和老魏阻住了。不过三四天疯女人死去，余下这个可怜的孩子。……以后的事不用再说了。我活了这大岁数，还是头一次见着这个命苦的孩子，他现在是这样，将来的事谁还能想得定？……可是论理，他对老魏，无论如何，哪能不送到义地看着安葬！……"本来大家的心思也是如此，更加上蒙儿在炕上直声嚷着就算跪着走也得去。于是决定李顺搀扶着他走。李顺的祖父，因为与老魏几十年的老交情，也要随着棺材前去。他年轻时当过镖师的，虽然这把年纪，筋力却还强壮；他的性情又极坚定，所以众人都不敢阻他。

正是极平常的事，五六个人扛了一具白木棺材，用打结的麻绳捆住，前面有几个如同棺里一样穷的贫民迤逦地走着。大家在沉默中，一步一步地，足印踏在雪后的灰泥大街上，还不如汽车轮子的斜纹印的深些，还不如载重马蹄踏得重些，更不如警察们的铁钉皮靴走在街上有些声响。这穷苦的生与死的一行列，在许多人看来，还不如人力车上妓女所带的花绫结更光耀些。自然，他们都是每天每夜罩在灰色的暗幕之下，即使死后仍然是用白的不光华的粗木匣子装起，或用粗绳打成的苇席。不但这样，他们的肚腹，只是用坚硬粗糙的食物渣滓磨成的；他们的皮肤，只是用冻僵的血与冷透的汗编成的！他们的思想呢，只有在黎明时望见苍白的朝光，到黄昏时穿过茫茫的烟网。他们在街上穿行着，自然也会有深深的感触，他们或以为是人类共有的命运？他们却没曾知道已被"命运"逐出宇宙之外了。

虽是冷的冬天，一时雪停风止，看热闹的人也有了，茶馆里的顾客重复来临。他们这一行列，一般人看惯了，自然再不会有什么考问，死者是谁？跛足的孩子是棺材中的什么人？好好的人为什么死的？这些问题早在消闲者的思域之外。他们——消闲的人们，每天在街口上看见开膛的猪，厚而尖锋的刀从茸茸的毛项下插入，血花四射，从后腿间拔出；他们在市口看穿灰衣无领的犯人蒙了白布，被流星似的枪弹打到脑壳上，滚在地下还微微搐动；他们见小孩子们强力相搏，头破血出，这都是消闲的方法，也由此可得到些许的愉快！比较起来，一具白棺材，几个贫民在雪街上走更有什么好看！不过这样冷天，一条大街、一个市场玩腻了，所以站在巷口的，坐在茶肆的，穿了花缎外衣叉手在朱门前的女人们，也有些把无所定着的眼光投向这一行列去。

这一群的行列，死者固然是深深地密密地把他终生的耻辱藏在木匣子内去了，而扛棺的人，刚二、李顺，以及老祖父，似是生活在一匣子以内。

他们走过长街，待要转西出城门了。一家门口站住了几个男子与两三个华服的妇女，还领着一个七八岁的小姑娘。汽车轮机正将停未停地从狼皮褥下发出涩粗的鸣声。忽地那位穿皮衣的小姑娘横搂着一位中年妇人的腿说："娘，娘，害怕！……"那位妇人向汽车看了一眼，便抚着小姑娘的额发道："多大了，又不是没见过汽车。这点点响声有什么可怕？"

"不，不是，娘，那街上的棺材，走着的棺材！……"

"乖乖！傻孩子。……"妇女便不在意地笑了。

但是在相离不到七八尺远的街心，这几句话偏被提了铜旱烟管的老祖父听见了，他也不扬头看去，只是咕哝着道："害怕！……傻孩子……"说着便追上他那些少年同伴们出城去了。

出城后并不能即刻便到墓田。冷冽的空气，一望无际的旷野，有些生物似乎是从死人的穴中觉醒过来，他们不约而同地扬起头来望望天空。三五棵枯树在土堤上，噪晚的乌鸦群集枝上喳喳地啼着。有一群羊儿从他们身边穿过。后面跟了个执着皮鞭的长发童子，他看见从城中出来这一行列，不禁愕然地立住了，问道：

"哪儿去？是不是五里墩的义地？"

"小哥儿，是的，你要进城。……这样天气一天的活计很苦？"老祖父代表这一群人郑重地对答。

牧羊的长发童子有点疑惑神气道："现在天可不早了，你们还是赶紧走吧，到了晚上城外的路不大方便。……"他说到这里，又精细地四下里看了看道："灰衣的人……要不得呢！"

老祖父独自在后边，听童子说完，从皱纹的眼角上露出一丝笑容来说："小哥儿，真是傻孩子，像我们还怕！"

童子自己知道说的不很恰当，便笑一笑，又转过身去望了望前边送棺材的一群，就吹啸着往对方走去。

老祖父的脚力真使这群人吃惊。他不用拐杖，走了几步便追上棺材，而且又同他们谈话。蒙儿的颧骨上已现出红晕颜色，两只噙有眼泪的眼确已现出疲乏神气，就连在一旁用右手扶住他的李顺似乎也很吃累。独有刚二既不害冷，也不见得烦累，只是很自然地交换着肩头扛了棺材走路。

老祖父这时从裤袋里装了一烟斗的碎烟，一手笼住袖口上的败絮，吸着烟气说：

"这便是老魏的福气了，待要安葬的时候，雪也止了，冷点还怕什么。只要我们不死的，还没装在匣子的先给他收拾好了，我们算是尽过心，对得起人。……"

久不做事的刚二也大声道:"是呵,我早上还说老魏叔死的日子没拣好,现在想想这也难得。他老人家开了一辈子的笑口,死后安葬时没雪没风,也可算得称心了!……我今天累死,就是三年没有酒喝,也要表表心儿,替死人出点力!人能有几回这样?……"他说时泪痕在眼眶内慢慢地滚动,又慢慢地噙回去。

老祖父接着叹口气道:"人早晚还不是这样结果,像我们更不知在哪一天?老魏,我与他自从二十余岁结邻居,他三十多年作过挑夫、茶役、卖面条的、清道夫。不管冷热,他哪有一天停住手脚!……有几个钱就同大家喝一壶白烧,吃几片烧肉,这样过活。不但没有老婆,就连冬夏的衣服,也没曾穿过一件整齐的。现在安稳死去,他一生没有累事倒也算了,不过就是有这个无依靠的蒙儿。……咳!我眼见过多少人的死、殡葬,却再也没有他这么平安又无累无挂地走了。我们还觉得大不了,其实,他在阴间还许笑我们替他忙呢!……"

坚定沉着的刚二急急地说:"我看惯了棺材里装死人,一具一具抬进,一具一具地抬出,算不了一回事。就是吃这碗饭,也同泥瓦匠天天搬运砖料一样。孝子蒙在白布打成的罩篷下像回事地低头走着,点了胭脂、穿着白衣像去赛会的女的坐在马车里,在我们看来一点不奇。不过……老魏这等不声不响地死,我倒觉得……自从昨儿晚上心里似乎有点事了!老爹,你说不有点奇怪?……"

老祖父从涩哑喉咙中哼了一声,没说出话来。

冬日旷野中的黄昏,沉静又有点死气。城外的雪没有融化,白皓皓地挂遍了寒林,铺满了土山、微露麦芽的田地。天空中像有灰翅的云影来回移动,除此外更没有些生动的景象了。他们在下面陂陀的乱坟丛中,各人尽力用带来的铁锹掘开冰冻的土块。老祖父蹲在一座小坟头的上面吸着旱烟作监工人，蒙儿斜靠在停放下的白棺材上用指头画木上的细纹。

简单的葬仪就这样完结，在朦胧的黄昏中，白木棺材去了麻绳放进土坑里去。他们时时用热气呵着手，却不停地工作，直至把棺材用坚硬土块盖得严密后，才嘘一口气。蒙儿只有呆呆地立着，冷气的包围直使他不住的抖颤。眼泪早已在眶里冻干了。老祖父用大烟斗轻轻地扣打着棺材上面的新土，仿佛在那里想什么心事。刚二却忙得很，他方作完这个工作，便从腰里掏出一卷粗装烧纸，借了老祖父烟斗的余火燃起来，火光一闪一闪的，不多时也熄了。左近树上的干枝又被晚风吹动，飒飒刷刷地如同呻吟着低语。

他们回路的时候轻松得多了，然而脚步却越发迟缓起来。大家总觉得回时的一行列，不是来时的一行列了，心中都有点茫然，一路上没有一个人能说什么话。但在雪地的暗影下他们已离开无边的旷野，忽然北风吹得更厉害了，干枯的碎叶，飘散的雪花都一阵阵向他们追去，仿佛要来打破这回路的一行列的沉寂。

一九二三年冬

纪　梦 *

虽是初秋的节候，然在北方已经是穿夹衣的天气了。早晚分外清冷，独有午后的阳光，温煦、柔暖，使人仍有疲倦困乏的感觉。P.P. 女子中学的一个教室内，这时正是可爱的阳光布施它的魔力的机会。学生们在上午从太阳未出前，忙到吃过中饭后，梳洗、穿衣、铅笔、书包、道中的飞尘、校门口的喧嚷、铃声、异样的教员口音、赞赏与斥责、各种样式的玩意、外国文的拼字记忆、吃饭、盥洗，半天来没有一刻安闲，热闹的时候过了，弱小的胃量充满之后，便有倦意的来袭。况且国文教员两点钟方到校上课，早呢，还没有到一点半。微有暖意的秋风将明热的阳光送进玻璃窗内，一阵不易打退的倦意即时占有了这所宽五英尺、长十二英尺的教室。书本纵横地抛在案上，胡乱写的字纸压在各种色彩的袖口下面，她们的垂发也都安静地不动，任其在寂静的空气中从容地散布夜来枕畔的气味。有几个还在勉强地温习文章，然而小声低诵着"世中遥望空云山"的句子时，也觉得模模糊糊地仿佛有许多云雾在眼前出现。

"玉清姐，哼！……我没有气力了，好歹让我在你身上躺一会儿吧……一会儿吧！"一个扎着紫色夹有银线辫把的，将身子斜欹在她的同学的左臂上，装着小孩子样儿这样说。

她的同学——玉清，素来就好顽皮，这时呢，也正自觉得两目有些发痒，懒懒地不抬起头来。恰巧有个人来欹在自己身上，便趁势用左臂把那一个的脖颈揽住，自己的上半段身子也向左俯了下去，腮颊贴住她的额发，眯缝着沉沉的眼睑道："好孩子！来，睡到我怀中来吧。"

---

* 本文原刊于《小说月报》第十五卷第十二号（1924 年 12 月）。

她们在懒静中骤听得玉清这句话，不约而同地纵声笑了起来。有的将首枕在臂上，有的拍着手儿向着空中，都笑得掩不住口。在玉清前面正在玩弄着缺襟半臂的珠扣的女孩子，这时却回过脸来笑道；"呸！真不害臊，多大呀，就想做小母亲呢！"没说完，她自己也笑得伏在案上了。

于是一阵喧笑声，变为带有快乐而玩笑的语声，"小母亲""小母亲"的摹仿口音哄满了全室。更有几个要居心看热闹的学生，立在讲台上说：

"玉清，……你两个还不起来同小珺算账，她真会说俏皮话儿。……"

"得啦，要叫我，……一定隔肢得她要死。……"又一个带有挑战的意味轻蔑地说。

果然这两句话激起了玉清同她的伴侣的报复思想，便一同起来，一边一个，把刚才说"小母亲"的小珺拉着，四只纤柔的手指便向她的胁下乱插。小珺原来笑得已没有气力，如何禁得住这两个报复者的摆布。她一面护着头后的双鬟，一面用右手乱拦，口里尽管说告饶的话。玉清哪里饶得过她，连喘带笑地说："好呵，当面挖苦了人，过后只会说几句轻巧话儿！……有那么便宜的事么？"说着仍然不曾住手。珺呢，实在无力抵抗了，便高呼着："好吧！连姐姐，韦如，你们难道看见我被人欺负不说句公道话么？……我还和你们好啦！"这句话的结果，是从后座上过来了两位身穿着绛紫色的衣裙的、差不多的模样儿的姊妹，来给她们调解。

几分钟后，全课室内的空气变了，笑的、说的、埋怨的、交手的……把方才的倦意都打消了。不多时这场不意之战也结束了，室中充满了暖意，只余下大家互相嘲笑指责的语声。她们都如春日园林中的小鸟，一切都是随意的，自然的，没有拘束也没有恐怖。然而在这一群少女中，独有坐在南墙侧第三排案子上的一个，仿佛独处于欢乐、讥笑之外，侧着面部，向着淡绿色的墙纸发呆。自然同教室的人不大答理她；而在她看来，这些玩意也没曾在心中留下一点快乐的种子。她穿得很淡朴，浅蓝色的竹布褂上没有好的缘饰，连钮扣也是用布结成的。松松地梳了一条辫子垂在细弱的项后，连个珠花夹子也没有戴；不过在发根的一边，用个白色骨质作成的小梳斜拢着散发。她的发细而长；但并不十分油黑。她的额发也没用火剪烫过，很自然的罩住了左右额角。她面色是洁白的，而看去却像带有病色，因为她并不像其他的女孩子有红润的腮颊。她的鼻骨很平，一双弯弯明丽的眼睛，愈显得她的颖秀精神。她寡于言语，又似是懒于言语。她每天来到教室，安闲从容，绝不似他人的忙乱，有时连上四班的功课，她可以一次也不离开座位。可是她的功课却不见得答得完全。有时教员问她，答得极清晰，有时却茫然地答非所问。教员的告诫，同学们嗤嗤的暗笑声，她不曾烦恼也不报复。她终日这样，所以别的女孩子自然不大肯同她说话。大家都暗笑她，有时却又带点猜忌的意思，背地里批评她。大家共同送了她一个诨名字，叫做"活哑巴"，左不过背后拿这三个字作她的代名罢了。在教室中、操场中还没有人好意思这样叫她。在这一群欢乐的女孩子中她是孤寂的、落寞的，如同从远处跑来的一个陌生人。人家不大理会她，她也从不多事。平常多是默默地坐着，缓缓地行着，呆呆地侧看着绿色的墙壁。

照例，每逢教员在讲台上的时候，提起霍君素这名字，她便立了起来，然而从不向教员直望，或匆迫地向四周的同学笑看。她都是低着头拨弄一枝绛色的带有白铜帽的铅笔，回答教员所问的问题。这枝铅笔似乎是她朝夕亲近的伴儿，因为她到 P.P. 女子中学来三年了，也曾用过几种铅笔，独有这枝铅笔无论上课、下课、书包、怀内一直陪伴着她，而她却轻易不肯用它。这点小故事，同学知道的不少；不过大家都说她有几分呆气罢了，却说不出她为什么不用这枝铅笔，而又时刻不离的道理。好在同学们的课业、游戏，整天忙得不开交，又有谁来理会这样小事。

在喧笑讥诮的声中，壁上挂的时钟敲过两下，突然室内静了一静，女孩子们有的出去，有的打开本子重新用功，而君素仍然呆望着绿色糊的墙壁。

十分钟过了，戴着近视眼镜的黄教员，从对面的休息室中走来，便有几个好说话的学生嚷着"黄先生来了，黄先生来了"，说时现出期待的神气。及至黄先生推开红漆的玻璃门进来后，学生还有忙着找座位的，打书包的。黄先生微笑着从一边走上了讲台左边，把一包书往桌上一搁，先说道：

"我前二十分钟便到了，听得你们笑得厉害，为什么？……我也好跟你们欢喜，你们说得出为什么？"黄先生的质问，像是要从她们口中探点什么秘密一样。于是一时沉静的室内又起了一阵笑声。有些性情活泼些的女孩子，想起了刚才大家闹的笑话，笑得不敢抬头。有几个庄重点的，本想板着面孔把书本铺得正正的，无奈别人的笑脸、弯曲的眼角、颤动的额发，老是向着自己作"笑呵，……笑呵"的诱惑，就不自禁的口边的曲线聚成弯形，眉痕也向发际扩张了。黄先生莫名其妙也随同大家笑了起来。

笑了一会，她们究竟敌不住黄先生的考问，便有个嘴快的学生，弯着腰站起来，指手划脚地把"小母亲"问题一五一十地说出。黄先生不由得满脸好笑，末后，只好说一句"你们真淘气"的话，各个坐椅上还是遏不住笑声。

时钟已指在二点二十分了，黄先生一手执着书本，一手拿着半段粉笔，时时向黑板上写画，如细雪似的粉末，沾了一身。一会儿将一段书讲完之后，他便命大家把纸本、毛笔取出，说在这半点钟连续着下一点须要作文。他说完，便用板擦将黑板上的粉字擦去，很郑重地在黑板正中写了两个大字"纪梦"。他刚刚写出，下面向黑板出神的女学生们不禁都微笑了。因为这两个字的确是有趣味的，里面当然包含着些丰富的联想与连绵的回忆。且此二字即教员不加解释，也是能以引起她们的注意的。她们正如方在学飞的雏燕、方从山谷中流出的活泉，活跃舞动的生命正在翱翔于云表，自由自在地酝酿着、寻求着，希望着许多许多的好梦。所以，她们见这样的一个题目，使她们心理上起了好大变化：记忆的、想象的、过去的、未来的，悲喜忧乐交织成一片心网。不但出题的教员不知，她们自己也把捉不到。然而最微细、最柔腻、最深幽的情绪的幻境，都一一地被这两个有魔力似的字唤起了。

黄先生自然自己也很感兴味，把梦与人生有何关系、梦究竟是怎么作成的理论话，向学生略略解释。但这并不在她们心上。她们虽是侧耳静听，从她们的眼光上就可看出她们只在寻味梦境的经过。类如什么心理、生理、意识、生活这些抽象的话，她们哪里有闲心思再去领会。黄先生又将各人的梦如何纪法，文字的修饰如何等等告诉过了，便向她们前后左右的注视了一会，看见学生们都将十分钟前的嘻笑态度改换，虽还有一二人面上微笑，然而这是记起梦境后的愉快的表情，比起前时为笑话引来的大笑不一样。

黄先生趁这个时候便向墙角上伸了个懒腰，在这一群女孩子凝神构思的当儿，他可把一日的辛劳暂为休息一下。他坐在讲台左侧，向那些作文的学生们细细看她们的姿态，与作文的用思。黄先生他向来是好在无意中观察人家的动作的，况且这次他出的作文题目，知道与这些女孩子的心理的表现上很有关系，于是观察的习惯便使他注意她们的动作：托着腮颊的手形，低头蘸墨时缓缓的举动，并不是发痒而故意地用小牙梳爬着顶心的浓发或者折弄着内袖口的花边。至于面部的表情，虽有沉郁、愉快的不同，然而都是庄重地、沉思地在那里追想寻求。黄先生注视她们加以比较，但在心中却想何苦出这个趣味太深的题目，令她们从回念中感到苦恼。梦境果然是悲苦的自不必说，即使是欢乐的，其实是一梦呢，她们十八九岁的人，难道还不会寻味出这是空空的欢喜！教她们作文完了，何苦以好奇的心思试验她们，老实说可不有点罪过！……他正在与学生同时构思的时候，忽然，把目光从左而右落到第三排案上那个名叫君素的女生身上。因为她在这时的样子，很易惹起教员的注意。她自见出题之后，望了望黑板上的大字，仍然将脸左向，侧望着绿色的墙壁。先生如何解释题目，她是一个字也没听清的。及至她的同学们都在执笔构思的当儿，她又回头望了那"纪梦"两个字，便伏在案子上不动了。墨盒儿没有开，毛笔还是安闲地放在一边，她的肩背却时时耸动。黄先生在此教书一年多了，对于学生的个性知道得很详细。他明了霍君素是个特别的女生，她的文字、性情、举止，有时与她那些活泼泼的同学们差得太多，并且她除了功课之外，连在教员前也不肯多说一个字。平常已惹起黄先生的疑心，所以他曾向教务处问过她的履历，只知她住在北长街一条胡同内，有母亲、父亲在外省审判厅内办事，是十八岁，除此之外，便一无所知了。又见她的同学们背后议论她，就时常禁止，而自己可也究竟猜不透君素是个什么样环境的女学生。

这时他突然看见她伏在案上，额前松垂下的头发时时颤动，仿佛是在哭泣的样子。他注视她，却也时时看看别个学生，有的尚在那里寻思，有的却已铺下纸本写了出来。黄先生疑讶地、无聊地在讲台上正踱来踱去，一会儿坐下，从大衣中取出一个袖珍本子的洋文书来，但他的目光总不期而然地向霍君素的座位射去。这时学生们也看得出君素伏在案上的状态异常，有几个回头看着她，又望望黄先生，便重复在纸上簌簌地写起字来。

距离应该交文的钟点不过还有十数分钟了，黄先生看看别的学生，有的已将文字交来，有的也快写完，独有那个奇怪的霍君素仍旧伏在案上不动。作完文字的学生们，都在座位上唧唧喳喳地小声议论她。黄先生再不能忍了，便走到她的身旁问她，同时又教两个学生好好把她叫起，问她可是身上生病不是？那知总拉不起她来，她只是小声呜咽地哭。黄先生也没有办法，把各人的文字一齐收起，看看君素还抬不起头来，便好好地和她说，教她把文字带回去作。又吩咐两个大几岁的学生不要下课以后马上走了，须好好地将她哄得不哭，送她回家去。于是在下课铃声重复响起的时候，黄先生很不自在地夹了一包书籍、文字蹚出课堂去了。

君素一个人沿了北河沿阴湿的土道上走着，女伴们都欢乐着回家去了。这么长远的街道，这么凄凄的心境，又是在这夕阳沉山的时候！

北河沿的两旁都是刺槐与柳树，连日西风吹得起劲，一堆堆枯叶积在黏土地上，没人扫除。不是夏日了，河水污淤有种臭味。这脏烂的泥水与对面高楼矗立的某国使馆的屋顶正相映照。君素虽是一步挨一步地走着，她并没为这秋日的风景引动，她只是在那作她那梦中之梦的文章。

她低着头，有时觉得向晚的尖风时时从单衣的袖口穿入，她看到手腕以上皮肤有点紧缩，她并不在意。她正在追忆她梦中画图的一片。

"你倒乖，……吃饱了饭就抱起书本子来，……哪件事不是我来瞎操心，……就是为你们拉纤，我在张太太家输的钱还没捞回本来，弄得我毛手毛脚的哪里也去不成。都是你舅舅说的，要你念书！……天天打扮齐整，跟站门子的人一样讨小子们的欢喜，……哼！你别忙，还有我呢！真是死气摆裂（北平土语）地累我一个。……"梳着没有平板的圆顶旗头的老太太，提着旱烟袋坐在堂屋门坎上数说着。

堂屋门的东角上一个小白炉子，煤球烧得通红。上面坐着铁壶，盖子时时作响。炉边躺着一只棕色懒猫，前左爪正在有意无意地拨弄着一个笤帚的帚苗；它又很狡狯地时时用黄色的眼睛斜瞪着低着头、含了泪珠的她。

她头还没有梳好，两个髻儿只挽上了一个，那一边的头发还握在手内，因为听见老太太的喊声，便从房间中跑出来，呆呆地立着听教训。

她原是个旧家人家的女儿，她父亲的世袭云骑尉职早已失掉，薪俸没了，又没有资产。她自生下后便随着父母过那几乎讨饭的生活。她父亲要每天到茶馆去吃茶，到朋友家去谈天，手头里又没有东西可以作生活的支持。一天天地挨下去，没有方法了，每天吃茶的生活还是不能不过。就是这样，结果只有出卖女儿——她是他们唯一的活动财产。

人家虽穷了，面子却不能不讲，究竟是世袭云骑尉的家世，怎么好将女儿卖给民国以来的阔人做姨太太、做婢女！

因为环境的威迫，后来她被父母当质押品般的一半借物质钱，一半是亲戚寄养的办法，便到这位陌生的老太太家中作养媳。

有一张契约，上面注明她的父母负有二十元债务，——对这位老太太说的。

那样的闲言语在她听来，已是常日饮食，只是有酸苦辛辣的味道。没有什么别的滋味。契约上的丈夫呢，是南横街理发店中的学徒，老太太每见他之后，就非常生气地说"不长进的畜类……不是我养的"这类话，因此他轻易不回家来。独有老太太的兄弟——一位在茶馆说评书的滑稽和祥的老人，却在清早时来谈谈。他力劝老太太把这位未圆房的媳妇送到校里读书。他的主张是女子念好了书可以预备老太太的后事。本来她在家里识得几个字，名义上的舅舅就先请人教她一些功课，过了一年，以她努力的结果居然考得上 P.P. 的女子中学。

舅舅自然欢喜，她也是望外，而老太太每天怒骂声却也更多。

可怜的小动物，吃饱了主人的残食，只有斜着黄色眼睛向帚柄上就抓。它以为这是顶好的消遣；而老太太的思想也与此相仿，只要有消遣方法，哪顾到含着眼泪握着头发的别人！

她并没有什么特别的梦可纪。

一瞬的短时中，这篇尚未写出的文字，已经在河沼旁的君素的脑子中打了几个回旋。这幅经过事实与想象合成的图画，虽深深嵌在她的心中，总难有抒写出来的机会，而且她又哪里有勇气来写；她想自己的苦梦，不知哪天才做得完，又如何写得出。

但是她一眼看见河内的水流便不禁起了一个念头。

眩眩眼第三个礼拜二又来了，P.P. 的学校庭前秋风吹得几株刺槐堕叶的声音，飕飕不断。教室内仍然有天真烂漫的一群女孩子的声浪。同一的钟点到了，小琭圆瞪着眼睛还是同玉清斗嘴。不一会黄先生也同样的夹了书包从教员休息室中走来，态度很庄重，不似上次的和气了。他坐下后，便一本本地发作文卷子，到了最末的一本，黄先生便低头重复看了一遍，轻轻地将木案拍了一下，着力地喊出"霍君素"三字。喊过两次之后，学生们互相注视着微笑。黄先生抬起头来向教室的四周看了一遍，只有霍君素的座位空着，小琭最爱说话，便道："没来，她两天没有到校中来了。"黄先生听过这句话，诧异地立起来，轮着指头算道：

"礼拜一、二、四，恰好她这篇……是教务处星期五送给我的，她不是那天在班上没有作好，后来交代的么？"

他一手握着这本文字，皱着眉头，道："怎么好！怎么好！"很惶急地向学生们说：

"你们看！看她……她这篇纪……梦！"说着，把卷子交与一个座位在前面的学生，便匆匆忙忙地出了教室，一面口里喊着听差道：

"李主任呢？……快请来……事情真么？……出了岔子，……纪梦的事！……"

一九二四年秋

司 令 *

在卉原镇上像这样急迫而惊怖的忙乱已不是第一次了，不过这回的来路与每次不同。从十二点钟后，保卫公所的门口十分热闹，在那两扇大黑漆门中间走出走进了不少人物，甚至连大门里粉刷的照壁前一堆紫玉簪花都践作坏了。大而圆的花萼，躺在土地上被毒热的阳光晒着，渐渐变了颜色，有的已被脚印踏碎了。门前右侧，独独忙了那个穿灰衣的团丁。一支套筒在他的手中忽而高起，忽而落下，不知多少次了。因为办差的人物，城里派下来的委员，本乡的乡长、团长、乡董、绅士、校长、商界的首事，还有他们团里的排长，与巡警分局的巡官，一出一入，照向来的规矩都得打立正；并且要把枪刺举得高过头顶，这真是自有保卫团以来少有的苦差事。

于五在镇上当团丁也有三个年头了，他是东村有名的一条"蠢牛"。他两膀很有点劲儿，眼睛大得吓人。身个儿又高，不过有些傻头傻脑，所以村子中公送了这个外号给他。可是自从入了保卫团之后，他简直聪明了好多，不单是学会卧倒、上刺刀、放连枪这些知识，而且也懂礼节，"是是""啊啊"的声口也学会说了。所以现在他不比从前"蠢"了，于是伙伴们使用普通尊重人的称呼法，把外号的上一个字去了，换上个老字，喊他"老牛"，他也答应。因为他听过牛的故事，晓得牛是庄稼人最尊敬的畜生，所以大家这样叫他，他并没有什么不乐意。

从天色刚刚发亮的时候，县里派来招待招兵司令的委员与原差便都到了。消息传播得非常迅速，不到八点钟，这两千人家的大镇上几乎没一个

---

* 本文原刊于《小说月报》第十八卷第二号（1927 年 2 月）。

人不晓得。商店的学徒、卖食物的小贩、早上上学的学童，以及作工夫的短工，他们交互着谈论"司令"到过午便来的大事。谁知道带多少马弁？谁知道有什么举动呢？学校中特为这件事早与学童说明午后放假半天；切切地嘱咐那些小孩子藏在家中，免得家庭里不放心。至于在镇西门外前年方办成的私立女子初中，这一日的上午便早没有人了。教员、学生，都临时走了。

于五呢，他在晓露未干的时候便跑到操场里耍了一套谭腿，这是他自小学的武艺，几十个团丁里没有一个赶上他的。团中虽也有武师在闲暇时候教教他们打几套拳，或是劈几路单刀，然而在于五是瞧不过眼的。因此他常常发些牢骚，同他的伙伴说：如果他不是从幼小在这个地方住，一定可以教他们了。"人是外乡的好"，他有时拍着胸脯慨叹那团长老爷太好摆架子，埋没了自己的真实本领。在操场的时候，十分清静，除掉大圆场周围有几十棵古柳迎着晓风摆动垂丝之外，就是一条鬈毛大黄狗，垂着尾巴如老人似地一步一步地来回走。于五趁这个时光把全身筋肉活动起来，光着上身，在柳荫下舞弄了半响。看看太阳已经满了半个场子了，又听见场外有人赶着牛马走路的声音，他便打个尖步将双脚一并，立正之后，随即从柳枝上将那件灰色短衣披在身上。方想回去，却好他那同棚的萧二疙瘩从一边走来。

"你才起来？我说你再懒不过，一定是夜里到那里耍骨头去来。"于五擦擦脸上的汗珠向那位身体矮小、长了满脸疙瘩的伙伴说。

"伙计，你省些事吧。夜里倒运！说，你不信，被老伍、老华赢了六吊七百钱去！害得我一夜没睡好觉。可也更坏，偏偏今天黑夜里又凑不成局，真倒运！哪里来的这些把式？一起，一起，都得叫这些大爷伺候！……真他妈，……"萧二疙瘩人虽小气分儿最大，他最不服硬，这是于五一向知道的，所以听他说出这些话来，便道：

"萧二哥，你不要输钱输迷了心窍吧，平白无事的谁又来？……团长这几天不是为了病不常出来，松快了许多？"

"哼！"萧二疙瘩把鼻子耸了一耸道，"看着吧！看他今天出来不出来！一样是差事难当，今儿就够瞧的！我说老于，他们来时咱也去吃粮吧？"

到此，于五有些明白了，他便将手一拍，急促地问道："莫非是真来了招兵委员？几起了？这日子真没法过！在乡下还有舒服？……你说什么，去吃他们那一份子鸟粮，我看你是输昏了！你没听见卖饼的黄三说：他兄弟在上年丢了好好的生意不做，迷了心去当兵，好！不到三个月偷跑回来，那是个什么样子！没饿死还没冻死，是他祖上的阴功。大风，大雪，偷跑到山里去当叫化子，过了十多天才趱回来。他不是情愿饿死管干什么不当兵了？……你别瞧咱们土头土脑，我看那简直是一群狼，土匪、青皮、叫化子，都能当。……一百十三团，你记得从我们这镇上过的，真丢脸！哪一个不是穿着油灰的衣服？不知是几辈子的？连咱们还不如。打仗，好轻快的话！不是吹，我一个人，他们来上五个、六个，……"

于五正说得带劲，萧二疙瘩插言道："老于！你别高兴！你记得公所门口的岗位今早上该你站吧？这个差事真要命！还好，要是下午准得挨上几十耳光。……这一回我听说了，不是委员，大哩，是司令！我说是他妈的司令！听说是上头专派来这儿县招兵的'司令'，还是……"他说到这里似乎有一种潜在的力量把他的声音压低了，"怪事，听说这还是我们的乡亲哩！老于！听说他是专门谋了这个差事来的，想想：来者不善，善者不来，嘿嘿！"

"是谁？"

"就是营庄的管家，我可不记得他的大号。说是什么军官学堂出身，在外头混了多少年，干了些什么事，家里早不知道这一口人，这回回乡了！"

于五叉着手凝神想了一会，没有话说。

"看他怎么样，到自己的地方？……看他怎么样？"于五脸上骤然涨红了。

一阵喇叭声响，正是他们团里吃早饭的时候。

这一天上午，在于五的心情中与其是恐怖，还不如说是不安。他虽是心里不愿去伺候那些同样的灰衣人，然而他却是个十分服从命令的壮士。所以刚到十点，当他那棚的排长，喊声"于五换班"，他早已结束完了，肩起他素日宝爱的明亮的套筒，由镇东门里的宿处向局子走去。

四月末旬已经有些烦热了。他肩着枪在道旁的树荫中走着，额上微微有些汗珠。他这一回的上岗状态更为严肃，每次呢，也带子弹袋，可是照例只有几个枪弹装在里边，为了数多沉重而且不许，他这回却把周身的袋子都装满了，少说也有五十个枪弹在他腰间。套筒的膛内五个子儿全压在钢条之下。这也不是常规，因为怕压坏了发条。他雄赳赳地走着，看看那些一早到街市上买东西的人，多少都带些惊惶的颜色。尤其异样的是壮年男子不很多了，全是些老人，以及蓬头宽衣的妇女，——年轻的妇女却未曾碰到。于五看见这光景不免皱了皱他那双粗黑的眉毛，同时脚底下也添了气力。

由城里临时派来的委员是个学务局的视察员，因为时兴的，学务上没有事可办了，却常被县长与绅士派作外委——作催草料与招待的外委。他自从半夜奉了急于星火的公事，带了几名差役从星光下跑来，到后便住在乡长崔举人的宅中，招集了镇上几个重要人物，如商界首事、保卫团长、校长等计划了两个钟头，即时都穿戴整齐，到街内的保卫公所里开始办公。他们来的时候，于五已经直挺挺地在门口站岗了。

他们在里面商量些什么，于五是不知道的，但他看见他们的团长一会儿出来，一会儿又拿些账簿、纸件之类的东西进去，跑得满头是汗，嘴上的短胡子也似乎全挺起了，背上衣服隐隐有些湿痕。最忙乱不过的是由城里派来的差人与本地乡约，不住口地喊着预备"多少草料，几份铺盖"。他们一边喊出，在门外有几个听差的团丁立刻答应，分头打点。还有镇上的三个好手厨子正在门口石凳上坐着吃纸烟，听里边呼唤。

于五从在公所门口这两个钟头看来，似乎见到卉原镇上的"奇迹"了。自然，从前这类事他见过不少，镇守使在这里也打过尖，而这回的影响却来得真大！从花白胡子的崔举人走出来的神情便可看出。他脸上的皱纹像是多添了几十道，斑白的头颅不歇地摇颤，一件软绸半旧马褂下仿佛藏不住他那颗跳动的心脏。

于五等待的希望不如那时的大了，眼看着这一群人忙到正午，却还不见动静。他一个人挂着枪四下里望着，茫然地不知这一天是什么日子？恰当这时，局中纷乱的人员差不多把一切都预备好了，大家却不敢散去，只有坐在里边吃着纸烟、水烟，谈天，虽然他们各人的心里明明是多添了一块东西没有安放得下。出入的比刚才少了好多，于五在这闲暇的时候便想起早上萧二疙瘩同他谈的那些话，以及当兵吃粮的勾当，于是也想到这次招兵的来由。他想：招兵不止一次，也不是由一个地方来的，什么军、什么师，分别不出，也记不清。按照向来的经验，不过是几个头目、几个兵士，到镇上住上十几天，插了小白旗子寻开心。点心有，饭菜自然是好的，还要大家公垫办公费，数目不等。每回哪里空过呢？末后也许领了十个八个的流氓乞儿走去，一个人没招到也有过的。有一回还被教堂里的洋人照了几张像片去。为什么这么一次一次地招兵？于五不识字，不看报纸，当然不甚明白，只听说外面不安定，开仗。有回来的朋友说听见炮响，学堂里的先生们说些什么铁甲车、迫击炮的新鲜名目。他从这一些零碎的概念中，便也知道招兵是这么紧急。他立在如醉的日光里，渐渐觉得腰部、双肩都发起热来。然而下岗的时间还没到，而他所希望的一群人也还没见个影子，因此他心里有些烦躁了；也因此他对于那将近走来的一群人的憎恶更增加了分量。

一个约摸五十岁的乡约在局门口的一条小街上，用一手掩着被打破了的左腮颊，一面还是加劲地快跑。一滴一滴的血水从他那一件粗蓝毛大褂上流下来，随着他脚后的热尘便即时看不见了。而立在局门外面的两个"军士"正将眉毛竖起，大声喊骂。那明明还不过是兵丁下的兵丁，因为他们还没有整齐的皮带与子弹盒子挂在腰间。两个人的灰色衣服已经变成黑色。一个穿了黄线袜，那一个却是一双破了尖的破白帆布鞋。他们像是随处都有动气的可能。紫面膛，近乎黑色的嘴唇，一个是高长的身躯，那个穿破帆布鞋的却还不过是十五六岁发育不全的孩子。于五这时还没换班，直挺挺地立在门口右侧。他这时倒格外精神了。虽是不立正的时候，整个的身子也绝不歪斜。那杆明亮的枪枝在他的手里似乎是十分荣耀，晶明的刺刀尖，仿佛正用一只极厉害的眼睛向门外一高一矮的新客人注视着。于五在他们将到的时候，受了团长的临时命令。因为今天四五个镇门与街头巷口都加了岗位，有些团丁又须时常出去办差，人是少的，又以于五的姿态分外合适，叫他多站两点钟，也叫那些招兵的差官看着好夸赞几句。于五自从看见几匹马从飞尘中滚过来以后，他反而振奋起来，虽是连续着站岗倒也不觉疲乏。这会亲眼看到两个差弁狠恶的样子；亲眼看见他们用马鞭把伺候的乡约打破了腮颊，他并不怕！仍然保持着他那威严的态度。那两个差弁骂够了，便向内走去。于五声色不动，厉然地挺立着，更不向他们笑语，或行军礼。那个高身材的向他瞅了一眼，仿佛要想发作，于五也把他那双大而有光的眼睛对准差弁的眼圆瞪起来，差弁却低头进去了。

全是于五目所见的、耳所听到的事。丰盛酒菜的端入，里面猜拳行令的声音，以及饭后来的司令在局子的大厅上高声发布命令的威力，地方绅董战栗着的应声。于五是十分清楚了。在他胸内正燃烧着饥饿与愤怒的火焰，看那些出进的"大兵"有的赤了背膊，有的喝得面红汗出，在局门口高喊着不成腔的皮簧、小调。他真有点站不住了。已经到了午后一点多钟，夏初的天气烦热得很。听说司令，还有副官都在局内午歇。除去有两个人在里面值班预备叫唤之外，局长与校长那一群都严肃地退出，各人预备去做的事。那个佝偻上身的老举人到外面大杨树下时，便同一位中等年纪的校长说：

"我直到现在直不觉饿！看他们吃得高兴，我……就是咽不下去。……我说：校长，这怎么办？还没有日……子呢！一天三百串，……酒饭在外……这笔款？……"他一边说着，用一只微颤的血管隆起的手掠动额下的长须，还时时向门里面瞧着。

校长虽还不到四十岁，上唇已留了一撮浓黑的上胡。他拿竹子折扇不住地开开闭闭，却不扇动。听了老乡长的话便踌躇着道："现在什么事似乎都不用办，只有伺候他们！有钱还可以，没有呢？……慕老，你看这个'司令'还是……毕业，还是咱们的同乡？……哼！那才格外上劲呢！一口官腔，一个字不高兴就拍桌子，我看怎么办？事情多呢！……"

校长皱了眉头，低低的话音还没说完，门内骤起了一阵哗笑的声音，两个兵士倒提着手枪从里面跳出来。于是他们在外面诉苦的话自然即时停住。两个兵士脚步一高一低地蹭下了阶石，一个黧黑面孔的便一把拉住老乡长的方袖马褂道：

"老头子，……有出卖的？在哪里？快快说！……说！"

老举人惶然了！他不知是什么"出卖"，上下嘴唇一开一合却说不出半个字来。在一旁立着的校长究竟懂事，他知道他们醉了，便任意用手向东指一指，两个兵士咧着嘴，步履踉跄地走去。

老举人还没有喘气过来，便被校长先生掖着踅回家去。

这夜的月色分外明亮，所有的团丁除去值夜、站岗之外，都在他们的操场的树下纳凉。镇中人本来睡得早些，这一天更是不到黄昏全闭了门。街道上各学校里都十分肃静，到处没有人声，只是断续的犬吠从僻巷传来。

然而这几十个壮年团丁仿佛受了什么暗示，在初热的清宵也有些意外的感触，无复平日的笑谈高兴了。又听了他们的头目的命令，在这几天内如有赌博等事发生是立刻究办的，因此大家在一处越显得寂寞了。

月光从大柳树梢上渐渐升起，清澈地含有温暖的光辉映在这细草的圆场上，什么影像都被映得分明，在静默中，一个带有叹气口音的道：

"像这么过上几天真要闹出人命来！……我们吃了地方上的供养，却得小心伺候这些小祖宗！……"这口音明明是忍辱下的怒骂了。

"你仔细！……看你有几个脑袋？被他们暗查听了，活捉了你去，先吊起你这猴子来，交代上三百皮鞭！……他们做不出？你道这些……还看同乡的面子？……"又一个说。

"反正庄稼人还能过活！一年到头：怕土匪，怕天灾，还得够他们的，这个年头过日子？……横竖是一样，若不是借了那些势力，再来那么几个，就这个把式的！无法无天，先弄死几个出出气再说！"第一个说话的青年衔了一支香烟，说的声音格外大了。

一时全场都默然了，有几个正在操场中解开衣扣来回走着，有的却正在那面用木剑游戏着比较体势，大多数都坐在地上。

萧二疙瘩因为今天晚上不得赌，恢复他的输钱，心上正没好气，冷冷地笑道："不要瞎吹！说是说，做是做，看那不三不四的'司令'喝一声，怕你不屙在裤筒里！没瞧见连崔老头子都把老脸吓得蜡黄，不信问问老牛，是不是？老牛！亏得你今儿罚了四个钟头的站，没挨上嘴巴，算是时气好罢咧。……"

于五躺在草做的披蓑上没作声。

于是一群人便不自禁地都纷纷谈着新来招兵的一群。有的说他们是做买卖来的，有的却说这几夜里镇上土娼的生意发达了，又有好嬉笑的说这位司令要讨几位姨太太回去的。一时笑声与怒骂声破了半夜以前的沉寂，然而于五躺在草蓑上始终没作声。

恰在这时，从圆场的东北角的木栅门上急促地闪过一个人影，到了这一群人的前面，在月光下闪出他那高伟的身材与阔大的面皮。所有的团丁都看明白，来的是他们的团长。他在左臂上搭件短衣，上身只穿着排钮的白小褂，满脸上气腾腾地像是被酒醉了，汗珠不住地从额上滴下来。团丁都肃然起立，连躺在蓑衣上没言语的于五也跳起来。

团长喘息定了说；"你们站好！"这句话即时便发生了效力，众人立时成了一个半圆形，把团长围在中间，那边正在比剑的几个也跑来了。

"兄弟们！不要快活了！有一个不大好的消息。我先报告一句，"团长说到这里便停住了，看看这些团丁们的颜色，然后用较低的声音续说："这事恐怕早晚是要知道的，……招兵的——司令吗？他这一来却不像先前那几次来的，因为他晓得地方上的情形，他知道我们这里有几十个弟兄们。他今天晚上请了乡长去，说得很厉害，不客气！明天他便要点验我们，要带同我们上前敌！打仗！连枪械、服装，……他说这样兵不用招了。……他是什么官谁知道？听说他带了我们去至少马上就是团长。他说在他的势力下可以便宜办理。……你们想：绅董们自然要说这是民团，是地方上出钱的。不成！他说那便是违抗，是民变，要带人来缴械！……"

团长方说了这一段，一阵喧声从这个半圆圈中纷哝地发出。团长急了，便止住他们的语声，又缓和地说："然而这事可说不定，我看他也没有这么大胆量，上头未必是这样吩咐，还有局长呢，听说明天要交涉去。你们先不要着急，我不过告诉你们。……"

团长末后的语音这一群人听不分明了，团丁们已经纷纷怒骂起来，有的是沉闷不语。过了一会，大家似乎被一种严肃而危难的空气包住，便有几个年纪大些的团丁与团长低声谈着抵抗的方法，而众人也随意散开各作讨论。

于五早已跑进屋子里去了，过了一会他从屋前的刺槐荫下溜出来。忽地被一个人看见他这样打扮，便急急地喊道："于五，你……你哪里去？……"

一句喊声，立在一边的团长的眼光便落在疾走的于五身上。他已脱去团丁的制服，在白小衣上斜插了一支匣枪，围了周身的子弹袋，左手提了长枪，上了刺刀，匆匆地往圆场的木栅门那面跑去。团长也急喊了一句："这时你带了军装，……哪里去？……"

"去！……先打死那只狗小子！什么'司令'！……"如飞的脚步已经跑出栅门外去了。团长呆了一呆，便急裂开嗓音喊声"回来"，便追上去。同时，立在团长身旁的那几个团丁却也抄起家伙随着跑出了操场的栅门。

一九二六年六月

沉　船*

"再走半天，我们便见那一望无边的大海了。——海是怎样的好看！刘阿哥见过来，是不是？那些像生了翅子般的小舢板荡来荡去；——在上面如果拉着胡琴唱'二进宫'，那才好听哪！在水上面心地清爽，嗓音也高亮。……"人都叫他高个子顾宝的壮年车夫，正在独轮车的后面推着车把与前面的刘二曾说话。

刘二曾是个将近四十岁的农夫，在农闲时便给人家剃头，但近几年来也改称理发匠了。他们推的车子上，一个是四十多岁穿深蓝土布褂子的妇人，两个七八岁、三四岁的孩子，是刘二曾的妻、子。

"那自然！你忘了几年前咱一同来贩鱼的事，还过海去玩过德国大马路？我真不晕船，有些人就不敢。"刘二曾推车子过了几个钟头，有些支持不住，说话喘着气，没有他那伙伴的自然。

"咦！你怎么啦？别说能坐船不能推车子，你看还隔有十里路才打午尖，你就把不住车把？——我说：你在家里做轻快生活惯了，手里的劲一天比一天少，你还要到关东去'闯'，那边才更得吃苦！我不是去过一趟？就那个冷劲，咱这边人去便受不了。你，虽然有亲戚在那里，却不能白吃。挣钱是容易，可是下力也真受罪！……"

刘二曾一边喘着气，一边往前看着那匹瘦驴子道："不吃苦还能行？……皇天不负苦心人！谁叫咱那里不能住来！好好的年头，谁愿意舍家离业地跑？幸而我还会这点手艺，到那边去也许容易抓弄。——总之，一个人好说，有孩子、老婆，真累人，谁能喝风！"

---

*　本文原刊于《小说月报》第十八卷第十一号（1927年11月）。

他的妻在车子上，抱着的三岁小孩正在睡觉，听丈夫这样说，便道："你别埋怨这个那个！谁拖累谁？我原说将孩子寄养在人家，我一个出来找'投向'，吃的也好，穿的也好，还可以见见世面。不是你不？大的、小的，老远地拖出来受苦！"他的妻是个能干而言语锋利的妇人，几句话便说得她丈夫不再言语。

丈夫只在气喘中向道旁的石堆吐了一口唾沫。

顾宝很聪明，这时向前行拉着套绳的驴子，"喝喝"地喊了一声漫长的音调，驴子便走得慢了。他于是用披的白布将额上的汗珠擦擦，笑道："算了，我说你们两口儿好吵嘴，一路上总是你抱怨我，我抱怨你。'单木不成林'，'单丝不成线'，困苦的日子在后头哩！隔着沙河子还有多远！你们到了现在谁也不要说谁，横竖拆不开来，还要好好地做人家。——了不得！我也饿了，这车子分外沉，二曾，到酒店好好打一壶来咱喝行不行？"

"哪有不行！"她在车子上笑了，"找你来帮一路上的忙，耽误了工夫，他难道连一壶酒还舍不得？我说：——过个十年、八年，我们过好了，我打发阿籽到家乡来搬你顾叔叙去住些日子哩！"

"一定！顾叔叔，我来搬你，咱一同坐小舢板。……"在右侧斜卧的理发匠的大儿子——一个八岁的小孩很伶俐地回答。

于是他们暂且住了谈话，车子也慢慢地走上一个山坡上去。

午刻的晴光罩着一簇簇的柞树林，大而圆的叶子被初秋的温风翻动，山上山下便如轻涛叠击的声音。这些林子在春日原是养山蚕的地方，到夏末秋初的时候尤为茂盛，是沿南海一带人民的富源。但近几年来，山蚕却已减了许多，虽有不少柞树，春间可没多少人到山上放蚕。沿山小径，全是荦确碎石与丛生的青莎。有许多灰色黑点的蚱蜢跳来跳去，因为天旱，这些小生物们便日加繁殖。

两个推车子的人脸上游流着很大的汗珠，背膊上的皮肤在炎灼的日光下显出辛苦劳动的表色。他们在乱石道上推着，道路难走，他们言语的精力都跑到光脚下去了。

约摸有半点钟的工夫，他们在一所不等方的石头建筑的屋前停住了。驴子半闭了眼睛，似乎在寻思它那辛劳无终的命运与盲目的前途。两个孩子跳跃着去捉蚱蜢。刘二曾坐在石屋前的粗木凳子上，扇着破边大草帽，不住用手巾擦着汗。他的伙伴，那好说笑的顾宝，却在草棚下蹲着吸"大富国"牌纸烟。

这个酒店的地方名叫独石，是往红石崖海码头的必经之路。这一带山陵的地层，都从石根土脉中隐映着浅浅的红色，似是表现这个地方的荒凉。围统着三五人家的小村落，很多大叶子的柞树与白杨。道旁，三间乱石堆成的屋子是一所多年的野店。本来是大块白石砌成的墙壁，都被木柴火烟熏得黯黑了。石屋前，荆棘编成的栅门上斜悬着一个青布的招帘，正在一棵古槐树下横出的老枝上飞舞着，包含了无限的古诗的意味。每每有过往的行路者，在几里路前看见这个招帘，便不禁兴起一种茫昧、渺远的感想；也禁不住有村醪的浓烈的味道流到干苦的嘴边。

野店的主人与这一伙客人作照例的招呼，到石屋中预备大饼、蔬菜的肴品去了。缺角的小木桌放在茅棚下荆棘编的栅门以内，放上一沙壶的山村白烧，一大包花生，两个粗磁酒杯。理发匠同他的妻、他的伙伴饮着苦酒，恢复他们半日疲劳。

"这地方真好！刘二哥，我多咱再娶房家小，一定搬到这里来住。人家少，树木多，先不愁没得烧；又有山，有海，再过二十里地便是大海。春天吃鱼虾多么贱！你说：……你还不如不要老远的到沙河子，就在这里混混不一样？"顾宝一连喝了三四杯酒，精神爽健起来。

"顾叔叔，你又会说这现成话了。你没有女人，没孩子，哪里也可以。我们哪能够在这里住，吃山喝海水，倒可以？……"理发匠的妻即时给他一个反驳。

那瘦黑的理发匠呷下一口酒，北望故乡，都隐藏在远天的云树下面了，一段数说不出的乡愁，在他呆笨的心中起了微微的动荡，他更无意去答复他的伙伴的话。他想到那故乡中的茅屋，送与邻人家的三只母鸡，那种了菘菜的小院子，两个读书的侄子（每天当他挑了理发担子到街市上去的时候，一定碰到两个小人儿背着破书包到国民学校中去），更有将行时伯兄的告诫话，劝他先在家中住过一年再去。这些情形与言语的回忆，他在这野店前面看着新秋的荒山景物，便从他的疲劳中唤回来了。他到了这里也有些迟疑了，然而看看那言语锋利而性格坚定的妻，便不说什么。及至回过头去，又看见草地上嚼着干馒头的两个孩子，两滴清泪却从他那灰汗的颊上流下。

店主人衔了二尺多长的黄竹烟筒，穿着短衣、草鞋，从石屋的烟中踱出来。因为与顾宝有几回的认识，便立在支茅棚的弯木柱下同他谈着。

主人有六十岁了，虽是没有辫子，还留有三四寸长的花白短发。干枯的脸上横叠着不少的皱纹。他那双终天抖颤的手指几乎把不住这根烟筒。

"哪里去？你送的客人到关东去吗？"

"正是呢，近来走的人家一定不少？"顾宝这样回问。

"哎！一年不是一年！今年由南道去的人更多。由春天起，没有住闲，老是衔着尾巴——在大道上走的车辆。多么苦啊！听说有的简直将地契交了官家，动身去，——这样年头！"他说着，频频地叹息。

"说不得了！像他们这一家还过得去，不过吃饭也不像前几年的容易了。好在他们有亲戚在那边叫他们去，还好哩。——你这里生意该好，……茂盛吧？……"

"什么！你看什么都比从前贵了又贵，我家里满是吃饭的人口。现在乡间倒不禁止私塾，可是也没学生，谁还顾得上学！我这把年纪，还幸亏改了行，不去做'先生'。不然，……"

"你说，我忘了。记得前十年你还在北村里教馆，……你真是老夫子！就算做买卖也比别人在行。"顾宝天生一副善于谈话的口才，会乘机说话。

店主人被他的话激醒了，骤然记起几十年前那种背考篮做小抄的生活，到现在居然在"鸡声茅店"里与这些"东西南北人"打交涉。一段怅惘依恋的悲感横上心头，便深深地叹口气道：

"年轻的人，你们经过多少世道？真是混得没有趣味！眼看着'翻天覆地'的世道，像我也是在'无道邦'中的'独善其身'呢！"

顾宝不大懂得这斯文的老主人末后的两句话，只好敷衍着说："可不是。人不为身子的饥和寒，谁肯出来受磨难呢！"

老主人敲着黄竹烟筒苦笑着走去。

这时树林中的雄鸡长啼了几声，报告是正午的辰光。顾宝吃饱了大饼，躺在茅棚下的木板上呼呼地睡了。理发匠与他的妻对坐着并不言语。他望着从来的道上，那细而蜿蜒的长道像一条无穷的线，引导着他的迷惘中的命运。他对此茫然，似乎在想什么又想不起来。

两个孩子不倦地在捉蚱蜢，而驴子的尾巴有时微微地扬起去拂打它身上的青蝇。

他们于日落时到了红石崖的安泰栈内，便匆忙地收拾那些破旧的家具行李，预备明天的早船好载渡他们到T岛去再往大连，实行他们往关东的计划。栈房中满住了像他们，或者还不如他们的难民，一群群淌鼻涕、穿着破袖的男女孩子在栈门前哭闹。几匹瘦弱的牲畜，满路上都丢下些粪便。海边的风涛喧豗中仿佛正奏着送别的晚乐。理发匠将家口安顿在一间大的没有床帐的屋子中，一大群乡间的妇女、孩子们在里面，嘱咐他们看守着衣物，便同顾宝出来探问明天出航的船只。

栈房的账房中堆满了短衣、束带、穿笨鞋子的乡汉，正在与账房先生们说船价。

"明天十点的小火轮，坐不坐？那是日本船，又快，又稳，价钱比舢板贵不多。你们谁愿意谁来。恐怕风大，明天的舢板不定什么时候开。"一位富有拉拢乡民经验的账房先生用右手夹弄着一支毛笔向大众引动地说。

理发匠贪图船行得快，又稳便，便按着定价付了两元多钱的小火轮票价，又到大屋子里向妻说了，妻也赞同，因为听说小火轮比帆船使人晕船差些。

他那个大孩子听说坐小火轮从大海里走，惊奇得张着口问那船在哪里，船上也有蚱蜢没有这些事。

顾宝等吃了晚饭后，他说趁太阳还没落，要同理发匠先去看看明天拔锚的小火轮，因为他是坐过的，理发匠还是头一次见，他情愿当指导人，理发匠的大孩子也要去。

于是他们匆匆地吃过栈房中的粗米饭便一同走出。

栈房离海不过百多步远，只是还有一段木桥通到海里，预备上船与卸货物的人来回走的。红石崖虽是个小地方，然而到处都是货仓，是靠近各县里由船舶上输运货物的重要码头。花生、豆油、皮张，都在几十间大屋子里分盛着，等待装运。一些青衣大草帽的水手们三三五五的在街上的小酒馆中兴奋地猜拳，喝酒。烟雾的黄昏里他们走在街心，听着那些喊卖白薯与枣糕的小贩呼声，各种不同口音的杂谈，已经觉得身在异乡了。理发匠因为要使异乡的人比较瞧得起，便将他在故乡中到主顾家去做活计时才穿的夹大衫穿在身上，那是一件深灰色而洗得几乎成了月白色的市布大衫，已经脱落了两个钮子。晚风从海面扑来，扫在他那剃了不久的光头上，有点微冷的感觉。顾宝还是短衣、草鞋，不改他那劳动者的本色，只是不住地吸着"大富国"的烟卷在前面引路。

这里没有整齐洁净的码头，因为来回航行的多半是些帆船，除掉一二只外国来作生意的小火轮以外。沙土铺成的海岸上面全是煤渣、草屑，一阵阵秋风挟着鱼腥的特别气味从斜面吹来。岸上还有一些渔户搭盖的草棚，在朦胧的烟水旁边，可以看得见一簇簇的炊火。全是污秽、零乱、纷杂的现象，代表着东方的古旧海岸的气息。理发匠尽跟着他的伙伴往码头的前段走，隐约中看见白浪滚腾的海面。那苍茫间，无穷尽的大水使他起一种惊奇而又惶怖的心理。他对于泛海赴关东的希望在家乡中是空浮着无量的欢欣与勇敢。及至昨天在野店门前已经使他感到意兴的萧索了。当他来到这实在的海滨，听着澎湃怒号的风涛，看着一望无边的水色，他惘然了！"为什么走这样险远的路程？但怎么样呢？"在黄光暗弱的电灯柱下，他站住了。

"来来！咱们先到这船上蹓跶一下。"顾宝说时已经随着几个工人打扮的从跳板上走到一个黑色怪物的腹面上去。

那钩索的扑落声，烟囱内的淡烟，一只载不过二百吨的小火轮正在海边预备着明天启行。

顾宝像要对理发匠炫奇似的，自己在船面上走来走去，像表示大胆，又像告诉他有航海的知识。望望海里的船只灯火，便不在意地将一支剩余的香烟尾抛到海心去。"咦！你不上来看看，先见识见识，来来！"

但理发匠倚着电灯柱子摇摇头，他对着当前的光景尽是不了解，疑问与忧愁。

一群一群衣褴褛的乡人们走来，着实不少，都是为看船来的。一样的凄风把他们从长守着的故乡中，从兵火、盗贼、重量的地租、赋税与天灾中带出来，到这陌生的海边。同着他们的儿女、兄弟、伙伴们，要乘着命运的船在黑暗中更到远远的陌生的去处。

夜的威严罩住了一切，只是沙石边的海沫呻吟着无力的呼声。在荒凉的道路上，顾宝终于不高兴地同他的朋友回到那嚣杂的栈房里去。

这一间四方形、宽大如货仓的屋子充满了疲劳者的鼾声，一盏大煤油灯高悬着，无着落地摇摆出淡弱的光亮。因为空间过于阔大了，黯淡的灯光只能照得出地上一些横堆的疲劳人。一天的行程现在把他们送到暂时的梦境中去了。破旧的箱笼、粗布的衣被，一堆一堆地也分不清楚。理发匠怅怅地从外面走来，在大屋子的一隅上看他那个八岁的大孩子，不脱衣服睡在薄棉褥上，在灰腻的口边满浮着童年的微笑。这的确是个健壮而可爱的孩子，也是理发匠最关心的一个可怜的生物。他的妻在膝上抱着小孩打盹。理发匠坐下来，觉得从墙边上透过一阵阵的冷风，原来那屋角上有几片瓦已经破了，透出薄明的微光。

"什么时候？明天早上上船吗？"

"听栈房里人说得十点。"理发匠懒懒地答复。

"你一点没有高兴。只要渡过海，再渡过海，就快到了我哥哥那里了。你可一点精神没得，还舍不了什么？"

"……"

"我说不用愁。你记得黄村的吴家？人家上关东去不到十来年，回来又有房子又有地、吃的、穿的，谁也称赞他们有福气。怎么咱就种田地一辈子么？时运要人去找，它不能找人！……"他的妻每每有这样坚强的鼓励话。

"呜！——呜！"她一面拍着孩子，一面在昏暗中做着她未来的快乐之梦。

"你看！"她又说了，"人家的家口比你大，穿戴的比我们好，一样也是跑出去'闯'！刚才我同一位沂水的女人说起，她还是大家人家的姑娘，现在也'逃荒'。因为她那里来回打了十几次的仗，房子都在炮火里毁了，所剩的田地一点也没的耕种，一样还是要粮要钱！——这比我们还苦。她有个十七八岁的女孩，就是打仗惊死的。想来咱还算有福。"

理发匠躺在草褥上淡然道："一个样！"

她便不再言语了。过了一会，在屋子的这边那边不调匀的鼻息声中，她又记起心事来，向她丈夫质问："你这一次带的钱还有多少？"

"有多少！田地退了租，两个猪卖了，不是向你说过么！自己的一亩作与大哥那房里，得了三百吊钱。猪，二百五十吊。八吊钱的洋元，一共换了五十元，还有五十吊的铜子。到现在已用去二十多吊了。你想，一吊钱的一斤饼，吃哩！还有很远的路，家里什么也没有了！"理发匠在悲恨的声中讲给她听。

"船价呢？"

"一元五毛，因为有两个小孩子还便宜呢。"

于是他们的谈话便止住了，各人想着不同的心事。她那高亢坚强的性格往往蔑视她丈夫的怯懦怕事。这一次出来，还是她的主张加了力量。他呢，忧郁的已往，冥茫的未来，全个儿纵横交织在他的心网中，在这如猪圈的大屋子里哪能安睡。

侧卧着看他那大孩子梦里的微笑，看他妻给风尘皱老了的面貌，以及满屋子沉沉的睡声与黯淡的灯光，这仿佛在做着不可知的迷梦。

独石的店主人每天拿着黄竹烟筒在荆条编成的门前等待来客。他的大儿媳妇带了两个孩子终天在石屋中作饮食的预备。虽是生意比往年好，然而他知道这一行一队送到他这野店中来的都是从血汗中挣得来的路费，因此这久经世变的老人时时感到不安，对于那些去关东的分外招待。也因此，他这店里的饮食比别处便宜，洁净。

这一天，距离理发匠的家口从这里过去的三四天后的一个清晨，老主人早起到林子中拾了一回落叶，命小孙子用柳条筐背回来预备烧火。他喝些米粥之后，便在茅棚底下坐着吃那一袋一袋的旱烟。这两天来回的旅客少些了，尤其奇怪的并没有从海码头回路的人，然而他并不因此觉得忧虑，只是感到稀奇罢了。

老主人的记忆力是很好的，也是少年时曾经过强力的练习的。因为他家当富裕的时候，他正在邻村的学塾中读书，又曾住过城中的书院，所以他不但能背诵得出"四书"的本文、"朱注"，更能将全部"诗韵"不差一字地说出。在当时他曾经许多老师与同考的先生们推崇过。虽然一个"秀才"也弄不到，这究竟是可自傲的一件事。到了他当野店主人这样不同的时代中，他有时还向过客中的斯文人叙说他从前自负的异能。不过近几年以来更没有近处的"文人""绅士"们往海边游览的了。年年烽火中，只是不断地有些劳苦的农人、小手艺的工人，从这条路上过海码头向外谋生。这真使他添上无限的怅触、慨叹！他爱那些真挚和善的人们，但是他们不能做"朱注"与"诗韵"，只可同他们说些旱潦、兵灾的话。他常想这古旧可爱的、有趣的、风雅的日子过去了，也像他的年纪一样飞向已往，不能再回。现在无论谁，只有直接的苦恼，更没有慰藉苦恼的古趣味的东西了。

所以他每当无人的时候往往独对远远的青峰发出无端的凄叹。

这日是个沉冥的秋日，天上的灰云飞来飞去不住地流动着，日光隐在山峰后露不出它那薄弱的光线来。四围的树木迎着飘萧的凉风，都在同他们快摇落的叶儿私语。远远的地平线下，有层层短雾向旷野中散漫着卷来，令人看着容易起无尽的秋思。野店的老主人，坐在茅棚下，披着青布长袄，拈着稀疏的花白胡子，又在回想什么。他望着往海码头去的小道，枯黄的草叶上浮动着氛雾的密点，就像张下一个雾网似的。他记起了"停车坐爱枫林晚，霜叶红于二月花"的句子，而怀古的绘画般的幽情在他的心头动荡了。忽然一个朦胧的人影从下道上穿过雾网向自己的野店走来。他在冥想中没有留心，很迅速的，影儿已经呈露在他的面前。老主人抬头看了一眼，并没立起来，"好早，好早！你送邻里家回来了吗？——怎么也没带点海货来？"

"啊！……啊！没法提了！真倒运！再说再说！没天明就起身走，这样大雾的天。有酒先打两壶！……"那来的人背着一件长衣，空着双手，脸上很仓皇地。

"屋里快烫两壶酒来。顾二哥又回来了，等着用，……快！"老主人颤巍巍地立起来。

他猜不出好说笑的顾宝是为了甚么急事这样匆忙。他每年从海码头上来挑着鱼担，或是给人推车子，总是唱着山歌，吸着极贱的卷烟，快快活活的，但这大清早却变成一个奇异的来客了。

在酒味与烟气的熏蒸中，老主人问了："你去了这几天是过海送他们去吧？——你什么事这么忙？……"

"不！……不是送他们过海，时运不好，送葬呢！什么事都有！——你没听见说？"顾宝连连地倒着方开的白烧。

"怎么？——给谁送葬？什么事？……"老主人惊奇地追问。

"什么……丸出了事啊！"

"落了难吗？没——没听见说！那不是小火轮吗？还能失事？奇怪！淹死了多少人？多早晚的事？——这两天没人来走回路，简直一些消息也不得听见。"

"完了！你看见那……那可怜的理发匠与他的妻、子，完全了！"顾宝带着愤愤的口气接连喝了几口白酒。

"怎么！……也在遭水难的一起？"老主人已明白了。

"事也凑巧！偏偏他们那天到的，第二天坐了这只混账的外国船！好！出了码头还不到两个钟头，只剩下那船的烟囱在海水上面漂动！……"

"可怜，可怜！他们哩！——遇救了不？……"老主人几乎是口吃般地急问。

"遇救！也有。他那个八岁的孩子，幸亏一只那国的小水艇放下去的早，——听说人载得多了，理发匠上不去，便把擎在手里的孩子丢上去！——这是那没死的他那同船的人说的。也许有点好报应？可是他的尸首没处找了！他的老婆还死抱着小的孩子，在 T 岛小巷上陈列着。——因为她在舱里出不来！"

"那么你也去过吗？"

"我因为在红石崖想买点货物带回家去，耽搁了一天。第二天一清早又坐了舢板到 T 岛去看那只沉船与男女的尸首，并且为了邻里和朋友去探问一番。"

"那……他的活着的孩子？……"老主人被骤然的惊吓与悲悯的感情所打击，不自知地将黄竹烟筒从右手里落在地上。

"就是为他，说不了现在成了理发匠的孤子了！我去看过他娘的尸体，才打听明白这孩子已被救济会收养去了。——我幸亏地方熟，便找到了他。几个命大的苦孩子，他也是一个，似乎变成傻子了！他不知道他爹死在浪里，也不知道他娘在海岸上抱了他那死弟弟正与苍蝇作伴。他说话不明白，肚里也不知饥饱，这一定是脑子里受了重伤，看来虽是活着，还不晓得能治好不能！……"他说着，两壶白烧已经吃了一多半。

"他呢？——现在在哪里？"

"救济会里！因为我一个生人，不让带回，并且说还有什么抚恤洋须得他伯伯来领，连钱领着。这么，我昨天晚上又下船，预备明天到家，向理发匠的哥哥说，教他去领孩子。"

暂时的沉默，在这尖风吹动的茅棚下，两个人都感到无限的凄惶。流云在空中很闲散地分开去又合起来。顾宝一面大口嚼着粗面饼，一面仰头看着皱纹重叠的老主人的脸。"运气？那只外国船真看得中国人比狗还贱！

那么小，那么小的船只载上四五百名的搭客。自然就会往下沉，况且还有风浪！……我对理发匠说过这一点，他又不舍得船票钱，……咳！老店东！你待怎么说？不过横竖一样，不冻死、饿死、烧死，究竟还得淹死！这真是他的命该如此！——然而那日本船上的人员偏偏一个没死！他们格外会洇水吗？还不是出了事早有办法！"

老主人这时却将思想推远了，他断定这是"用夷变夏"的小结果。若是红石崖没有可恶的小火轮来，也许舢板不会沉在海里；就使沉落也不能淹得这么凶。因为要得到他心中断论的确据，他便更进一步问了。

"到底淹死多少人？"

"听说是快四百口！男的、女的，都有。还有找不到尸首的，我来时还有人在打捞。——但这全是由沂州来的难民。也有家里很富裕的，只是'难民'罢了。从多少地方来，奇怪！就会注在一本生死簿上！"

老主人弯腰拾起烟筒没答话，然而他心中又作断论了："末世的劫数了！"他不禁摸摸自己的花白胡子，联想到他也是一生的末世了。一阵酸楚的意念从鼻腔酸到眼角，老眼中浮动着失望与悲哀的两滴清泪。

当顾宝匆匆地用过早餐要起身赶路的时候，老主人忽然记起一件重要的事，便郑重地道："你嘱咐他，——死者的哥哥领那个孩子回家的时候从我这里走。这可以吧？并不背路。"

"可以，一定，还从你这里走。"顾宝将长衫重行背在肩头，"怎么，你老人还忘不了那个好捉蚱蜢的苦孩子？"

"因为，……是的，他不是正同我那个二孙子一样大！……"话没说完，顾宝的后影已经掩映在几棵械械作声的大柞树前面了。

一九二七年十月二十二日

旗与手*

　　小小的车站中充满了不安与浮躁的气氛。月台外的洋灰地上，有的是痰、水、瓜皮。乱糟的室隅，如鸟笼的小提门的售票口，以及站后面的石阶上洋槐荫下都是人——仓皇、纷乱、怯懦的乡民，粗布搭肩、旧式竹笠、白布的衣裤；红头绳绿裤带的妇女，汗气熏蒸着劣等油粉的臭味。他们老早就麇集在这以为安定的避难所中。他们是从远近各乡村来的——因为距车站近处的几个小城都早在炮火包围之下了——有的奔跑了几昼夜，有的饥渴困顿得不堪，更有些在道路上受了不止一次的惊恐。他们不期而会，不用问询，都互相了解，互相同情。体面与装点，此刻都消灭于炮火的威吓之中。只有共同希望，盼着那巨大动物到来，好拖到别处去。

　　"喝！焦心，白费！你听见站长室里前站的电话么？五点。……还不定准，也许得等到张灯后。……"

　　"这不是开心？兵车又须先过几趟？"

　　"兵车多哩，活的、伤的、装军需的，下趟车——说不上第几次了，有五千西瓜装到 C 河前线上去。"

　　"西瓜——真好买卖。在这样的年头儿真说不上干哪一桩赚便宜。早知道要用许多西瓜，我还去租地种瓜，准有五分利，少说，……"

　　噗嗤一声冷笑的骄傲声音从对面先说话的那位鼻腔中透出。他是一个三十多岁的男子，上身穿了深蓝色铜钮扣的铁路制服，却配上一条又宽又肥的白竹布号裤。一双布鞋，立在湿润的水门汀上，倚着粗木栅栏。左腋下乱卷着红色绿色的旗子。与他谈话的是戴红布帽的小工头，也有三十岁

---

　　* 本文原刊于《青年界》第一卷第三号（1931 年 5 月），后改题目为《旗手》。

以外了。黧黑面孔，粗硬有力的手指，光膊，穿了白地黑字的号褂，黄粗布短裤下露出很多汗毛的光腿。他用左手二指斜夹住一枝香烟，立在站外的小树荫下。七月的太阳炎光正穿过红瓦、铁篷、一望无边的油绿高粱与荒芜的土块。他们身前有一群偏斜着军帽、灰色上衣、穿草鞋的兵士，肩着各式的步枪在站台上逡巡。

站长室内的日本钟当当地敲过三下。

同时站门后面骚动出一阵纷扰、诅恨的浮声。

"小皮，……你说卖西瓜五分利？傻子！如果种地有利，三分也干。谁来伺候这二十块大洋？不错，大批的西瓜，你晓得官价？"从鼻腔中冷笑的旗手说到这句停住，意思是问小皮多少钱方算得官价。

"多少个？"他反问的简捷有力。

"多少？我说多少便是多少！这才叫做官价。来，算一算：在T市十个瓜少说也卖七角，在乡下打对折，不合三角五？这一来，一角钱十个尽挑尽买。年令，官办，快快，没有两天乌河两岸的瓜全给拉到车上去了。……"

小皮瞪着乌黑的眼珠，回头先望望那些灰衣人，吐出了半截舌头没有答话。

"这也说不了，给钱的就是这个了。"高大的旗手伸开右手，将大指在空中翘起旋转着，向刚刚走到站口的一个幼年兵——一个不过二十岁黄瘦的兵士面上一指。那似是颇为悠闲的幼年兵士正自低声吹着口哨，无意识地抬起他那一双温和的而是散漫的眼光向旗手望了一下。旗手的右手已经平放在红木栅栏上了，也对这个幼年兵看了一眼。

他继续他的话："应当的，应当的，这比起乌城外叫种地的一天一夜把他们手种的一百二十亩高粱全砍倒作飞机场，不更应当么？咱们，无地种瓜，更不曾租到财主家的地亩种高粱，多说什么！……嗳！"他似乎触动了什么心事，"本来么，还种高粱，种瓜？安安稳稳白费力气，叫别人图现成，还不是呆子？……"

小皮把一段香烟尾巴丢在明亮的轨道里，"呆子，你看他们这些逃难的才是呆子呢。还不如咱们舒服，挣一月花一月，没有老婆、孩子，更管得了天翻地覆？……"他颇觉谈得爽快，左脚即时伸入栅栏中的横木上面。

"喝！他们因为不呆才出来逃难，他们因为都不呆，才有逃难的资格。可是你不要以为咱便可无拘无束地过日子，一个炮弹打来，站房毁了，轨道掀了，怎么办？……再就是大家都不呆了，不跑来跑去的，你怎么会多找点酒钱？"

小皮的眼皮阖了几阖，似在领悟这段较深的哲理。

"如你说，还是让他们年年打仗，他们呆子便年年逃难，可是年年不要炮轰了咱们的站房、轨道，这不就是顶便宜的事么？对不，老俞？"小皮以为已把自诩聪明的老俞的学理批着了。

"是么？要便宜就是顶吃亏的。你看这些灰色大爷，这些逃难的人，都一样。……非大大的吃亏不可，非大大的吃亏不可！……"他说的很迟缓，郑重。

小皮的光膊上出了一阵汗，对于旗手老俞的话简直想不出一点头绪。

丁……零零，丁……零零，站长室中电话又奏它的曲调了。从人堆里，旗手匆匆地跑进屋子去。小皮满不在乎地又燃上一枝香烟，侧着头看站台上那些兵士。他们听见电话的铃声都停了脚步，把步枪从肩头取下，握在手中。

虽然这几天的上下列车次数减少，而且C、T铁道已经分拆成两大段，应该每个车站上的事务清闲了，可是自站长以及电报生，甚至旗手都是饮食起眠没有一定的时间。原因是来回的兵车太多，而且上下站因为报告消息，与无定时的列车行止，都随时有电报、电话，有时电线坏了，更引起站中人员与驻军的恐慌。最令他们耽心的是敌人的别动队不时出没，乡间的土匪乘时而动。这小小的车站原是两个县分交界之处，虽然也有一列车，——约摸有一营的兵士驻扎在绿林边的轨道上，而恐惧的心理却使人人不安。

两天以前，敌方的别动队攻破了一个县城，经过几处大村镇，所以想逃难到T市去的分外加多。

然而他们所希望按时而行的大动物却弄得十分跛脚，一天会没有一次客车。

突然，电话再响，站内外都变成紧张惊扰的状态，步枪的推进机拍拍地响着，呶呶的老少的杂谈中夹杂着小儿的啼音。

小皮看看站台上灰衣的兄弟们越聚越多，没有他的地方。便回身又挤进站内。

几乎没有穿号衣的了，可也没有赤了肩膊的。妇女们也是如此，虽不见丝绸的衣裙，却也没有五颜六色绽补的样式。显见得这些呆子都是差不多的人家。小皮正在估量着。身旁一位戴着玳瑁框圆眼镜的中年人向小皮盯一下，便急切地问："火车快到了吧？不是又有电话来吗？"

急剧的表情与言语的爽利，在这纷扰的人群里仍然要保持住不十分恐慌的态度，更从他的对襟、珐琅钮的白夏布小衫与斜纹布洋式裤子上，小皮便认明这是属于上流人的人物了。

"贵处？……你……也是逃难？"小皮先不回答他的急问。

"我……我是某某镇的分部干事，现在没法，带了公事到T市去。……"他说来，不是得意，却也不以为屈辱。仿佛对于这个劳工很有同情。

"噢！某某镇，不是昨天被跛子李的别动队占了么？你先生出来的……"小皮在这位干事面前，说的颇无条理。

"就是，我跑了一夜，六十里，幸而我还学过兵式操。"他也把话岔出去，似乎明白了这位红帽劳工跟他一样不晓得站里的事情。

"啊啊！听说党部的人都会操法，真的吗？"

白洋服裤的干事笑一笑。

但是小皮很不知趣，像求解答问题的学生不餍足地追问："你先生，……部，还要跑？听说 S 军不是也讲三民主义么？为什么要走？……"

分部干事向这位小工头皱皱眉头，冷冷地道："你不知道我有公事到 T 市去……的？知道么？"这显然是不叫他再往下问了，小皮到这时方觉得自己的话有点模糊，使这位干事不甚合意。他们谈话时，站里那些立的、坐的、挤动的头都向这边尽着瞧。

"是啊，……先生，你要当心！听说昨天上一站被土匪队的王大个子，把乌县的县长同委员们一大堆诓下去，现在还不知下落。嗳嗳！这年头干什么也不好。"他在引用前文，以为这是善良的劝告；然而干事听来更将眉毛皱紧，从鼻孔嗤出一点微音来，把头侧向站长室的出入口去，他的白小衫有点微颤。

小皮满身汗，好容易塞到站长室门口，却看见靠站台东窗下那位干事正在局促地把西服裤立着脱下，露出仅达膝部的白短裤。

把紧贴在门上的人丛慢慢推动，仍然是挟了小旗的旗手，满头上流出热汗，随着一位金丝眼镜的司事走出。

即时有一张墨笔写的小布告从司事手中贴到布告牌上去。旗手便向小皮立处挤来。

能认得几个字的人便蜂拥到白纸布告前面，听见陆续念出的声音是：

> 四点钟到专车一列，尽载由上站登车 ×× 侨民，到站停三分钟，所有中国人民不得登车，俟下列客车到时方能售票。
>
> 此布。

识字的老年人念完这段布告后，低下头叹一口气。青年人，似是乡村的学生与店伙，只是咕哝两句听不清的话。自然又惹起大家一阵谈论。全是慨叹的、懊丧的、无可如何的失望、艳羡的口音与颜色。他们觉得应该安分听命，等待吞噬他们的大动物到来而已。他们早已在困乏的征服之中，还没有健全团结的力，没有强烈合一的心，他们只好伸开一无所有的双手等待着，……等待着！

三点半过后的阳光愈显出热力的喷发，站外槐树上各种鸣蝉正奏着繁响的音乐。树荫织在地面如同烙上的暗影，没有丝毫动摇。而站台上明闪闪的枪尖都像刚从炼炉中炼出，与灰色帽下的汗滴争光。

旗手早拉了小皮出站，到树荫中的草地上坐下，扇着草帽，大声畅谈。

"又没望了，下次车还不准这些乡老上去。眼看我又是一个大不见，真倒运！一天连五角拿不到手，再打上十天仗，看，当土匪不是我皮家小伙子？……"

"哈哈！你也发疯，去当土匪？老弟，你还够格！……我看你只好替人家扛东西，你肩头上有力气，无奈手里太松了。……"旗手从他那红脸上露出卑视的表情，浓浓的眉毛，往上斜起的嘴角，鼻子挺立，说话时眼下浮起两三层叠纹。是一种坚定敏活的面目，使人看见他便须加意似的。

"别耍嘴了，我这双手，哼！该见过的。提一百斤的网篮，抱两个五岁的孩子，这不算；有一次，程瑞——他是张大个的第几军的军需官，从这儿起运东西，你猜，我右手这么一提，左手向后拉着一尊小炮，右手是三个装面的面袋。……你没见过，那时候，你不是还在上学吗？怕没有上千的斤数。这一提，一拉，那些弟兄们没有一个不向我老皮伸大拇指头的。"小皮回忆到三年以前战事的闪影中去，依然如故，又是不通车，逃难，断了电线，田野的叫声。他有英雄似的愉快，有孩子们诉说无用经验的欢喜心情，但他不明白为什么隔一年两年又转上一些不差的圈子？他对当前的仓皇状态更加不满意了。"还是那套把戏，变戏法也不能这样笨。"同时他向旗手摇摇头。

旗手仍然扇着草帽，尽向铁轨的远处望，静默，深思，仿佛没曾听见小皮自夸的话。

"你说，这两只手无用？……老是替人家肩抬吗？……"

"好，好，一双手有用，不过是给兵大爷扛面袋，拉炮车，挽了手来打烧酒，耍老婆，你还是你，我还是我！……"旗手冷冷地而庄重地说。

"干吗？……我说你这个人真有点儿邪气，乱冒火头，也像这两天的火车头一样，到处乱碰。不挣钱，要这双手什么用？说我喝烧酒，倒有点，玩老婆，……不瞒你说，倒是今天头一次开荤，碰着女人的奶头，还没有摸上一把。不要冤人，我是天字号的老实人。……"小皮有点着急了，夹七夹八地说出。

"好，都是好事情。不喝酒，不玩女人，……那干脆当道士去。……可是你也知道人家不用两只手，连肩膀也放在半空里，酒、女人、汽车、大洋，可都向荷包里装？你又不是多长了两只手，拉动个炮车，怎么样？"他说时如同教书一样，不愤激也不急促，说完末句，用他那有力的目光尽着向憨笨的小皮面皮上盯去。

"啊！……啊！"小皮只回复出这两个口音来。他像在计算什么，把一只如鼓槌的右手五指往来伸屈着，一会眉头一蹙，便决绝地问道：

"那还是要用两只手吧？……"

远处轮声轰动，即时一股白烟由林中喷出，专车像快到站外了。旗手向小皮招呼一下，便飞跑向铁轨的东端轧口处立定，把红旗向空中展开。

奇怪，一行四个列车里全是装的××人，做小买卖的家眷、公司职员们的子女、长胡子穿了青外绸衣的老者，以及仍然是梳了油头穿了花衣的少女。这么将近百人的避难队，在站台上，却没有橐橐的下驮的特别声音，只有几个男子的皮鞋在热透的石灰地上来回作响。与平日显然不同，大多数在三等车的车窗内，仅仅露出头来看看站上的情形。

同时站里面也静悄悄地有几百只热切而歆羡的眼睛向这可爱的大动物的身段里偷瞧。

站台上一阵纷忙，兵士们重复把满把油汗的步枪肩起，虽是有的穿着草鞋，而一双双起泡的赤脚还保持他们立正的姿势。

路签交过，红圆帽的站长在押车的上下口与掌车低声说了几句，车头上的大圆筒发出尖锐的鸣声，旗手的绿旗摇曳一下，它又蜿蜒地向东行去。

突然的紧张后，一切安静下来，一时大家又入了以前瞌睡的状态。

四点过去了，站长室中北墙上的钟短针已过去了4字的一半。外面十几个值岗的灰衣人早又换了一班。当差人员稍清闲点，便斜靠在藤椅上淡漠地饮着贱价啤酒，恢复他们这些日夜的疲劳。站中男女知道急躁无用，也听天任运地纵横躺在地上，有人发出巨大的鼾声，惟有小孩子时在倚壁的母亲的怀中哭叫。

苍蝇向热玻璃窗上盲目地乱碰，繁杂的蝉声也稍稍沉静了，炎威却还是到处散布，窒息般的大气笼住一切。空中，层层的云团驰逐，叠积，发出可怕的颜色，正预示这暴风雨之夜的来临。

小皮在铁道旁边红砖砌的小房子里与他的同伙吃完了白薯大饼，还喝下前几天买来的二两高粱。他用冷水漱口后，伸个懒腰，却没将身子直起来，因为房子是那样的低，他本想将两臂上举，但拳头碰在门上框时，便又突然地落了下来。这使他感到无用武之地的微微不快。他不顾同伙们还在大嚼，便跑出来，向西方的空中，向无声的丛林，向灰影下斜伸的枪刺，向玻璃条似的铁轨，用饱饭后的眼光打了一个迅速的回旋之后，即时用已变成黄色的毛巾抹抹嘴，便沿着铁轨到站中司员的宿舍去。

宿舍距车站不过五十步远，在杨柳与粉豆花丛中，一排七八间屋子。外面有铁丝纱的木框门窗。小皮高兴地吹着口哨，刚走到宿舍门前的大垂柳下面，早看见俞二蹲在柳根下漱口，制服已经脱下，只穿一件无袖背心。

"又吃过一回了，今晚上吃的真舒服。好酒，这一回大概是老烧锅出的，喝一口真清爽。……"小皮在柳树下的石磴上叉着腰坐下，满脸愉快的神色。

"你们吃的什么？这几天连青菜也买不到。"他又问了。

"青菜，……我们吃的淮河鲤，昨天从市上买的，因为急于出脱，真便宜，你猜，一角二分钱一斤。"旗手不在意地说完，把左手中的洋铁杯往柳根下一掼，立起来，从原袋中摸出一盒"哈德门"烟，抽出两支，分与石磴上的小皮，他自己燃着了一支。

"真会乐。到底你们会想法，什么时候还会吃淮河鲤！听说河中打死的人不少，……"小皮把香烟用指夹住，并没想吸。

"吓！你也太值钱了，有血的东西就不敢吃么？亏你还当过民团，打过套筒，在这样世界里不吃，却让人血吓死？……"他夷然地说，还是那个沉定的面容，一些没有变化。小皮听了这几句话，没做声。

"我就是要享受，可不是像那些大小姐、时髦的什么员，只知道，……什么都可享受。吃个鲤鱼还是自己的血汗钱换来的，只不要学他们，吃了鱼却变成没血的动物。"

小皮的眼愣了愣，看看从西方密云中微透出的一线金光，点点头道："好，你几时成了演说大家？了不起，这些话我有时听见你诌，到今还不明白。你终天黄天霸、黑旋风一般，口说打抱不平，可惜没有人家那一口刀，两把大斧。……"

"怎么？"旗手把左手叉在腰间，"刀，斧，要么？到处都有，只不要叫火车把你的两手压去。哪个地方拿不到？……"他的话还没说清，从站上跑过来一个工役到宿舍前面立住，向旗手招手。

"又是干吗？"

"又有电话来，在客车前，五点五十分有东来的兵车——听说七八列呢。站长叫你赶快去，有话。……快了，刚打过五点半。……我来的时候站长正在同下站上说话，消息不好，似乎 × 河桥被那边拆断了，……快去！……"他不等回答，转身就跑。

旗手悠然地微笑了，他仿佛一切都已先知，一点不现出惊惶的态度。从屋中取出制服，又把袋内的钢壳大表的弦上好。

"听着吧，回头见。"这六个字平和而有力，像一个个弹丸抛进小皮的耳中，他却头也不回慢慢地踅去。

天上的黑云越积越厚，一线薄弱的日光也藏去了它的光芒。

五点四十分了，五点四十五了，这短短的时间像飞机在天空中的疾转。还是八月，黄昏应分是迟缓的来客，可是在云阵的遮蔽下，人人觉得黑暗已经到来。又是这样的辰光，人人怕触着夜之黑帔的边缘。那是无边的，柔软而沉陷的，把枪弹、炮火、利刃、血尸包在其中的，要覆下来的黑帔。

在车站的西头，一条宽不过五米达的小铁桥的一端，那旗手——奇怪的俞二挺身立着，小工头小皮正在督领着几十个赤膊工人肩抬着许多许多粮米，麻袋堆在轨道左边。这是从四乡中征发——也就是强要来的春天的小麦，军需处催促着好多走了两日夜的二把手车子推到站上。

仍然，站里站外到处满了低弱的诉苦声，乡民互相问讯的口气，夹杂着蓄怒待发的，也一样是疲劳得牛马般的兵士们的叱骂音调。而站里卧倒的女人、小孩子都早由惊恐中变成了随遇而安的态度，好容易占得水门汀一角，便像逃入风雨下的避难所，轻易不肯离开。

小皮在站东端铁轨边守着那些胜利品的麻袋，悠然地吸着香烟，与俞二立处不过十几步远，并不用高声，可听明彼此的话音。

"过了这次兵车，再一次客车西来，你就休息了。我们到下河去洗个痛快澡，回头喝茶，这两天我顶喜欢吃吃，喝喝，不是？不吃不喝死了白瞎！"

俞二没有言话。

"不是这次兵车要到这里停住？前面铁桥，……在下站，不过二十里。……已被那方拆穿了，刚来的消息，站长叫你就是这个吧？这样急的时候，兵车没有特别事，在咱这小站是不停的。你记得昨天那一次真快，比特别快车还厉害，一眨眼便从站门口飞去了。我说，他们真忙，可好，咱们比起从前来倒清闲多了。……"

俞二的高身个转过来，对着桥下急流的河水。因为一夏雨水过多，被上流冲下来的山洪急冲，已经有两丈多深，而且在窄窄的束流中，漩涌起黄色的浪头。他向这滚滚的浊流投了一眼，迅速地道：

"洗澡？待会你看我到这桥下洗一个痛快！我一定不到下河的齐腰水里去哄小孩们玩。……"

"又来了，大话，老是咱这俞二哥说的。你就是能以会点点水，这可不当玩，白白送命。"小皮把香烟尾巴塞在地上石块的缝里。

"能这样玩玩也好，我又不想喝酒，玩老婆，果然死了，到还痛快！"

"谁说你没有老婆？……"小皮嗤的一声笑了。

"不错，从前有的，她在××的纱厂中三年了，我只见过两回。多少小伙子？还是谁的，碰到谁就是谁，你的，我的？我若能开一个纱厂，要多少，……"他庄重地说，但久已在心中蚀烂的爱情，这时却也从他那明亮的目光中射出一霎的艳彩。但他将上齿咬紧了下唇，迅快的、轻忽的感伤便消没于闪光的铁长条与急流中去了。"什么都快活自在，告诉过你，我有一个学生样的哥哥，在陇海路当下等算账员；一个妹妹，自五岁被拐子弄去，听说卖到吉林的窑子里。我并不发懒，却不要去找，她有她的办法，我找回来仍然给人当奴才？你说我有什么不敢？我也曾学过一年的泅水。……"

"你怎么说上这大套，又不是真要上阵的大兵，却来说什么遗嘱，哈哈哈哈！"

小皮笑时，身旁又添了六七个麻袋，他得了吉地一般地跳上去，伸出两腿安然坐下。

旗手把空着的右手向空中斜画了半个圈子道："上阵该死，他们给人家打仗，都是活该，咱看着也有趣。不过那些乡老，说老百姓吃亏，他们管得了这些。不打不平，要痛痛快快地你枪我刀，……"

"有道理啊！'站在河崖看水涨'，你真有点'心坏'了。"小皮似在唱着皮簧调。

"哗啦啦打罢了——头通鼓……"正在赶快要接下句，"好嗓子"，一个声音从树林中透出，小皮同旗手回头看时，突然，那白布短裤的少年从林中匆匆地走到他们面前。

两人都没收住口。

"这次兵车是不叫西去，就在这儿打住么？"

这话分明是看着旗手胁下的红绿色小旗子，向他问的。愈二却将头动了一动，不知他是表示"对"、"否"。

少年见到地上的大麻袋便不再追问了。但他想一会，便转到林子后从小路回到站里面去，恰好站门外远远的来了四个开步走的兵士。

汽笛声尖急地响着，原来在此不停的急行兵车箭飞地射来。

小皮不知所以地从袋堆中站起。模糊的黄昏烟雾中，站台后有许多头颅正在拥动。

火车快到轧口，俞二在桥侧将小旗高高展动。

那是一片绿色在昏暗的空间闪映，警告危险的红旗，却掖在他的臂下。

前面的机关车从绿旗之侧拖动后面的关节，一瞥便闪去了。车窗中的枪刺，与被钢轮磨过的轨道，上下映射着尖长的亮光。

经过站台并没有减少它的速度，即时，站长的红边帽在车尾后往前赶动，并且听见："停车！停车！"的嘶声喊叫。兵士们向来犯恶每站上站长们的要求与罗唣，在中夜袭击的紧急命令之下，平安的绿色将他们送走。不过一分钟的时间，只有一线的黑影拖过远远的田陇之上。

小皮大张开不能说话的口，看着绿色的挥动，上面青烟突冒，远去了，远去了！而对方的四个灰衣人全向轧口奔来。

眼看着旗手俞二把绿旗丢在轨道上，一纵身往桥下跳去。

真的，他要用两手洗一个痛快的澡。

即时后面的连珠枪弹向桥边射来，小皮突然斜扑于麻袋上面。

一九三〇年八月十一夕

五十元[*]

他从农场的人群里退出来，无精打采地沿着满栽着白杨树的沟沿走去。七月初的午后太阳罩在头上如同一把火伞。一滴滴的大白汗珠子从面颊上往下滚，即时便湿透了左肩上斜搭的一条旧毛巾，可是他却忘了用毛巾抹脸。

实在，这灼热的天气他丝毫没感到烦躁，倒是心头上却像落下了一颗火弹，火弹压住了他的心，觉得呼吸十分费力。

这位快近六十的老实人，自年轻时就有安分的服从的习惯，除掉偶而与邻居为收麦穗、为一只鸡七天能生几个蛋抬了"话杠"之外，对于穿长衣服的人他什么话都说不出。唯唯的口音与低着眉毛的表情，得到许多人的赞美。

"真安本分，……有规矩，……不糊涂，……是老当差！"这是他几十年来处处低头得到的公共主人们的好评。

农场上，段长叫去的集会，突然给予他一次糊涂的打击。尽着想，总没有更好的办法。

"喂！老蒲，哪里来？你看，一头大汗。……"

在土沟的尽头，一段半坍的石桥上，转过一个年轻人，粗草帽，白竹布对襟褂子，粗蓝布短裤，赤着脚，很快乐地由西边来向老蒲打招呼。

"啊啊，从……从小牟家的场上来，开会，嗳！开会要枪哩……"

"开会要枪？又不是土匪怎么筹枪？"年轻人满不在乎的神气。

"伍德，你二哥，你别装痴，你终天在街头上混，什么事你不知

---

* 本文原刊于《文学》第一卷第四号（1933 年 10 月）。

道？……愁人！怎么办？段长，段长说是县长前天到镇上来吩咐的，今年夏天严办联庄会，摊枪，自己有五亩地的要一杆枪，本地造的套筒。……"老蒲蹙着眉毛在树下立住了脚。

伍德从腰带上将大蒲扇取下来，一阵乱摇，脸上酱紫色的肉纹顿时一松，笑嘻嘻地道："是啦，联庄会是大家给自己看门，枪不多什么也不中用，这是好事呀！……不逼着，谁家也不肯花钱。……"

"你说，你二哥，本地造套筒值多少钱一杆？"

"好，几个庄子都支起造炉，他们真好手艺。……我放过几回，一样同汉阳造用，准头不坏。……听说是五十块一杆，是不是？"

"倒是不错。镇上已经在三官庙里支了炉，三个铁匠赶着打，五十元一杆，还有几十粒子弹。……你二哥，事是好事，可是像咱这样人家也摊一份？你说。……"

"好蒲大爷！你别提咱，像我可高攀不上。你是有土有地的好日子，这个时候花五十块得一杆枪。还没有账算？不，怎么段长就没叫我去开会。"伍德的笑容里似含着得意，也似有嫉妒的神色，他用蒲扇扑着小杨树叶子上的蚂蚁，像对老蒲的忧愁毫不关心。

"咳！咳！现在没有公平。你说我家里有五亩的自己地？好在连种的人家的不到四亩半，二亩典契地，当得什么？五十块出在哪里？今年春天一场雹子灾。秋后怕缴不上租粒。……段长不知听谁说，一杆枪价，给我上了册子，十天以里，……交钱，领枪！没有别的话。县长的公事不遵从，能行？……"这些话他从十分着急的态度中说出来，至少他希望伍德可以帮同自己说几句略抒不平的同情话。

"蒲大爷，咱，……真呀，咱还是外人？想必是'家里有黄金，邻舍家有戥盘'，我若是去领枪人家还不要呢。你老人家这几年足粮足草，又在好人家里当差多年，谁不知道。你家里没有人花钱，段长他也应该有点打听吧？"

一扇子打下来一个绿叶子，他用粗硬的脚心把叶子在热土里踏碎。

老蒲这时才想起拉下毛巾来擦汗，痴瞪着蒙眬的眼睛没说出话来。

"恭敬不如从命！我知道现在办联庄会多紧，局子里现拴着三四个，再不缴款听说还得游街，何况还有枪看门。教我有五十块，准得弄一杆来玩玩。我倒是无门可看。蒲大爷，看的开吧，难道你就不怕土匪来照顾你？……哼！"

"破了我的家统统值几个大钱？"老蒲的汗珠沿着下颏、脖颈，滴的更快。

"值几个大？怎么说吧，……我是土匪，我就会上你的帐。还管人家大小？弄到手的便是钱。现在你还当是几年前非够票的不成？"

老蒲乍听这向来不大守本分的街猾子伍德的话，满怀不高兴，可是他说的这几句却没法驳他。五十元的出手还没处计划，果真土匪和这小子一个心眼，也给自己上了账，可怎么办？这一来，他的心中又添上一个待爆裂的火弹。

"愁什么，这世道过一天算一天，难道你老人家还想着给那两个兄弟过成财主？……"

伍德把蒲扇插入腰带，很悠闲地沿着沟沿向东逛去。

老蒲回看了一眼，更没有把他叫回的勇气，可是一时脚底下像有什么粘住抬不起腿来。头部一耸一耸地呼吸那么费事。段长的厉害面孔又重复在自己的眼前出现。向来也是镇上的熟人，论起他家来连自己不如，不过是破落户罢了，谁不知道，提画眉笼子，喝大茶叶，看车牌是他的拿手本领。一当了段长真是有点官威了，比从前下乡验尸的县大老爷的神气还厉害。在场子里说一不二。"五十块，十天的限期，缴不到可别提咱们不是老邻居！公事公办，我担不了这份沉重。……"他大声喊叫，还用手向下砍着，仿佛刽子手的姿势。……

尽着呆想刚才的情形，不觉把如何筹款以及土匪上账的忧虑暂时放下了，段长的大架子，不容别人说话的神气，真出于这老实人的意外。

无意中向西方仰头看去，太阳已快下落了，一片赤红的血云在太阳上面罩住，他又突然吃了一惊。

在回到隔镇上里半路他家的途中，他时时向西望那片血红的云彩，怕不是好兆！他心上的火弹更是七上八下地撞击着。

老蒲的家住在镇外，却不是一个村落，正当一片松林的侧面。松林是镇上人家的古茔，他已在这片土地上住了三辈了，因为老蒲的父亲贪图在人家的空地上可以盖屋的便利，便答应着辈辈该给人家看守这座古茔。现在，这古茔的后人大半都衰落了，现在成了不止一家的公分茔地，树木经过几次的砍伐，只余下几棵空心的大柏树，又补栽了一些白杨。有几座老坟早已平塌，石碑也有许多残缺，茔里边满是茂生的青草。老蒲住在那里，名分上是看茔地，实在坟墓多已没了，也没有很多树木可以看守。几间泥墙草顶的屋子，周围用棘针插成的垣墙，破木板片的外门，门里边有一囤粮食，所有的烧草因为院子小都堆在门外边。他与一家人每当夏秋的晚间便坐在院子中大青石上说说闲话，听见老柏树与白杨刷刷擦擦的响声也很快活。不过镇上的人都说这座古墓里有鬼，也有人劝他搬家，老蒲却因为舍不得这片不花钱的土地，又知道屋子是搬不走的，所以永没有搬。至于什么鬼怪，不但老蒲不信，就是他家的小孩子也在黑夜里到过坟顶上去，向来是不懂得什么叫害怕。

这一天的晚饭老蒲没吃得下，可是也不说话。他的大儿子向来知道这位老人的性格，看他从镇上开会回来，眉头蹙着，时时叹气的样子，便猜个大概。不用问，须静等老人的开口，这一定是又有为难的事。第二个儿子吃过两碗小米饭后却忍不住了。

"爹，什么事？你说吧，到底又有什么事？我知道单找庄稼人的别扭！"

老蒲把黑烟管敲着小木凳，摇摇头。

"怪，咱这样人家还有什么？现在又没过兵。"

"小住，"老蒲在淡淡的月光下看看光着肩背的儿子们，重复叹一口气，"你还年轻，你哥知道的就多了，还有你老是毛头毛脑，现在不行啦，到处容易惹是非。……你知道么，我同爷爷给人家当了一辈子，……两辈子了……差事，还站得住，全仗着耐住性子伺候人。不想想若是有点差错，这地方咱还住的了？……"

老蒲的寻思愈引愈远，现在他倒不急着说在镇上开会要枪的话，却借这个机会对第二个儿子开始教训。

"怎么啦？爹！我毛头毛脑，我可是老实种地，拾草，没惹人家呀。"小住才二十多岁，高身个，有的是气力，向来好打不平，不像他的大哥那样有他爹的服从性。

"不要以为好好的种地拾草便没有乱子，现在的世道，没法，没法！我已经这把年纪了，这一辈子敢保的住，谁知道日后的事。你，……小住，我就是对你放不下这条心！……"

小住同他哥哥听见老人的话十分凄凉，这向来是少有的事，在他们的质朴的心中也觉得忐忑不安。

小住的大哥大名叫蒲贵，他虽然四十岁以外了，除了种地的活计什么事都不很懂得，轻易连镇上也不去。老浦在镇上著名人家里当老听差，就把农田的事务交付他这赋有老子遗传的大儿子。小住十多岁时在小学堂毕过业，知识自然高得多。家里没有许多余钱能供给他继续上学，又等着人用，所以到十六岁也就随着大哥在田地中过着庄稼日子。不过他向来就有点刚气，又知道些国家、公民的粗浅道理，虽然他仍然是老实着做农民，却不像他爹爹和大哥那么小心了。因此，老蒲平日就对这个年轻的孩子发愁，懊悔不该教他念那四年"洋书"。过度的忧虑便使得这位过惯了当差生活的老人对小住加紧管束，凡与外人办事都不准他出头。他的嘴好说，这是容易惹乱子的根源。老蒲伺候过两辈子做官的东家，明白是非多从口出的大道理。尤其在这几年的乡下不是从前了，动不动就抓夫、剿匪，沾一点点光，便使你家破人亡。镇上的老爷们比起捻子时候当团总的威风还大，乡村里凡是扛枪杆的年轻人更不好惹。小住既然莽撞，嘴又碎，在这个时代平日已经给老诚的爹爹添上不少的心事。今天引起了他未来的许多思虑，所以对这年轻人说了几句。

小住在淡月的树影下面坐着，一条腿蹬着凸起的树根。

"不放心，就是不放心！我，我说，大前年我要去下关东，你又不教去，……"

"小住……"他大哥很怕老人家生气，想用话阻住兄弟的议论；只叫出名字来却没的继续下去。

"哥，看你多好。爹不用说，邻舍家也都夸奖你老实。……我呢，一不做贼，二不去和土匪绑票，可是都不放心。说话不中听，什么话才中听？到处里给人家低声下气，不就是满口老爷、少爷地叫，我没长着那样嘴。干不了，难道这就是有了罪？"

小住的口音愈说愈高，真的触动了他那容易发怒的脾气。

在平常日，老蒲一定要拍着膝盖数说这年轻人一顿，然而这时并没严厉地教训他，只是用力抽着烟，一闪一灭的火星在暗中摇动。

堂屋门口里坐着一群女人，小住的嫂子，还不到二十岁的妹妹，小侄女，这是老蒲的全家人。小住还有一个三岁的侄子早在火炕上睡了。

"你二叔，"小住的嫂子是个伶俐的乡下女人，也是这一家的主妇，因为婆婆已死去几年了。这时她调停地说："爹替你打算还不为好？像你哥那样不中用，爹连说还不说哩。你二叔，又知书识字，将来咱们这一家人还不是靠着你。爹操一辈子心，人到底是老了，你还年轻。老练老练有什么不好，本来现在真不容易，爹经历多，他是好意。"

"澄他娘，你明白，我常说我就是这么一个明白媳妇。对呀，小住。你觉得我说说你是多管闲事？……如今什么都反复了。我看不透，你就以为我看不透，罢呀，我……我究竟比你多吃了几十年煎饼，我知道像你看不起我这老不中用的！……下关东，你想想我这把年纪，还得到镇上当差，家里你哥、嫂子，咱辈辈子种地吃饭，你去关东，三年两年就背了金子回来？好容易！别把事情看得那么轻。工夫多贵，忙起来叫短工也得块把钱一天，你走了怎么办？我又没处去挣钱！咳，……由着你的性子，干，……干？咳！……"

老蒲向青石边上扣着烟斗，小住鼓着嘴向云彩里看月亮，不说话，他大哥更没有什么言语。

一阵风从枯柏树上吹过，在野外觉得十分凉爽。

"我不是找事呀，小住，你要明白！愁得我晚上饭都吃不下。年轻人，你们这年轻人没等我说上两句，先有那么些话堵住我的嘴，正话没说，先来上一阵斗口，我发急中什么用？"

媳妇从锅里盛了一瓦罐凉米汤，端着三个粗碗放到院子里，先给老蒲盛了一大碗。

"爹，正经事，你别同二弟一般见识，说说你在镇上听见的什么事。"

"咳！只要拿的出大洋五十元就行！"老蒲说这句话，简直提不起一点精神来。

"五十元？爹，怎么还有教咱缴五十元的？又不是土匪贴了票帖子，……"小住的嫂子靠小枣树站住了。

"这是新章程呀。段长吩咐下来：只许十天的限期，比衙门催粮还紧。"

老蒲这时才慢慢地把当天下午在小牟家农场上开会的事都报告出来，又把镇上重新分段办联庄会的经过，与他这一家分属楞大爷那一段的详细事都说给全家。末后，他又装起一袋烟吸着，像是抑压他的愁肠。

"真不是世界！情理同谁来讲，地不够也罢，钱更不用提，就说那一杆枪，爹，你好说我没有成算，你想，咱家有那么一杆枪，在这个林子边住家，有人来，就挡得住？再说，还不是给人家现现成成的预备下？……"小住提高了嗓子大声喊。

"你小声点，这个时候定得住谁在墙外。"他大哥处处是十分小心。

老蒲听第二个儿子说的这几句，却找不出话可以反驳他，自己只是被五十块大洋与十天缴不上要押起来游街的事愁昏了，倒还没想到这一层。对呀！他全家在这块茔地边住了多少年，什么事都没有，虽然前几年闹匪闹的比现在还厉害，也没曾有人来收拾他。不用躲避，也用不到防守，谁不知道他家只有二亩半的典契地，下余的几亩是佃种的。可是这一来，一杆枪也许就招了风来？不为钱还为枪；土匪只要多得一杆枪强似多添十个人。这一来，五十块大洋像是给他这棘子墙上贴了招牌，这真是平空掉下来的祸害！即时他记起楞大爷在散会时吩咐的话——

"以后的事：谁领了枪去，镇上盖印子，不许随便送人，只可留着自己用。会上多早派着出差，连枪带人一起去。丢了枪，小心：就有通匪的罪！——不是罪，也有嫌疑。"这些话段长是在最后说的，大家因为要筹钱弄枪已经十分着急，有枪后的规则自然还不曾留心听。然而现在老蒲却把这有枪后的规则想到了。

双重的忧恐使老蒲的烟量扩大了，吃一袋又是一袋。他现在并没有话对这莽撞的年轻人讲。

"爹，你在镇上熟呀，当差这么些年，不会求人？向段长，——更向会长求求情，就算咱多捐十块八块钱，不要枪难道不行？"伶俐大媳妇向老蒲献出了这条妙计。

"嗳!……这份心我还来得及。人老了,镇上也有点老面子,大家又看我老实,年纪大,话也比较容易说。可是我已经碰了一回钉子了。……"

"去找的会长?"小住的大哥问。

"可不是。会长不是比我的主人下一辈,他年轻,人又好说话,实在还是我从小时候看着他在奶妈的怀里长大的。自然我亲自去的,……他说的也有情理。"

始终对于这件事怀抱着另一种心情的小住突然地问他爹:"什么情理,他说?"

"他是会长,他说关于各段上谁该买枪的事,有各段的段长,他管不了。……县长这次决心要严办,谁也不敢徇私。……他这么说。"

"哼!他管不着,可是咱哪里来的五亩地?果然有?咱就按章程买枪也行。"

"我说的,我当场对段长说的,……不中用,段长,他以为不会教咱花冤枉钱,调查得明明白白,都说咱这几年日子好,就算地亩不够,枪也得要。"

老蒲的破青布烟包中的烟叶都吸尽了,他机械地仍然一手捏着袋斗向烟斗里装,虽然装不上还不肯放手。

"这何苦,谁不是老邻居,怎么这样强辞夺理!"大媳妇叹息着说。

接着她的丈夫在青石条上深深地吐了一口气。

"要谁说也不行,不止咱这一家。谁违背规矩就得按规矩办。镇上现下就拴着好几个。我又想谁这么狠心给咱上这笔缘簿?我处处小心,一辈子没曾说句狂话,如今还有这等事!小住,像你那个愣头愣脑的样子,早不定闯下什么乱子。……"

"哼,既然没有法,也还是得另想法借钱。也别尽着说二弟,他心里也一样的难过。"

媳妇的劝解话没说完，小住霍地站了起来。

"枪，非要不可？好！典地不吃饭也要枪！到现在跑着求人中鸟用。来吧，有枪谁不会放，有了枪我干。出差，打人，也好玩。这年头有也净，没有也净，爹，你想什么？"

"钱呢？"他大哥说出这两个没力气的字。

小住冷笑了一声，没说出弄钱的方法来。即时一片乌黑的云头将淡淡的月亮遮住，风从他们头上吹过，似乎要落雨。

黑暗中没有一点点亮光，老蒲呆呆地在碎石子上扣着铜烟斗。

他们暂时都不说什么话。

隔着老蒲家借了款子领到本地造步枪以后的一个月。

刚刚过了中秋节两天的夜间。

近来因为镇上忙着办起大规模的联庄会，骤然添了不少的枪支，又轮流着值班看门。办会的头目时时得到县长的奖许；而地方上这个把月内没出什么乱子，所以都很高兴。中秋节的月下他们开了一个盛大的欢筵，喝了不少的白干酒，接着在镇上一个有女人的俱乐部里打整宿牌，所有的团丁们也得过酒肉的节赏，大家十分欢畅。这一夜是一位小头目在家里请会长和本段段长吃酒，接续中秋夜的余兴。恰好这夜宴的所在距离老蒲当差的房子只有百十步远，不过当中隔着一道圩门。自从天还没黑，这条巷口来了十几个背盒子枪、提步枪的团丁，与那些头领们的护兵，他们的主人早在那家人家里猜拳行令了。像这等事是巷子中不常有的热闹，女人站在门前交谈着头领们的服装；小孩子满街追着跑；连各家的几条大狗也在人群里蹿出蹿进。老蒲这天正没回到镇外的自己家里，一晚上的事他都看的清楚。

从巷子转过两个弯，不远，就是圩墙的一个炮台所在。向来晚上就有几个守夜的人住在上边。因为头领们的护兵们没处去，便都聚在这距墙外地面有将近三丈高的石炮台里，赌纸牌，喝大叶茶，消遣他们的无聊时间。

像是夜宴早已预备着通宵，那家的门户大开着，从里面传出来的胡琴四弦子的乐器与许多欢呼狂叫的声音，炮台上的人都可以听得到。

约摸是晚上十点钟以后了。老蒲在他当差住的那间小屋子里吹灭了油灯打算睡觉。自从七月中旬以来他渐渐得了失眠症，这是以前没有的事。他感到老境的逼迫与恼悦的悲哀，虽没用使利钱，幸亏自己的老面子借来的五十元大洋，到月底须要还清。而秋天的收成不很好，除掉人工吃食之外，还不知够不够上租粮的粮份。大儿子媳妇虽然是拼命干活，忙得没有白天黑夜，中什么用！债钱与租粮从哪里可以找得出？小住空空的学会放步枪的本事却格外给老蒲添上一层心事。种种原因使得他每个夜间总不能安睡，几十天里原是苍色的头发已变白了不少。

月光从破纸的窗帘子中映进来，照在草席上，更使他觉得烦扰。而隔着几道墙的老爷们的快乐声音却偏向自己的耳朵里进攻。这老人敞开胸间的布衣钮扣，一只手抚摸着根根突起的肋骨，俯看着屋子中的土地。一阵头晕几乎从炕上滚下来，方要定定神再躺下，忽地在南方，拍拍，……拍，什么枪声连续响起。接着巷子里外狗声乱咬，也有人在跑动，他本能地从炕上跳下来便往门外跑。

"上炮台！上炮台！是从南面来的。"几个团丁直向巷子外蹿跳。

没睡的男女都出来看是什么事。

炮台上的砖垛子下面有几十个人头拥挤着向外看，有些胆小的人便在圩墙底探听信息。这时正南面的枪声听得很清，不是密集的子弹声，每隔几分钟响一回，从高处隐约还听得见叫骂的口音。

住在巷子的人家晓得即有乱子也是圩墙外面，好在大家都没睡觉，有的是团丁、枪弹，土匪没有大本领，不敢攻进镇来，所以都不是十分害怕。独有老蒲自从他当差的屋子跑出之后，他觉得在心口上，存放的两颗火弹现在已经爆发了！来不及作什么思索，一股邪劲把他一直提到圩墙上的炮台垛子下面，那些把着枪杆的年轻团丁都蹲在墙里，他却直立在垛子后面向前看。

月亮刚出，照着田野，与镇外稀疏的树木。天上有一层白云，淡淡地把银光笼住，看不很清。但一片野狗的吠声，在南方偏西，一道火光，嗤嗤子弹的红影从那面射出，不错，在南方偏西，就是他家，看守的老茔地旁边！子弹的来回线像在对打，并不是由一方射出的，一片喊声，听得见，象有不少的围攻者。

老蒲看呆了。一个不在意几乎把半截上身向砖垛子外掉下去，幸亏一个团丁从身后拉了他一把。

"咦！老大叔，你呀。好大胆，快蹲下来，……蹲下！枪子可没有眼。不用看了，那不是你家里遭了事？一准，响第一枪我就看清楚了。……"

老蒲象没听明白这个团丁的劝告，他直着嗓子叫：

"救人呀！……救！……兄弟爷们，毁了！……家里还有两个小孩子，……救呀！……"

"少叫，你小心呀！枪子高兴从那面打过来。"

那个热心的团丁硬把老蒲拉下了一层土阶。

"枪，……枪，你看看，你们就是看热闹。放呀，放，打几十枪把土匪……轰下去就好了。"他的口音简直不是平常的声音了。

"蒲大叔，这不行！你得赶快去找会长，咱们在这里听吩咐。究竟是什么事？不敢说来了多少人，又不知道，快去，……快请头目来看看，准有主意。……不是还没散席？"

有力的提示把这位被火弹炸伤的老人提醒了，一句话不说，转身从土甬道上向下跑，两条腿格外加劲，平日一上一下他还得休息着走，这时就算跌下去他也觉不出来。

没用老蒲到那家夜宴的去处相请，几个头目，还有本段的段长都跑过来，手里都提着扳开机钮的盒子枪。

他们的酒力早已被这阵连续的枪声吓了下去。随着几个护兵一起爬上炮台，老蒲喘嘘嘘地跟在他们的身后。

他们都齐声说这一定是对蒲家的包围，闪闪的火光与一耀耀的手电灯在那片老柏树与白杨树的周围映现。

有人提议快冲出十几个团丁去与他们对打，可以救护老蒲一家人的性命，可是接着另一个头目道：

"快到半夜了，你知道人家来了多少人？是不是对咱们使的'调虎离山计'？"

又一个的迟疑的口气："他们敢这么硬来，在那儿条路口准有卡子。"

几个瞪着大眼的团丁听这些头目们两面的议论，都不知道要怎么办。

老蒲已经在圩墙上跪下了。

"老爷们，……兄弟们，……救人啊！……看我那两个小孩子的身上！只有我这把不中用的老骨头活着干什么用！"他要哭也哭不出声来。

"不行！这不是讲情面的时候，你敢保的住一开圩门土匪冲不进来？镇里头多少性命，多少枪支，好闹着玩？救人，不错，你先吓糊涂了，谁敢担这个干系？好，……你再去找会长，还在那客屋里，看他有什么主意。"

一个三十多岁的头目人给老蒲出了这个主意。

原来是管领老蒲的本段段长，"来，咱一同去，快，这真不是玩！……"

"老爷，……楞大爷办联庄会，不是说过：外面一有事，……打接应？我家里就是那杆本地造的枪！……"老蒲急得直跳，说出这样大胆的话。

"快下去，拉他去见会长。谁同你在这个时候讲章程去！……"有人把老蒲从后面推着，重复蹲下了圩墙。

就在这时外面树林子旁边闪出了几个火把，枪声也格外密了，子弹如天空中的飞哨，东西地混吹着。

不久火光由小而大，烧的那些干透的秫秸、木材响成一片。

"了不得，这完了！放起火来，老蒲这一家人毁了！……"有的团丁也十分着急，可是没得命令，既不敢出圩门，又不能胡乱放枪。

枪声继续不断地响，火头在那片茅草屋顶上尽烧，映得炮台上的各个面孔都发红。

及至老蒲与段长领下会长的命令爬上炮台，斜对面的火已经烧成一座小小的火山了，屋梁的崩塌与稀疏的枪声应和着。

段长大张了口传达命令："只准在圩墙上放几十枪，不能开门出去打。……"

久已等躁了的团丁与他们的护兵们这时都得上劲．拍拍砰砰的步枪与盒子枪弹很密集的向火山的周围射击。

时候已经快到早晨的一点了。

炮台上的射手正在很兴奋地作无目的的攻击时，老蒲却倒在他们的脚下，因为他第三次上来，看见自己家屋上的火光便晕过去了。

两排密集枪弹攻击之后，接着另一个团丁吹起集合号。凄厉的号声惊起了全镇中的居民，即时树林子旁边的枪声停了，似乎土匪怕镇上的民团、联庄会，真要出去，他们便善退了。

幸而火山没再向四外爆发，不久火头也渐渐下落。

没天明，老蒲醒来，再三哀求才得开放圩门，到灰烬的屋子中去看看。第一个同他去的却是那著名的街滑子伍德。

接着自然是镇上有枪的头目们，领了队伍去勘察一切。

勘察的结果：老蒲家的东西除掉被烧毁外的，什么也没丢失，棘子垣墙与木板门变成了一片灰土，屋子的房顶全露着天，牛棚烧光了，土墙坍塌了两大段。屋子中，老蒲的大儿子躺在土地上，左额角上一个黑血窟窿，大张着口早断了气，小住斜倚在土炕前面，不能动，左腿上被流弹穿透，幸而没伤着筋骨。那杆本地造的步枪横靠在他的大腿上，子弹袋却是空空的了。

女人们都在另一间的地上吓昏了，没有伤损，惟有炕上学着爬的老蒲的小孙子屁股上穿进一颗子弹，孩子脸色土黄，连哭也不会了。

除了有死有伤的人口，院中一个存粮小囤、干草堆，全被这场火灾化净。

事情过后镇上出了不少的议论：有人说老蒲确是"谩藏海盗"，不要看他自己装穷；有的断定是寻仇，不是为了财物；然而多数人的推测是土匪要去筹枪！这一家人，死的死了，伤的还不能动，究竟是为了什么，自然也说不出来。

会长与那些终天拿着枪杆的年轻人，却都同声称许小住的本领。他只有一杆本地造的步枪，不到一百粒的子弹，他哥一定是用的扣铇的土炮，这样土匪便攻不进去，还得发火，谁说办联庄会不行？当初买枪不愿意，现在可救了急！没有这杆枪怕不都得死？……也许绑一个去，老蒲那个破费可更大了。……尤其是镇上的头领们经过这次的试验之后，知道本地造的木枪真能用，放几排子弹，炸不了，工人的手段真高妙，不亚于兵工厂里的机器货。他们在当天开过一次谈话会，报县，搜匪，合剿，加紧防守，末后一条决议是老蒲的这次意外事，日后由会上送他几十元的安家费。

一切进行很顺利，过了两天大家便似乎忘了这场惨劫，渐渐的少人谈论了。

老蒲家三辈子安住的茔地旁边的房子不能再住了，更盖不起，也没有再与土匪开仗的胆力。抱着火弹烧裂的胸膛，老人到处求面子说情，求着搬到镇里一间农场上的小团屋子暂住。

一个月后，小住的腿伤痊愈，只是他那小侄子的屁股红肿烂发，经过镇上洋药房的三次手术取出子弹来，终于因为孩子太小，流血过多，整整三十五天，这无罪无辜的小生命随着他的老诚的爹到土底下去了。

又是一次的医药费几十元。

旧债还不了，添上新的，转典了二亩的地价，老蒲总算把这场横祸搪过去。虽然他的伶俐的媳妇还病着不能起身，据医生说，他可放心，不至于有第三条人命了。

会上的捐赠是一句话，过了这许久并没有下文。别人都说还得老蒲自己去认真叩求那些头领们才是合乎次序的办法。但向来是服从规矩的老蒲却有下面的答复：

"罢，……我……人死得起！两个呀，两条性命送了人，这几十块钱我还能昧心去使，……昧心去使！这……"这老实人现在能说这两句话了。

独有那杆本地造的步枪，老蒲每见它倚在门后，眼都气得发红。有一天他叫小住肩着这不祥的祸根，自己领着去缴还段长，说是枪钱不提了，这个东西会上可以收留，好在他家现在不住在野外，更用不到。

"哪能行！这个例子开不得，东缴，西缴，有事谁还出差，咱大家的会不完了？在这里住，你们到时候也得扛枪呀，你这老糊涂，没有它，小住的性命还到今天？……哈哈！……"

于是小住便只好又肩着这不祥的祸根到那间团屋子中去。

深秋到了。

老蒲再不能给人当差，他不能吃多饭，一个人愣着花眼看天，咕咕哝哝地不知自己对自己说些什么话，耳朵也聋了许多。小住自从腿伤好后，因为自家的典地转典出去还了债，虽然还种着人家的，可是到这个时候田地里也没有甚活计。他不常在家。他只得了镇上人们的赞许，枪法、胆气，这样那样的好评语，能够使他怎样呢？现在家里十分困难，有时每天只能吃一顿早饭，他这年轻有力的小伙子是受不了半饱的虐待的。

他常常与伍德在各处混，好在老蒲如今再没有心思去管他的闲事了。

自从伍德把小住从灰堆里背出来，那时起，小住知道这个年轻人不止是一个无产无业的街猾子了。虽然人人烦恶他多嘴多舌，小住却与他十分投合。自从家里没了活计，又是在悲惨困苦中数着日子过，小住觉得再也忍不下去。

某夜，没明天，正落着凄冷白露，镇上人家都没开门。小住家的团屋外面有人吹着口哨，马上小住从屋里跳出来。

"伍德，你都办好了？……"他惶张地问。

"你真是雏子，这不好办，我与他们哪个不是拉膀子、打屁股，还有不成？这不是！"他从小破夹袄里摸索出尺多长的一件铁东西。

"还有子弹，……快取出来，咱有投奔，我不是都交代好了？……"

小住返身进去，从单扇门后头提过了那杆拼命的步枪。

"就是，……他老人家……"小住对着小窗眼抹着眼泪。

"你能养活他？……不能，就远处去。……回来也许有人请你当队长。"……伍德水远是好说趣话。

"快，……绳子都拴好了，再晚怕碰见人便缒不出去。……"

小住什么话也不说，随着他的新生活的指引者向密层的露点中走去。

第二天，镇上东炮台的看守丢了一杆盒子枪、一袋子弹，而老蒲家的五十块大洋买来的祸根子也与小住同时不见了。

一九三三年七月十五日

母　爱[*]

　　她坐下来还是气喘，原是黄黄的腮颊泛起两片红云，仿佛沙漠上初春朝日，显出温爱的明辉。鼻孔微见扇动，藏在宽衣袖里的臂筋突突颤跳，愈想镇定愈无效果。与她紧挨着偎下的那个中年女人，匆忙中觉得小腿旁边有冰冷的金属物轻轻触动，低头看去，原是她——那教会女尼腰间下垂的一把剪刀。

　　女尼早觉察到，因全身肌肉不自主地抖颤，所带剪刀也随着运动，触及别人薄纱袜里的皮肤，要提在手中又不好意思。人多，身旁那位女的差不多半个身体斜倾在自己的右股上。她不敢抬头，也不愿偷看。

　　公共汽车的窗外时而飘扬着小小雪霰，坐客吐出的浊气即时在玻璃上凝成薄暗冰痕。她的额上、鼻尖，却凸出小小汗粒。

　　记得前两个钟头出门时，寒暑表在有炉火的住室内也只六十度左右，路上行人都用毛巾堵住口快快趋走。水泥砖的铺道上从清晨起罩满了一层霜华，几小时后还没化去，白的斑点和着一片片水晕印出杂乱的足迹。从××堂出来直打哆嗦。夜来是今冬第一回的大北风，树枝间未脱尽的黄叶在地上飞滚，空间钢线阵阵鸣争。她懊悔没多添件内衣，而头上有翅的白布大帽阻住横吹来的风劲，使她走路格外迟慢。

　　这时恰相反，微汗，烦躁，在她身上与搏跃的心头阵阵争长。不是为了路远，她宁愿在风冷街道上踯躅，为什么到车中来教别人用诧异的眼光向自己注视？

　　平日大方惯了，镇静惯了，十年以来永远度着凝神沉思的生活，无论

---

[*]　本文原刊于重庆《大公报·战线》第 563—564 号（1940 年 5—6 月）

什么时间都不会有匆忙急遽的表现。一切人见了这位中年"圣女",从面色与态度上看去,都对她有点自然的尊敬。安详、温和,言语与举动完全一律,用不到乔装学习,她早已习惯成自然了。

但在上汽车的半小时前,她觉得破坏了向来的静境,失掉了久已沉定住的一颗心。

现在,那一幅惨画愈映愈深,在手下,在眼前,在自己的心尖上点出!愈要推去却愈觉逼近,……喉中又一阵干呛,只好用宽广衣袖盖住咳嗽的声音。

车中人体的拥塞、语声、香烟的臭气,……车已走过几站,她全不理会。

只有那一幅惨画在手下,在眼前,在自己的心尖上点出!

因为她不敢向紧偎身旁的女人抬头,怕被人发觉出自己心情上的秘密,却不知那位也在另一样的触感之下,被悔恨与激动缠住全身。

约近三十岁的职业女子,她自从午后由写字间走出,拖着懒散脚步,经过保罗堂墙外与×马路转角时,恰好从人堆中遇到女尼亲手收拾的惨剧。虽没看见那穷妇人在路心被××卡车撞抛过去的一幕,但,女尼洁白的双手,在匆忙时不顾污秽,从半死妇人胯下检出那鲜红的小肉体,用她所携的布包包好。又跪在行人道上扶住妇人头部,替她行人工呼吸,……直待救护车开来,她把血产后昏晕的穷妇与在震惊下断气的婴孩都送上红色车。……迅速而奇异的表演,像一幕戏剧,又像一幅血迹点染的图画:女尼的严肃和爱,与急忙里施行救治的精神,那不幸母子苦惨的遭遇,以及围观者的议论、表情,都被这适逢其会的职业女子收在眼里,烙在心头!等待车辆人众散走以后,呆看着女尼从袖里拉出一条叠得整齐、颜色素淡的手帕拭去指尖的血迹,转身前去。她下意识地跟在后面。那个颤动的白帽翅沿仿佛是行路的天使，双翼在她眼前挥舞。大街上种种喧嚷与种种光色都似消没在这片白色的云片之下。她一直随着女尼踏上 × 路汽车，忘了一切似的，靠坐在她的身边。到这时，方觉出小腿皮肤上有人家腰间所系的钢剪摩动。

不知随了这位震颤的圣女向何处去？更不知为什么紧追着她？

两颗心同在血潮中跳动，两个人的心理同在半小时内交织着杂乱的变化。过去的遗痕，与当前目睹的婴孩杀戮，比对起来，她们同坠入沉思境界。

除去衣缘与小剪微微抖动外，她们彼此尚不相知。

她——已快到青春晚期的职业女子，亲眼见血婴从母体落下，这已是第二次了！头一次呢，那景象清楚——如保存得十分在意的摄影底片，在她的记忆中没一点模糊。

初秋的冷雨之夕，在一所小规模医院的最便宜房间里，一个弯腰的老医生，一个患贫血病的女看护，同守着一个少女型的产妇。不到月数，硬凭药力催下来的生产。这少女虽经大量下血之后，还坚持着要看看放在玻璃盆内自己的分体。老医生起初不肯，经不起她发狂般地乞求，于是医生擦擦皱纹层折的额部，挥着轻颤还戴着皮手套的右手，让看护把盆中的血肉块送到少女面前。

这又老又穷的医生伛背向小窗侧复印的"圣母抱婴图"连连叹气：

"罪孽！罪孽！——我这把年纪还替年轻人……替我——自己造罪。——"

"不打发别人的婴孩，自己的孙儿、孙女都得饿死！……罪么？谁教他弟兄俩都在外面填了尸窟？……"

他这几句话，女看护是惯常听的，因为每逢老医生为年轻女人干这等行业，把本是小生命生生地摘离母体后，他总像念祷词咒语一般说这几句。但床上的产妇还是头一次听见什么罪孽……这些激动的话。她来不及体会老医生的痛心，却挑起自己的恐怖，愧悔。像一个久病后的疯妇，乱披着油光散发，面色铁青，两眼微微突出，上牙咬住尚见淡红色的下唇。本是娇媚流活的瞳子，这时一瞬不瞬地随了医生背影，也紧盯在那张小幅的"圣母抱婴图"上。像从那伟大母性的面容与饱满光亮的圣婴身上寻找宝物，或是求解难题一般。这疲倦了的产妇提炼出潜在的精神往虚空中正觅取什么？她忘记了女看护把那盆罪孽的成绩品从自己腹内供献到自己的目前。

窗外冷雨淅沥，夹杂着草根下的虫鸣，小屋中老医生祈祷般的唉声，和床上产妇向那幅微光画面瞪视的状态，这一切像低奏出"秋心"的哀歌。

忽地，被女看护推了一把，一种轻弱女音，喊到她的耳边：

"看看啊，你的……这七个月的孩子……！"

映着黄色灯光，如被剥去皮毛的小兔子，似启不启的侧面凸出的小眼，在血水里耀射出一丝明光，下面肢体虽并在一起，却已有了膝部与足踝的轮廓。……溶在明亮的盆子中分外见出那鲜丽的、满浮着生命活力的血滴，和血滴中还分不清皮与肌的肉块。啊，……啊，这是她的……，是她在一个剧冷冬宵里，与他，亲密得过度而偷来的双爱的小体。如今却忍心受着身体与精神的罚苦，把它丢去！当时造成这小体的双爱之一的他哩？……一场幻梦，一只欺骗的罪手，一个向黑暗中走失了的影子。从晓得自己的腹中有了小体，不过三个月，在欢娱的骗言后，又带着抿蜜口舌，像狂蜂似地飞向别处去了。

七个月后，她自己偷跑到这小城的穷医院来，忍着羞耻，受了痛苦，偷摘下这颗不成熟的果实。

她从图画的光华上把目光收回，瞥见到这一盆鲜丽的生命废料，低叫一声晕了过去。

那十九岁产妇便是现在挨着女尼紧坐的职业女子的十年前身。但，十年后，在这罪恶的东方大城的大街角上，她又亲见过一个未成熟的小生命——它是被毒狠的人类玩笑似地用车轮从母体中碾出来的！

如被魔鬼驱入记忆的深渊，在分别不出是什么样的情绪复化中，她失掉了一切。黄昏的密雾蒙罩下，到某一站，她茫然地随在女尼的巨幅蓝裙后面下了汽车。

虽是冬晚，因连日酿雪天气，地冻融化，晚上却比凌晨和暖。走在街道上微觉近似初春。实在，这已过中年的女尼与神经昏躁的女子就再寒冷点也冻不熄她们心尖上的火焰。她在车上胡乱地温习过去的噩梦，颤抖，心痛，没来及仰看女尼的面容，如果她详细观察一下，准更引起她的惊奇。

前半小时在××堂的墙角外，当她看女尼不顾血污泥滑，为那不幸妇人与断气孩子包扎收拾时，浮在女尼脸上的是严肃，深沉，没一毫惶急与不耐的表情，更无一丝笑痕。直到离开那儿，仍然像担着什么重大心事。坐在汽车里，经过疲劳惊异后的一阵战栗，过一会，女尼的心灵，却沉浸在另一个温馨安详与富有生命希望的幻想中了。

谁能猜透稳坐车中这位虔修"圣女"的心灵变化呢？正如其他乘客并不了解那曾经在十年前的一夕毁损了自造的生之灵宝而永含着深痛的职业女子一个样。

一直下了车子，沿落叶梧桐树的行人道，不急不迟地向前去时，女尼的面颊更像在焦萎的花片上重点上一层柔润红脂。原是深蕴着明智与信仰的眸子，这时，从松弛、微显皱纹的眼角上流出柔爱的生之欢喜。一阵温流从她的心底浮漾，像寒冬温谷间的古井，蒸发出热腾腾的水气。

由突遇的惨怖事件，使女尼第一次见到一个婴孩从母体分出。虽是仅仅有一丝柔气，但，那包在血衣中的小生命，在她看来，却是天上人间的奇珍！命运的惨酷与新生的奇遇，以及亲手收拾的温感，事后回想起来，觉得在悒闷里包藏住一层秘密的喜悦。

为什么呢？不能分析也无暇分析，然而一个初堕尘世的新生命曾经自己双手捧抱过，那些污血不正是生命的泉源？她不但没曾憎恶，反觉出这是不易见的神奇。

漫步于风物枯寒的僻静道上，脚前像另外换了一个时季，没有干抖的落叶，也没有袭人的凉风。一片碧草田地，间杂着几簇玫瑰与燕子花。是旭光初临的夏朝，也是斜阳西下的春晚。小鸟啁啾争叫，白鹅在池塘上泅行；而自己呢，轻宕的衣衫与轻宕的脚步，正在柔静的草茵上轻蹑着一个刚会学步的白衣小孩在蹒跚前行。缓缓得一步挪不动一寸，怕被那小东西回头看见，又防他的倾跌，自己的臂膊在后面绕成半圆形，好留心将他匆忙抱起。……如春梦的飘浮！一会，不见了草茵，鹅鸟，也不是户外的游散，若坐在舒适的榻上，那小东西仰卧在自己怀中。他，不论好坏一阵抓揉，不知怎的，自己的胸怀开了，轻轻的痒，又裹着不肯丢掉的微痛，……让孩子小花骨朵的嘴唇裹住了自己的乳头。……母爱的半醉中，……她重新望见精赤着身体背后各有双翼的小天使们在金色空间飞跃。……一颗最大的星从东方射出辉耀的光彩。……这时，她疑心自己真是生过了的童女了！……虽然有这瞬息的想法，却不免生疑，果然孩子是上天赐与的么？多少年前，多少年前——自己还没有加入姊妹（即女尼）的道院时，不是曾有过一次，——只是一次的灵与肉交合的爱验？如古老的历史一样，似乎当时在自己心灵的隐处曾有过另创造一个双体生命的可羞的希求吧？……但，欢梦是怎样的短促，像几十天，也像几小时，飘过去了，那可羞的希求幸而未曾留下一点点痕迹，现在，倒可无挂无虑。……突然的梦觉，怀中的小孩失落了，眼前一片漆黑，远处有若干血点跳动，然而恍惚间还仿佛看见那可爱的婴孩在血点的包围中向前飞跑。……心头略略明白，这是一个梦境？而意识还没清爽，不克自制地也加紧脚步往孩子的后影追去。

迅速的追蹑，一个前跌，皮鞋踏住宽大裙缘，身子往泥道上俯下去，即时，有两只手从旁边把她搀起。

乃至女尼醒来，方知这时正靠着公园外半截铁栅立住，左手一个女子（她立时明白是车中的同伴），用细瘦手指替自己轻揉着胸部。

一切俱消失了，一切又是实在的人与物。她感谢这位陌生女子的好意，虽还牵念着那个寄爱的小东西，却不能不对人讲话。

"谢谢你！——你把我扶住，不就得弄一身污泥。……"

"噢，不值得说，像你救活了那产妇一命，才真真令人感谢呢！"

"你怎么知道呀？"女尼似有点不能自饰的惶急。

"姑娘，我也在××堂的墙角上经过，——还一直随你上了汽车，到这公园的路旁边。"回答的有点吃力，末后一句说来更见喽嗦。

"嗯！……那么，你见笑了。你瞧我一时精神昏乱，……"想想前两三分钟时自己的迷惘状态准被这女子看破了。

听见"精神昏乱"四字，这职业女子骤觉如一根冰利的针刺刺入皮肤。随着女尼一路，看她像想甚么心事，刚才满面温笑，上下唇突动着，又像喃喃低语。手臂缓缓张开像预备抱持甚么东西。……但，自己胡里胡涂，为什么像磁石吸铁一样，直随她到这冷僻的墙外？干甚么？自己的"精神昏乱"得不比这女尼更怪？

想到这里，她杲杲地向空际注视，暗云间似乎微露一二星光，竟忘记了向扶住的女尼答话。

女尼也不继续述说，可突然另换了一句问话：

"你瞧见那个婴孩——婴孩，我抱在手上的那个？……"

"……是。"

"你也生过孩子么？"平常最讲究礼貌的女尼，这回竟不问对方是否结过婚，便率直地、急突地问这一句怪话。

还抚摸着女尼腰部的女子正在俯首寻思她以往的爱的成效，想不到被这句话直接逼入，那只手垂下来，不知要怎么回复。对于这位惠爱和祥的"圣女"，她的良心不许她当面说谎。不怕漏泄秘密，却总难承认自己是生过孩子的母亲。激切与悔恨涨红了面皮，自己已听到心房的跃动。

"怎么？你没经过这福气——这上天的福惠么？"女尼却一本正经地向她略一侧首，睨着她那虽现憔悴还有润光的面容，追问一句。

"不！福气么？……我生过，……可不是，……"女子受不住意识深处的潜力迫促，她勉强鼓起勇力，低音答出这不完全的句子。

"果然！生过，——生过！"女尼像对女子讲，也像喃喃地向空呼诉，同时她的双目又放出在迷梦中浮着希望的光彩。

"生过，只是生，……啊！啊！你那孩子该会走步了吧？"意象中，在前方，并没消逝了若隐若显的那小东西的幻影。

"不，……不，……"她再没有更多勇力答复这压迫的追究了。

"对啦，我问的没道理。像你，你的孩子应该到学校去了，哪能才会走步。我像……"本来还有个"你"，没来及脱口而出。薄暗的前面空地上，仿佛有个渐高渐大的孩子的背影摇摇晃晃。

欢喜与安慰使这半清醒的"圣女"改变了口吻，像说教也像念诗，咽着尖风轻轻道：

"凡是生过，——生过的便有福惠了。

过去的，现在的，还有未来！

过去的，现在的，还有未来！

'存心温柔，如同母亲

乳养自己的孩子！'"

末后，用几乎连身旁那个凝视地面的女子也不易听清的微音说：

"'存心温柔，如同母亲

乳养自己的孩子！'"

黄昏后，在这荒冷没有街灯的地方，这泥滑不易行步的道旁，薄暗的网从上空缓缓推下，透露出点点寒星。网上的明珠，像是引导着人间的母爱的目光，向过去，向现在，向未来寻求，索要！

索要她们曾乳养过的孩子！

"圣女"与这位职业女子重新坠入悔念与希望的晚梦，互相倚立，严肃地静默。……那血块的蠕动，那像是白衣小天使的前行，在暗中与明珠一般，映现得更为分明。无论对过去的忏悔，与在冥茫里追逐着未来的生之活跃，这一时，她们都沉浸在母爱的酝化中了。

但，引起这样痛悔追求的"它"呢？——那无辜的被人压轧出来没有生的生命，就在当晚上，从医院里送出，埋入宿草渐渐要发青芽的地下。

1940 年 1 月于上海

"华亭鹤" *

对着霁红胆瓶里方开的水仙，朱老仙用有长甲的右手中指敲着玻璃桌面，低低吟诵：

> 跐跐周道，
>
> 鞠为茂草，
>
> 我心忧伤，
>
> 怒焉如捣！

抑扬地，和着发抒忧感的自然节奏，他吟到末句的"焉"字，拖长舒缓；像飘过秋云的一声鹤唳，像乐师紧擪住琵琶幺弦弹出凄清的曼音，……音波轻轻抖动，从他那微带嘎声的喉间送出，落到"捣"字上便戛然而止。他向眼前洁美的花萼呆看几分钟，重复低吟，但只吟末后二句。小楼上一切寂静，除掉一只小花猫在长藤椅上打着呼噜外，只听见老人的苦调。

快到残年了，每一过午都觉冷气加重。斜阳从淡蓝花格的窗帷中射入，金光淡淡，更不显一丝暖意。屋子里不生煤炉，却有一盆木炭安置在矮木架上，一堆白灰包住快烧尽的红炭，似闻到某类植物烧化后的暗香在空间散布。薄光，炉火，与这屋主人很调和，他的身世也是将沉没下去的深冬斜日；快要全烧成冷灰的煨炭了。

但，一缕真感——包着枯涩的泪晕与忧悒心事的感流，通过他的全身。两年以来，几乎没得一日松快，唯有独坐吟诵那些古老的至诚诗句，才觉

---

* 本文收录于《华亭鹤》（文化生活出版社桂林分社1941年）。

出暂时有些舒畅。

那两句，约摸吟过了十多遍，恰巧又在"捣"字上住口的刹那，一瓣尖圆的娇白花片从瓶口弹着落到镶螺甸的漆木盘中。老人若有会意地点点头，喉舌间的诗声同时停止。半探着身子用瘦干指尖微微摇动那几朵水仙，却没有别的花片继续下落。他轻轻吐口气，把盘中的落片拈起，随手打开案边一本线装书想夹在古色古香的页间。突然，被一张工整字体的彩笺引起他的注意。原来夹在明刊精印《诗经》里的笺纸上有他前几天亲手抄录的一首宋诗。

重看一遍，怕遗忘了似的，他把彩笺捡出，郑重地放到书案的抽屉里去。然后，离开坐椅，拖着方头棉鞋在粗毛地毯上尽打回旋。一会，自己又若说话若背咒语的嘟哝着：

"嗳！……华亭鹤唳，……知也否耶，——否耶？"

打呼噜的小花猫被主人的步声促醒，它在狼皮褥上用两只前爪交换着洗擦眼角。窗帷外，阳光渐渐收去，屋里的阴影从四面向中间沉凑，白灰下压住的炭火只余一星了。

老人还在来回徘徊，对声音、光辉都不在意。

门，缓缓开动，一个短衣长辫的大姐挨进来，她本想一直走到书案旁边，想不到老人却在小小的屋子中央闲蹀，她伶俐地赶快止住脚步。

"老爷，——安先生在楼下候您，叫我来回一声呢。"

"安？……安大胡子，是他？"老人的眼光忽然灵活起来。

"是。"她轻应着。

"去，我就下去。……快！你去喊两部车子，要熟的。……"

半小时后，朱老仙与安大胡子已在"过得居"的临街楼散座上对饮着竹叶青了。

冬天黑得早，市肆的电灯更明得早。这酒楼所在地的大街上有不少蓝红霓光广告牌子在空中与玻璃窗前换着炫眼的流辉，分外显得闹忙。

朱老仙虽愿同老朋友到这儿吃几杯，却讨厌一抬头便触着所谓"奇技淫巧"的霓光灯。他，照例是先叹口气，然后端起酒杯皱一皱清疏的眉头。

"如果这酒馆在郊外，那该多好。……口里受用，眼上难过。——不错，是俗套了，可是我总得说，不说不成！安如。"

安大胡子的台甫"安如"二字，一向与朱老仙的脾胃相合，任管自个有什么烦恼，一见这位面容发胖、浓髯绕腮、笑眯眯的一双小眼睛的朋友就觉得骤然添了生趣，尤其是"安如"这个最适合不过的称呼。自己喊出来，像一切事都在太平雍容的时代了！所以安大胡子虽然用"仙翁"不离口的尊称，——为了身份与职业的旧观念拘束惯了，不敢与老人平等相看。——朱老仙可老是"安如、安如"的喊着，到现在已二十五六年了。

"这个世道，我说，……仙翁，口里受用便是福气！您，我，不都学过一些佛理？——您教给我的更多呀。'我执'非破不可，咱非破不了？破一层少一层，譬如色，受，行，想，……什么的，哈哈，咱的色要破多容易。真色既破，这点光，红红绿绿地，不碍，——不碍！哈哈，……对不对，仙翁？"

安大胡子有诱动朱老仙的本领，那就在他的口才，他的无可无不可的态度上。论学问、经历，朱老仙自然不用向他攀交道，但要聊天、吃酒，朱老仙却总愿意同他搭在一起。凡是他说的话，不管合理不合理，总听得有趣。

"色，受，——想，行，还有'识'！安如，您倒有您的见解，没错儿，高有高的，低有低的。破色多容易？我看，不见得吧？从低处讲，您，我大概不至过分执着，可是讲到所以然，……"

朱老仙一边赞美着，一边却要发大议论。先一口吃了多半杯金黄色的醇酒，右手摸摸颏下的稀疏须根。拾起竹箸点着木桌上的酒沥画一个圆圈，一字一顿地说：

"讲到所以然，'语小，天下莫能破焉。'这种道理难懂得很。不拘哪项，看呀，听呀，所想所为呀，一古脑儿把自个打消，——无我，也就是'无挂碍亦无恐怖'，那真够上大彻大悟。安如，不客气，不说您差，我也是摸不着边儿。何尝不想？您知道我现在吧，什么心境，找乐子，寻开心？只有咱还合调，别的，我太执着了！……太执着了！……"朱老一谈大道理便易发牢骚，不像初坐下时脸上显浮着愉快的笑容。

"自然，自然，我哪儿——哪儿懂这些。多少记得几个字眼，还不是从仙翁您口上偷来的。不瞒您，我便宜在这点，傻里傻气地混吧，横愁竖想还不是那档子事？我五十半了，仙翁，您长我十一岁，合得着成心给自己找别扭？人老，土埋半截，有吃有喝，下下棋，听听书，色呀，行呀，破也好，不破也得。再一说，……'这'什么世道！命里注定，多大岁数还得过这火焰山。唉！——今朝有酒今朝醉，干一杯，仙翁！……"

朱老的清黄面色上渐渐有层润光，原是一双秀目，经酒力牵动，从皱折的眼角里重射出热情的光芒。他对安大胡子凝神直看，及至听到末后几句话，他突然双手按住桌面立起来，像有什么重要的讲辞要向听众大声演说似的，可是不过一分钟又无力地坐在硬木椅上，唇吻微颤，没说什么话。

这样动作与他心上的触感，安大胡子自然多少有点明白，三天两次他们见面。他，他的家，他的脾气，清清楚楚地印在安大胡子的记忆里，所以绝不惊奇，还是接说下去：

"——干一杯！"

朱老果然端起满杯一饮而尽，安大胡子照样陪过。

"不是我好多说话，仙翁，承您不弃，不为我在买卖上胡混快三十年便瞧不起，……我有话得尽情说，憋在肚子里总归难受。仙翁，看开点，儿孙自有儿孙福，您别恼，六十六了，不让他们去？再一说，大少君也四十靠边，什么事会上当？资格好，做事不是一年了，又见过大世面，懂得新事。……在别人都对您健羡，有做老太爷的晚福。……仙翁，您干吗净替古人担忧，自己的精神不舒服？这未免想的过点，……哈哈，我说话不会藏奸，都为您！真的！……哈。——"

这一套委婉开畅的劝解，凭空发论，不提事实，又得体，又关切。对面的朱老一直静听下去，只见下陷的腮上那两条半圆形的肉折松一下，又紧一下，像咀嚼着五香茶干的味道，也像品评老朋友言语中的真诚。

安大胡子的谈锋自有分寸，他停住声音，从瓷碟里取过一支"白金龙"用火燃着，深深地吸过几口，等着朱老答话。

有点与平日不一样，他呆坐在那里却不急切表示意见。凡谈到他的少爷，安大胡子向来晓得他有好些偏见，因为看事，论人，父子俩老不一路，可无大碍。不过他时时把不以儿子为然的话向安大胡子絮聒罢了。但，这一回，与平常对同一题材的文章的做法确有变异。安大胡子宽和的性格后面有的是独到的机警，便故意装作不留心，喊着堂倌添酒，又要两样精致的热炒，把时间混过十分多钟。朱老忽然呛咳一阵，几口稠痰吐进铜盂，急喝下一盅清茶，才强自镇定着慢慢地道：

"嗯……安如，您是和气人，应该说这个，我若是您可不一样？……儿孙问题，抛得开吗？您多利落，男花女花没有，到现在，老俩口，净找乐子。世事！我早明白，咳！利弊相间。……您不是说他不错，人大心大，更亏他见过大世面，懂得的太多了！——太多了！您凡事洒脱，我虽然多读过两句书，——书害了我！"

一提到"书"这个字，朱老在顿咽的嗓音下含有沉郁的重感。因此，他不自禁把一团乱丝似的往事兜上心头，越发难过。又接着吃几口残茶。

"书害了我，无妨，安如，我敢说凭嘛不得法，我一辈子——我能说，从十五岁起吧，竖起脊梁活到现在！有死的那天，我不会再折弯了。您，敢情不信？"

几句话火剌剌地富有生力，老人的喉咙突高起来，眼珠骤添威力。虽是夹杂上一句问话，却不待安大胡子的回复。

"不信？我不管谁信谁不信，人各有志！……话说回来，书害我，不过是不通世故；不过是脾气不大凑合。年轻人呢，我当初教他读书，错吗？从清末维新那时算起，我，怎知道人家叫我做维新党。我宁愿少考两次乡试，到东洋留学，……待会我再说旧日子的闲话。安如，您想我有孩子不教他读书，不教他读书？……"

又一阵咳呛停住了他的长篇大论，安大胡子把香烟尾丢在地板上，赶紧替朱老另倒一杯热茶，趁机会道：

"哪能！哪能不读书，成吗？不要说仙翁这历代家风，我如有儿孙，也得花钱要他们学本领，为一家，也为国家做事。……哪能成，不上学，来，来，先呷一口。"

朱老刚接过杯子，忽又放下，如用读文章的叹气声道：

"是呀，——可来了，净是茶渣。茶渣，这个比方不错，又苦又涩，清香的味儿早没了！读书，现在的读书造就什么？不过是没颜色、没气味的茶渣，还好咧；如果渣子里加上毒药，您想吃下去受得了？"

"仙翁，说笑话，哪有说的厉害。不是新教育也造出好些人才来？"安大胡子陪着微笑轻轻地驳回去。

"对！可怎么，人才，——好的偏咱不会造？"

"自个呢，希望总高些。像……谁说他不是人才，这话，我说辩护。哈哈，……仙翁是过分的，……"

"不，不！人才，我，所讲的人才不是只懂得拨算盘、赚利息那一类货色。至于您以为他是人才，不但，……而且在家里看去，我一五一十的说，也是今之孝子！"

朱老惯例地用右手中指敲着桌面，这时他的气色又沉郁下去，没有回叙维新时代的兴奋劲。

安大胡子明白老人的话中有刺，方在搜索心思，想用什么话应付两句，而老人却先接下去。

"他是人才！照大家讲，一下手从外国回来就被人捧，做教授，干银行……小官……。一见年纪大点的人，恭敬，和气，会说话，会对人，这些，我比不上，我——真比不上。就待我吧，到现在天天碰头，天天垂手侍立，低声下气，外人谁不夸赞，我有什么说的。……唉！"

安大胡子点点头。

"所以咧，仙翁的福气在朋友里谁赶得上，不是瞎恭维。……"

老人又用指尖敲敲蓝花的酒杯边缘，头摇一下，叹口气。

"您说福气，……我的亲生儿子，怎么说？但是他那点聪明为他自己可不见得是福气？近来，……您也许比我知道的更多，瞧吧，我懂得他的性格，更懂得他那点机灵，无论如何，……子孝父慈这另是一段，走着瞧吧，我为我，他为他，一句话，不需多讲。……"

老人虽是外貌上显见颓唐，心思却仍然周密，向四座上瞟了一眼，静对着安大胡子，像表示不愿继续谈及他儿子的事情。

安大胡子猜透了七八分，不好明讲，也不敢说老人的执拗，急于更换论题好打破两人中间的闷气，恰好一个卖夜报的小贩往来兜售报纸，便留下两份，先递与朱老一张。

朱老顺手放在菜碟一边，道：

"您细细看吧，我不愿费眼睛，咱们静一会，你看报，我吃……酒。"

安大胡子虽善于言谈，当这时候，也只好借报纸做遮蔽，不能强说别的话了。

朱老尽着一口口把上好的竹叶青倒入喉中,然而沉默不能压住自己的闷怀,在酒味的引诱后,缓缓地诵起手抄过的旧句:

多情白发三千丈,

无用苍皮四十围,

晚觉文章真小技,

早知富贵有危机。

……

末后两句是竹箸敲着杯子伴唱的,声音放高些。

为君——垂涕君知——否?

千古华亭——鹤自飞!

安大胡子用纸遮着半面,眼睛却盯在第一则新闻上没往后挪动,并不是被新闻吸住他的心思,听朱老又犯了吟诗的癖好,恰当刚才的一段话后,不由不一个字一个字地细细听去。自己虽是只读过"千家诗",可不记得文人口中常常提到的那些佳句,但这六句可至少有五句都听懂大意,独有末句里"华亭鹤"三字捉摸不定是哪样的比喻。对"垂涕而道"还十分清楚,暗想:这还不是对他那位大少爷道的话?一位乘机善变的留学生,却被老头子看不上眼。论年纪,论世情,他们相换过来还差不多,如今,真是变得太离奇了。年轻人的活动,老头子的拗性。安大胡子在平时早已胸中雪亮,加上近来听见熟友的传语,……准证实了自己的预断。所以老人今晚上的话显然是有所为。依自己的看法:朱老仙未免太怪,晚年的清福摆在眼前,又安稳地住租界,瞎操心中嘛用?一切都是下一代的事,成败,是非，横竖隔它远得很。儿子，表面上孝顺，家事又麻烦不着，何苦被道义蒙住心，替云翻雨覆的世事担忧？……这些话，安大胡子存在心上可不敢讲，露出来，朱老的性格说不定会真翻脸，日后岂非没了吃老酒和小馆子的东道。但又不肯尽呆下去，只好故作郑重地请教。

"唉，典故记的太少了便听不清楚。仙翁，这末句的'华亭鹤自飞'什么意思？而不是与'化鹤归来'相通？真得请教一下。"

"仙鹤，品高性洁，自来是诗人画家的材料。……"

朱老停住吟声，先来一句赞美话。

"仙鹤归来，——城郭是人民非，这光景您我全看到了！虽听不见鹤唳，然而满眼不祥，听与不听一样！嗳！这首诗的寓意就在末尾，语婉而讽，真是有见而作。……"他还没完全把典故解明，堂倌领着一个穿青棉袍、年纪颇老的听差到他们的酒桌边站住，朱老的话自然来不及续说下去。

"老爷，少爷现在回宅了，叫把汽车开来，接您与——安老爷回去，说：今晚上风冷，……怕着凉。厨房已经把鸭锅伺候好了……"

朱老向这位干练的用人瞪一眼，方要说什么话，安大胡子哪肯放过这个机会，而且乐得解围，便迭声叫道：

"炖鸭锅非吃不可，我，算饱了也得再到府上尝一口。走，走，仙翁，别的不提，主从客便——主从客便。"说着他已把堆在椅子上的大围巾把脖颈围好，那条粗木手杖也掇在手中。

朱老无话推辞，招呼堂倌马上打电话另喊一部租车来。

"你先坐来车回去，安老爷同我就走。"

那老用人还像要劝说一句，朱老的面色沉沉地又吐出七个字：

"去！我另喊汽车来。"

堂倌与来人即时照吩咐的办去，安大胡子想阻止也来不及。

楼上虽是人语交杂，然而靠他们坐近的几张桌子上的酒客却都瞧着这位倔强老人，有些诧异。

安大胡子把一锅炖鸭吃下多半，才带着醺醺酒意回去了。二楼的小客厅里只有朱老仙同他那位孝顺的儿子。

饭后，朱老照例须连吸几筒上好的潮烟，拖起那根湘妃竹长烟筒，自己点火自然费力，用人恰好吃饭去了，那位在外面向有气派的少爷便赶快从崭新西服袋里掏出一个银制的自来火匣，给老人点着铜锅中的湿烟。

说是少爷称呼，实在他差一年平四十，不过，凭着西洋风绅士打扮与修饰，乍看去还像一个二十六七岁的青年。颇像父亲的眼角，却稍稍往上斜吊，眉毛是浓密中藏着精爽。他的走步，言语，都有自然的规律，可不随父亲那样写意。虽没有客人，他并不坐下休息，只站的距老人坐椅四五步远，一只脚轻轻点着地毯，不知是想心思，还是回忆跳舞场里的节奏？

"真，你还须出去，过十一点？"朱老明明微倦了，眼半开半闭地问。

"是！——爸爸，今夜他们有次例会，不能不去照应一会，个把钟头完事，回来不过一点。"

"不过一点，多晚，真是俾夜作昼。任管什么事，干吗不在白天讨论？"老人把长烟管横搁在皮袍上面，腰直向前挺着。

"这……"儿子稍稍迟回了一下，"这，秘——点，其实没什么，也是一般的公事，因为，因为，地方乱，便……"

"哼！公事，——公事！你觉得比以前办的公事如何？"

儿子觉得话机不很顺利，右脚的点拍打住了，向左边踱一步，朗朗地答道：

"不同，自然只是性质上；事务呢，还差不多。更容易因为负责的有人。……这倒轻松多了。"

他的朗朗答声是竭力装做出的，老人的耳朵特别灵敏，已从字音中辨明儿子的话是否自然。

"轻松的么？——是身子。累赘的就没有？我不须多絮聒，你，絮聒也是多余，累赘的时候，想，……可来不及。"

老人也有点装扮着，故意从容，迟延着把话吐出给儿子听。儿子晓得这几句里的分量，可不回辩，他知道下面准还有话。果然，老人又吸过两口潮烟，中指敲着竹管，改了谈话的顺序。

"责任二字，提什么，我与你还配把这个名词吐出舌尖？……爽性的还是安胡子，他乐天，好吃好喝，好瞎聊，可有他的，人家从不说责任——这些装金话。你别瞧不起他是旧买卖人出身，我喜欢他就为这个。一个人活一辈子，干嘛像嘛，对得起自己，对得起大家，截了！还用多扯别话。责任吗，人人都说得响亮——我在年轻时，比你还轻得多，那时，做文字，演说，滥用这个名词的地方太多，回想起来，自己快七十了，为大家尽过什么责任？老实讲，对自己与自己家里的人我也不敢当得起这——两个字。……

"你懂得西文，大概对这名词的确义应该真有了解？……"

末后一句又是冷利地一个针尖向这中年能干的、有资格的绅士刺去。

"爸爸，"儿子不能不好好回答了，"我觉得中国的成语给这个名词的解释并不下——不次于欧洲文字的解释。类如'天下兴亡匹夫有责'，以及'任重而致远'，细细体会起来，怕比英国那些功利派的学者讲得更有深义。……"

"啊！这两句你还记得？"

朱老听儿子到现在还把二十五年前自己亲口教给的这两句背得纯熟，一股微温心情暂时打退了冷淡态度。那时：他自己正在北京做法官，儿子还没进中学，每晚上虽是坐守着一堆诉讼文卷，总得抽出几十分钟专教他几句有关修养的古语。曾手抄成薄薄的竹纸本子，用红蓝笔圈点过两次，每晚上背着方木格油纸窗，与儿子同做这班功课。直有三四个年头，自己被调到外省去方才停止。老人早已把未来的希望全寄在这自小聪明的儿子身上。一帆风顺，大学卒业，居然凭学力考得官费到外国去弄个学位回来。……已往的梦痕，借两句古语引起了老人的怅惘！如今，这有资格、干练的儿子明明依在身旁，同念五年前冬宵静读时比较一下，老人不自禁地向壁炉左手的玻璃窗外远看一眼。……更难自抑制地质问自己：为什么他……偏与自己青年时的精神来一个反比呢？……个性？还是教育的结果？都有点，却不都对。怎么看，怎么想，不会有的事，不该得到的报酬，如今摆在眼前。……

回念十四五岁孩子样的他，天真，嘻笑，——现在与自己相对。老人蒙眬的眼光突然明朗，向身旁端立的儿子看了一眼，口中轻轻唠叨着：

"你还记得，……你还记得！……"

"读过书的应该知道这两句要话，何况是爸爸，您亲自教给我的。并且——并且教我实行，不可只记熟词儿。——这些年，——现在，儿子别的不敢说，做什么事都忘不了自己的'责任'！您，爸爸刚才埋怨，提起这两个字，儿子却情愿干去，'任重致远'！管不了那些盲目之论。——不单有识，还须有胆。爸爸，您放心！……"

儿子一抓到老人怀旧的温情，像有了反刺的机遇，居然从容不迫地对老人说这一串的议论。老人早已决定不向他争议什么了，就是，有时的冷言也感出毫无效果。老人看透在他身边恭敬有余的，是善能随机应变的新绅士，而不是天真嘻笑的学童了。所以这段议论倒不会激动老人分外心烦。

正在这时，楼下电话响动，接着楼梯上一阵急促的步声，到二楼上敲门。

闪身进来的不是往酒楼去的那个用人，却是穿着短衣皮鞋，这楼房少主人的"镖客"。

"电话，来催请。××处的老爷们快到齐了。"从说话者的腰缝边，在圆罩大电灯下闪露出钢铁的明光。

"恰巧差十分。"少主人把吊在背心袋中的金表取出看了一眼，"车呢？"

"都预备好了。"镖客双足并立，站的很有规矩。

"爸爸，您早歇着，放心。……再晚了不好意思，一会喊娘姨来搀您上去。"

老人摆摆手没有答话。

他们出去后，汽车上的摩托渐渐响动，渐向暗途上驰去。

一点二十分了，老人和衣躺在软榻上却没睡熟。儿媳屋里的收音机像方才停止。一阵滑稽经卷，一阵说书，老人偏不想听那些可恶的怪音，偏偏送来打扰。每晚上他独坐吟诗，不大觉出听惯了的收音机有这样乱。可是这两个钟头一切都有点异象。向例酒后易睡，向例须早钻在丝棉被里休息着身子，现在越急闷越不能合眼。闪闪的霓虹光，摇动的老安的胡子，二楼上点脚拍的节奏，……窗外呼呼风声吹得空中铁条尖锐地叫响。

一点四十五分了，老人眼对着案头的小台钟，再躺不住，坐起来，把壁上电铃快一会、松一会尽着按捺。……专伺候老人的那个用人从梦中惊醒，披上青长袍踉跄着跑进来看看光景。

"来！——你来！汽车还没回？……少爷！"

"没。敢情事忙？十二点快三刻那会，少奶奶还打过一次电话。——是于清回的话……没散会。"

老人摇摇头坐着，像记起一件大事，忽地弓着身子到书案前把抽屉翻了一阵，找出那张彩花信笺，就是当天下午方从"诗经"本子里抽出的。老人手指抖抖地交给老用人。

　　"少爷——回来，你就交他这个！说：我吩咐的，天明不忙着见我。明白？……告诉他。……"

　　"是。"他小心接过来，只一瞥眼，却认得最后行那七个字是：

　　"千古华亭鹤自飞！"

一九四〇年二月于上海

灰脊大衣 *

质亭先生方从小菜场慢步转回家去。

正是十一月末旬的头几日，海边的北风连刮了两天两夜；据说是受了西伯利亚袭来的寒流影响。天空简直像一团铅块，那末低又那末重，仿佛不定何时会把这纷乱苦痛的地面突然压碎一般。谁晓得究竟从哪方劲吹过来的尖风？东面一阵，西面一阵，小山坡上，马路两旁的干秃树枝一个劲的起伏不定。坚硬土地到处裂开了细缝，没有一点点湿润，都被深冬的酷寒结成冰块。海面上苍苍莽莽的像罩上了一层暗褐色的薄绒毯子，涛声喧闹着在上面翻腾，触打岸坡的岩石，那种激怒的吼声正与空间的狂风奏成可怕的交响曲。

沿路挨去，质亭先生的确不曾向两旁的人物留神，只有电线的迸响与木板招牌互相击动才使他不自觉的随处避开。说"挨"着走：第一，他已是六十开外的一位从前小城中的绅士，身子骨不必说不怎么硬朗，脚步自然吃力。第二，一双穿了六七年的胶州"毡翁子"（一种笨厚毡鞋）又厚又沉，拖着他那两只脚，三步不及一步的向前平趋。

其实，质亭先生好些年来的生活，——这种笨拙的毡鞋与向前平趋的拖行正可说明一切。"挨"与"拖"把他与他一家人投入这样人造的命运的情形之中。从地方士绅，教育会长，物产管理处长，私立小学校董，万国道德会分会干事等等头衔；从少爷、老爷、绅董等等的称呼；从皮丝水烟，北土，珠兰双熏，四时佳点、鸡、鸭、肉等等的口腹享受，……于今却"挨"到在这个沿海都市里，隔天提着破草提篮，与小市场中的短衣负贩们

---

* 本文原刊于《文讯月刊》第八卷第二期（1948 年 2 月）。

争较三百二百元的小数目了。

质亭先生虽非真正乐天之流，却深深懂得"知命"的东方哲理。自幼小时受过的教育，以及后来快四十年小社会中的经验，他向来相信人不可与"命"争；"君子居易以俟命"是他多少年来能自慰安自解脱的一句捧在胸头的良言。因为"俟"便是"知"！不等着就永远不知！所以，他与他的乡亲、故友、家人闲聊天的时候，总会这样深入浅出的讲说他的"知"命学说。主要是命难前知，如果像小说里的孔明先生前知后知那一套，便是左道妄言，圣人之徒无是道理。要"知"命非"俟"命不可。"俟"，说穿了没什玄虚，只是靠，是等待，——一个字儿的诀窍，俗语雅用，便是"挨"。但，这里有两个先行字，——居易，否则"行险徼幸"既非中道，更易成为小人型。……至于何为"居易"？"易"如何"居"法，却有点难讲，好在听他讲谈知命哲理的那些人，谁愿从"命"以上追问这两个难明的字眼。因此，他的哲理多是给人以结论的提示，很少寻根究底说破因由。

也有几次遇到年纪不甚相差的"读书"之士，他们有的考过秀才，有的是他那小城里的中学教员（自然是教国文的），曾因尊敬我们这位学者风的老绅士，请问过"命"是什么的问题，其结果却被他干脆驳倒。

"哈哈！'命'是什么？老兄，这能说破么？说破了还算是命？'天命靡常'，无常即变；变而后通，你研究过《易经》么？为啥叫做易？易者无定，无定者岂可说破。唉！不知易如何知命！"

对方的人当然有点听愣了，脑子里抹上了一层模糊的云雾，正在惭愧自己个书理浅薄，不该冒昧提出这么重大的问题。可是他却立刻把话锋收回，不使问者有一点不好意思。

"老兄，这有什么！命谁能谈？除非圣人。哎！就是圣人，……你该记得老圣人尚且罕言命，何况你，我！何况你，我！……，哈哈！所以咱们只好'知'命，——'俟'命而已！还多说什么。"

圆款，美满。使听者爽然自失，不由得不佩服质亭先生的学说真有根底。

……

但近十年中的岁月真非容易打发过去。虽以质亭先生的居易主张，对于命的"挨"待，也一样在心中十分焦急。当海东鬼子冲到他那个小城中时，他以自命为正统的地方士绅，又是几百年的巨室故族，在不肯事敌的这点信心上，起初比那些青年人似不甚相差。于是，从城市转入乡村，转入山区，在草屋岩洞里逃避过几近一年光景。他的宅舍被人占住，又收不到地租，那景况自然是平生未经的苦痛。两年过去还是一切无望，游击队伍越来越有些看不上眼，变化越多，在北方僻远的山间更听不见什么抗战消息。——由于近房两个侄子在城里鬼子衙门担任角色的缘故，经不起几次的催请、引诱、更加上恫吓的硬话软说，于是他一家人便重回城里。……他担任了一份镇长与教育会长的名义，借此又住在曾经少少毁坏的旧宅子上，而且地租利息照例收取，并没分毫欠缺。不过，他每天须说两遍皇军与大东亚共存共荣一类的话头，以及鞠躬的次数较多罢了。

他不认为自个与初组县维持会的那批汉奸人物相同，就是一般的乡评也还放宽，总以为他是"不得已而为之"，而且曾逃亡一年，曾有一些损失。这只是被迫着，或为一家生存不能不好好敷衍下去的事。

总之，他是这样的"挨"到胜利来临。

还没等得他向亲族人等多多重述他的知命的旧理论，那小城却变作游击队与某一股突来的队伍的战场。

于是攻城、掘沟、死人、燃火……于是他乘机与一家人扮做穷苦难民分头奔亡……于是这三年中他梦想不到的成了这里的客户。

半个钟头他登过两道小山坡上石子尖耸的"马路"，从沟沿上转了个大圈，方才在住房的院外站住。石库门洞里那个红眼睛的老妈半似怕冷半似瞌睡的靠着洋灰石墙，在糖果香烟摊边坐守。几个光顶，拖着黄鼻涕的孩子聚在冻湿的水龙旁边争打冰块。院门外，这条原是污秽凌乱的街道，现在更少行人。偶有两个挑卖大白菜黄豆芽的破衣贩子，被冷风迫得喊叫不出，气喘着随风飘走。

他的两间住房是拐尺式的，在二层楼的转角上面，须要踏着弯曲的断折梯级上去。少不当心，脚尖也许投到木板的孔穴中。他本想努力一气走去，但在第二级上，他觉得一阵急呛，喉中又痒又辣，几乎没把早上喝的粗面糊涂汤完全倒出。一口口的黄痰从嘴角流到阴沟里，像粪堆上落上几朵黄英。他来不及细看，一手把紧摇动的扶栏，一手抓住破草提篮，生防其中三条"小披毛"鱼会窜出去。

幸而上小学半日课的小儿子闻声下楼，推扶着他，塞进厚草帘子的房门。

躺在木床的旧蓝呢棉褥上半晌，一直喘气。太太虽然与他同庚却还健康。知道老头子的老病，快从邻家要块大姜捶破，并无红糖，下楼在煎饼店的炉灶上炖热取来，给他喝下。

十二点了，专等上班的小姐回来吃饭。他们一家为了省饭省火起见，早已改成每天两顿粗食。可是，小姐今天老是不来，小煤灰炉子上的沙锅吱吱作响，与小孩子温习公民课诵声互为高下。

质亭先生精神恢复过来，把草垫子下面的一叠花绿钞详细数过一遍，只有一张是整数的万元大钞，其余大小十几张，合起来不足八千元，——这是这一家的现钞总数。

他捻着长硬的黄髭，想过再想，小米不够二斤，地瓜干还有一小包，棒子粉还是从人家借来的十二斤，一家四口，不多说，下半个月的开销？——一万八千元，两斤粗黄小米的钱或能勉强付出？……

于是，他把这叠破烂票子向褥底轻轻压下，用带着尖黄长指甲的右手抚抚肉纹颇深的额部，又揉揉眼屎，像在决定一件大事似的，向缝补的里间的夹门帘喊了一声。

"你，——来！"

"我正蒸着棒米饼子，什么忙的？一会秀英该下班了。"

"就为这个。你说，昨天晚上我不是说过，那件灰鼠皮套子？……"

"唉！老早从箱子底抖出来了！——放在床底下那个印花包袱里，又要送当铺！"

太太的回声显然含着凄怨，有气无力地。

"当铺？只三几个月，利钱那末大，送进去还想赎？咱这是用急！……苦的连口糊不上，难道你还要表起来装扮？哼！多少从前的好人家现在都把家私在马路上摆摊子，管得了么。……我比你还难过，皮袍套是上几代的祖宗穿的，我可得换米粮活命。谁教咱生在这个年代，你想，你看看，用到我说？还有几斤粉子？……"

里间的蒸笼微微透出轻音，代替了太太的心中抑郁。

他弯下了身子，从床底下将那个花布破包袱拖出来。好在并没打结，即时翻开，一件深青色八团花绸面出风灰鼠脊子的老套子便在褥上铺开。

大概总近百年的遗物了，幸而收藏的讲究，尖毛没被虫咬，只是出风的衣边上有几处微微脱落。那是身尖儿微黄、毛头颇厚的珍贵灰鼠皮衣，无领，一排五个镀金精镂的铜扣都有樱桃大小。虽然这两年没再夹进樟脑纸包，却仍然有一股强烈的香气向外散发，与两间破屋内的煤渣，蒸食，浓厚的炭酸气混在一起分外难闻。

质亭先生从六七岁便见他的祖父当大年下，以及给亲友人家题神主作喜丧公事的大宾时，曾有好多次披上这件皮套子，前后还有绣花方补，记不清绣的什么鸟儿，却是神气活现。另外一挂长长的翠玉镶金的什么朝珠，从脖项前后分挂下来，使这件皮套子更显华贵。……再以后，自己还是二十多岁的考童时，祖父故去，这件皮衣传留给他那位多病而无能的父亲，却少穿用。因为他父亲自幼小太被溺爱，又系单传，一辈子没离开鸦片烟铺；更没有上一代的官位声望，自然请题神主一类乡绅的荣誉轮不到了。除非年节偶而披披外，这件皮衣就长久被锁在红油金花的大皮箱里，他反而不得时常触目了。

眨眨眼快过去五十年的岁月，质亭先生仍与他父亲一般，将这件遗产传到自己手中。可是，更不走运，他没到三十岁，这样官服的统治政府却结束了。民国，——共和民主的新型国家从此硬闯下去，旧样儿的官服当然只好高高搁起。……

经过多少次乱离，搬动，质亭先生总没把三世单传承受下来的一大箱子皮料官服遗失。用不到，更不肯改制便服，惟有年年夏季当心晒两天，换一回樟脑末子小纸包，与太太手把手的叠进那像是永不褪色的大红皮箱去。

……

现在，不但那只当年汉口庄精造的皮箱已经裂纹剥落，就是重量也与年俱减。……

一股闷气的压逼，任管质亭先生怎么好的雅量，怎么不矜不躁的"俟"命哲学，面对着高贵而遗传的物品，就要脱手飞去，心头也像坠上了一个石块。两只手轻抚着缎面与柔毛，抖颤不已！同时一个油滑巧笑而嘴角老是下垂的面孔仿佛从缎面的团花上渐渐映现。那个皮货摊的老板兼经售人，对于质亭先生简直像昏夜的幽灵。与这个老板交易了两个冬天，越熟越逃不出他那言笑的范围。每次，他总有无许理由来"勒索"质亭先生手中的旧货："谁还强买？老先生，不信？你挨个摊子找去。看看，哪家出价顶高？咱有交情，有来往，好在是邻县，谁也不会骗谁。……上中山路的衣装店？别瞧门面大，伙计多，神气得紧，可是你找上他们？……多大开销，钱孔里翻身，专会对付用急的人！试试看。……"

像这样勒价前的一套开篇，先来个下马威，虽以质亭先生那样辩才无碍的绅士言谈都递不上。求人与分派人的情势不同：大捆钞票掴在那位老板手里，这先把旧货主人的气概压倒，也真的不错，向其他旧摊子上勉强问过，同行不争，三千两千元的数目总归减下来，如同他们预先商好。数目虽小，质亭先生却不能看轻，再则来往还是熟的好说。每回勒索的结果，自然是那个油滑而巧笑的老板把生意的钓钩稳稳收起，钱货即交，毫无问题。

团花上的面像淡映着暗淡玻璃窗上透过来的日光，像引诱又像胁迫，尽对着他的模糊花眼直看。……耳边，那古老的不清的祖父当年郑重的咳音："到孙子身上，五辈了！全灰鼠皮套子还能传下去。……不过，君子之泽，五辈吗可也不少了！……不少了！"这半含警告半像预言的口吻，在质亭先生的记忆里，适当时机总会重传一遍。

耳闻目乱的神态恍惚里，他猛的定一下心，记起这皮衣要脱手时的索价。听人说，一千万？八百万？究竟这东西的成色值得几何？想到可以换买米面用品的纸票数目上，质亭先生便从沉迷于过去的依恋中清醒过来。不用说，那"知命"的自慰自的解脱神秘道理，同时也在脑窝里转了一遍。

暂时，团花上的旧货摊老板的面影，与片断不清的祖父遗言，都已被大数目的钞票迅速赶去。

秀英小姐的烫发偏是容易散乱的一种，额角上几叠螺旋状的云堆虽是用油胶住，显然是在等候重行卷烫了。厚圆耳尖，被冷风冻得发紫，那件两年前旧样子的黑呢大衣落上一层灰土，更见寒伧，她笼着袖笼，瑟瑟的跳上楼梯，一进门向里间钻去。床上的质亭先生与已叠成四方样的皮套子，她并没曾留意。若在每天，质亭先生向例瞥见惟一的女儿从寒冷的外面闯人，不等她说，会先以老人的口气给她两句温语，可是这个中午的心情有点异常，他并没打起精神对她开口。

不过五分钟，经过在做饭的煤渣炉子旁烘过手后，秀英并没脱她那件旧薄大衣，慢慢走出。一只肿红的手里捧着一小块烤地瓜，预备坐下剥皮下咽。

质亭先生迟钝的小眼对她打量了一下，半个身子方从一卷铺盖旁欠起来，口里一股呀气，要吐不吐的又收回去。就在这时，他身边的那件惹动这青年女孩子眼光的皮套子，如脏水中的一颗明珠，使她立时把手上的烤地瓜扔在破木桌子角上，大步走向床头。

她一面翻看皮毛，一面用手量，那宽大的尺寸，横褃，腰身，四肥四大的旧官服与她自身的瘦小旗袍相比，少说可有两个大小。剪拼起来，一定还可余件马夹或者短的上身。

"爸爸，你多会找出的？我没见过，一定是老箱子的东西。"她的眼里显露出高兴愉快，而又含着对父亲多少有点不满的神色。

质亭先生对女儿的脾气当然明悉。当年只是娇养任性，好在一切不缺。但，近两年来他渐渐的对她感到难于处置了。贫困与希求，年龄与境遇，时时处处有点冲突，而做父亲的又不可能把女儿的思路上的冲突融化净尽。这时，质亭先生却想用两句斩截的话给她一个冷击。

"你没回家之前找出的！你当是看着好玩？老箱子的东西，不错，从爷爷留下来的皮套子，这是顶顶尖的上好灰鼠脊子。你看，毛头有三指多厚，毛尖都像火红颜色，新货能比？……"

他用枯瘦粗皮的长手摩着后背下开衩的部分，话还没有说完。

"不是吧，我想，你，爸爸不会改皮袍子穿。你还有那件黑羊皮的，上街、做事、耐拖、耐沾。……娘，一辈子不喜欢穿好衣服，烟熏火燎的，更不用说。……"她虽然性强，却有她谈说的技巧；有了一年在外面服务的经验，更不是以前完全家居时只知撕赖的方法了。

"你这是说？……怎么？我有，你娘不会改做。你？……"质亭先生的小眼睛勉力似的放大一些，黄上胡因唇部抖动而更向上翘起。

秀英明白对这件宝物的谈话快到焦点了，她偏不直说。她那两条弯细的眉尖逗一逗，眼圈就会立刻像是有点湿润，紧像母亲的薄薄的嘴唇，骨突起来分外惹人爱怜。她这一套从小时起天然练就的式样儿，在父母眼前可以永远应用。而心理上的激动与取与的揣摩，是她一年来与那些男女局员对付周旋，新学会的魔法。这时，她便不自觉的施用出来。

"爸爸，你瞧，你多好动肝火。我还不懂得？祖上的东西不好随便糟蹋，爸与娘不肯，又舍不得剪改。我才二十岁，敢向你要？咱这份家况我什么不全明白，连十天半月的存粮弄不上，还讲究穿好衣服！"她不等老人叹气，先学着将鼻翅扇了一下，轻缓的吐了一口。

这一来使得质亭先生把心放了大半，绷紧的皱纹脸也浮上一层像是强堆的枯笑。

"是咧，秀英，你不会不懂好坏。你也是服务的女子了，困苦艰难，还用我来教导？从小守着，……咱这种人家，对祖上的东西应该珍重，留传给后人做个榜样！太平时代都得省吃俭用，何况，何况！……

"可是，遇到了这天翻地覆的末劫，头两年，谁会想到咱有今日？坐吃山空。哎！坐吃山空！还好，没把一家人的骨头在乡下喂了狗。就当难民说，咱还够得上头一二级。还有，这点箱笼早早运出来，没被劫了去。可是，可是，……只凭你每个月的几十万的薪水，你，你又连一半拿不到家来，穿且不提，吃的，用的！……"

质亭先生向不愿对一家人谈到的遭遇艰窘，因为小姐的话头引起。说到这儿，急接着一阵咳呛没得继续下去。

秀英赶紧扶住老人的肩头，用右手给他捶背，一会取过旧铜痰盂来给他接痰。她那种服侍体贴，不愧是出自名门的小姐的教养身分。她等到爸爸咳过微歇的时候，才道：

"所以，我常常为一家打算盘。大哥老远在军队里，南边北边，没有一定地址，只可顾他自己。弟弟还不到十五岁，我就是女孩子，也应该好好挣钱来家。——说挣钱，爸爸，你想，多难为人！逼得咱这样人家给他们干小差事。……整整一年，一年的训练比起六七年的学校生活来，……待怎么说！爸爸，你不是常常嫌我连一半的薪水拿不到家，可是，皮鞋、袜子、几件花线呢衣裳、面粉、口红，哪样至少不得几万元？不怕你不稍见讲究。哼！我怎么不明白，妇女职业，妇女职业！若是终天一身蓝布旗袍，头上脸上没有一点打扮，……你说可笑，为了这份月薪，哪个女职员敢不弄得花俏些？局子里，第一个，主任秘书，他——他对女职员的挑剔，不是说衣履不整洁，就是有碍观瞻。这样官面话从高级的主任口中传出，谁敢不天天检察检察自己的衣装打扮？说起来，爸，你准会觉得呕气。我那一科里的吴太太，就因为改了半年的装束，像年轻了十岁，听说不但薪水全数赔上，连她娘家还加上津贴。为的是衣服摩登，化装漂亮，没到六个月，由三等科员调成主任科员，还兼着局子外的一份干差。而且，变成全局子里的交际主角！甚至局长见她都要首先含笑，请她坐下讲话。……被家境逼上了这条道，就得向前，——向前！爸，不就干脆回到家来啃窝窝头。还有什么法子？女人，我这一年间才晓得女人在社会上是会起什么作用！妇女职业，只是挣钱就算职业罢！高尚，低下，我才看透了其中的诀窍。"

这位伶俐快口的小姐原是质亭先生一家中的奇珍。她虽禀有父亲的心计，也有母亲的活泼与善于运用时机的特性，自从托人谋到那个局子中的办事员职位以来，质亭先生在万不得已的情形中，白瞅着自己的奇珍向男人行里混去。而这是时代风气，是改变生活的希望的起点；更夸大点说，是他们这家人在大多数高低难民群中的骄傲！质亭先生绝不是极端保守的纯老派绅士，他对于"时中"二字另有所见。何况"时中"的应付变化里还有物质与精神的需求、慰悦。除却他这位奇珍必须混在男人行里这一点点不甚满意外，对于谋求妇女职业，他自到这岛上，倒成为热心的提倡者了。

一向拗不过小姐的习惯，更经她这段详尽委婉的陈述，干那份小差事的苦况与心得以后，质亭先生反而觉得自己只好处于听从的地位。不能亲手抓钱。不能再恢复那小城中绅士领袖与地主的身分，他如何不让女孩子软中带硬的话锋驳论一切！……屋子里的食粮一共不足半小布袋，但听见秀英的社会经验与注重上升的暗示方法，他像向前途看到了一件金光；借这片将降落的光辉也许把自己的旧梦重得实现？说不定更要辉煌与更为美满。

因此，他们一家在简单粗粝的午饭时都颇快乐。秀英对皮套子没接续提议什么，她母亲像心中有数，老是用红角眼睛打量女儿的细瘦身躯，有时替她撩撩散乱在旁边的长发。

质亭先生不多说话，默然若有所思，向窗外望望天上，再用竹筷把饭碗中的黄米粒子翻动一回。其实，他这顿饭吃的既不多也不爽利。

饭后，秀英小姐破例比平常迟去上班一小时，——她大概这一下午不愿再伏在冷案上写什么表册报告一类的玩意了。她有她的谈话的机锋，总之，是用多少转折方法引起质亭先生所希望的金光、闪烁、耀动。她从现时出售皮衣的微少儿数与未来的作比；以精神上的骄傲，地位的上升，与低首咽气向摊贩老板作比；以漂亮服装与全家的光荣，舒适生活打成一片，暗示出这并不是奢华，而是有伟大作用的乞求。自然，太太老是站在秀英的一面，惯说帮腔。

结果的胜利是握在秀英小姐的手中。更不延宕，一经许可后，那件安安稳存在红皮箱底的百年的灰鼠皮套子被夹在她的薄旧大衣的肘下，从容的踣下楼梯，向她熟悉的女裁衣店走去。

质亭先生似惋惜又似自傲。他盘腿坐在厚棉褥上有两个钟头没动一动。末后，把女儿临出门时留下的十张万元大钞塞进袖中，抓个面粉布袋，再次上街购买高价的粗粮。

圣诞节前两天，轻雪飘飘，正是旧历三九的时候。这地方经过两次剧烈寒流，除却增加煤面杂粮的高价外，还有冻死难民的消息。质亭先生很幸运的居然获得两袋救济粗粉，与秀英小姐不知从哪儿借贷了一百万元，把这一个月的苦困时光对付过去。自然，两袋粉的获得也与秀英小姐有关，却因此更证明了质亭先生的"俟"命学说。"到头总有办法！"挨到现在，他对于三代相传的那件灰鼠皮套子被小姐去改做成新式合体的大衣一节，不再置念，而且良心上也不再负有对不起祖先的痛苦。

"这比卖给不知姓名的人穿去不好？虽是改制，仍在女儿身上。不用说，以她那么秀美的脸庞，细瘦的身段，有这件大衣更足生色。……人要衣装马要鞍，有什么可说。"

他常以适应二字解脱老脑子里的想法。主要是每天的糊口物与零用钱似乎都与女儿的新样考究的皮大衣不无关连，因此，他倒觉得一个月前急急要把皮套子出售予摊贩老板时的拙笨与识见的短浅。

近几日，秀英忙得午饭都不到家吃，晚上总也三天有两天是饭后归来。看她那股愉快的劲头，看她从皮包里不断的取出种种糖果零食，与质亭先生及一家人嚼用，还用细说，显见她在局子中既忙且受优待，而社会上的交际愈来愈广，不问可知。

出出进进，灰脊大衣的毛光愈见出色，以前老在黯然深色的缎子里面，于今重见天日。配合上这么妙年的女孩子的脸庞、身段，柔长毛尖与油光光令人可爱的毛色，比起紧贴在"封建"式样的皮服之里，这东西也沾上了幸运的余辉。于今，刺鼻的樟脑末的香气早已散净，代替它的却另有一种少女的特别气味，与头油扑粉混合着，沾染在旧料新制的大衣里外。

不知怎么买的粉缎里子，与怎么打发高价的手工，质亭先生既未追问，他的女儿更没提及。不但这个，就是她常常回家较晚，与外面吃饭的事，初时还报告几句是什么同事、什么太太小姐的邀请。日子长了，质亭先生懒得每次同女儿谈询这样照例的问答，她并不需一一告知，反而一天三次都在家里用饭觉得是异常的事。

这落小雪的晚上，质亭先生瞒着太太在同乡亲戚住的难民院里凑着份子喝过一回花生白酒后，那双"毡翁"从六七里路距离将他拖回来。已经是八点了，他推说别的缘故在某人家用饭，搪塞过去，太太倒没怎么细问，反而谈起女儿的事来。

"昨天晚上，她说，今天回家要晚。是什么女的约她，有汽车送她回来。我只听见这句，别的话半明不白的。……"

"嗯，她现今比不得从前，一准会往上去！——往上去，也许会有个美满的——美满的姻缘啊。"质亭先生对于女孩子为事业或为婚姻须混在男人群里，这个原是嫌恶的观念，越来越淡。从一个月来，女儿交际的活动大有进步之后，他反而更存着良好希望。认为女子职业与婚姻自由，当此时，在此地，都不违反儒家"时中"的主张。乐得自己省心，且可把下半世的倚靠全托在女儿的"自由"身上。

"女大当嫁，老时的黄历看不的！犯不上再来那些套数。不是做娘的也忽然摹时式，凭新办法，只要孩子长得好看，会应付人，会逗心眼，有多少榜样？吴家他二姨的小宝，嫁了军官，一天坐着小汽车。……东庄子陶又玄——那个专做房子说合的为了第二个姑娘不是在什么银行当了阔差？这还是你说的，——凭什么，还想从前的门当户对？弄到这地步，咱的门户，在我身上，还是你？你已经六十开外了，难道永远想不开！"

质亭先生对于太太比自己还来得直截爽快的新婚姻主张十分惊奇。他心里想："这准是受了秀英的传染，女人家都是如此，说固执真是钉子打进木头，说变化就似茧儿孵蛾。"他听这种提议，正中下怀，不过他在这已是一切崩溃的家庭里仍然要表示矜慎，不肯把自己的架子一下摆脱。

"当何时，办何事，咱得执两端用其中！我有我的老看法，你有你的新派主张。对呀，这大事应当教秀英自决。——哈哈，于今什么都讲究自决，父母何苦专制，讨嫌？不过，劝告与参定意见，却是不可放松，准会于她有利，于咱更有利！哈哈。……"

"你知道秀英近来忙的厉害？"太太把戴着正在补破袜子的老花眼镜取下来，用旧蓝布短罩衫擦擦玻璃片上的灰土。

"当然，当然！不但此也，她两个腮骨朵添了肉，眼睛有神象，……象，……"质亭先生笑眯着一对细眼，不好再向下叙说。

"女大十八变，旧式的这样，新的还用说。所以，她好穿点，讲究点，算得什么。可惜咱比不的从前罢了。"太太的话是愉慰中含着伤感。

质亭先生一听太太关心女儿好穿点的话，马上拖前一步，坐在四方矮木凳上。慨然道：

"你还说这些，她要了去改造的爷爷的皮套子，这一个月，除掉吃饭睡觉老吊在身上，我曾有一句别的话来？"

"爷爷，一样，——他的神灵一样喜欢重孙女儿给他光祖耀宗呀！"

太太心中惟一大愿，从每句话凡是谈到女儿身上的，不自觉的流露出来。他们接着说些新旧婚姻的闲话。没多时，果然，杂院外就当他们住房的窗下，啵啵啵汽车叫了几声。老夫妇互相抬头对看一下，等不过三分钟，俏爽的皮鞋踏着楼梯的连响送进门来，可不是吃酒吃得一脸飞红的秀英小姐。

但，一身绿花呢的旗袍突现在黯淡的电灯下，同时使两位老人急着对她打量，谁也没先问出。大概还有人把皮大衣随着送上楼来，然而窗外的汽车声明明是已开走了。

秀英一点不现冷意，黄色高跟鞋的脚尖踮着地板，像立不稳。一个轻忽转身，一头浓黑烫发披向耳后，跑到她母亲肩旁。

"娘，你猜？我能吃多少酒？在祁太太……局长的新太太的'公——馆'里……呀。"公馆二字像旧戏中念台辞的"得——令"二字的音调。

"吃酒也得有个数目，多冷的十冬腊月，你酒醉了，皮大衣都忘了穿回来！幸而是在祁公馆里。"

太太用怜惜的口吻轻轻责备这娇放的活泼女儿，不道秀英却格格笑的了。

"娘，你猜中了一半，我偏不先说。知道你一眼看见我的大衣不在身上，你急不是？放——心罢！不错，留在祁公馆，可不是我的酒量不行临走会忘了向身上披。你再猜猜，连爸爸也说这里头，是档子什么故事？"

她在这个酒会的晚上显然兴奋过度。轻易不当父母面前学吸香烟，这时却从旗袍衣袋里取出一枝三炮台烟，划着火柴，猛吸两口。把一团青烟向十枝烛光的灯泡喷去。用一只手擎住细腰，一只高跟皮鞋踏在小木凳子边上，无意中模仿电影女角的派头十分老练。

太太呆呆的来不及猜说，还是质亭先生满不在意，用右手抹抹上胡道：

"是祁太太同你玩笑，把大衣藏起来不放你走？……准对！这倒是对你特别垂青，人家比你高上几级呀。"

"爸，……八九不离十。"秀英把小嘴突了一下，"你别忘记，祁太太是局长太太，她并不在局子里当职员，高不高的。……"

"可又来，妻从夫贵。局长太太的官阶不就与他老爷的一般大小？前清，就是明朝，你没听说过丈夫有几品官阶，女的——可得正室，就是几品封诰，穿几品补子的官服？"

"爸，不必摆老古董了。不让她高她也是高！……那件大衣，今晚上可交了运了！连她的拜把子姐姐，税局征收主任的谭太太，谭太太的女儿，女音乐家，异口同声的称赞说：化大钱，在大服装店里买不到的顶上等的灰脊。据谭太太告诉，从前她在上海时只见过与它差不多的一件，可惜穿的太拉撒了，没有这件整齐、崭新。……我呢，却不屑注意的对她们表示，像这种祖传的皮袍套、男的、女的、咱家尽有几套，没甚希奇。还替娘装装门面，你在太平时代，家常便服，冬天就穿这类珍重细毛货呢。

"她们虽是阔太太，有的是钞票，或者小元宝，但要挑件上等大衣还得费手。咱，干吗，不趁机会摆一摆！爸，干差事，该自小的不怕笑脸望人，该威风时也得叫人家不轻易看贬！你说是不是？"

秀英小姐这种颇有一手的中国古怪社会的经验，能擒能纵的手段，竟使六十岁自以为乖滑老到的爸爸诚心退让。

"你尽着自夸，大衣，难道她们会眼馋的抢去不成？"

"娘，……爸爸，不是抢。局长太太是满脸赔笑，拍着我的肩膀，就这样儿，好歹借去的。……三天，只借三天！"

她重又拍拍娘的蓝外衫的肩头，表示局长太太的姿势。

"真是希罕事！阔太太会向你借穿皮大衣？"太太的薄唇斜撇一下，话轻轻的像一根羽毛落到地上，足见她的心情愉快得与女儿差不多。

"为吗只借三天？这倒怪。"质亭先生平生注重的是"时"效。

"爸，你还是老脑筋，难道记不得日子了？"秀英将眼皮微微翻动一下。

"日子？今天是冬至后的第五天，十一月初呀。"

"净是教老黄历拖着走，冬至，冬至，只想着中国的冬至！再两天不是外国冬至，克来司玛斯，——全世界都过的圣诞到了么？"

质亭先生以前在小城中时，向没听人说过什么外国冬至，与洋派的圣诞，他只记清每年秋天，在文庙里，全体官绅人员给孔圣人行礼过生日。可是，现在他也半明不白的知道有洋派圣诞的传说；知道是耶稣教里的行礼节。

"啊，……啊！后天是耶稣生日，祁太太难道也吃教么？"

"吃教不吃教谁曾问她，新式人物不过圣诞节，多寒伧！这比不得孔圣人生日，单是中国男人过的。人家男女平等，女的一样过。吃，喝，跳舞，不见报上的广告与店窗子里摆的种种圣诞片？这不过，那不过，到时的东西卖给谁！……话说回来，祁太太后天要有两个茶会，一个夜餐。比不得平常日子，有顶好的服装该披在身上，迎接这个一年一次的大节。就为的这个，她的海勃龙青大衣式样偏旧，另外一件干尖的，她说太薄，不够劲，待新做来不及。为了谭太太娘俩都同声赞美我的大衣，局长太太便等她们走后，简直像办交涉似的同我商量，借她装新！她知道我只是穿了几十天，一点折皱没有；她并且说，要将海勃龙大衣与我换穿三天。可是她又说，如我穿起她的大衣上班，怕有人认得出。

"爸爸，你想情，这能行？我穿了局长太太的旧大衣往局子去，于她于我会有什么影响？我不辞职，还要等着人家的升调，这一着棋子得让她自个儿下呀！

"我会答复：只是三天？我不敢那么办，有自己的青呢大衣，不就请假两天，乐得在家……玩儿。一点都不叫人看得出来。爸，你想她怎么样？……"

她立即把她母亲拦腰抱住，再来一次表演。

"她，那位胖太太，就这样把我抱住，亲密的叫小妹妹呢。她更说：以你这点聪明，管干什么差事怕不连升三级！她乐得同我对干红葡萄酒，说她如果是个男的，……咦！……"

秀英这时的媚态与说不出的神情，连她母亲也觉得脸上微微有点儿发热。质亭先生呵呵两声，一手轻拍着另一只手的掌心道：

"合乎时，合乎时！是得如此的不亢不卑。啊，啊，还是那件老皮套子的作用。……"

"爸，你到现在不再懊悔没把它贱卖给皮货摊子上罢？"秀英尖巧的语锋曾不让它闷在肚里。

质亭先生点点头，慨然叹道："孩子，……凡事要'时中'，——此一时也，彼一时也！——啊！"

绅士，贵女，有幸福的孩子们，在狂欢，大吃，半夜醉跳的生活里，把这又一度的圣诞大节送走了。散落的雪花成了佳节的应时点缀，而劲风急吹与米粮狂涨，……有些没有注定该享节福的中华儿女，这几夜里便先归天国。

秀英小姐一家都还过得去。她特为那件大衣请假几天，难得的安居家中。买只肥鸡炖大白菜，也算共同分享这洋派圣节的口腹之福。她不肯出去找朋友，更不因为没了皮大衣而有丝毫烦恼。果然，第三天夜里，她得到祁公馆的一个电话，忙忙的去了一趟，仍然坐着汽车，夹个小衣包蹭回家来。

只是这次虽将大衣取回，她脸上却罩上了一层清霜，与上次的酒熏艳红恰成对照。没解开布包前，先向质亭先生与她母亲把借主——那位曾穿了这件大衣到几个圣诞会上出过风头的局长太太的好话重述一遍，然后将大衣抖开给他们看。

原是在右襟的下部烧了一个指顶大小的窟窿，周围的鼠毛也被熏黄了好些。

"她还赔不起？这种女人！"她母亲乍见时，不免把近乎小气的话发泄出来。

"她自然要赔，出钱，——娘，我能要？真为一件大衣的一个小洞，不管前程？她又能赔多少？"秀英的眉毛紧拧着道：

"怎么？就甘认倒霉，你也太好说话了！"

"不是霉！……这也许有点机缘，就是有点巧头。火烧皮毛运道高，你坐在屋子里的女人！……秀英哪会没这点见识，当面弄得不能下台。"

质亭先生在这些小机会里的精灵向来高人一等。他一生办事与一般老实顽固派绅董不同处在此，他的喜怒，不那么浮浅，但凭直觉行事。秀英小姐虽在涵养的表面上还没有爸爸的火候，而这样应变之才却一样出自他的遗传。

她一听质亭先生平易阔达的评语，心自稳定，顺手把大衣扔在床铺上面。"我当时忍住痛，对她装做不在乎这一点的样子。并且说，咱家的老旧皮货有的是，请她不要介意。……这还不是当着面子说瞎话！瞎话是瞎话，人情可得弯回来。谁教我是她丈夫的属下，仰仗人……"

明明她心里为了大衣烧洞有一份难言的委屈，一直从祁公馆里憋到家。对质亭先生重述一遍时，女孩子的装点再也压不住肚子的闷气，两只眼角上红晕晕的浮上一层泪痕，声音也多少有点凄咽。

经过质亭先生精灵的解释，与因女儿的大衣被借有一烧洞的可能推测后，太太把不高兴的脸色换过，女儿也用小花手绢抹抹眼角，恢复了她那一向乐观与满怀希望的信念。末后，她郑重的对质亭先生说：

"祁太太，虽然平常架子不小，自从借这件大衣那晚上，对我，真像多年的老朋友了！她在圣诞宴会上高兴得被外国香烟烧了皮子，究竟面子关系，对我说不出的那份不好意思。又要交服装店去补皮子，又要给我换赔一件。……人还是好人，人情上说不过。可是我敷衍了一阵，她也乐得实在。末后，她只是紧拉着我的手道：她心里有数！还切切嘱咐，不要让他丈夫与别人知道呢。”

“这不就截了！皮大衣有个窟窿，孩子，你的前程倒是要多开几朵花呀。……哈哈！一切都有‘命’！等着瞧罢，你要顺手好好对付下去，所得么岂肯值过一件灰脊大衣。……哈哈！”

他们又商量如何把上次剪裁下的灰鼠零皮补贴上去，不误明天穿用。正在太太的针线忙碌中间，质亭先生倒有点过后追悔的口气，慢慢的道：

“可惜，可惜！如果那件一色无二的开衩袍还在箱子里。……”

“你说的当年爷爷常穿的一套？真少见，开衩袍与套子的毛色一模一样。”太太的记性对于青年时的所见，格外清切。

“唉！还有一件大袍子，尺寸一定比皮套子还肥大？”秀英停了手中拣选碎皮子的工作，睁大眼睛的问。

“你从没见过。”质亭先生只淡淡的说此五字。

“是呀，爸爸，老是锁在大箱子里不让我见，怕谁会偷去的！”

“还说什么，……难道你还想把它再改做另一件没有窟窿的女大衣？”

质亭先生这两句话稍稍有点冷冽，使小姐微感不快。

“直告诉你罢，现在皮衣箱里除了绸子夹里的包袱还有别的皮货？哼！……”

秀英像有点害怕，“怎么都……都没有了呢？”

“有吗说的！问你娘，我会哄你？总之，现在的惟一希望只在这，——我说的你这件烧洞的皮大衣了！早就拆对，上了，……”

“上了，……”秀英急急的追问。

“哈！上了一家人的肚腹里去了！你干差事才一整年，还不够用。以上呢？以上呢？……哎！我可真不容易，等，等，等，只好‘俟’命，熬到现在，末后的一件祖上的灰鼠皮官服给了你，有洞也罢，没也罢，一家人连你的前途都在这儿。哎！……”

他在欣愿与烦恼交织的情绪下不再看母女俩低首于电灯之下做补裰细工，长袖子顿一顿，被"毡翁"把身子拖向里间去，安安稳稳的好揣摩"知"命与"俟"命的连续哲理。把未来的光明希望暂且藏伏于黑洞洞的空间。

秀英小姐对着还没补成的大衣烧洞呆看，默然无语。

在那个指顶大小的黄焦的孔中，似乎另有个异样的世界。

| 第二编 |

散　文

血 梯 *

中夜的雨声，真如秋蟹爬沙似的，急一阵又缓一阵。风时时由窗棂透入，令人骤添寒栗。坐在惨白光的灯下，更无一点睡意，但有凄清的、幽咽的意念在胸头冲撞。回忆日间所见，尤觉怆然！这强力凌弱的世界，这风潇雨晦的时间，这永不能避却争斗的人生，……真如古人所说的"忧患与生俱来"。

昨天下午，由城外归来，经过宣武门前的桥头。我正坐在车上低首沉思，忽而填然一声，引起我的回顾：却看几簇白旗的影中，闪出一群白衣短装的青年，他们脱帽当扇，额汗如珠，在这广衢的左右，从渴望而激热的哑喉中对着路人讲演。那是中国的青年！是热血沸腾的男儿！在这样细雨阴云的天气中，在这凄惨无欢的傍晚，来作努力与抗争的宣传，当我从他们的队旁经过时，我便觉得泪痕晕在睫下！是由于外物的激动，还是内心的启发？我不能判别，又何须判别。但桥下水流恬恬，仿佛替冤死者的灵魂咽泣，河边临风摇舞的柳条，仿佛借别这惨淡的黄昏。直到我到了宣武门内，我在车子上的哀梦还似为泪网封住，尚未曾醒。

我们不必再讲正义了，人道了，信如平伯君之言，正义原是有弯影的（记不十分清了姑举其意），何况这奇怪的世界原就是兽道横行，凭空造出什么"人道"来，正如"藐姑射的仙人可望而不可即"。我们真个理会得世界，只有尖利的铁，与灿烂的血呢！平和之门谁知道建造在那一层的天上？但究竟是在天上，你能无梯而登么？我们如果要希望着到那门下歇一歇足儿，我们只有先造此高高无上的梯子。用什么材料作成？谁能知道，大概总有

---

* 本文原刊于《晨报副镌》第 1207 号（1925 年 6 月 8 日）。

血液吧。如果此梯上面无血液，你攀上去时一定会觉得冰冷欲死，不能奋勇上登的。我们第一步既是要来造梯，谁还能够可惜这区区的血液！

人类根性不是恶的，谁也不敢相信！小孩子就好杀害昆虫，看它那欲死不死的状态便可一开他们那天真的笑颜。往往是猴子脾气发作的人类（岂止登山何时何地不是如此！），"人性本恶，其善者伪也"的话，并非苛论。随便杀死你，随便制服你，这正是人类的恶本能；不过它要向对方看看，然后如何对付。所以同时人类也正是乖巧不过，——这也或者是其为万物之灵的地方。假定打你的人是个柔弱的妇女，是个矮小的少年，你便为怒目横眉向他伸手指；若是个雄赳赳的军士，你或者只可以瞪他一眼。在网罗中的中国人，几十年来即连瞪眼的怒气敢形诸颜色者有几次？只有向暗里饮泣，只有低头赔个小心，或者还要回嗔作喜，媚眼承欢。耻辱！……耻辱的声音，近几年来早已迸发了，然而横加的耻辱，却日多一日！我们不要只是瞪眼便算完事，再进一步吧，至少也须另有点激怒的表现！

总是无价值的，……但我们须要挣扎！

总是达不到和平之门的，……但我们要造此血梯！

人终是要慷厉，要奋发，要造此奇怪的梯的！

但风雨声中，十字街头，终是只有几个白衣的青年在喊呼，在哭，在挥动白旗吗？

这强力凌弱的世界，这风雨如晦的时间，这永不能避却的争斗的人生，……然而"生的人"，就只有抗进、激发、勇往的精神，可以指导一切了！……无论如何，血梯是要造的！成功与否，只有那常在微笑的上帝知道！

雨声还是一点一滴的未曾停止，不知那里传过来的柝声，偏在这中夜里警响。我扶头听去，那柝声时低时昂，却有自然的节奏，好似在奏着催促"黎明来"的音乐！

一九二五，六月五号夜十二点

烈风雷雨[*]

突喊，哭跃，悲哀极度的舞蹈，"血脉偾兴"的狂歌；挥动着，旋转着那些表现纯洁的灿烂的千万个旗帜；震吼着，嘶哑着那为苦闷窒破了的喉咙；鼓荡起，冲发起，吹嘘起平地的狂飙横澜。……呵！呵！这不是在那万头攒动中的精诚！呵！呵！这不是在那幽暗地狱中的火光熠耀？这如醉如狂的举动与声音，正像从刀斧手下脱逃出来的无数囚徒，赤手光膊与狰狞的"伍伯"作最后的争斗。激发的，热情的火焰已烧透了我们的心腑，我们不能再正襟叉手在良时中闲磕牙；我们也不能安安静静地在陇上辍耕，唱着"月儿光光"的歌曲。

太空中射来了一支毒箭，使人们都中了"狂疾"朋友们！人生的活剧便就在"狂疾"中的挥发与挣扎！只是优游而不去呼唤；只是逍遥而不知愤怒；只闲挥涕泪而不去一试刀剑的锐锋，这是多末卑屈柔荏的生活！……但因此便发生了这不可平息的"狂疾"，然后可以创造出开辟出足容得我们盘桓的快乐的花园，然后可以有从容安暇的时光够我们消遣。而"狂疾"一日不好，你便须一日与狂魔相激斗！……这才是人生活剧的真趣味，真表现，真精神！

黯阴的空中只有层叠与驰逐的灰云：那深墨的，那絮白的，那如铅笔画幅上烘染的，如打输了交手战的武士的面色的；如晶亮的薄刃上着了一层血锈的部分；如女人失眠后的眼角的青晕，低沉下多少惨恻的哀意，都由那灰色层云中弥布了我们的心头！

卷地的狂飙，爽利的冰雹，倾落的骤雨，震惊的疾雷，呵呵！万千铁

＊ 本文原刊于《晨报副镌》第 1211 号（1925 年 6 月 17 日）。

甲中金鼓的鸣声，无量数的健儿呐喊，看呵！葱绿的树木也不再慢舞纤腰了，坦平的道路也不能任人家自由踏践了，只有淋漓下的悲壮的高调曲音，从地狱中心随了飞来的霹雳喝磕，喊动；——喊动这已死的地球上安睡着的婴孩！

不要安静的！不需要安静的！我们要实现吐火的梦境，我们要撞碎血铸的洪钟，我们要用这金蛇般的电光遍射出激动的光亮，要用震破大地的雷霆来击散阴霾。这样情热的当中，岂容得踌躇，恐怖！这疾风暴雨的日子，正是狂歌起舞的时间！为要求明如日星的生活，为要求灿如朝花的将来，我们便情愿狂醉，情愿在水火中相搏战，情愿将此混沌的世界来重行踏反，重行熔化，重行陶铸。

好剧烈的一场烈风雷雨！……

好快活的人生的活剧！……

好一曲悲壮的歌声，那余音哀厉是永远长存在人人的心中！

一九二五年六月十日中夜，为五卅事变作

林　语[*]

　　夜，在秋之开始的黑暗中，清冷的风由海滩上掠过，轻忽地振动他们的弱体。初觉到肃杀与凄凉的传布，虽然还是穿着他们的盛年的绿衣，而警告的清音却已在山麓、郊原、海岸上到处散布着消息。

　　连绵矗立的峰峦，与蜿蜒崎岖的涧壑，巨石与曲流中间疏落而回环地立着多少树木。不是一望无际的广大森林，却是不可数计与不能一一被游山的人指出名字的植物。最奇异的是红鳞的松，与参天般的巨柏，挺立着，夭矫着，伏卧着，仰欹着，在这不多见行人足迹的山中，但当传了秋节来的清风穿过时，他们却清切地听到彼此的叹息。

　　　黑暗中，

　　　只有空际闪闪的星光，

　　　与石边草中的几声虫鸣。

　　这奇伟的自然并没有沉睡，它在夜中仍然摇撼着万物的睡篮，要他们做着和平的梦；但白日给他们的刺激与触动过多了，他们担心着不远的将来是幸福还是灾害？他们相互低语着他们的"或然的知识"，由消息的传达便驱去了梦，并且消灭了他们的和平。

　　夜，不远的波浪在暗中挣扎着因奋斗而来的呻吟，时而高壮，时而低沉，似奏着全世界的进行曲。

　　夜幕罩住了万物，都在暗中滋生、繁荣，并且竞争与退化着。从森密

---

　　* 本文收录于《片云集》（生活书店 1934 年）。

的丛中微闪出一线的亮光，是"水界的眼睛"诱惑着他们作白世界远处的纵眺，那水界转动它的眼波，围绕着地母的全身没有一刻的停息。

幽暗中微风吹掠着丛树的头顶，他们被水界的眼睛眩惑着，不能睡眠，便互相低语。

"秋的使者来了！繁盛与凋零在我们算得什么呢？一年一年的剥削，是自然的权威。可怜的是我们究竟只是会挺立在这个枯干冷静的世界里，没有力量同人类似的可以避免这节候的剥削……"一棵最老的桧树首先叹息着。

"啊啊！老人！你没有力量却欣羡人类吗？那可还有存留的智慧在你的记忆力里。这是听过我们远的，很远的祖先告诉过的，嗳！什么历史？全是安慰人们心理的符箓罢了！那里曾给告诉过这是真实？没有呵！他们说：人们在这个世界至少有两个十万年了，这仍然是猜测夸大的诳语。但我们呢？我们才是宇宙万物的祖先，我们的功劳，我们沉默的工作，都是为了能动的物类保护，营养，借予他们的利益。不多说了，这是悲惨的纪录！老人，总之，我们是只有智慧而缺少力量了，我们是只能服务而不取报偿。但……"山中特产的银杏摇着全身的小扇，颤颤地与桧老人相问答。

"但人类对于我们的看待呢？"一棵稚松在地上跳跃着问。

桧老人惨然地叹声："人类看待我们，比自然，比自然还要威严。自然是轮回的，人类却是巧妙而强硬地剥夺。他们忘了他们还是长脸嘴与周身披毛的时代了！也是野兽一样，与一切的动物单为了食物而争杀。他们到现在自称为灵明的优异的东西了，可是没有我们的身体当初做他们的武器，没有我们身上的火种，他们永远只能吃带血的与不熟的食物。至于以后的进化，自然是没有的。他们撷取了我们的智慧，却永远使我们做了沉默的奴隶。嗳！严厉与自私，这是人类的历史！"

左右的老树，他们因为直立的日月太多了，都俯着首应和着老桧的伤怨的叹息。

"你为什么这样咒诅呢？以前就听过常常说起。"生意苗壮的稚松申述他的怀疑。

"年轻的孩子！老人是好静默的，将一切过去的印象永远地印在心里，他不愿意重行印出。他为经验所困苦，所以容易慨叹；他的智慧已侵蚀了他青年的力量，只留下透明的躯体。人间不是有一些教训吗？说老年是衰退，其实力量的减少任什么都是一样。像我自然是炉火的余灰，不过这一无力量的余灰却是造成后来生命的根本。这话太笨了，总之，你以为我以前不常说这些话便认为奇怪，但是如同我一样年纪的他们便觉得不足奇怪了。我与同年纪的人都是常在沉默中彼此了解，偶然的叹息是可以证明各个的心意。话，本是不得已才用的呆笨的记号，因为又当这一次时令的使者的消息传到，便在你们的不知经验的面前说到人类——说到人类，我的诅恨竟不能免却，这实在没有十分修养的性质。"

"不，老祖父，你能诅恨便可以把它扩充到全世界中我们的同类，教给我们年轻的兄弟们，这便有力量了！"一棵更稚弱的杉树傲然地插语。

"那只是空言，只是空言罢了。你们想由诅恨而抵抗人类的残暴；想恢复你们的祖先借予人类的力量；想做自然的征服；想伸展你们的自由？孩子！你们的力量还不充分，即使充分，你们没有估计你们的智慧的薄弱，所以是空想啊！"索索颤抖的老银杏语音上有些恐怖。

"不！联合与一致是力量，也是智慧。"小松树说出简洁反抗的话。

"这真是孩子话，足以证明你的智慧的浅陋。你先要知道我们也如其他的生物一样，受有祖宗的血的遗传，有自然的感应的器官，也有永远不可变易的性质。所以这力量与智慧是一定的，是自然命运的支配。你想借那点出处的智慧要指挥——或者联合同类的动作想反抗自然与人类，这是希望，但不是力量；是想象中的花朵，不是战争中的手与武器。我们在年轻如你们的时代也曾这样深切地想着。"年纪最老的古桧又恳切地说了。

左右围列的老树都凄切地发出统一的叹息。

那些幼弱的稚嫩的富有生意的小树木，也在老树的下面低低地争辩，独有挺生的小杉树仍然反抗道："老祖父，你是在讲论你的哲理，哲理是由经验集成的，是时序与材料的叠积，从这里生出了观念与忖度。这在为时间淹没过的人间是借以消磨他们的无聊的岁月的辩证，但在我们的族属中又何须呢？尤其是我们这些迸出地上面不久的孩子，我们不是专为了呆笨的人类牺牲了身体为他们取得火种，也不是如同那些麦谷类的同宗兄弟经人类的祖先殷勤培植后，却为的是饱他们的口腹。——但，老祖父，我们的末运却更坏了！倒处在荒山幽谷的，也不能脱却了人类的厄害，他们用种种苛酷的刑法斩伐了我们的肢体，却来供他们的文明的点缀。我们不力求自由，即须做他们的榨取者，至少，我们应该有诅恨的力量！我们没有武器，也没有智慧吗？没有智慧，也没有力量吗？久远的低头我们便成了代代是被剥削的奴隶。你想我们怎么曾有负于人类呢？"

这是有力的申诉，多少年青的树木都引起喝啸的赞美之音，山谷中有凄风的酬和。

老树们沉默……沉默，清夜的露水沿着他们的将近枯落的叶子落下，如同无力地幽泣。

"我们要求我们力量的联合，去洗涤我们先代的耻辱！"年青的树木因为小杉的提论，得到力之鼓舞，他们的心意全被投到辽远的愿望之中，想与不易抵抗的人类的智慧做一联合的反叛。

海岸边涌起的波涛，前消后继地向上夺争，又如同唱着催迫他们的进行的曲调。

小卖所中的氛围 *

托张君的福，他来回经过这"名所"的次数多，午后四时我们便由旅馆中的赵先生导引着走入一个异样的世界。

赵先生在这里作事已有十年以上的资格。青布皮衣，红胖的面孔，腮颊上的肉都似应分往下垂落，两道粗黑的眉，说话时总有"×他妈"的口语。脱略、直爽的性格，与痛快的言词，的确是一个登州属的"老乡"。一见张君便像十分相知似的，问这个那个，又要求介绍我们这两位新熟识的客人。——老先生与我——及至张君一提倡走，我就猜到他们的目的地；好在有赵先生的"老大连"，我也觉得一定有别致的地方，可以展露在我们的面前。

穿过干路麻布通后，向南走进了一个小巷，右转，中国式的三层楼入门。拾级而上，二层的门口，第一个特别现象是木柜台上有几十支各式各种料子作成的鸦片烟枪，很整齐地摆着，不同的色泽在目前闪耀。

我们骤然堕入迷香洞中了，——也可叫做迷云洞中。

大厅中几张烟榻一时弄不清楚，烟雾迷濛中只看见有许多穿长袍短装的人影在烟中挤出挤进。幸而还好，我们五个人居然占了两个小房间；这一定是雅座了。一间真小，不过纵横五尺的屋子，门窗明明是油腻得如用过的抹布，却偏是白色的。木炕上两个歪枕，两份褥子，是古式的气派，这才相称。于是精工雕刻的明灯与古色鲜艳的枪支便即刻放在当中。

赵先生的手技高明，小黑条在他那粗壮的手指上捻转的钢签之下，这么一转，一挑，向火尖一偏，一抬，那元小的发泡的烟类便已成熟。扣在

---

* 本文收录于《北国之春》（上海神州国光社 1933 年）。

紫泥的烟斗上，恰相当。于是交换着吸，听各人的口调不同，有一气咽下去的，烟枣在火头上不会偏缺；有的将竹管中的烟气一口吞下，吃完后才从鼻孔中如哼将军的法气一般地呼出。军人与我太少训练了，勉强吸过两口，总是早早吐了好些，本这用不到从竹管中用力吸，满屋子中的香气，那异样的香，异样的刺激的味道，一点不漏地向各个人的呼吸器管中投入。沉沉的微醉的感觉似是麻木了神经，一切全是模糊的世界，在这弥漫的青烟氛围中，躺在窄小的木炕上便能忘了自我。一杯清茶不过是润润微干的喉咙，并不能将疲软的精神振起。

我躺在木炕上正在品尝这烟之国的气味，是微辛的甜，是含有涩味的呛，是含有重星炭气的醉人的低气压；不像云也不像雾。多少躺在芙蓉花的幻光边的中国人，当然听不到门外劲吹的辽东半岛的特有的风，当然更听不到满街上的"下驮"在拖拖地响。这里只有来回走在人丛中喊叫卖贱价果品与瓜子的小贩呼声，只有尖凄的北方乐器——胡琴的喧音，还有更难听的是十二三岁小女孩子的皮簧声调。

一会，进来了一个红短衣裤的剪发女孩，一会又进来了一个青背心胖脸的女孩。她们在门窗前立了几分钟后，一个到间壁去，我们都没的说。赵先生这时将枪支向炕上一丢，忙忙地到外边去。回来，拿着一个胡琴，即时他拉起西皮慢板的调子。手指的纯熟如转弄烟灯一样。半个身子斜欹在炕边，左手在拂弦的指头是那样运用自如，用力的按，往下一抹，双指微捺弦的一根，同时他的右手中的弓弦高、低、快、慢都有自然的节奏相应。于是尖利而调谐的音便从手指送出。手法真特别，伙计、小贩都时时掀开门窗的一边来看。一段过后，连与他熟悉的张君也大拍掌，不住地道："好，好！唉！好指音！再来，再来。"

"不容易，难得，不曾听过这么好的胡琴。……"老先生也啧啧地称赞。

我呢，这时真觉得多才的赵先生也是个令人惊奇的人物。他是那样的质朴，爽快，一天又忙着算账，开条子，还得永恒的堆着笑脸向客人们说话；但在此中他却是一位特殊的音乐家。

赵先生将厚垂的眼皮闭着，天真地微笑，若在他的十指中创造他的宇宙。忘记了客人也似忘记了这在哪里，用劲地快乐地拉着一种一种的调子。

嘣的一声，胡琴上的粗弦断了。他赶急又跑出去，回来将弦缠好，还没开始拉，便道，"来哇，谁唱谁唱？"

张君向立在间壁门口的军人说："有赵先生拉，你来几嗓子。"

"不行，我喉咙痛。"

老先生还在炕上烧烟，十分高兴地道："还怕什么，到这里来原不是讲规矩的。爱怎么办就怎么办！你还怕羞？干么！"

"还是老先生，痛快，痛快！"赵还没拉动胡琴，却向张君问："可是这老先生以前的贵干还没领教。"

"唉，这也是位老风流名士呀！两年前他还在作科长呢。你别看他有胡子，一点也不拘板。……"

"是，是！倒是痛快。唱呀！"他将弦调好，向军人等待着。

军人终是摇头不唱。

"大荣，叫大——荣——来啊！"赵先生这时才实行他的政策。一会那方才立在门口的红衣女孩进来，将一个绸面纸里油垢的戏目折递给我。我略一展视，看到许多老生小旦的旧戏名字，便递与在我身后边坐着的张君。

"说说，点什么戏？"

张君看几分钟道："好多，会唱这些，随便随便，赵先生，你熟，随便挑一出不完了。"张君态度颇见兴奋。

还是那个女孩子自己说了，"坐宫吧？"

在几个人一同说"好"字的口音之下，慢板的胡琴与她的十字句的戏词同时将音波颤动。

她的过度的高音使她不得不将双肩屡屡耸动，每到一句末后的拖长而激亢的音时，我看她实在吃力。大张开嘴，从小小的喉中发出这样要够上弦音的调来。头上的披发一动一动的，她那双美丽的大眼直向灰黑色的墙上注射出急切的光亮。听到，"我好比浅水——龙，困卧……在沙——滩！"一句，我替她着急；同时心中也有些不自知的感动。觉得我们在这奇异的世界中是在买沙滩中的没有一点水的小动物的把戏看！……门窗外来回瞧热闹的人不少，就是卖果品的小贩也时而停留住听这不甚调谐却是引人来听的戏词。

一曲既终，她背了两手立在门侧休息。大家自然是喝彩了。张君问过她才十四岁，"好啊！以后一定有出息，听听调门真不错！"

本来可以让她休息了，但赵先生还在调弦，而这清瘦的孩子眼巴巴地仍然希望再唱。这是为什么呢？我有点明白，但我的凄感却咽在心头，没有话可说。接着又叫了她的妹妹来，一样是个大眼睛面目聪明的孩子，比她还低一头。于是汾河湾的生旦戏便由这两个孩子当作久不会面的夫妻连唱起来。

神采十足的赵先生合了双目在玩弄他熟练的手法，两个粗亢与低细的口音不断地唱，说白，时间不少，约有一刻钟方才止住。这时我换了十个角子，便赶紧交与那大孩子。张君还争着要给她，末后终算是我会了钞。在听众的赞许声中，可怜的女孩欢跃而去。但她一起一落的肩头远如影片一般在我的目前。当她用皱皮的疲手来接这十个角子时。我真觉得由我的手上将"侮辱"交给她了！

这是平常不过的事，在这"劫外桃源"的地方是中国人的相当娱乐场所。香烟中的半仙态度，性的糟践的生活，什么都不管的心思，这是这地方暂时的主人的教条。好好的自加学习，这桃源中准可允许有你的一个位置，这是我们从一瞬间得来的反省。

有点头晕了，这奇异的世界不能久留，便一同走出在楼门口等待着后行的赵先生，还不来，那位青年人望着门口的铜牌子道："这楼上还有饭馆哩，看这小卖所。"

张君轻蔑地道："方才吸的玩意还不是？这一市中多少挂了这样牌子的地方，如你愿意进去，保吸不错。真是乡下人，还有卖饭的在上面哩！"

军人方有点恍然。

及至我们走到大街上，也没看见赵先生的影子，都说他又不知在那云雾中办什么交涉了，便决议去逛浪速町的夜市，不再等他。

当我们由日人的百货商店走回旅馆到自己的房间中时，赵先生却跳了进来道："好找，好找，我出来连你们的后影也没瞧见。……"

"我们以为你与那小姑娘打交涉去了。"张君答他。

"可不是，她娘也在那边的烟炕上吸烟。那孩子因为给了她一块钱，欢喜的没法子，拖住我再去吸两口，我去说几句话后便出来，迟了。"

原来他与她们都很熟悉。

"应分是一出戏多少钱？"

"四角小洋。"

"谁养着她们？"我在问。

"一个女老板弄上几个小孩子，教得会唱了，便做这宗生意。大一点也可送到窑子中去。"赵先生上楼气喘，只说到这里。

一会下面有人喊他，他又笑着招呼我们几句，匆匆地跑下楼去。

青纱帐[*]

稍稍熟习北方情形的人，当然知道这三个字——青纱帐，帐字上加青纱二字，很容易令人想到那幽幽地，沉沉地，如烟如雾的趣味。其中大约是小簟轻衾吧？有个诗人在帐中低吟着"手倦抛书午梦凉"的句子；或者更宜于有个雪肤花貌的"玉人"，从淡淡地灯光下透露出横陈的丰腴的肉体美来，可是煞风景得很！现在在北方一提起青纱帐这个暗喻格的字眼，汗喘，气力，光着身子的农夫，横飞的子弹，枪，杀，劫掳，火光，这一大串的人物与光景，便即刻联想得出来。

北方有的是遍野的高粱，亦即所谓秫秫，每到夏季，正是它们茂生的时季。身个儿高，叶子长大，不到晒米的日子，早已在其中可以藏住人，不比麦子豆类隐蔽不住东西。这些年来，北方，凡是有乡村的地方，这个严重的青纱帐季，便是一年中顶难过而要戒严的时候。

当初给遍野的高粱赠予这个美妙的别号的，够得上是位"幽雅"的诗人吧？本来如刀的长叶，连接起来恰像一个大的帐幔，微风过处，干、叶摇拂，用青纱的色彩作比，谁能说是不对？然而高粱在北方的农产植物中是具有雄伟壮丽的姿态的。它不象黄云般的麦穗那么轻袅，也不是谷子穗垂头委琐的神气，高高独立，昂首在毒日的灼热之下，周身碧绿，满布着新鲜的生机。高粱米在东北几省中是一般家庭的普通食物，东北人在别的地方住久了，仍然还很欢喜吃高粱米煮饭。除那几省之外，在北方也是农民的主要食物，可以糊成饼子，摊作煎饼，而最大的用处是制造白干酒的原料，所以白干酒也叫做高粱酒。中国的酒类性烈易醉的莫过于高粱酒。

---

　　* 本文收录于《青纱帐》（生活书店 1936 年）。

可见这类农产物中所含精液之纯，与北方的土壤气候都有关系，但高粱的特性也由此可以看出。

为甚么北方农家有地不全种能产小米的谷类，非种高粱不可？据农人讲起来自有他们的理由。不错，高粱的价值不要说不及麦，豆，连小米也不如。然而每亩的产量多，而尤其需要的是燃料。我们的都会地方现在是用煤，也有用电与瓦斯的，可是在北方的乡间因为交通不更与价值高贵的关系，主要的燃料是高粱秸。如果一年地里不种高粱，那末农民的燃料便自然发生恐慌。除去为作粗糙的食品外，这便是在北方夏季到处能看见一片片高秆红穗的高粱地的缘故。

高粱的收获期约在夏末秋初。从前有我的一位族侄，——他死去十几年了，一位旧典型的诗人，——他曾有过一首旧诗，是极好的一段高粱赞："高粱高似竹，遍地参差绿。粒粒珊瑚珠，节节琅玕玉。"

农人对于高粱的红米与长秆子的爱惜，的确也与珊瑚、琅玕相等。或者因为这等农产物品格过于低下的缘故，自来少见诸诗人的歌咏，不如稻、麦、豆类常在中国的田园诗人的句子中读得到。

但这若干年来，高粱地是特别的为人所憎恶畏惧！常常可以听见说："青纱帐起来，如何，如何？……""今年的青纱帐季怎么过法？"因为每年的这个时季，乡村中到处遍布着恐怖，隐藏着杀机。通常在黄河以北的土匪头目，叫做"秆子头"，望文思义，便可知道与青纱帐是有关系的。高粱秆子在热天中既遍地皆是，容易藏身，比起"占山为王"还要便利。

青纱帐，现今不复是诗人，色情狂者所想象的清幽与挑拨肉感的所在，而变成乡村间所恐怖的"魔帐"了！

多少年来帝国主义的迫压，与连年内战，捐税重重，官吏、地主的剥削，现在的农村已经成了一个待爆发的空壳。许多人想着回到纯洁的乡村，以及想尽方法要改造乡村，不能不说他们的"用心良苦"，然而事实告诉我们，这样枝枝节节，一手一足的办法，何时才有成效！

青纱帐季的恐怖不过是一点表面上的情形，其所以有散布恐惶的原因多得很呢。

"青纱帐"这三个字徒然留下了淡漠的、如烟如雾的一个表象在人人的心中，而内里面却藏有炸药的引子！

一九三三年六月四日

青岛素描 *

从北平来，从上海来，从中国任何的一个都市中到青岛来，你会觉得有另一种的滋味。北平的尘土，旧风俗的围绕，古老中国的社会，使你沉静，使你觉到匆忙中的闲适，小趣味的享受。在上海，是处处摹仿着美国式的摩天楼，耀目的红绿光灯，街市中不可耐的噪音：各种人民的竞猎，凌乱，繁杂忙碌，狡诈，是表现着帝国主义者殖民地的威风派头。然而青岛，却在中国的南方与北方的都会中独自表现着另一副面目。

"青山、碧海、红瓦、绿树。"康有为的批评青岛色彩的八个字，久已悬悬于一般旅行者的记忆之中。讲青岛的表现色，这几个形容词自然不可移易。初到那边界的人一定会亲切地感到。

我早有几次的经验，不是初来此地的生客。然而这一个春季，我特别在这个美丽的地方借住于友人的家中，过了几个月。有许多很好的机会，使我看到以前所未留心的事物。

这地方的道路，花木，房屋的建筑，曾经有不少的人写过游记，似乎不必详谈。然而从另一种的观察上看去，这里一切的情形是混合着德国人的沉重，日本人的小巧，中国固有的朴厚。经过重要街道，你如果是个留心的观察者，可以从街头所有的表现上看得出。

譬如就建筑上来说，这是最能显示一国的民风与其文化的。青岛在荒凉的渔村时代，什么也没有。自从世界上震惊于德国兵舰强占胶州湾以后，一年一年地过去，这里完全变象了。为了德人强修胶济铁路，沿铁路线的强悍的山东农民作了暴争的牺牲者，人数并不很少；可是在另一方面，为

---

* 本文收录于《青纱帐》（生活书店 1936 年）。

了金钱，为了新生路的企图，靠近胶州湾几县的农民，工人，用他们的汗血与聪明，在德国人的指挥之下，把青岛完全改观。深入大海中的石壁码头，平山，开道，由一砖，一木，造成美好坚固德国风的高大楼房，他们有的因此得了奇怪的机会，由一个苦工后来变为有钱有势的人物，有的挣得一分小家私，不在乡间过活，也有的一无所得，或者伤了生命。但青岛的建设事业如其说是凭了德国人的头脑，还不如说是胶东穷民的血汗。自然，一般人都颂扬德国人的魄力。然而我看到这几十年前的海滨渔场，现在居然变为四十多万人口的中等都市，这其间的辛苦经营，除掉西方的机器文化以外，我们能忍心把中国一般苦工的力量全个抛去？

欧战之后，乖巧的日本人承袭了德国人强占的军港，于是太阳旗子，木屐的响声，到处都是；于是又一番的辟路，盖屋；又一番的指挥，压迫。无量的日本货物随着他们的足迹踏遍山东的全境。而一般在这个地方辗转求生的中国人，只好把以前学会的德语抛却，从新学得日本言语，文字，再来做一次的奴隶。

这是有什么法子！"在人矮檐下，怎敢不低头！"于是中国人的心目中觉得那迥非前时可比了。德国人像一只掠空的鸷鹰，他单拣地面上随时可以取得的肥鸡，跑兔；至于小小虫豸则不足饱他的口腹。他是情愿把小小的恩惠赏给奴隶们的。可是××人却不然了。挟与俱来的：街头的小贩，毒品的制造者，浪人，红裙队，什么都来了。一批一批的男女由大阪、神户向这个新殖民地分送，于是以前觉得尚有微利可求的中国居民也渐渐感到恐慌。因为对××人的诅恨，更感到德国人的优容。直到现在，与久居青市的人民谈起话来，说到这两位临时主人，总说："德国人好得多，××最下三烂！"这是两句到处可以听到的话。

主人是换过了，虽然待遇不比从前好，怎么样呢？因为各种事业的开展仍然最需要苦工。而山东各县的景况恰与这新开辟的都市成了反比例。

连年内战，土地跌价，一般农民都想从码头上找生路。于是蓝布短衣，腰掖竹烟管，带苇笠的乡民也如一般××的找机会的平民一样，一批一批地由铁路，由小帆船运到这可以憧憬着什么的地方中来。

从那时起，军港的青岛一变而为纯粹的商港。聪明的××人知道这里还不是久居之地。也不作军港的企图，把德人的修船坞拖回他们的国内，德人费过经营的沿海要塞的炮台，内部完全破坏，只要有利可图，能够继续占有德人在沿铁路的企业，如煤矿、林业、房舍种种，他们一心一意来做买卖。直待至太平洋会议时，摆了许多架子，在种种苛刻的条件下，算是把这片土地付还中国。

历史，自有不少的聪明历史家可以告诉后人的，现在我要单从建筑上谈一谈青岛的混合性。

看一个国家或是一个地方的文化，善于观察者从一方面即可推知其全体。即就建筑上说，很明显的如爱司基摩人的雪屋，热带地方人住的树皮草叶的小屋，近而如日本人好建木板房子，而中国北方就有火炕。由于气候、习惯、建筑遂千差万别。从这上面最易分别出一国家一地方的民性。至于更高尚的，如东方西方古代的建筑，何以意大利有许多辉煌奇异的教堂，而埃及则有金字塔，正如中国有著名的长城一样。所以有此的缘故，并不简单，要与其一国的地理、历史、风尚、人民的性质具有关联。这不是几句话可以说明的。

德国的建筑移植到中国来，当然青岛是一个重要地方。在初时一般人只知道德国人在大清府（这是一个不见于历史的名词，乃是山东胶东一带人民在二十年前叫青岛的一个自造专名词，到底是大青还是大清，却无从知道。）盖洋楼，自然是在几层上面，有尖角，有石柱，有雕刻，有突出嵌入的种种凉台、窗子，统名之曰洋式而已。实在直到现在，凡是留心的人还能由这些先建的洋楼上，看出德国人的沉鸷刚勇的气概。例如青岛著名的建筑物，现在的市政府与迎宾馆，以及当年德国人的军营，现在的山东大学与市立中学校。那些建筑物，除掉具备坚固、方正、匀称、高大的种种相之外，你在它们旁边经过，就觉得德国人凡事要立根根深的国民性有点可怕！同时也还有其可爱之点。当初他们对这个港口实在是花过本钱的。究竟不知是多少万马克汇来东方，经营着山路、海堤、森林、铁路，一切事他们早打定了永久的计划，所以都从根本上着想。建筑也是如此。现在凡过青市生活略久一点的人，走到街上，单凭看惯的眼光，便能指出这所房子是德国人盖的，那是××的玩意，是中国式房子，十有八九错不了。自然的分别，就譬如眼见各人的面目不同一样。

有形势与作风，自古代，建筑是与音乐、绘画，并列入文艺之内的。因为它表现着时代精神与人民生活性的全体，而愈长久的建筑物却愈能代表那一个国家一个地方的最高文化。端庄中具有稳静的姿态，严重形势上包含着条理与整齐。不以小巧见长，同时也不很平板。恰好与日本人的建筑物相反。

日本在维新以后，初时处处惟德国是仿，然而连形式上不对。由日本占青市后建造的神社及其他住房上看，很清楚，他们只在玲珑、清秀上作打扮。是一个清瘦精细的女孩，而没有"硕人颀颀"的神态。至于完全出自中国人的意匠所盖的房屋，除却照例的二三层商店房式之外，其他的住房多半是整齐，方正，很能在新形式中仍存有固有的风姿。近年也有几处从上海移植来的所谓立体建筑物。

青岛的建筑是这样混杂着。可以由此推知以前的青岛是如何受了外国的影响。

"不错，这名称不是空负的。据我所到的地方，就连德国说在内，像这么美好适于居住的城市也不多。"

正是一个春末的黄昏，我的亲戚 C 君——他是一个留德的医学博士——在凉台上告诉我，因为我们又谈到这东方花园的问题。

"我爱这边的幽静，而又不缺乏什么，可是有人说这边没有中国文化，但怎么讲呢？文化两个字解释起来怕也费劲！自然许多人在热心拥护古老的文化精神，是什么呢，你说，……"我呷着一口清茶望着电灯微明下的波光慢慢地说。

"哼！文化！中国的古老文化不是上茶馆，抽水烟，到处有的杂货摊？什么东西只要古香古色的那就是！……至于说真正的中国固有文化的精神，你以为在哪里？难道在北平，在济南，在各个大都会里？我们到那些地方也只看到古老文化的渣滓，真正可爱的古文化的精神在哪里？……"

"所以啦，我以为在这里反倒清静些。……"他感慨地叹着，又加上一句断语。

"本来我对这一句话也认为有点难讲。这地方没有中国古老的文化也许容易造成一个崭新的地方。因为以前没的可保守，所以一切事都容易从新做起。虽然是否能造成另一种更好的文化还不可知。然而至少要把这些文化的没用的渣滓去掉，也并不难，——我知道这边的人民诚实，朴厚，做起事来又认真，虽然不十分灵活，可是凡到本处来的人却很能了解。又配上这么幽静而又有待发展的地方，在国内青岛的将来是不缺少好希望的。"

C君因为我的乐观。便在小桌上用手指敲一下道：

"你可不要忘记了××人！"

这是每个在青岛住的久稍有点知识的人时时容易想到的一个严重问题。

××人，虽然似乎大量地把这个地方奉还原主，然而铁路的价值，保留的房产，沿铁道线的种种利权，依然都在他们的掌握之中。兵舰是朝发夕至。对于这个好地方的未来，谁也怕××人再来伸手！

"你想这边××的余势还有多少？重要商业与航运的便利，几乎全被他们所操纵。现在青岛的平和能维持到那一年，天知道！——可是这也不必多虑了。想不了那一些！另外我可告诉你，为什么近十年来这海边小都会人口渐渐加多？不是做生意的人说不好么？不景气么？然而各县、各乡村中的不安定较这里更厉害，就使吃饭便好，那些用手脚来谋生的人往外跑，一年比一年多，各处一例。所以在这里也看出人口增多，而事业并不见大发展的原故。"

他怕我不明白这种情形，所以尽力的解释。但是我正在靠山面海的凉台上向四方看去。稀稀疏疏的电灯光映着那些一堆一撮、高下错落的楼房，海边就在我们坐的楼下。银色的波涛有节奏似地撞着石堆作响。静静的海面只有几只不知那国的军舰，静静地停泊着。黑暗中海面的胸衣慢慢起落。在安闲平静中却包藏着什么中国、日本、农村、商业的重大问题。这时我另有所思，答复 C 君道："唉！这人间的苦恼，永久的争斗，从古时到现在，没有演奏完了的时候，今夕何夕？你看，这么好听的涛声，这样好的境界之中！……"

"你是'想今夕只可谈风月！'哈哈！……"

"……"

"是的，本来人是在环境中容易征服的动物。刺激愈重，动力愈大。从前在德日帝国主义者的铁骑下的中国居民，虽然是被保护者，可是他们究竟还感到压迫的不安。现在大家除却作个人的生活竞争之外，在这幽静的新都市中住惯了的人，差不多随了环境也都染上一种悠闲的性质。就以生活较苦的人力车夫来作比，你看他们与上海、天津、汉口、北平各处他们的同行可一样？"

"不同，不同，青岛市的车夫穿得整齐，他们争坐也不像别的地方那么厉害，甚至吵骂，挥拳头。差得多，这是谁都看得出来的。"

"原因？……原因就在这里的钱较容易赚，虽然生活程度并不低于别的都会。外国人多一点，贫苦生活的竞争是有的，然而比别的都会也还差些"。

我听了 C 君的结论，不敢十分相信，然而也无可以驳他的理由。我忽然注目到凉台下面的几棵樱花树。电光下摇动它的花瓣落在青草地上。

"啊！是了。这几天我只从街道旁边看过樱花，没曾专往公园的樱花路上去观观光。……"

"这还是日本风的遗留。自从日本人占了此地之后。栽植上不少的樱花树，每年还有一个樱花节在四月中举行几天，与在日本一样。现在这节日自然是取消了，可是每年花开的时候，车马游人依然是十分热闹，春季与盛夏是青岛最佳的时候，——所以无论如何，青岛的居民是谈不到秋冬令的感受与刺激的！"

C 君很俏皮地这么说，我也明白他也有点别感，话并不直率。可是我一心要拉着他外出游观，便与他订明于第二天一早出发往公园与青岛市外。

沿着海岸的太平路、莱阳路，随了汽车队的穿行，这真给我以重游的满足。一面是碧玻璃般明净的大海，一面是山上参差的楼台。汇泉一带的新建筑与团团的一大片草场那么柔又那么绿。未到公园以前便看见比乡镇赛会热闹得多的游众。公园的玩艺很多：水果摊，咖啡店，照像处，小饭店，都在花光树影下叫卖着。不是看花，简直是"人市"。

实在这广大的中山公园的美点并不止在这几百株的樱花身上，有许多植物从德人管理时代移植过来，名目繁多，大可供学植物者的参考：据说因为德人要试验这半岛上究竟宜种何种植物，便尽量的撒布下各种植物的种子。……再则是最娇美的海棠在这边也成了一条路，路两侧全是丽红粉白的花朵，其实比满树烂漫的樱花好看。

剪平的草地，有小花围绕的喷水池，难于一一说出名字的各种松柏类的植物，薰人欲醉的暖风，每个人都很欣乐地在这自然的美景中游逛，说笑。我因此记起了 C 君夜来谈话，不禁使自己也有点惘然之感！

因为太喧闹了。我们便离开这里往清净的海水浴场去。

还不到海水浴的时候，一大片沙滩上只有那些各种颜色的木板屋，空虚地呆立着，没有特制大布伞，没有儿童的叫嚷，没有女人的大腿与红帽。静静地看，由这处，那处，一层层泛荡过来的层波，轻柔地在沙边吞啮着。恰巧这不是上潮的一天，浅水，明沙，分外显得有趣。我们脱了鞋袜用海水洗过脚，在沙滩上来回的走着。看这片深碧色浮映着一种可爱的明光的圆镜，斜对面的青岛山，小小的山峰孤立在那里，披上春天的薄衣，小的浪花疲倦地，迟迟地，似一个春困的少女的呼吸，由不知何处来的那股冲动的力量使她觉到不安，可又不能作有力的挣扎。沙是太柔软了，脚踏下去比在波斯织的毛毯上还舒适。是那么微荡地又熨贴地，使脚心的皮肤感到又麻又痒的一种快感。

风从海面斜掠过来，挟着微有咸湿的气味，并不坏，因为一点也不干燥。

空中呢，在这海边的天空是最可爱的，尤其是春秋的时候，晴天的日子那么多，高高的空中，明丽的蔚蓝色，像一片彩色的蓝宝石将这个海边的都市全罩住，云是常有的，然而是轻松的，片段的，流动的彩云在空中时时作翩翩的摆舞，似乎是微笑，又似乎是微醉的神态。绝少有板起青铅色的面孔要向任何人示威的样儿。而且色彩的变化朝晚不同，如有点稍稍闲暇的工夫，在海边看云，能够平添一个人的许多思感，与难于捉摸的幻想。映着初出海面的太阳淡褐色的微绛色的云片轻轻点缀于太空中。午间，有云，晴天时便如一团团白絮随意流荡。午后到黄昏，如果你是一个风景画家，便可以随时捉到新鲜、奇丽的印象。从云彩从落日的渲染，从海对面的山色上使你的画笔可以有无穷的变化。

这上午我同 C 君在沙滩上被什么引诱似的坐了许久的时候，时时听到岸上车马来回的响声。

C君为要另给我一种印象，叫了一部马车把我们载到东西镇去。

那像青岛市中心的首、尾，东镇在以前是与市区隔着一条荒凉的马路，两旁还是野田。这些年那条路却成了日本居留民的中心地带。由日本神社的下面往东走，好长的一条辽宁路，两旁的生意至少有一半是挂着日文的招牌。这是公共汽车与各处长途汽车向市外走的要道。东镇原是一个小小的村庄，现在成了工人小贩的住居区。自然，马路、电话、汽车，样样都有，可是旧式的黑板门，红门对小店铺的陈设，冷摊的叫卖者，仿佛到了中国较大的乡村一样。这里很少摩登的式样。有不少的短衣破鞋的男子，与乱拢着髻子仍然穿着旧式衣裤的女人。小孩子光着屁股在街上打架。拾蚌螺的贫女提着柳条筐子从海边回来。这便是青岛的贫民窟么？不对，究竟得算高一级的。不过当我们的马车经过几条冷落的小街道时，看见矮矮的瓦檐下，门口便是土灶，有的还有些豆梗，高粱，似是预备作燃料用的。窄窄的红对联不免有"一元复始，万象更新"的吉利话。三个两个穿红裤子蓝布褂的女人，明明是乡间的农妇，可是满脸厚涂着铅粉，胭脂，向街上时用搜索的眼光找人。经过C君的告诉，我才知道这是最低等的卖淫者，大约是几角钱的代价吧。这边有的是普通工人，干粗活的，拉大车的，有一种需要的消费，便有供给的商品。

"你没看见那些门上有一盏玻璃罩的煤油灯？那便是标识，经过上捐的手续，她们便可在晚上点灯，正式营业——其实这些事谁还管是夜里，白天！"

C君即速催着马车走过，我疑的他这位医学家是怕有什么病菌在空中传布吧。

由东镇再转出去，便是著名工厂地带的四方。触目所见全是整齐的红砖房子。银月、太康等日本人的纱厂都在这里。男女工人在上工放工时，沿四方到东镇的马路上，全是他们的足迹。山东全省人民日常穿的粗衣原料，这里便是整批的供给处。不错，几万的工人在这到处不景气氛围中，似乎容易发生失业的问题。在青岛却差得多，生意，与一切便宜的关系，横竖各个乡村谁不需要一件洋布衣服穿，价廉而又广泛的推销贩卖，这个地方的各个大机器很少有停止运行的时候。

四方这地方就因为若干大工厂的关系，变为工人居住的区域。又加上胶济铁路的机厂也在这里，所以我们在这一带所见到的便是短衣密扣的壮年男子，梳辫剪发的花布衣裳的姑娘，煤灰，马路上的尘土，并且可以听到各种机件的响声。

西镇是紧接着青市的中心市区，除了经过火车道上面的一条大桥之外，并无什么界限。虽然也似乎杂乱，却较东镇整齐得多。小商店，与一般职员的住房很多。

日落时马车转到青市的最西偏处。那是著名的马虎窝海岸上的木板屋与草棚，中间有不少的家庭在这荒凉的地方度日。

"这才是青岛的贫民窟。你瞧：与南海岸的高大楼房相比，以为如何？……" C 君问我。

"哪个都市不是这样！到处都是一律。但我总想不到在这美丽的都市也还有这么苦的地方。"

"傻人！愈是都市愈得需要苦力。没有他们怎么能造成各种享受的事物。一手，一足的力量是一切最需要的。而上级的人士他们宝贵他们的头脑，更宝贵他们的手足。机械还不能支配一切，于是苦力便需要了。所以你以为东镇的小屋是最低等，瞧这儿！……"

我在车中不停地注视。矮矮的木屋，有的盖上几十片薄瓦，有的简直是用草坯，鸡栅便在屋旁，疲卧的小狗瞪不起警视的眼睛，与西洋女人身后的狼犬不可比量！全是女人，孩子，她们的男子这时正在赚馒头吃的地方工作，还没有回来。

澎湃的涛声在这片荒凉的海岸下响着单调的音乐，向东望，几处高高矗立的烟囱，如同一些高大的警察在空中俯瞰着一切。

"平民的房屋现在正在建筑着，然而怎么能够用。这不是一个问题？"C君说。

我没回答他。马车穿过这里，一些黄瘦污脏垂着鼻涕的孩子前前后后地呆看。

渐走渐近，不到半点钟而市中心的红绿光的商标已经放射出刺激视觉的光彩，而流行的爵士音乐，与"我爱你"的小调机片声音也可以听得到了。

夜间，我独自在南海岸的杂花道上逛了一会，想着往海滨公园太远了，便斜坐在栈桥北头小公园的铁桥上面前看。新建成的栈桥深入海中的亭子，像一座灯塔。水声在桥下面响的格外有力。有几个游人都很安闲地走着，听不到什么言语，弯曲的海岸远远地点缀着灯光，与桥北面的高大楼台相映，是一种夜色的对称。

一天重游的所见，很杂乱地在我的脑中映现。我想：不错，这么静美而又清洁，一切并不比大都市缺乏什么的好地方。无怪许多人到此来的很难离开。可是从另一方面说，还不是一样，也有中国都市的缺陷。或者少点？虽然静美，却使人感到并不十分强健。理想的境界本来难找，可是除却沉醉于静美的环境中，想一想中国都市的病象，竟差不多！譬如这里，已比别处好得多，然而有什么更好的方法可以使这个静美的地方更充实与健康呢？

我又想了，这问题是普遍于各大都市之中的。……

一九三四年三月十九日

蜀 黍 *

收拾旧书，发现了前几年为某半月刊上所作的一篇短文，题目是"青纱帐"。文中说到已死去十多年的我的一个族人曾为高粱作过一首诗是：

高粱高似竹，遍野参差绿。

粒粒珊瑚珠，节节琅玕玉。

我再看一遍，觉得那篇文字专对"青纱帐"这个名词上写去，对于造成青纱帐的高粱反说得较少，所以这次另换了"蜀黍"二字作为新题目，重写一篇。

在北方的乡下看惯了，吃惯了，谁也晓得甚么是高粱。不待解说。但不要太看轻了，只就它名字上说起来，便有不同的说法。不是么？"秫秫"是乡下最通俗的叫法，什么"锄几遍秫秫，打秫秸叶，秫秫晒米了"。这些普通话，按着时候在农民的口中准可听到。"高粱"自然是为它比一切的谷类都高出的缘故，不过"粱"字便有了疑问。曰谷，曰粱，曰粟，统是呼谷的种种名目。"粱"，据前人的解释是："米名也，按即粟也，糜也，芭也，谓小米之大而不黏者，其细而黏者谓之黍。"不过这等说法是不是指的现在的高粱？原来中国的谷类分别为九：黍、稷、粱、秫、稻、麦、菽、麻、菰。不过这里所谓"粱"即糜与芭，小米之粗而不黏者，与"秫秫"无关，而所谓芭"秫"者是否是高粱，也是疑问。为要详辨那要专成一篇考证文字，暂且不提。不过习俗相沿却以高粱的名称最为普遍，好在一个"高"字足以代表出它的特性，确是很好的形容词。

---

* 本文原刊于《避暑录话》第 5 期（1935 年 8 月 11 日）。

但是"蜀黍"从张华的《博物志》上才有此二字的名称，原文没说那是高粱，后来有人以为蜀黍即是稷。直到段玉裁《说文解字注》方把从前所谓蜀黍即稷说加以改正，他说："汉人皆冒粱为稷，而稷为秫秫，鄙人能通其音者士大夫不能举其字。"以前全被秫、粱二字混了。蜀黍即秫秫，（高粱）却非黍类；高粱是俗名亦非粱类。黍粒细小多黏性（亦有不黏者），而"餍膏粱"之粱字，必不是指的秫秫这类乡间的粗食。礼记曰："粱曰芗萁。"《国语》曰："夫膏粱之性难正也，注：食之精者。"这是指现在所见小米之大而黏者，与秫秫当然不是一类。蜀黍二字在古书中见不到，朱骏声曰：

"今之高粱三代时其种未必入中国，亦谓之蜀黍，又曰蜀秫。其实与粱、秫、黍、稷均无涉也。"

朱氏虽然没考出高粱究竟是什么时候有的这种农产品，而与"粱、秫、黍、稷均无涉也"，可谓一语破的。

如像此说法何以称为蜀黍？或是由蜀地中传过来的种粒？但没有证据，只是字面的推测，自然有待于考证。

乡间人不懂这些分门别类，音义兼通种种名词，不过习俗相沿，循名求实，亦自有道理。譬如"种秫谷"二字连用可以单呼为秫。至去谷呼高粱，则必凑以双音曰秫秫。谷成通名，亦为专名，如"五谷"，"百谷"，虽与乡下人说此，亦明其义。如"割谷，晒谷，窠谷"是专指带糠秕的小米而言，其实便是"粱"。至于秫字指高粱必须双用，曰秫秫，不能单叫一音。有人说是北地呼蜀黍音重，即为秫秫。是吗？蜀黍果然是原来传自南方吗？这却又是一个重大的疑问。

好了，由青纱帐谈到高粱；由高粱转到蜀黍，再照这样写下去真成了植物考证了。不过因为习叫久了的名称与字义上的研究微有不同，所以略述如上。

单讲高粱这种农产食物，我欢迎它的劲节直上，不屈不挠；我赞美它的宽叶，松穗，风度阔大；尤其可爱的是将熟的红米迎风贴动，真与那位诗人所比拟的珊瑚珠相似，在秋阳中露出它的成熟丰满来。高粱在夏日中的勃生，比其他农产物都快得多多。零娄农说：

久旱而澍则禾骤长，一夜几逾尺。

虽曰文人的形容不无甚词，而高粱的勃生可是事实，几天不见，在田地中骤高几许。其生长力绝非麦、谷、豆类所能比拟。

高粱在北方不但是农家的主要食品，而且它具有种种用处：如秫秸与根可为燃料，秫秸秆可以勒床，可作菜圃中冬日的风帐，秆皮劈下可以编成贱价的席子，论其全体绝无弃物。

高粱米吃法甚多：煮粥，煎饼，与小米、豆子相合蒸窝窝头。而最大的用处是造酒，这类高粱酒在北方固然是无处不通行。而南方亦有些地方嗜饮且能酿造。如果有细密的调查便知高粱除却供给农民一部分的食用外，造酒要用多少，这怕是一个可惊的数目！

粗糙是有的，可颇富于滋养力。爽直是它的特性，却不委琐，不柔靡，易生，易熟，不似别的农产品娇弱。这很具有北方性。与北方的地理与气候特别适宜。它能以抵抗稍稍的亢旱，也不怕水潦，除却大水没了它的全身。

记得幼小时候见人家背了打过的秫秸叶，便要几个来拿在手里，摹仿舞台上的英雄挥动单刀，那长长的宽叶子确像一把薄刀，新秫秸剥去外皮，光滑，红润，有一种全紫色的尤为美丽可爱。

至于不成熟的高粱穗苞，名叫"灰包"。小孩子在其嫩时取下来食之甘脆，偶然吃着成熟过的，弄一嘴黑丝，或成灰堆，蹙眉下咽，亦多趣味。

但是这在北方乡下是很平常的小孩子的玩具与食品，同都市的孩子们谈起来却成为"异闻"了。

湖滨之夜 *

经过城市，乡野，水程与沙漠，这个养在笼子中的鹦鹉随着她的女主人到了东非洲的一个湖滨。

她被主人挂在主人寓房走廊的窗前，窄窄的，用铁片搭成的走廊是俯临着这著名大湖的湖滨。湖位置在由火山爆裂而成的裂断山谷之中，不远，便有几万尺高的险恶的群山。

虽然湖是在山谷的中心，但面积很广，碧绿的浮上一层热气的水面，映着几个突出山峰的倒影。湖边满是高大纷披的热带植物，阴森蔽日。间或看得见土人的木屋错落于植物中间；说是木屋，却完全是用大树的枝子砍下来编插成的。屋顶上的草皮映着太阳分外有光。由湖的高岸向通平原的路上去，那些小屋子如缀星似的合成小小的村落，斜阳中可以看到三个两个周身裸露，头上油腻腻的黑人在他们的木屋旁边工作。

虽是久于旅行的鹦鹉，骤然到了这个异境也使得她感到局促不安！她听过女主人与别人的谈论，听过读出的那些探险小说的怪事，她也在动物园中听过同伴们叙述黑人们的蛮野，以及这里的走兽、水族的厉害。现在，她俯看这一片深深的湖水，遥望着毫无礼仪与文明社会隔绝的土人，她觉得身上美丽的羽毛有点往上竖！天气这么热，却像中了寒疾一阵阵地不自在。她一切都明白，主人敢到这个地方来自然是有他们的文化武器保护着，不会有什么危险，但心理上的忐忑不安任凭有一队会用新式器械的兵士围在旁边也消灭不下。

在所谓文化的训练之中，她变成了一个外貌高洁悠闲的小姐。哪怕是

---

* 本文原刊于《国闻周报》第十二卷第 37 期（1935 年 9 月 23 日）。

一点小事，她就会把两只臂膀直挺挺地伸到小肚子下面，两只手紧紧握着，喊一声："我的天爷爷！"或者，旋转过柔软的腰肢，扬起双手向后斜伸，正好等待一个侠士从身后大步飞过来，一把把她搂在有力的铁臂之中。这才是合格的姿势。她虽然在平常时候也模仿女主人的动作；蜷蜷爪子，扭回脖颈剔刷着翎毛，自觉得一举一动都是表现着自己曾受过高贵文化的教养。不过，这时她呆呆地立在踏棍上向前直看，心老在跳动，一点点悠闲的款式也做不出来了。

窗中女主人与房东纵谈着疲倦的夜话，在白烛光下饮着剧烈的酒汁，慰藉他们的寂寞。几条高腿的猎狗在门口蜷伏酣眠。

这时已是黄昏后了。

星星在湖水上面耀动晶光，虽是夜空，而淡蓝色的天幔还可约略映出如珍珠的大小星星嵌在上面，可惜没有月亮。……鹦鹉一转念，反觉得她来的机会恰好，如果有皎洁的月光，那么湖面与湖岸上的一切东西都看得见，她将一夜不能安眠。

在暗中她动也不动，很想赶快入梦，忘却了这异地的恐怖，等到天明好再随主人他去。

不久，屋子里的烛光灭了，主人早已休息，却把她孤零零地放在外面。

"为什么不怕我被这里夜间的大鸟拿了去？却忍心地丢我在空虚的廊檐上呢？"她乖巧地想着引起孤独的微怨，她想向来是提携保护她的主人怎么到了这个野蛮怪异的地方也失了常态？

四围望望，一点的火光没有，空中的星光映在荡荡的湖面上，像一匹发亮的黑软缎罩住一个悍妇的前胸。连热风也不吹动，许多散披的下拖的如自己尾巴样的植物叶子，寂静中不作声响。湿雾在湖面、山峰、草地、泥沼上到处散布，霉湿中挟着腥凉气味。她在大笼子中怎么也不能安睡，一种抖颤潜藏于她的周围。

她对于自己弱小的生命与美丽的身体向来是谨慎惯了，觉得一到这毫无现代人文化的地方，为了忧愁起见，她虽然想到睡眠，也想到提防突来的灾害。

"嘘！……嘘！……"接着廊下的水面上有一种激动的闷声。

她不由自主地跳了一跳，周身像触了电流，没敢往下看。

"嘘！……嘘！……"这次的声音更大了，而且十分相近。明明是一个生物的粗蠢的气息，与在水中转动她巨大躯体。

她到这时才敢向下窥探，什么也看不出，只是走廊前壁直的石岸下有一条粗大的黑影在水面上蠕动。再待一会儿，借了星光方看出一个尖长的巨口，露出上下两行尖锐的白牙暗中发光，却看不见这怪物的鼻眼。

她竭力端详，一个喜悦的回忆增加了她的勇气。她记起这个怪物的形象与她在"文化大城"的动物园中所见的鳄鱼一样。并不是什么妖怪与有神秘本领的异物。她有不少次的经验，随了女主人和主人的朋友在那些专门豢养生物的大园子里，曾与这些"丑类"见过面。人家给她们专用玻璃搭成的温室，无论什么时候要保持相当的温度，掘成水池，栽植上热带的植物，池边用栏子围绕着备人观览。她常常笑那些"丑类"，如同黑人们能够住在有水门汀、地毯的大房中一样，都是人家的提携，他们方能享受这样的幸福，方能懂得什么是"物质的文明"。看，他们有时仰起头来等待园中工人给她们按了定时喂养的食物，她们是那样安静与和平，这与安享那些大城中的文化赐予，而变化了他们的野蛮与原始性的……一个样……

她想起这些光景，忘记了目前所在的是什么地方。她娇呻一声，出其不意地水中那个"丑类"打几个转身，向空中喷出水的腥沫——冷湿的水沫沾湿了她的羽毛。

仿佛触动了她自以为是的文化的尊严，她从经验知道这些"丑类"并没有腾空、传电的本事，左不过凭了她们的爪、牙寻捕食物，何况这个石岸有几十尺高，又是十分光滑，"丑类"们是爬附不上的。她摹仿着主人高贵的音调说："你，这无教化的东西，只可在没人到的臭湖里自己得意，对于客人却这么毫无礼貌！……你懂得？你的同类们受过文化民族优遇的……啊！多么娴雅，多么安静……"

她还想有一篇完美的劝说，没等说完，突然，下面的"丑类"发出呵呵的笑声，把两行白牙左右摇磨着道："贵客，娇柔的贵客！我们不曾学习过有文化的招待礼仪，我们更不想向你们谄笑。不错，这湖水臭得可闻，可是既然到来，你便当享受。我的同类，哎！哎！不像你的同类一样？其实就说你吧！你自然懂得这些。因为受过所谓文化民族最好训练的，你是一个。我的同类受豢养于小小池里，与你，在这玩物的笼子里正是合宜的对照。华贵的小姐，你到处找面镜子照着修饰你的美好的羽毛，取悦你的主人，这是你的荣耀。你也提什么教化，比较野蛮与文明？我的小姐，我佩服你的聪明，可惜像这样的聪明在我们这里却没处夸耀。"

鹦鹉想不到这丑东西居然敢对自己争辩，而且敢说出这些愚昧的话，她想不用道理把他折服，损失了自己的身份。她啄啄翎毛记起了一段深沉的道理："……说来你不容易明了，可是为了上帝——我的圣主的缘故，我不能不告诉你。你明白？什么是一切生物的'生之享乐'？如果社会生活没有相当的集合成的正义观念，没有高尚道德感情的发达，那永不会有进化的可能，也永不会达到'生之享乐'的目的。都像你们这些丑类在这霉湿的地方自生自灭，沾不到一点点的文化，多可怜！环境把你们长久蒙蔽在盲目般的窟穴里，不懂得生，不懂得进化，不懂得群体生活，不懂得高尚的道德情感……"

"咦！你说教的心太热了，我替你增加上一句，不懂得取媚的方法与向有势力的主人投降的技能吧……"

"哟，你虽然冥顽不灵，虽然与有文化的及善意劝告的言语为敌，可有什么用？第一，历史的纪录最可称颂的是互助和献身于同类的勇敢行为。第二，需要结合各个的力量，能够共同地作'生之享乐'，向进化的大道上走去。这些事都得先进的同类诱导那些还在蒙昧中的族属，使他们晓得生之道理，与'生之享乐'的真趣。因此，便需要服从与长久的忍耐！假使你们还是互相虐杀，互相吞食，永远是石头的心肠，不懂得什么是高尚的同情与互助，强横地拒绝文化的指导，那么是甘心自居于丑类，不能了解人家开化你们的苦心。好！……凡是冥顽到这样不可理喻程度的，与你们的黑主人一个样，漠视进化的机能，不服从文化力的指导！"

她把听来的这些强有力的学说在这个暗夜中得到宣扬的时机，对这久处于湿热湖水中的鳄鱼装作慨叹、惋惜的态度，巧妙地尽说不休。但那个"丑类"听到这里再没有忍耐的可能，便在水中蹲了蹲他那笨重有力的身体，向高高的廊檐上大声叫道："你也讲互助，讲献身的勇敢行为，还有结合的力量，还要教我们都懂得生之道理与'生之享乐'？……好一些贴金的言辞，你正不愧是有文化的娇贵主人家豢养的一只小鸟！对，我们也盼望有什么善意的文化启示我们的蒙昧，感化我们的冥顽，可是如果我们各个尽着向你们聪明的窟窿中求见天日——羡慕你所说的闲雅与安静，——总之，我们整个儿要失去我们那点'硬劲'！恐怕就剩下了在那些好看的园子中被当作玩物，与供你们做研究资料的同类了。不是？离开你们那些巢穴，供献上你们不会使用的土地，这是进化的公例，应该让给有文化的族类开发、利用、享受。于是，奴隶杀戮，饥饿，便是蒙昧的我们的报偿！你这利齿尖嘴的小姐，不必替我们担心，我们不敢领受你们口头上的文化指导，我们更没有同情于被人灭亡而还自附于高尚道德的那样奴性。在这里，我们有的是顽强的力量，为保护我们的族类，为不受文化那个好听名词的撒谎，我们要以血腥同你的主人们搏斗！自然没有那些乖巧，我们也明白许有不幸的结果，可是净等着做奴隶的层层教训，对不起，是个生物他便不容易有那么大的耐性！"

"嘘！……嘘！……"

这"丑类"借着鼻孔中喷出的水沫，发泄他的愤怒。有力的腥水点直向鹦鹉的头上射落。她一阵冷颤，不由得扑动翅膀在笼子中做了一个反身。可使她虽欲与这可恨的东西争斗也飞不出笼子去，何况她方在顾惜自己周身有光泽的红红绿绿的羽毛呢。

但是，她转念到早晚这片土地与这样的"丑类"一定会被她的主人们征服，即使在这一时她受到侮辱，可以图报复于未来，她不禁心上宽慰了好多！她重复安然立在笼子中间，用满不在意的口气道："你只是有这份野蛮的本事与不自克服的强辩，好，我们看，等待着你的未来。"

"未来？"鳄鱼摇摇头，"好，就是等待未来吧！像我们要与人拼命的'命运'，自然不必争论了，可是你的主人们，与你们这些伶俐的小鸟儿也未见得能够长久保持未来的强横命运吧？"

他们相去那么远，既无从争斗，而话的是非到此地步更没了转圜的余地，于是彼此都默不作声。

他们是在等待未来的教训，他们在昏暗中互相嫉视着。

一个骄傲而又恐怖地关在人家的笼子里，一个却浮游于蒸热的湖水中，仰天吐气。

夜深了，湖上浮罩着一层淡淡银光，在高大的热带植物的密丛后面，初升起了微眩着虹彩的明月。

古 刹 *

——姑苏游痕之一

离开沧浪亭，穿过几条小街，我的皮鞋踏在小圆石子碎砌的铺道上总觉得不适意；苏州城内只宜于穿软底鞋或草履，硬邦邦的鞋底踏上去不但脚趾生痛，而且也感到心理上的不调和。

阴沉沉的天气又像要落雨。沧浪亭外的弯腰垂柳与别的杂树交织成一层浓绿色的柔幕，已仿佛到了盛夏。可是水池中的小荷叶还没露面。石桥上有几个坐谈的黄包车夫并不忙于找顾客，萧闲地数着水上的游鱼。一路走去我念念不忘《浮生六记》里沈三白夫妇夜深偷游此亭的风味，对于曾在这儿做"名山"文章的苏子美反而澹然。现在这幽静的园亭到深夜是不许人去了，里面有一所美术专门学校。固然荒园利用，而使这名胜地与"美术"两字牵合在一起也可使游人有一点点淡漠的好感，然而苏州不少大园子一定找到这儿设学校；各室里高悬着整整齐齐的画片，摄影，手工作品，出出进进的是穿制服的学生，即使不煞风景，而游人可也不能随意留连。

在这残春时，那土山的亭子旁边，一树碧桃还缀着淡红的繁英，花瓣静静地贴在泥苔湿润的土石上。园子太空阔了，外来的游客极少。在另一院落中两株山茶花快落尽了，宛转的鸟音从叶子中间送出来，我离开时回望了几次。

陶君导引我到了城东南角上的孔庙，从颓垣的入口处走进去。绿树丛中我们只遇见一个担粪便桶的挑夫。庙外是一大个毁坏的园子，地上满种着青菜，一条小路逶迤地通到庙门首，这真是"荒墟"了。

---

* 本文收录于《游痕》(文化生活出版社 1939 年版)。

石碑半卧在剥落了颜色的红墙根下，大字深刻的甚么训戒话也满长了苔藓。进去，不像森林，也不像花园，滋生的碧草与这城里少见的柏树，一道石桥得当心脚步！又一重门，是直走向大成殿的，关起来，我们便从旁边先贤祠、名宦祠的侧门穿过。破门上贴着一张告示，意思是崇奉孔子圣地，不得到此损毁东西，与禁止看守的庙役赁与杂人住居等话（记不清了，大意如此）。披着杂草，树枝，又进一重门，到了两庑，木栅栏都没了，空洞的廊下只有鸟粪、土藓。正殿上的朱门半阖，我刚刚迈进一只脚，一股臭味闷住呼吸，后面的陶君急急地道：

"不要进去，里面的蝙蝠太多了，气味难闻得很！"

果然，一阵啪啪的飞声，梁栋上有许多小灰色动物在阴暗中自营生活。木龛里，"至圣先师"的神位孤独地在大殿正中享受这霉湿的气息。好大的殿堂，此外一无所有。石阶上，蚂蚁，小虫在鸟粪堆中跑来跑去，细草由砖缝中向上生长，两行古柏苍干皴皮，沉默地对立。

立在圮颓的庑下，想象多少年来，每逢丁祭的时日，跻跻跄跄，拜跪，鞠躬，老少先生们都戴上一份严重的面具。听着仿古音乐的奏弄，宗教仪式的宰牲，和血，燃起干枝"庭燎"。他们总想由这点崇敬，由这点祈求：国泰，民安。……至于士大夫幻梦的追逐，香烟中似开着"朱紫贵"的花朵。虽然土，草，木，石的简单音响仿佛真的是"金声，玉振"。也许因此他们会有一点点"前不见古人后不见来者"的想法？但现在呢？不管怎样在倡导尊孔，读经，只就这偌大古旧的城圈中"至圣先师"的庙殿看来，荒烟，蔓草，真变做"空山古刹"。偶来的游人对于这阔大而荒凉破败的建筑物有何感动？

何况所谓苏州向来是士大夫的出产地：明末的党社人物，与清代的状元，宰相，固有多少不同，然而属于尊孔读经的主流却是一样，现在呢？……仕宦阶级与田主身份同做了时代的没落者？

所以巍峨的孔庙变成了"空山古刹"并不希奇，你任管到那个城中看看，差不了多少。

虽然尊孔，读经，还在口舌中，文字上叫得响亮，写得分明。

我们从西面又转到甚么范公祠，白公祠，那些没了门扇缺了窗棂的矮屋子旁边，看见几个工人正在葺补塌落的外垣。这不是大规模科学化的建造摩天楼，小孩子慢步挑着砖，灰，年老人吸着旱烟筒，那态度与工作的疏散，正与剥落得不像红色的泥污墙的颜色相调合。

我们在大门外的草丛中立了一会，很悦耳地也还有几声鸟鸣，微微丝雨洒到身上，颇感到春寒的料峭。

雨中，我们离开了这所"古刹"。

一九三六，四月末旬

荷兰鸿爪（节选）*

二 亚姆司特丹之初旅

大清早我们从做梦中醒来车已到了荷兰的名城亚姆司特丹，雇辆汽车听凭汽车夫去找一个旅馆。及至把人与行李运到，方知是规模较大的一个地方，住一天连早餐在内约计合中洋七元余，好在我们皆不能久住便暂止于此。

旅馆中十分清闲，虽然是五层楼的建筑，然客厅，食堂，与他们的办事处都轻易见不到旅客的踪迹，门前车马冷落，足见生意不佳。

亚姆司特丹是荷兰的重要口岸之一，在十三世纪初不过是一狭小渔村，还有一座小堡垒为阿姆司泰耳（Amstel）的贵族所居，至十三世纪末年遂成为繁盛市镇。一四八二年，因此地被 Gulderlanders 人的攻袭，便尽力支持增加防御，其结果把亚姆司特丹的近郊毁坏，而在港口焚烧了一些船只。经此一役后又变成商业重地。当一五七八年属于联合省之一，繁荣日进。然在一六〇二年时，因瘟疫流行死去六万人。一六五三年荷兰与英国战争，人民又伤亡不少。而亚姆司特丹人的活动力大见减削，中经法兰西大革命与荷兰被法国统治贸易衰退。直至一八一五年才能逐渐兴盛。经他们的努力经营，竟有现在的规模。

亚姆司特丹在地理上乃 Zuyder 海的一个海湾，原名为 Amstelredamme，周围约有十哩。现计全城人口七十六万，建筑物多倚河背水，全城成半月形。河道之多不下于威尼斯，但交通方面不纯靠船只，这与威尼斯迥不相

---

* 本文原刊于《中学生》第 68 号（1936 年 10 月）。

同。威尼斯除了自行车（也极少）外可说是"车无用武之地"，而亚姆司特丹汽车飞过河桥，驰行广道，也与他处一样。究竟街道宽阔，而且拱桥少平桥多。从古香古色上比较，自然处处不能与威尼斯并论，不过生动，繁盛，足以证明她是一个近代工商业的重镇。

街上的行人，忙得很，一头一脸的往前赶的神气，男女都举动迅速，言谈爽快。这里，自行车差不多人人有，人人善骑，一辆随一辆在街道上驰逐，是欧洲别的都会所没有的光景。

全城中极正直的街道很少很少，打开地图一看，一圈半环形，又一圈半环形，层层相绕。几条主要的道都是河流。两岸的房屋整齐明丽，门外树荫掩翳，与高高的窗台上的盆花相映。墙以纯白色者居多，由居室内可以俯看下面的绿波，——河水的清柔、明澈，如果船不经过时，岸上的倒影浸在水底是永远画不出的一幅画图。荷兰人爱洁净，齐整的好习惯随处可见，在建筑与道路上更容易显得出他们爱美的观念。

在欧洲，不缺乏古代的雄伟建筑，不缺乏规模浩大的城市设计，更不缺乏匆忙争斗而遗忘了自然美的现代的人生。但能调剂于两者中间，以物质建设的努力加以人工的艺术的布置，利用自然的现成东西去慰乐人生，据我所知，瑞士与荷兰都能够格。他们不放弃了生活的竞争，却使一般人民真懂得如何利用，如何厚生，把自然美与物质建设调和在一起，瞧不出有何显然的裂痕，这便是他们的聪明。但这样聪明与地理的环境有很大关系。

类如威尼斯佛劳伦司诸古代或中古的名城，你在那里游览，玩赏，无形之中它们总易于把你拉回往古的世界中去。那些思想家，艺术家，费尽心血遗留下的痕迹虽然伟大，庄严，生动，漂亮，因为日子太久了，时间多少是含有损蚀性的。一面是光华璀璨，一面却是幽暗深沉，到后来，还是幽暗深沉一面的心理易于激动人；由往古的幽情往古成就上给人以赞叹，惊奇。这等力量扩大，便容易觉得自我的卑小。而且因为精神在往日的世界中流连，或者藐视了当前。自然，这不是十分肯定的话，可不无些微道理。至少，这等感想的袭夺我曾经有过若干次的经验。所以虽然是摩抚古物，引起美感，总会有往者难追，空余憧憬之思，渐渐地心绪也变为幽沉。如美人对镜，空空怅惜过去的韶颜；如烈士暮年，想到从前沙场卧月血染铁衣的梦景，所剩下的是一缕幽怀，几声微叹。

但亚姆司特丹给我的印象是活泼，生动，整齐，清洁，除掉在博物馆里，绝少怀古念往的想头，恰与佛劳伦司那中古艺术的大城成一反比。街道不完全宽大，而洁净可取，无论老人，青年，骑车或步行的都十分匆忙。这里没有种种形样的灰黑色的古建筑物，也没有石像铜像安置在道路旁边，或水池的中央。蔚蓝的晴空，碧绿的城河，活动健康的青年男女，为生活忙，为事业忙。我想现在亚姆司特丹全城中很少有人把整个的心思搅在甚么哲理艺术中去罢？因为在这地方，他们难得有这些逸致，闲思。

这个上午我因要去找几位在此贩卖茧绸花边的同乡，便带了地图，记清旅馆的所在地，慢慢地一个儿去穿街，越巷。

路上最易使我注意的是自行车之多，与他们骑车方法的巧妙。这正如上海的黄包车一样，正当早八九点的时间，并排的，前后追逐的，转弯抹角的，除却路中央的电车汽车外，自行车可以说不少于铺道上的步行人。不过度疾驰，也看不见他们周章躲闪，这么多，却又没听见得时时按叫警铃。进退如意，迟速自主，真够得上是荷兰人最普遍而最有趣的自由运动。看样子什么人都有，官吏，学生，商店伙计，工人，家庭的妇女，他们使用这代步的器具能一样的这么熟练，巧妙，满街都是。由一个陌生的外国旅客看来那能不感到新奇。

从这一件事上我晓得荷兰人的活力与他们的朝气了。

转过几条横街，问过岗警，才在一道窄窄支流的河岸街上找到了门牌。

敲门（他们没装门铃）多时，没见有人下来，却从邻户中探出一位中国人，他说：

"找姓魏的么？"

"是，他们不是×省×县人吗？您的贵省？"我即刻急着问他。

这穿得颇整齐的中年人面上现出笑容。

"我住在烟台，到这里快三年了。你刚来这里？"

因为是同乡，话就多了，他要我进去坐坐，但我知道他们生意忙，约定第二天到魏先生寓所时就近同他再谈。

原来在船上遇见的那十一位商人，除掉经理与书记之外，有九位是得天天到各街市与四乡中作负贩生涯。因为资本小不能开设铺面，只是行庄，这便需要人工的推销。

重回旅馆，午饭后坐了游览车出去玩。在各个地方没遇见多少外国来的游客。

芦沟晓月 *

"苍凉自是长安日，呜咽原非陇头水。"

这是清代诗人咏芦沟桥的佳句，也许，长安日与陇头水六字有过分的古典气息，读去有点碍口？但，如果你们明了这六个字的来源，用联想与想象的力量凑合起，提示起这地方的环境，风物，以及历代的变化，你自然感到像这样"古典"的应用确能增加芦沟桥的伟大与美丽。

打开一本详明的地图，从现在的河北省、清代的京兆区域里你可找得那条历史上著名的桑干河。在外古的战史上，在多少吊古伤今的诗人的笔下，桑干河三字并不生疏。但，说到治水、㶟水、灅水这三个专名似乎就不是一般人所知了。还有，凡到过北平的人，谁不记得北平城外的永定河；——即不记得永定河，而外城的正南门，永定门，大概可说是"无人不晓"罢。我虽不来与大家谈考证，讲水经，因为要叙叙芦沟桥，却不能不谈到桥下的水流。

治水，㶟水，灅水，以及俗名的永定河，其实都是那一道河流，——桑干。

还有，河名不甚生疏，而在普通地理书上不大注意的是另外一道大流，——浑河。浑河源出浑源，距离著名的恒山不远，水色浑浊，所以又有小黄河之称。在山西境内已经混入桑干河，经怀仁，大同，委弯曲折，至河北的怀来县。向东南流入长城，在昌平县境的大山中如黄龙似地转入宛平县境，二百多里，才到这条巨大雄壮的古桥下。

原非陇头水，是不错的，这桥下的汤汤流水，原是桑干与浑河的合流；

---

* 本文原刊于《少年读物》第五号（1938 年 11 月），原题《芦沟桥》。

也就是所谓治水，隰水，灅水，永定与浑河，小黄河，黑水河（浑河的俗名）的合流。

桥工的建造既不在北宋时代，也不开始于蒙古人的占据北平。金人与南宋南北相争时，于大定二十九年六月方将这河上的木桥换了，用石料造成。这是见之于金代的诏书，据说："明昌二年三月桥成，敕命名广利，并建东西廊以便旅客。"

马哥孛罗来游中国，服官于元代的初年时，他已看见这雄伟的工程，曾在他的游记里赞美过。

经过元明两代都有重修，但以正统九年的加工比较伟大，桥上的石栏，石狮，大约都是这一次重修的成绩。清代对此桥的大工役也有数次，乾隆十七年与五十年两次的动工，确为此桥增色不少。

"东西长六十六丈，南北宽二丈四尺，两栏宽二尺四寸，石栏一百四十，桥孔十有一，第六孔适当河之中流。"

按清乾隆五十年重修的统计，对此桥的长短大小有此说明，使人（没有到过的）可以想象它的雄壮。

从前以北平左近的县分属顺天府，也就是所谓京兆区。经过名人题咏的，京兆区内有八种胜景：例如西山雾雪，居庸叠翠，玉泉垂虹等，都是很幽美的山川风物。芦沟不过有一道大桥，却居然也与西山居庸关一样刊入八景之一，便是极富诗意的"芦沟晓月"。

本来，"杨柳岸晓风残月"是最易引动从前旅人的感喟与欣赏的凌晨早发的光景；何况在远来的巨流上有这一道雄伟壮丽的石桥；又是出入京都的孔道，多少官吏，士人，商贾，农，工，为了事业，为了生活，为了游览，他们不能不到这名利所萃的京城，也不能不在夕阳返照，或东方未明时打从这古代的桥上经过。你想：在交通工具还没有如今迅速便利的时候，车马，担簦，来往奔驰，再加上每个行人谁没有忧、喜、欣、戚的真感横在心头，谁不为"生之活动"在精神上负一份重担？盛景当前，把一片壮美的感觉移入渗化于自己的忧喜欣戚之中，无论他是有怎样的观照，由于时间与空间的变化错综，面对着这个具有崇高美的压迫力的建筑物，行人如非白痴，自然以其鉴赏力的差别，与环境的相异，生发出种种的触感。于是留在他们的心中，或留在借文字绘画表达出的作品中，对于芦沟桥三字真有很多的酬报。

不过，单以"晓月"形容芦沟桥之美，据传说是另有原因：每当旧历的月尽头（晦日），天快晓时，下弦的钩月在别处还看不分明，如有人到此桥上，他偏先得清光。这俗传的道理是否可靠，不能不令人疑惑。其实，芦沟桥也不过高起一些，难道同一时间在西山山顶，或北平城内的白塔（北海山上）上，看那晦晓的月亮，会比芦沟桥上不如？不过，话还是不这么拘板说为妙，用"晓月"陪衬芦沟桥的实是一位善于想象而又身经的艺术家的妙语，本来不预备后人去作科学的测验。你想："一日之计在于晨"，何况是行人的早发。朝气清濛，烘托出那钩人思感的月亮——上浮青天，下嵌白石的巨桥。京城的雉堞若隐若现，西山的云翳似近似远，大野无边，黄流激奔，……这样光，这样色彩，这样地点与建筑，不管是料峭的春晨，凄冷的秋晓，景物虽然随时有变，但若无雨雪的降临，每月末五更头的月亮，白石桥，大野，黄流，总可凑成一幅佳画，渲染飘浮于行旅者的心灵深处，发生出多少样反射的美感。

你说：偏以"晓月"陪衬这"碧草芦沟"（清刘履芬的《鸥梦词》中有长亭怨一阕，起语是：叹销春间关轮铁，碧草芦沟，短长程接。）不是最相称的"妙境"么？

无论你是否身经其地，现在，你对于这名标历史的胜迹，大约不止于"发思古之幽情"罢？其实，即以思古而论也尽够你深思，咏叹，有无穷的兴感！何况血痕染过那些石狮的鬈鬣，白骨在桥上的轮迹里腐化，漠漠风沙，呜咽河流，自然会造成一篇悲壮的史诗。就是万古长存的"晓月"也必定对你惨笑，对你冷觑，不是昔日的温柔，幽丽，只引动你的"清念"。

桥下的黄流，日夜呜咽，泛挹着青空的灏气，伴守着沉默的郊原……

他们都等待着有明光大来与洪涛冲荡的一日，——那一日的清晓。

（上文为《少年读物》作。文中有二三处引用傅增湘先生的考证，并志于此。）

"五四"之日 *

以改定"五四"为"文艺节"而言，报章杂志出应时的文字自然须谈文说艺以及与"五四"有何关连的，这统叫文题相符。

我想能够搜集文学革命前前后后的若干资料，加以评论叙说的必已甚多，不需我来把笔，今以数处邀约写写"五四"之日的经过，不获已乃抽暇写此。

距今天已经过了二十八个年头，——二十八年！按"人生七十"说已有十分之四的时间：昔日少年今多白发，当年插柳，早已成荫，人生能得几个二十八年？一样的草长莺飞，一样的絮濛风软，一样天安门里的碧草官槐，东四牌楼的车声人语。可是静思深念，从那一年，忽有"五四"的那年起，挨到今年今日，"这其间"风风雨雨，骇浪飞涛，杀人争地，国破家亡，百炼千锤，民穷才尽！我们，幸而不幸，几曾多少经历过这段长长岁月的少年（世间唯有时日公平不过。虚度过几十年，在社会上分利坐食负却当年"知识分子"的空名，抚怀感时能不低头凄叹！）无论现在是"高踞要津"也罢，"文章华国"也罢，成了书蠹，变为盲人，或东西依附，或南北流浪，或则长埋黄土，或则永闭声闻，或……当时一世，今又一世！然而各位抚今忆往，虽然荣悴迥别，心情有异，但凡与那个开始的"五四"算有关系的能毋有动于衷？

荀卿有言："积微，月不胜日，时不胜月，岁不胜时。"由"五四运动"说起，当然是一件大事，也就是所谓"大事之至也希"。可是从"五四运动"以来中国的多少事情，微细的固不必尽谈，尽想。而积微成大，这二十八年间有关国家、社会，甚至有关于世界的大事，在我们这片古国的土地上所发动的，武断地说，都与"五四运动"有关未免不合事理，然而社会的

---

* 本文原刊于青岛《民言报》（1947年5月4—5日）。

激动，文化的波荡，人民思潮的汹涌，直接间接，由果求因，我们却不能对"五四运动"轻心漠视。

若干讨论"五四运动"之意义或其影响的文章，据我所记，曾经读过的已有好多篇了。自定"五四"为"文艺节"后，研究"五四"与新文学运动的自然更多，我这篇仓卒所写的文字，只就在"五四"的那一天，亲身经历的为限。

"五四"是民国以来学生运动的第一声，也是震惊全国传遍世界划时代的青年群体的觉悟行动。在"五四"前几天，学生界因受腐败政府历年来丧权辱国的种种事体之激刺，以及媚日借款的恶果，又经新思潮的鼓荡，风声播振，早有"山雨欲来"的必然趋势。不过，那时北京的学生界虽然同心愤慨，并无什么坚定严明的组织，更不晓得应取何种步骤向全国表示出他们的爱国热情，与震醒麻木的社会的方法。恰好有一个正当题目，即所谓"曹章"向日秘密借款与在巴黎和会上受日本播弄要使中国代表进行签字的大事件。所以头一天忽由北大选派代表至各大学专门学校，各中学，言明第二天都于十二点到天安门内集合，开学生全体大会。至于为何目的开会，开会后有何举动，事先未曾详细宣布。自然，像这样"破天荒"的在逊清宫廷的禁城门内广场上开学生大会向赵家楼进发，可说是顶透新鲜的"新闻"。从清末维新创立学校以来，不但那些循规蹈矩的教授先生们脑子中无此印象，就连大中各校的学生们也是顺流而趋，出于自然。或者，主持开此大会的几位，原先打定开会有所举动——示威——的计划，不愿先广遍声明？也许并无聚众进入曹宅的拟稿？至今我尚不能断言。不过，据当时身经，却以后说为是。似乎并无人预先划定举动的路线，按步进行，而是由于青年热情在临时迸发出来的一场热烈举动。

不管历史作者叙及这段，称为"义举"，或是"暴动"，或是"闹剧"，或是"惊蛰昭苏"的第一声春雷,平心评判,像那等动机纯正,毫不被人利用,也非宣传所使的全体自动的"运动",与后来无数次的青年运动相比,真不愧是开辟第一次。

五月,恰是旧历的清明节候,在北京天气已然甚暖,学生无单长衫者已多,夹衣者也还有。那时一般大学生穿西服的只是偶有一二,学生短装者亦极少见。(中学生穿学校制服者颇多)所以在是日十二点以前,从"九城"中到天安门内的学生几乎千之八九是长衫人。

我随同校众散步般地达到集合地点,在各校白布旗帜下,三五成群,有的在晒太阳,有的互谈闲话。一眼看去,不像有何重大事件快要发生的景象,而且,平均各校人数到了一半的已不算少,而远在西郊的清华则及时而至。这个群众的总数,若以后来的青年运动动辄上万的相比自不算多(我记忆所及大约共有五六千人),但在当时,忽然有这么一群学生集合一处,居然各有领导,分执校旗,浩浩荡荡,颇有声势,难怪引动视听。于是一般市民也随着在天安门内外瞧热闹,看局势,奇怪学生们要弄出什么把戏?要在这紫禁城的头门口演什么说?摆什么样儿?起什么哄?

刚刚太阳从正南稍微向西偏了一点,于是有人站在高处力喊"开会",即时高低不一的行行学生纵队一变而成了团团圆阵,围绕住仿佛司令台的中心。我站在靠后点,那几位激昂愤发大声讲说的人并没看得清晰,一共不过三五个。演辞并不冗长,可是每句话似乎都带着爆发力,往往不等那段话说完,从最近的圆周起,齐拍的掌声层层向外扩展。其实,不需完全把那些南腔北调的"官话"听得十分明了,反正是以痛恨卖国官僚,兴兵造乱的军人,与无能而可耻的当时执政者为对象,而表明每个热心爱国的青年学生的"血心"。几阵剧烈的掌声平静下来,忽而高处有人提议:我们要大游行,反对在巴黎和会签字,质问卖国贼的曹陆部长。这简单威重的提议恰像业已达沸点的水锅里浇上一滴热油。"游行，归队，质问，问问卖国贼！……"异口同音，把天安门内外跟来"看样儿"的北京人笑嘻嘻的面容顿然抹上一层严冷的霜痕。有些老实人便吐吐舌尖向前门溜去，生怕祸害的火星迸上脚跟。

预会的各校学生可说好多都没预先想到要集合队伍对当时的堂堂部长有所质询。当时"游行示威"尚是极新鲜极可诧异的奇突举动，我们不要以现在的惯事衡量当年。虽然年纪稍大的学生们当然明白这一天的大会总要有正当的决定，有重大的表示。

我第一次感到群众力量的巨大，也是第一次沸腾起向没有那么高度的血流。自经有人大声如此宣布之后，预会的青年不但没有一人否认，没一人走去，而且立刻各在校旗之下，四人一列，听从前面的指挥者，按序前进。于是这浩浩荡荡的学生大队第一次走出了黄瓦红墙的禁城大门，在那时中国首都的通衢与大众相见。

组织上自不推板，有各校早举出的代表（记不清大概是每校两位代表），有指挥员，不过这比起日后愈来愈有规律的学生游行当然显得稍稍凌乱。而每个在行列中的青年却是人人怀着一片热爱国家的心肠，想把兴亡的时代重责毫不谦逊毫不犹豫的搁在自己的肩头。没有交头接耳的琐谈，没有嘻皮笑脸的好玩态度，更没有遵行着"例行公事"的存心。至于"不过这么回事"的那等想法，我敢以己度人，那次的举动完全无此，人人知道这是有新学校以来的创举；人人不敢断定有何结果，郑重、严毅与无形的伟力把五六千人的行列贯穿起来。

微微有西南风，故都中黑土飞扬今尚如旧，不要提几近三十年前，许多街道并没有洒上沥青油或经过压路机的碾平。漠漠风沙中，只凭清道夫用近乎游戏的挑桶洒水，干地稍湿，一会儿积土重飞。您想，这五六千人的有力脚步一经踏过是何景象？

由前门大街转向东去，经东交民巷西口（在巷口时大家立了一会儿，由代表向各使馆递请愿书）至东单牌楼，那时已是午后两点多了。闹市中行人既多，加上瞧瞧新鲜的心理号召，学生队逛大街，怎会不引起北京居民争先恐后的围观。记得这一路上街道两旁伫立列观的民众，学句旧小说的形容话：真是黑压压地赛过铜墙铁壁。

"学生们好玩。""到那哈去呀？""走的不推板起军队，——真正有板有眼。""哈！这一阵子巡警大爷可要忙一会儿。""巡警干吗多管闲事？人家好好游街。……""可——不是，这世界上透新鲜的事儿多啦。游——街，示——众，哈，这也是示众呀！——""得啦，您真是会嚼舌根子的大爷！游街——示众，难道这是要上菜市口？"

北京民众的话锋真是又轻松又俏皮，说得不轻不沉，连听见的被评论者也不会引动火气，反而微现笑容。

大多数的学生其实并不晓得那两位声势赫赫的总长公馆所在，因随着走去，这才互相传语是往东四牌楼的附近，并叫不出是往哪条胡同。在前领导的当然是有所"向往"。

"赵家楼，赵家楼，好生疏的名字。"不但在西城南城各学校的各省学生不怎么知道"赵家楼"是在哪儿，连比较靠近东城的，除却自小生长北京的青年，也不十分清楚。北京的大小胡同本来数说不清，一辈子的老北京有时被人问某条胡同，不见得便会随口答出。东四牌楼一带各大学学生已经生疏，何况是再向东去，转弯摸角那个冷静的小胡同。大家走到东城，已被飞扬尘土将眉毛鼻孔抹上了黄灰颜色。空中时有浮云，太阳也不怎么明朗，可是燥热得很，呼吸觉得费事。"上赵家楼，上赵家楼！"不知怎的，快到目的地了，这名称才传遍行列之中。

起初，一道行来，并无制服巡警前后追随，或有便衣侦缉人又看不出。但一到东城情形显见紧张，稀稀落落在站岗的巡警并未加多，时而有一两辆自行车由大队旁边驶过。上面明明是黑制服白帽箍的干警，这在当时的北京巡警厅中并不很多。他们虽然像阵风般的掠过，即在没有经验的学生看来也猜到定有作用。

由大街向东，似是转过好几条小街，巷子变得很像羊角——一条狭长的冷巷。原是四人一列的队伍，因为巷窄不得不密集起来，肩背相摩。（现时的人看到这段定然在心中加以反驳："既是身任总长，难道没有一辆大型汽车？四人一列还要密集的窄巷子，那汽车如何出入？这不是有点不近理？"但请记明，那时北京的汽车可真算罕见之物，连上海也无多。所谓要人之流，有一辆自备的华美马车，已经动人耳目了。）在巷内所过却少高楼大厦。可也奇怪，由前门至此，大街小街的店铺，住户，无不在门口堆上一些老幼男女，立观学生队的通过。一进"赵家楼"，如果我的记忆还靠得住，我敢说经过的门首却是双门紧闭，巷中也无一男一女伫立旁观，一片异感在各人心头荡动，不免窃窃私语："也许曹公馆有大兵把守？也许一会就有巡警马队来捕人？也许早早备好了打手？……"

不安的心情有时反而更增加前进的勇气。如高低起伏的波涛，前面有人在开始喊口号了："打卖国贼。""要曹某出来把秘密借款讲出。""冲进他的公馆。"

也似有人在喊末一个口号，但应者较少，——我原在队伍的中段，与比我大几岁的一个族侄晴霓并列。忽而前面的人都停住了，队伍过长，又是肩背紧接，万不会把尽前头的举动看清。而指挥者这时也似都在前面，人人不知为何原因？出了什么差子？也当这时，高喊的声音起一会，落一会，在惊疑愤恨中，是进是退，无所适从。有些不耐的青年便从行列中冲出，塞向前去观察详情。本来，大家积在狭长的曲巷中，疲劳之后早已引起心理上的烦懑，经此小小纷乱阵脚自然微见松动。突然有一阵竹木击打的响声从前面传出，不很剧烈，但明明是冲突了，动手了，谁都可以猜到。学生队出发时人人徒手，实无竹木可携。是守门者不许进去下手逐退学生？或是军警有所举动呢？非有相当气力的自然向前冲不去，即要后退，四人一列的两边，十分窄狭，更不容易。

正在这时，忽而又一阵大响，于是稍前面有人在喊："进去了……打……火……"一阵扰动，行列大乱。又有人喊："走走！军队快要开来了，……""不！冲冲，冲上前去！"

可是前冲的迫于层层行列不易突出。……再几种杂乱声音，不知怎的，前面的人强推硬擦，把在后的人层更向后压。动力所及，人人脚步不易立稳，急流退潮，一股劲地压下去。在队伍的末后尚易让开，或先行奔走，在最前面的已走入那所高门楼的公馆。所苦的中间一段，前去无力，后退亦难，反被前方急退下的人猛力挤倒——这才是真实的退潮巨力。在我左右前后的人立时有若干爬在尘土之中，力气大的则更将在后的推塞一下，乘隙奔去。说是踏人而过未免夸张，但那种凌乱狼狈的形状，至今如在目前。又多是穿着长衫，倒下不待爬起，衣角、鞋子被人踏住，加上自个急作挣扎，于是衣服破片，皮鞋，布鞋，东一片西一只，却并无人顾或者没了生命。这种不待思索的保卫本能，使得在行列中间的人们或跌或奔，着实不堪。遗落在地的以呢帽为最多，种种颜色，正放歪置，无人顾惜，脚践，尘埋，如同一个个的小土馒头。

我亲眼看见一位的大褂把正襟缺了，一位的两只脚却穿着黑白不同的鞋子。（一只黑皮鞋，一只白帆布鞋。大约这位还是颇聪明的青年，虽在十分匆遽之中，他明白没有鞋子不能跑路，且是一个确切证据。宁愿缓奔一步，随手捡得一只套在脚上，颜色不同总可奔走。）

我自己呢，说也惭愧，从实被人向后推倒（层力所及）。覆卧地上幸未被踏，立时爬起，两手全是黄泥，衣扣多破（那天我穿了一件爱国布夹衫），并且下唇还被小石块碰了一下，微微作痛。

叙我自己不能不把我那位族侄更受伤痛的有趣情状写出。（恕我对这位已经去世两年的人用此二字。）他那时已是大学二年级第二学期的学生了，所学的是商科，平常好的却是写草字，刻图章，他向不急闷，无论有何事情依然故我，这次我们从同一个寓所出来，在同一行列中游行，也同时被急潮向后推倒，他不像我完全覆卧，因为原站的靠得墙根，恰好有辆载着两大圆桶的水车停在那儿，车夫不知有此大事，却因学生众多不能推行，只好将绊绳卸下，呆在一边瞧热闹，晴霓被前面力压，一个翻转，身子向后倒时，上半段被车上圆桶拦住，两条腿打了空没落尘埃，可是一只左手却碰着桶上的铁箍，掌下边一片血渍，痛不自顾，用旧衣里抹了两下，用脏手绢半包半扎的将就着，他把长长的浓眉蹙了一下。

"走，咱得快，不要等着踩！"

我们就这样急随大众奔出狭巷，因为声音太乱，那所公馆中究竟成何景象，即有退出的勇士他的讲述也听不真切。

向来路去，出了胡同没有几十步，又到东四牌楼的南北大街。纷落的学生几人一起，各自走散。我与晴霓仍想多知道一点实情，尽着探问稍后走出的学生。据说：竹木响动是大门的守卫以竹竿向最前面的领导者攻击，因而惹起众怒，遂即闯入，有的攻入内院的，颇踊跃的数说屋中有什么陈设，说公馆的女眷由后门走出，学生们绝未伤及她们，那位总长呢却没有看见。至于如何起的火也并不知，有的报告仅是被褥被焚，延及室中天棚，一会就救下了。走后，有几位气喘吁吁的刚刚奔到的，则说军警已开到，在那公馆里外没有走及的已被捕去。

然而街上并没戒严，也无人对学生们追逐，质问，任管散去。

及至我与晴霓乘车走出前门，已是五点多了。

实因被跌出血，身体痛楚，故即时上了人力车，拉到晴霓较熟的一个浴堂里去。洗一回澡，吃过两壶酽茶，精神上才感到恢复正常。

坐在人力车上我方知道我那一顶呢帽也丢在"赵家楼"的窄狭战场上了。

这晚上我们回到寓处正值张灯的时候。有数位加入游行与未加入的壮谈这半天的经过，有的则知校中何人被捕，见我与晴霓回来当然有一番详问。在这群乱糟糟的交谈中，有个原患十几天伤寒的同学，因病没有出场（数日发高热不思食饮），他突然从卧床上一跃而起。

"我的病也好了！——我后悔没有到天安门去！"

"啊！难道真有治愈头风的效力？"晴霓抿着嘴唇道。

"这是场历史的大事件！今天是壮烈痛快的纪念日！瞧瞧明天的北京报，教授们的言论，学生会的活动，给全中国一个震雷。啊！从今天起，……中国一定要改了面目了。"

"打酒打酒，喝个痛快。"晴霓忘了手上的血口，向木桌上捶了一下，紧接着"啊唷"一声，全屋中的人才知道他受过伤。

"好！"一位年龄最高而后来在北京上海出席学生联合大会的代表，他瞟了一眼嚷道：（如今，他连任某大学校长已有相当的年岁。）

"晴霓还有纪念品？五月四日，我倒要特别的握一握你的伤手。"

"可惜前面的人不镇定，叫中间的队伍吃了亏。"

晴霓摇摇头，悠然的像在唱诗："中间人不前不后，冲不快退不及，吃点小亏可不失为中坚分子！像咱是一个。不信？以手为证。"于是笑声大纵，连雇的厨役也抹着白围裙立在门侧，凝神倾听。

这一晚上，凡有学生住处无不议论纷然，情绪激昂。而暗夜沉沉的京城也被"赵家楼"的事件映放出一片曙光。

同时，这片东方的曙光射遍了全中国。

从是日起，揭开了中国史的"新"页。

绿荫下的杂记 *

悲哀有时能给予人快感，而且相似将清凉的淡水给予孤泛重洋颠顿风浪中人作慰渴的饮料。凡人经过一度的深重，难以遗忘，难以恢复的悲哀，将必尝试到这种意味。类此事实及情绪上的描写，在文学作品中，不可数计；且多为极佳而感人的题材。拜伦之诗曰：

于是欺骗对我而喝采！

虽已侦察出。却仍是欢迎着，然经过每种险难在人群的居中独余剩下我呵！

在悲哀以后中的感觉，虽花不能增其美，虽月不能助以清思，一切的自然，都成了低沉幽微的触感。但亦惟有此，而后方能对于人生的幻谜有彻底的了悟，从不幸的经验中，可以有种新鲜的感发，对花不仅知其美，对月不仅能感其清，而且分外有更深沉更切重的反悟。悲哀所以损人者在此，所以助人者亦或在此。

我在最近期中，曾得到一位朋友的长信，她有剧烈之悲哀的打击，令人不能思议得到，但我在此为友谊不能为之宣布。她的来信在笺末的几句话是：

"现在孤独漂泊的我，本可以重过 N 埠，不过孤独而凄凉的长途行程，使我望而生畏。下学期或仍至 S.M. 学校教书。我在此大概还有二十余日得勾留，这是因为我身体的缘故。

我现在对于一切无所希望，亦无所畏惧。我很了解我的命运，只配做

---

* 本文原刊于《文学旬刊》第十四号（1923 年 10 月 11 日）。

一个孤独的漂泊者，因为我已对我的命运反抗过，结果却愈凄凉。

我很希望我成一个健忘者，忘去我过去的一切，不然，我的生命实无法延长……（下略）"

这内中已含了无尽的悲哀的经验，但她也在同时得到无尽的教益了。

夜　游*

南海岸上的大饭店的琴韵悠扬中，我们迤逦地向海滨走去。微挟凉意的风吹着纱衣，向上面卷起，顿有毛发洒然之感，并无一点的汗流。在散云中的月包，尚一闪一藏地露出她的媚眼。道旁西洋女子的革履声登登的走在宽洁的路上，来回不断，时而一阵带有肉的香味从临街的纱窗中透出，便令人觉得这是近代的滨海都市的娇夜了。

到栈桥的北端时，人语渐稀了。沿海岸的石栏外的团松，如从战壕中出队的战士似的，很有规律地排立在一边。涛声也似乎沉默着，来消受此静夜，没有多大的吼声。月娇娇的，风微微的，气候是温和而安静，人呢，正在微醺后来此"容与"。

及至我们走上那长可百数十米达向海内探入的栈桥时，陡觉得凉意满胸了。上有淡明的圆月，下临着成为深黑色而时有点点金星的阔海。时而一阵阵的雪堆的白线掠上滩来。四周是这样的静谧，惟有回望的繁星般的楼台中，时有歌声人语，从远处飞来。

"我就欢喜这里，又风凉又洒脱。"我的表兄 C 说：

"地方真的不坏！就是这样幽丽，温静，而且滨海临山的异样的小城市，在全德国中也找不出两三个来。……"陈君接着说。他是位新从德国学医回来的博士。

栈桥的北段，是用洋灰造成；而南段却系用长木搭成的。当我们走上北段时，便听见前面有两双轻重相间的皮履声在木制的桥上缓缓地走着，因为他们谈着话直向前去，我一个人便落后了。我凭着铁索向下听那海边

---

* 本文原刊于《自由周刊》第一卷第五号（1925 年 8 月 28 日）。

的水声，有时也望一望南面的海中小山的灯塔，全黑中时有一闪一闭的红色灯光，在水面晃耀，便似含有丰富而神秘的意味，耐人寻思。

我正在抚栏独立，正在向苍茫中作无量寻思时，忽而在以前听见的履声由木制的桥南段走到了我的近处。在月光之下，分明的两个长身的影子是青年男女二人，正并着肩缓缓地向北面走来。

"不必寻思吧……你每逢着到这里，就想起那个孩子，一年半了……！"穿了淡灰色什么纱长衫的男子，侧着头向他那身旁的女子这样说。

那位白衫灰裙。看去像是很柔弱的女子，却不即时回答，只幽幽地向海波吐了一口气。

"实在可惜。想你自从同我，……以后，有这样的一个孩子真不容易！也难为你天天分出工夫来去喂乳，可是死了，……算了吧，这么长期的忧郁如何得了，横竖也干净。……"

"人不下生才干净呢！早要各人干净，何苦来先要我们。你只晓得，……我什么心也没有了，……"女的几乎是哽咽的声音，略带愤然的口气说。同时她也立住在栈桥的中央，向远处凝望。

男子默然了，过了一会却又申述一句："咳！你还不明白，若是孩子生时，看作若何处置？你呢，受累终身，谁有地方与他，人家还不是说是私生，……"

"什么，……哼！……"女子紧接上这三个字便一摔手向前走去，男子便也追着向北边去。在她的后面，仿佛说些话，但涛声与风声相和，我立在前面便听不出来了。

过了有半个钟头，我们同来的伴侣又走在一处了。三人足声踏在细砂的坦道上，沙沙作响。月亮已脱出了云罅，明悬在中天，道上已没有许多行人。

陈君说："爽快得很！可惜这月色尚不十分干净。……"

"月亮不出才更干净呢。……"我接着说。

"云君，你说的什么话？"

我没有理由答他，便默然了。只有远处的浪花溅溅作声。

秋林晚步*

"枯桑叶易零，疲客心易惊！今兹亦何早，已闻络纬鸣。迥风灭且起，卷蓬息复征。……百物方萧瑟，坐叹从此生！"

中国文人以"秋"为肃杀凄凉的节季，所以天高日回，烟霏云敛的话，常常在诗文中可以读到。实在由一个丰缛的盛夏，转一到深秋，便易觉到萧凄之感。登山临水，偶然看见清脱的峰峦，澄明的潭水，或者一只远飞的孤雁，一片堕地的红叶，……这须臾中的间隔，便有"物谢岁微"，抚赏怨情的滋味，充满心头！因为那凋零的，扫落的，骚杀的，冷静的景物，自然的摇落，是凄零的声，灰淡淡的色，能够使你弹琴没有谐调，饮酒失却欢情。

"春"以花艳，"夏"以叶鲜，说到"秋"来，便不能不以林显了。花欲其娇丽，叶欲其密茂，而林则以疏，以落而愈显，茂林，密林，丛林，固然是令人有苍苍翳翳之感，然而究不如秃枯的林木，在那些曲径之旁，飞蓬之下；分外有诗意，有异感。疏枝，霜叶之上，有高苍而带有灰色面目的晴空，有络纬，蟋蚣以及不知名的秋虫凄鸣在林下。或者是天寒荒野，或者是日暮清溪，在这种地方偶然经过，枫，柏，白杨的挺立，朴疎小树的疲舞，加上一声两声的昏鸦，寒虫，你如果到那里，便自然易生凄寥的感动。常想人类的感觉难加以详密的分析；即有分析也不过是物质上的说明，得将精神的分化说个详尽。从前见太侔与人信中说：心理学家多少年的苦心的发明，恒不抵文学家一语道破，……所以像为时令及景物的变化，而能化及人的微妙的感觉，这非容易说明的。实感的精妙处，实非言语学问所能说得出，解得透。心与物的应感，时既不同，人人也不相似。"抚己忽自笑，沉吟为谁

---

* 本文原刊于《自由周刊》第一卷第六号（1925 年 9 月 5 日）。

故？"即合起古今来的诗人，又那一个能够说得毫无执碍呢？

还是向秋林下作一迟回的寻思吧。是在一抹的密云之后，露出淡赭色的峰峦，那里有陂陀的斜径，由萧疏的林中穿过。矫立的松柏，半落叶子的杉树，以及几行待髡的秋柳，……那乱石清流边，一个人儿独自在林下徘徊，天色是淡黄的，为落日斜映，现出凄迷朦胧的景象，不问便知是已近黄昏了。……这已近黄昏的秋林独步，像是一片凄清的音乐由空中流出。

"残阳已下，凉风东升，偶步疏林，落叶随风作响，如诉其不胜秋寒者！……"

这空中的画幅的作者，明明用诗的散文告诉我们秋林下的幽趣，与人的密感。远天下的鸣鸿，秋原上的枯草，正可与这秋林中的独行者相慰寂寞。

秋之凄戾，晚之默对，如果那是个易感的诗人，他的清泪当清然滴上襟袖；如果他是个少年，对此疏林中的暝色，便又在冥茫之下生出惆怅的心思，在这时所有的生动，激愤，忧切，合成一个密点的网子，融化在这秋晚的憧憬的景物之中，拾不起的，剪不断的，丢不下的，只有凄凄地微感；……这微感却正是诗人心中的灵明的火焰！它虽不能烧却野草，使之燎原，然而那无凭的、空虚的感动，已竟在暮色清寥中，将此奇秘的宇宙，融化成一个原始的中心。

一切精微感觉的迫压我们，只有"不胜"二字足以代表。若使完全容纳在心中，便无复洋溢有余的寻思；若使它隔得我们远远的，至多也不过如看风景画片值得一句赞叹。然而身在实感之中，又若"不胜"秋寒，而落叶林下的人儿，恐怕也觉得"不胜秋"了！况且那令人眷念怅寻的黄昏，又加上一层凋零的骚杀的意味呢！

真的，这一幅小小的绘画，将我的冥思引起。疏言画成赠我，又值此初秋，令人坐对着画儿，遥听着海边的落叶声，焉能不有一点莫能言说的惆怅！

悼志摩 *

九月二十号的早上我看见报纸上的志摩的死耗，当时觉得这件事过于离奇突兀了，也如他的别的友人一样的不相信。但这个重大的消息却在我的心头上迫压了一日。第二日探不到什么，又过了一日报上说北平有人去照料他的尸体，运柩南下，我才确定志摩真从火星烟雾中堕下来，把他的生命交还"那理想的天庭"，"永远辞别了人间"。那几个晚上我总觉得心绪不能宁贴，不自制地便想到他在空中翱翔的兴致，想到他正寻求着诗料，浮动着幻想中忽然被急剧的震动，爆炸的声响，猛烈的火焰迅疾的翻堕在苍空中，断绝了他的最后呼吸时的惨状。他是呼訇，是抖擞，是拘挛地伸缩他的肢体？还是安然地死去？也许他最后的灵明可以使得他在那极短促迅速的时间中能回念一切？或解脱一切，忘却了"春恋，人生的惶惑与悲哀，惆怅与短促"？更不管顾火灼与伤残肢肉的痛苦，只是向上望着"一条金色的光痕"？明知这都是无益的寻思，永远找不到明证的妄念，然而我的心偏在这些虚幻的构图上搏动。

我十分后悔，没往济南去看看他的盖棺时的面容：因为初得消息的两天疑惑是讹传，又没想到他的尸体运到济南装殓，及至得到确信后已迟一日，去也来不及了！

志摩的诗歌，散文，以及各种的著作，不止在他死后方有定评，现在有些人已经谈过了。至于他的为人，性情，思想，尤其是许多朋友所深念不忘的，并非所谓"盖棺论定"，以我与他相处的经过，我敢说那些"孩子似的天真，他对人的同情，和蔼，无机心，宽容一切"的话，绝不是过多的

---

* 本文收录于《片云集》（生活书店 1934 年）。

赞美。本来一个理想很高，才思飘逸的诗人，即使他的性情有些古怪偏僻也并不因此失却他的诗人化的人格，但志摩却能兼斯二者。他追求美，追求爱，追求美丽，痛恶一切的虚伪，倾轧，偏狭，平凡，然而他对于朋友，对于青年，对各样的人，都有一份真挚的同情。凡是与他相熟的，谁也要说他是"一位最可交的朋友"。若不是具有十分纯洁的天真与诚笃温柔的心哪能这样。愈因为他是聪明的诗人，能以使人愿意接近，死后使人不止从他的诗情上痛悼，这正是志摩的特异之处。我自知道他死去的确信后我总觉得为中国文坛上悼念的关系居其半，而为真正的友情上也居其半。

这几年中我与他相会时太少，自然是我住的地方偏僻了，也是他的生活无定，偶然的到一处找他殊不容易。他自从十五年后作的文字比较的少了，而作品也不似以前的丰丽活泼。我想这是年龄与环境的关系使然，然而无论是诗是散文，在字里行间我们确能看得出他是逐渐地添上了些忧郁的心痕与凄唱的余音。对于他的自由自在的灵魂上，这是些不易解脱的桎梏，不过在他的著作中却另转入一个前途颇长的路径，到了深沉严重的境界。以他的思想，风格，加上后来的人生的锻炼，我相信十年后（怕不用这些年岁）他将轻视他以前的巧丽，轻盈与繁艳，（自然他有他的深刻严重之处）他将更进一步的人生的意趣与理想赠予我们。所以在志摩的本身上看，这样不平凡的死；这样"万古云霄一羽毛"的死法，诚然是有他自己死的精神，但在他的文艺上的造就上想无论国内的哪一派的文人，谁也得从良心上说一声"可惜"！

我认识志摩是九年以前的事了。他那时由欧洲回来，住在北京。有一次瞿菊农向我说："我给你介绍见一个怪人，——志摩"，那时我已读过他的一两篇文字，我尤其欣赏那篇吊曼殊斐儿的文笔凄艳。后来我们在中央公园见面了。那时正是四月中的天气，来今雨轩前面的牡丹还留着未落的花瓣，我们约有七八个人在花坛东面几间小房子开什么会，会毕还照像。

当大家在草地上游散预备拍照的时候，志摩从松荫下走来，一件青呢夹袍，一条细手杖，右肩上斜挂着一个小摄影盒子。菊农把他叫住想请他加入拍照，他笑了笑道："Nonsense"，转身便向北面跑去。大家都笑了，觉得这人颇有意趣，不一会他已经转了一个圈子又回到我们谈话的那里。我与他方得第一次的交谈，日久了，总觉得他的活泼的兴致，天真的趣味，不要说与他相谈，即使在一旁听他与别人谈天也令人感到非常活泼生动。

他往游济南时正当炎夏。他的兴致真好，晚上九点多了，他一定要我领他去吃黄河鲤，时间晚了，好容易去吃过了，我实在觉得那微带泥土气息的鲤鱼没有什么异味，也许他是不常吃罢，虽像是不曾满足他的食欲上的幻想，却也啧啧称赞说："大约是时候久了，若鲜的一定还可口！"饭后十点半了，他又要去逛大明湖。因为这一夜的月亮特别的清明，从城外跑到鹊华桥已是费了半个钟头，及至小船荡入芦苇荷盖的丛中去时已快近半夜。那时虚空中只有银月的清辉，湖上已没有很多的游人，间或从湖畔的楼上吹出一两声的笛韵，还有船板拖着厚密的芦叶索索的响。志摩卧在船上仰看着疏星明月，口里随意说几句话，谁能知道这位诗人在那样的景物中想些什么？不过他那种兴致飞动的神气，我至今记起来如在目前。

从种种细微的举动上，越发能够明了他的志趣与他的胸襟。记得我们往游泰山的时候，清早上踏着草径中的清露，几乘山轿子把我们抬上去，走了一半，我们一同跳下来，只穿着小衫裤向陡峻的盘路上争着跑，跑不多时，志摩便从山壁上去采那一种不知名的红艳的野花。他渐渐地不走盘道了，一个人当先从峭壁上斜踏着大石往前去，他还向我们招手，意思说：来，来，敢冒险的我们要另辟一条路径！我同菊农也追上去，然而这冒险的路是不容易走的，没有石级，没有可以攀援的树木，全是突兀的石尖，刺衣的荆棘，上面又有毒热的太阳蒸炙着，没有一点荫蔽。别的人都喊着我们："下来，快回来！这不是玩的！"连走惯了山路的轿夫也喊"从那边走不上去，没有路呀！"志摩在前面很兴奋地走并不回答，上去了几丈，更难走，其结果菊农先退下来，我也没有勇气了回到盘道上面。我们眼看着志摩，从容地转过一个险高的山尖，便看不见他了。一些人都说危险危险！然而这时即使用力的喊叫他也听不见了，及我们乘轿子到玉皇顶时，可巧他从那本是无路可上的山顶上也转了过来，我们不禁摇头佩服他的勇气！

泰山上的清晨与薄暮的光景，凡是到过的我想谁也赞美这大自然的伟大奇丽。尤其是夕阳西坠的绚彩。在泰山绝顶上观日出是惊奇，闪烁，艳丽；日落呢，却是深沉，迷荡，静息与散澹。那一片的美丽的云彩，吞吐着一个悬落的金球，在我们的足下，在无尽的平原的低处，他是恋恋着这已去未尽的时间，是辉耀着他的将散失的光明，那真是一幅不能描绘的图画。就在那时，志摩同我们披了棉衣（山上太冷了）在山顶上的晚风中静立着眺望，谁都不说什么。忽然他又得了他的诗人的启示，跑向尽西面一块斜面平滑的大石上蹲下身子，要往下爬去。泰山的绝顶是多高！除却山前面的石级之外，其他是没有正道的，那块大石的下面尽是向下斜出的石尖，若坠了下去恐怕来不及揪住一条藤葛，便直沉涧底。这可不比向上去爬山路，所以谁也说不可上去，石面太滑了。志摩却是天生好冒险好寻求他的理想境界的人，他居然从上面慢慢地蹲上去，坐下，后来简直卧在上面，高喊着"胜利"。我们在一旁实在替他捏一把汗，然而他究竟能以在绝壁的滑面大石上卧看落日，偿足他的好奇的兴趣，这正是：

"原是你的本分，野山人的胫踝，

这荆棘的伤痛！

且缓抚摩你的肢体，你的止境

还远在那白云环拱处的山岭！"

也是："是动，不论是什么性质，就是我的兴趣，我的灵感。是动就会催决我的呼吸，加添我的生命。"

志摩的这类句子的确是他自己的真感，理想，他的个性的挥发。我特地记下上面的几件小事来为他的诗句作注解。凡与他常处的朋友谁也能从他的不羁，活泼，勇往，与无论如何想实现其理想的性格上看得出来。至于他的无机心与孩子般的纯笃，已经他人说过，可以不多提了。

我相信一个真正的诗人，无论他的作品是冰块，是荆针，是毒药，是血汁，总之他的心没有一个不是有丰厚的同情，与理想的境界的追求的。志摩在文学方面的成绩：如创造相当的形式选择美丽的字句，这些工作都不是志摩得人同情的重要原因。他是诚恳地用种种方法诉说出他自己的愿望，思想，情感，自然，每一个文人都应如此，然而他的明快，与他的爽利，活泼的个性，表现在诗歌散文里更容易使人体察得到。因为同情的丰厚，所以任何微末的事物都易引起他的关念，幻想，一点点风景的幽丽，足以值得他欢喜赞叹。一个诗人不止在这上面可以发展他的天才，然而根本上连这点点的真实都没有，如何能以写诗？有的诗人（不论新与旧）只是走狭隘的一路，欣悦自然的变化，忘却了人生的纠纷，有的又止着眼于实地的生活，缺少了灵奇微妙的幽感。志摩的诗是否在新诗中达到最成功的地步不必讲，然而我们打开他的三本诗集看去，是不是能将"灵海中啸响着伟大的波涛"与"几张油纸""三升米烧顿饭的事"，并合成一团动人的真感，印在读者的心头？姑无论他的风格，他的幻想的丰富，即此一点也足以成就他是"一位心最广而且最有希望的新诗人"了。

关于他的其他的追念不必多述了，我只记得十二年的春日我到石虎胡同，他将新译的拜伦的 "On This Day Complete my Thirty Sixth Year" 一首诗给我看，他自己很高兴地读给我听。想不到他也在三十六岁上死在党家庄的山下！他的死比起英国的三个少年诗人都死得惨，死得突兀！我回想那时光景不禁在胶扰的人生中感到生与死的无常！但他的死正是火光中爆开的一朵青莲，大海中翻腾起来的白浪，暴风雨中的一片彩虹的现影，足以在他的三十六年的生活史上添一层凄丽的闪光。他永远去追求"无穷的无穷"，永远"在转瞬间消灭了踪影"，永远"不稳在生命的道上感受孤立的恐慌"，然而这层凄丽的闪光却也永远在他的朋友们的心中跃动！

（志摩在这危急的凄惨的大时代中掉头不顾地去了，为他写点追悼的文字，真有把笔茫然之感！今略记其一二小事，以见他独特的性格，恕我暂时不能作更长的文字。）

我读小说与写小说的经过 *

　　记得我最早学看小说是在十岁的那一年。父亲那时已经故去了三个年头，家中关于小说这类的"闲书"，母亲都装了箱子高高地搁起来。书房里除了木板的经、史，与文章、诗歌、说文、字典之外，没有别的有兴趣的书籍。因为自五六岁时好听家中的老仆妇、乳妈，与别人讲些片段的《西游记》《封神演义》上的故事，尤其是在夏夜的星星下与冬晚的灯下，只要是听人说些怪异的事，纵然害怕，情愿蒙头睡觉，却觉得有深长的兴味。当时有个五十多岁的老瞽者，他姓王，能够弹三弦，唱八角鼓，又在那些读书的人家里听来，记得许多《纲鉴》上的事迹，《聊斋》上的故事差不多每篇都说得来，甚至其中的文言他也学会一些。每年中他到我家几次，唱唱书之外，我同姊妹们便催着他讲故事，他有酒瘾，只要是喝过二两白干之后，不催他说他也存不住。于是那些狐鬼的故事我听说得最早。小孩子的好奇与恐怖的心理时时矛盾着，愈怕人的愈愿意听，可是往往听了临睡时看见墙角门后的黑影都喊着怕！及至认得一些字后，知道这些奇怪事书本上有记载着的，家中找不到这类的书，便托人借看以满足幼稚的好奇心。那时给我家经管田地事务的张老先生的大儿子对我说，他有一部全的《封神》，我十分欣羡，连叠着催他由家中取来。后来他把这部九本的——正缺了末一本——铅字排印的小说送给我，从此我便添了一种嗜好。早饭时从书房中回来，下午散学，晚饭以前，都是熟读这部新鲜书的时候。书是上海的什么书局印的，油墨用得太坏，每个字的勾画旁边都有黄晕。没有几天已经看完，不知如何能有那样耐性，看完了，从开头再温着读。数不清

---

　　* 本文原刊于《读书杂志》第三卷第二期（1933 年 2 月）。

是看过了多少次。其中的人名、神名、别号、法宝，甚至于成套的文言形容词，当时都背得很熟。尤其高兴看的是哪吒的故事，怎么借了荷花梗还魂，与善踏风火轮，以及哼哈二将，这都是十分留心看的地方。可惜少了末一本，姜太公怎么封的诸位善神、恶神，不曾明白，认为是美中不足的事。还有最不懂的是书中的"阐教"，着实闷人！儒、道两家多少知道点，佛也明白是另一种教门，可是《封神演义》中有"阐教"，无从解释，问别人也少有懂的。以后便看了些鼓儿词，如《破孟州》、《瓦岗寨》之类，却引不起多大的兴趣来。虽然活泼的小孩子也愿看些你一枪我一刀的热闹把戏，因为这等鼓词句法太整齐了，人物也没有什么变化，想象力更薄弱，所以不大留意。

再过一年便看到一部小字铅印的《今古奇观》，这部书对于我引起的兴趣自然与《封神演义》不同。儿童时天真的飞跃也因此起了变化。那部书里十之八是写的社会、人情，与浪漫的故事，总之几乎全是人情的刻画，不同于完全是信笔所写的妖怪神仙。于是我也渐渐明白些人与人的关系，也知道什么是善、恶、正直、欺诈等等的事，不过觉得终是敌不过那些腾云、驾雾、吹法气、斗宝的热闹。实在说，像《今古奇观》这样的书哪会是十多岁的孩子的读物。就在这两年中，我热心搜求的结果，看到的小说不少；《笔生花》的长篇弹词，也是在那时看的，不过没有看完，因为看来看去尽是些絮絮叨叨的家常；怎么坐，怎么穿，怎么说，纵然有那些带韵的流利的唱句，也按不住自己的耐性。所以几本之后便抛开了；自然太长了也是一个原因。然而自此后知道说故事的书有许多种类，大概可以分为有韵的、白话的两种。直至看了《聊斋》以后，才恍然于文言也又写出许多美丽的故事了。

记得看《聊斋》与看《水浒传》、《石头记》都是又一年的事。不过看起《聊斋》来总不是与看两部一样的心思。当然是短篇故事与长篇有连续性的东西不一样，最重要的是文字的关系。头一回得看《聊斋》那样文言的记事与描写的文字，对于只见过文言的经、史，与诗歌、古文的我，免不得有一种惊奇。虽然那时不能完全赏识《聊斋》中行文之美妙，故事与大致的言语总还看得懂。有不明白的典故，好在有注解可查，还可与读的诗经、诗歌相对照。虽不如看白话小说省事，却并不像看弹词似的看不下去。然而看的态度却比别的小说要郑重得多。那些美丽奇异的故事，最容易引动我的，如《珊瑚》、《婴宁》、《凤仙》、《胭脂》等，对于《江城》、《促织》、《马介甫》一类，便不甚乐意看。至于其中那些专于志怪的短文更很少有兴致，因为太简，仿佛历史的一段，又太直，没有故事的曲折，不热闹。最反对的如《画皮》，并不是觉得事出不经，终觉得像那个《画皮》的东西没有人情。其他故事中的鬼、狐，小时读着虽然初时知道是假的，及至他们有了言语、动作之后，在作者的笔下予以人格化，便忘记了是蒲老先生文字中的异类。幼稚的心中往往与他们同感。《石头记》是读了又读的小说，自从得看此书以后，《封神演义》早已放在我住屋的窗台上不动了。这部书中有更繁复的人物，有种种的对话、动作，有巧妙的穿插，与照应的笔墨，我那时哪能都看明白。然而对于它的人物、话、摆设与变化引起我惊异的赞叹！——并不是对于作者的赞叹。虽是年龄小，却也知道对于其中的人物予以同情，或者分析分析他们的言语、行事。贫弱幼稚地鉴赏自然不会在小说以外去看小说的。至于书上的批语老是不高兴看，尤其是说影射某人，或是用些"易理"去加以诠释，真不明白那位护花主人是写些什么？《水浒》虽也在这一年看的，比起《石头记》的引诱来差多了。有时也爱想想烧草料场的豹子头，拔大柳树的鲁智深，可是片片段段的有趣味，不像《石头记》的整个的动人。因为看小说多了的关系，觉得自己的见解也随之提高。不是只守看一部不全的《封神演义》的心情了。除却故事之外，增加了不少的识见，与文字上的人情的阅历，对于作文自然也有点帮助。

《儒林外史》我见到得很晚，已在入中学时代了。《镜花缘》因为家中有很好的木版，见得虽早，那时也没有耐心看到底。一大段地议论，一整回地讲音韵、文字，又是些酒令、曲牌，揭过去吧，觉得看不完全，实在有点莫明其妙。老实说，我对于这部名著自小时看不出优点来。后来虽知道作者是颇有思想的，也许小时受了看不惯的影响，至今还觉得对它很淡薄。

除去章回小说之外，文言的以《聊斋》看得最早，《萤窗异草》、《子不语》、《夜雨秋灯录》等等奇怪的笔记都陆续看过。看得比较觉得生疏的是《寄园寄所寄》，不过那时对于怪异的观念已明白了许多，不是一味好热闹与好奇的心理了。《夜雨秋灯录》还重看过几遍，其他的勉强看一遍便没有重看的兴致。这类书中，《阅微草堂笔记》与《右台仙馆笔记》看得最晚，兴味也愈为淡薄。教训的道理多，文艺的兴感少，何况我在那个时期已经看过了几部长篇，所以更不迷恋它们。

在这三年中"闲书"虽看过一些，却是纯粹的文言笔记还未见过。只有一次在我家盛旧书的大木箱子中捡得一本粉纸精印的《说铃》，初时以为有"说"字的自然是小说，及至看完，知道是另一回事。文字与其中的议论，颇引起我另一种趣味。记平凡的有趣的轶事，以及批评诗文的短文字，使我看"闲书"的眼光为之一新。以后除在家塾中读的书以外，渐渐学着看诗话、文评一类的东西，都是由这本《说铃》引起来的。

这都是十四岁以前对于初看小说的经过，以后入学校到中学，忽而努力于《文选》、唐诗、古文，一天天忙于抄、阅、圈、点，早已不能尽工夫看小说了。可是林译的小说在这时也见了不少。那时对于旧诗抱着真纯的热心，曾在暑假中手抄过李义山的全诗集、温飞卿的选本。差不多这两位绮丽诗人的句子一见即可知道。那样地迷恋于旧诗文的过去，现在不必多说了。

再谈一谈我学作小说的经过。

因为小，母亲不愿我入学校——那时我家的镇上已经有了私立的中学——请先生在家教读。那位先生虽是个秀才，学问方面却也通达，他曾学过算学，能以演代数，懂得一些佛经，又在广东住过几年，看过那时的新书不少。所以我十一二岁在家塾中却有一半的工夫用在商务印书馆出的中学用本的《新体地理》、《历史教科书》，与三大厚本的《笔算数学》上（这部书是烟台教会中印行的，流行得很广）。先生又教着每天圈《纲鉴》，读古文，这些事似与那末小儿童不对劲，不过先生能够讲解得清晰，我倒还不很感困难。讲到作文、对对子、五言小诗，我也经过这个阶段，可是只不过学了一年便开始作文。那个时代，即在学校中也是一例出些讲大道理，或者空空泛泛了的题目。——记得我考县里高小的文题是《足食足兵二者孰重论》，考中学时也是这类的文题，却记不清了。——在塾中先生自然是出这一类的题目，不是评论人物，就是顺解经义，那不过是使小孩子多查书，硬记文言的成语，想象与情感可以说是搀不进一丝一毫去的。所以我虽然还能诌几句，却得不到自由发抒的兴致，只好从别方面去求作文字的自由。多少读过几首唐诗，略略懂得平仄，可是乱凑的诗句自然弄不好，也没有什么"诗感"。想涂抹点故事，既苦于没有材料，文字又用不妥，很想有些人对我说些《聊斋》、《子不语》类的怪事。我可以记下来，实在还不能凑合几句文言，这真是一种空想。后来看到《小说月报》的第一卷，《小说月报》与旧日出版的《月月小说》，引起我用白话作那样小说的高兴。十五岁，正是二次革命的那一年，那一个暑假我由济南回到家里，忽然用章回体写了一本长篇小说。给它一个可笑的名字，叫《剑花痕》，约有二十回，大略是写些男女革命，志士一类的玩意。因为那时我在省城读书，社会上的事实、人情，略有见闻，便引动浅薄的创作欲，写了这一本，可是直到现在压在旧书箱中没再翻过。在中学时每月看《小说月报》——那时是王莼农君编辑。便想着写点短篇寄出去，于是在窄小的寄宿舍的窗下，自修后便写小说。初时觉得怕投不上稿，便将第一次的那篇《遗发》投到《妇女杂志》去。王尊农也兼编《妇女杂志》，想不到却得到他的复信，说把这篇小说刊印在某期之中，并且还寄了十几元的书券来，当然我异常高兴！马上把书券去买了一部新出版的影印的《宋诗钞》。后来陆续投了两篇去，都登出来。在改革的前一卷的《小说月报》里，也投登过一篇。这都是我初写小说投稿的经过。（说到这里还记起中华书局初出《中华小说界》时，似乎周启明先生常作点文字。我那时当然不知周先生是何许人。某一号里有一篇小说，是用文言作的，题目大约是《江村夜话》，作者署名是启明二字。文字的隽永，与描写的技巧，在那时实是不多见的小说。我常常记起这篇文字与作者，直至在北京认识启明先生之后，方知道就是他的创作。）

以后便是《新青年》的时代了。《新青年》初名《青年》，我在济南时读过第一二册，觉得议论、思想，都是那时暮气沉沉中的一颗明星。因为后头有通信一栏，我还同它的主编人通过一回信，从这时起，我自己的思路似乎明白了许多。不久，到北京读书，便把旧日的玩意儿丢掉了。学着读新书，作新文字，把从前认为有至高价值的旧文艺，与旧书堆中的思想都看得很轻。那时与郑振铎、耿济之、瞿菊农、宋介诸位常在一处开会，讨论这个那个，其实对于"新"的东西，都没有完全了解。

我用新体文字写第一篇的小说，是听见徐彦之君告诉我的一段故事。他嘱写成小说，登在《曙光》的创刊号中。内容是一个为自由恋爱不遂做了牺牲的悲惨故事，这样的题材很适合那时的阅者。可惜自己不会用相当的艺术写，现在看来那真是极幼稚的习作。在《新青年》中见到鲁迅先生的《孔乙己》、《狂人日记》，觉得很新奇，自己是无论如何写不出那样的文字来。即说到鉴赏，恐怕《狂人日记》初登出时，若干青年还不容易都十分了解。在这时，叶绍钧、杨振声诸君也在《新潮》上写短篇创作。以后我对于这样做法十分热心，胡乱写了一些短篇，第二年在北京西城某公寓中写的《一叶》。

这些关于个人的幼年读小说，与后来学着写小说的经过，本没有对人述说的价值。在自己，自然是生活的一片段，究竟是无足说的，不过记出来可以与年龄、时代差不多的朋友相对证而已。

在这暴风雨的前夕，一个人的生活，无论如何，终要湮没在伟大的洪流之中，哪有述说的必要。何况，无论谁的生活都是在环境与其所属的阶级中挤迸出来的，不奇异，也不是特殊。以后我想回忆录之类的文字大约应少了吧？对于这个"作家生活"的题目，惭愧没有多说：仍然以个人经历的片段写成。还请编者与读者的原谅！

松花江上 *

两条名字异常美丽，且富有诗意的江水，偏在东北。我们想起鸭绿就会联想到日人的耀武，想起松花就有俄人的暗影。风景的幽清，自来是战血洗涤成的，人类原不容易有真正的爱美的思想，那只是超乎是非利害无关心的一时的兴趣的冲发，及至将他们的兽性尽情发散的时候，那里还管什么风景，文化。左手执经，右手执剑的办法，这还是古代人的憧憬生活，现代呢，一方将理想、美化、人道等一大串的好名词蒙蔽了世人的耳目，摇动了一般傻哥的痴心，实在呢，野心家们却只知飞机、战炮、毒气去毁灭一切，摧残一切，为他们的人民，为自身的功勋，都似言之成理。然而是人类的凶残欲的露骨的挥发，揭开伪善的假面具，我们将看见这些东西的牙齿锐利与形象的狰狞。从前人说一部《廿四史》完全是一部相斫书，人类的全历史呢，物与物相竞，说是利用弱肉强食的公例，人并不能比物类超出多少，人们在不自知中用此公例彼此相斫，所以到处是血洗的山河！

偶然来到这北方之上海东方之莫斯科的滨江；偶然在这四月中的晴和天气在松花江畔流连，看着那一江郯郯的春水与横亘江面的三千二百尺的铁桥，水上拍浮着的小木筏子，以及江岸上的烟突人语。我同王张两君立在几个洗衣妇女的旁边，岸上的短衣粘土的中国苦力，破襤，无聊，仿佛到处寻觅什么似的白俄，与偶而经过的日本人，搀杂的言语与奇异的行动，点缀着这江面的繁华。我们几次想趁小火轮到江对面的太阳岛去看看那边的海水浴场，与俄人的生活，江流迅急，当中有一段漩流，虽然坐了小木筏也一样过得去。大家却都不肯冒险。问了几次小火轮又没有过江去的。末后我们只好雇了一只木筏放乎中流。究竟没有渡过江去。在江边停着许

---

* 本文收录于《北国之春》（上海神州国光社 1933 年）。

多中国的小轮都是往松花江下游各县去的，正如长江边的扬州班芜湖班一样。其实松花江的水比著名的扬子清丽得多，或者两岸小沙土的缘故，也许是船行较少不挟着很多的泥沙。当此初春，四望微见嫩黄的柳枝与淡碧的小草，在这"北国"中点缀出不少的生趣。

这条铁桥虽没有黄河铁桥长，然而背景太好，不是茫茫的土岸，童山，这里是繁盛街市之一角的突影。由许多雄伟建筑物迤逦着下拢来的清江，像一段碧玉横卧在深灰淡红色的旧时的绮罗层中，古雅中不失其鲜艳。而且因为地带上富有国际趣味的关系，容易使人联想到旧的残灭与新的发展。从这边溯上或沿流而下可以浏览这"北国"最美丽的沿岸的风物。

以这里特有的气候与特有的自然风物，以及近代的都市文化之发展，与俄罗斯的气氛之浓重，形成一种异常的氛围。我在江中的筏子上感到轻盈也感到雄壮，比起在柔丽的西子湖边荡舟的心情来迥然不同。人所可贵的是联想，而联想乃由环境的不同刺激而成，为各别的异样。是在"北国"的松花江上，这里没有黄河两岸的风沙，童山，土室，也不像扬子江两岸的碧草杂树与菜圃，农家。然而近代生活的显映在岸上的建筑物与人民的服装中可以看得出。再往远处去，塞外的居民，雄奇的山岭，浩荡与奇突雄壮的景象，是有它自己的面目的。

　　　　初暖的春阳，微吻着北国的晴波，

　　　　黧面筏手高唱着北满的歌相和。

　　　　远来，远来，浮动着现代都市的嘈音，飘过，在活舞着双臂的劳人心中起落。

　　　　包头跣足彳亍着过去异国的流亡者，

　　　　他是愤怒，惭悔，希冀对望着旧的山河！

　　　　诗的趣味，画的搜求，在这里一切付于寥阔，

　　　　沉着——烘露出，吟啸出这铁的力量的连索。

仇　恨[*]

威尔士以为在有"现代国家"以前，统治着人群间之关系的是仇恨。这正如中国的旧语，说历史是一部相斫书一样，不过威尔士生当现代所见所论更为广远而已。但"现代国家"不是一例也被仇恨织成密网，把人类的智慧，诸般生活，套得细密，拴得坚牢，连一面的活路也不给开出来吗？其实，党派、种族、国家，彼此的仇恨正是"自古已然，于今为烈"！一方固是借了科学的力量使人类的文化焕然改观，但也因为工具的发明，与真正文化的动力不能调谐，不能互相资助，反而造出多少世界的悲剧；也因此"仇恨"的种子随风播扬，随地萌发，有时真令我们对于所谓人类的价值与互助的精神，从根本上引起疑问。这是科学的赐予么？否！是工业革命后必经的历阶么？否！是人类伦理的破产么？否！

这不是一句简单的答语所能包括无遗的。

野心、暴厉的欲求、夸大，经济制度的不平等，过度的心理与生理的激刺，都是造成现代人类"仇恨"的因由之一，而最大的关键是人类的文化教育走入暗途。

杀、掠、虐待、夺取、势力的逼迫，无限度的肉体享受与精神上的疯狂，虽是自古来已经逃不开这样公例，但近代文化教育或直接，或间接却是督促、鼓励、指导全人类向这方奔跑。

当然，我们不能忽视现实；当然，我们不能在恶力之下泯灭了思感；当然，在现时少有高谈细论人类根本问题的余裕。

但想到这个问题，证之于耳闻目睹的种种事，除却用群体的大力与团

---

[*]　本文收录于《繁辞集》（上海世界书局1939年），原书作者署名容庐。

结的精神使之消灭外，在未来，我们要怎样永远消除人类社会的"仇恨"心理，怎样在正途上提高人类的智慧，与改善妒忌、专擅、强暴、残酷的行为，这确是每一个文化工作者应加一番思索的。

"生年不满百，常怀千岁忧！"我们不仅在目前的千辛万苦中不沮丧，不畏难，不消极，我们也应该为未来的人类光明努力！

不只为自己的利害要冲破前途的黑暗，更应寻求人类的真正福利为世界"树之风声"。

在未来，我们应把人类相斫的魔手投于荣光的熔炉里！

中国的艺术革命*

打破死艺术的观念　创造德谟克拉西的新艺术

人说中国是文明古国，中国人便沾沾自喜，历数自周秦以来的四书，五经，百家诸子，抱残守缺，认为西方文明，不过是"后生新进"，无足与较。人说中国是静的文明，不是动的文明。中国人便以"道可道，非常道，名可名，非常名。""柔茹刚吐"模糊迷离的思想，以为"发明""创造"都是无用的事物。人说中国的艺术，自能代表东方人幽静玄秘的个性，中国人便又自捧起黑暗深沉的建筑，平静淡远的绘画，飞扬飘逸的字体，以为欧西的艺术是粗浮，犷悍，淫荡，奇诡，不能以"小巫而比大巫"。不错！中国的文明，在文明史上，自然占几页的位置。中国是静的文明，静的文明，也自有其本身的相当价值。中国的艺术，自有其艺术的民族性，与个性的代表发挥，自有其艺术之艺术的特色。然我敢说一句骇人的话，世界潮流，如狂涛怒浪，且向东方尽力的卷来，中国是古的文明国，当然独受其迅烈的冲突。典章，制度，礼教，政治，都不愁不为这狂浪怒涛打的粉碎，变成竹头木屑，不能再建立在旧日文明的旧基础上。我们须重新收起这些打碎的竹头木屑，留精弃渣，重新估定他们的价值，再和上新的材料，另行建造坚固良美的船只，方得船行于狂涛怒浪里去。若尽着保守，尽着"夜郎自大"，"目无余子"，到了时候，不但新的潮流不能容纳，就是旧的精华，也湮没无余。穷，变，通，久的道理，这倒是中国古书的革命言论，我想竭力"发扬国光"的中国人，必说这是讹书讹言，然而中国人性执胆小，

---

　　* 本文原刊于第二卷第一号《曙光》（1920 年）。

却还没听见有人敢说这句话。

　　单就中国的艺术说来，从结绳，构木——结绳，构木，虽是人民文化进步的初基，然我以为也是人民艺术性的表现。——以来，四千年来建筑，雕刻，音乐，诗歌，绘画，也产生的非常之多。不过受了这种陈旧、压制、统于一尊思想的暗示，传染，所以无论那种艺术，最好的不过为个人的娱乐计，而最普泛的是记功颂德，作了他人的表彰品，中国本来没有精密的艺术史，可以征考，然就这两种标准论起来，却也出不了这个范围。

　　果然能真正是作艺术的艺术，完全发展个人的特性天才，虽即是无利于人，然尚不失为一个特立独行的艺术家，自有其艺术本身的价值。（就美学上说，为艺术而作艺术，也有些名人主张这种主义，言之冗长，故从略。）而中国的建筑家，雕刻家，以至于画家，诗家，音乐家，能到这种程度的，已是"凤毛鳞角"。况且有些人为消遣计的，可不必论，除此外，真能作到这样的有几个人？且是艺术对于转移社会风习，改进人生思想，非常的重大，我们只听见中国的艺术，全是为社会所包围，所征服，没听见说有几个艺术家他们的作品，能影响到民众的思想上去，能惹起社会上深烈的印象。这固然由中国昔日的社会，原没有艺术性吸纳的缘故，也是由于艺术本身，没有超越的作品，能以引起社会的兴味的缘故。

　　西方所说为艺术而作艺术，他们的作家，真能就特性的天才，尽力发挥，对于人生种种思想的表现，所以虽是为艺术而作艺术，然以其专力苦心，终必引起社会上多少的兴感，暗暗的移风易俗，于不知不觉中。他们并不是作淫哇无谓的诗歌，打脸谱翻斤斗，野蛮优伶技艺的这等艺术，所以与社会上是有密切的关系。

　　中国艺术品，不是没有相当的价值，有些人苦心孤诣，惨淡经营的，也给后人留下了些深刻的印象，但是缺乏德谟克拉西的精神，也就是与社会上不生重大兴感的关系，而非普遍的艺术。德谟克拉西的艺术，便是对于艺术的注意，要同民众的表现一样，而尤注重于民众的诗歌，民众的舞蹈和一切可娱乐的艺术，使他们普通创造兴感的发挥，是非常坚定。细解释起来，就是一切艺术的创造，无论如何，必要在民众里头生出重大的影响，不能做贵族的、古典的、装饰的艺术。而要作有主义、有兴感，而平民的艺术。重创造，不重因袭，重发挥个性，不重装点派架。我想现在有志作艺术家的，快快努力，不要只伏在旧艺术的底下，作摹仿规抚的奴隶。

艺术都是用心思的运用，手指的技巧所作出的，有什么死、活、动、静，可分。但我总以为中国的艺术，是偏于死的，静的，无生机，无活气，没有足以引人忘倦，深入人心的吸力，这即是中国艺术的缺点。譬如法国罗丹的雕刻，生动活泼，使人看过后，引动许多思想，这可见得他的艺术是有生与动的能力，绝非中国的艺术所能作到。所以我希望要打破中国死艺术的观念，另创造德谟克拉西的新艺术来，于中国死气沉沉的社会上，必有革新的关系。

这个问题很大，就此短评里，也不过稍引端绪，不能尽言的。

有关鲁迅的杂忆 *

从《阿 Q 正传》的初刊谈起

当初《阿 Q 正传》刚在北京《晨报副镌》上发表时，作者署名巴人，除了孙伏园（他是《晨报副镌》的编辑）外，知道作者真名实姓的可说极少。从报上第一次披露了这一篇，由于题名、说明、本文的开首，便已惹起精细的读者的注意，我也是其中之一。试猜猜看：这不是一位青年新手的试作，不要说在那几十句短练的说明（所以叫做"正传"的说明），非读书无多的所能谈，就以本文回溯到辛亥革命以前，也不象青年学生所能下笔。当时凡是年纪比我们一辈大十几岁到二十岁能写文艺作品，尤其是小说一类的，无论在南方或北方大都还可以知道。周启明的年龄差不多，但他向来不从事创作，文笔更不象，刘半农颇好写些杂文，也没见过他作的小说，至于其他一些人只管常写文章，却写不出这样的作品。读鲁迅作品略多（当时自然他还没有甚多的创作与杂文集子出版），从笔调与风格上看，大概是他？隔了没多日，与伏园见面，急急询问，果然不出所料。这倒无甚希奇，只要从《狂人日记》与当时《新青年》刊出的以唐俟署名的若干段杂文中融会、了解，就猜个大概。

我与几位朋友知道了这篇小说是鲁迅先生的新作，大多数读者却还弄不清楚。当时是每星期中有一天在《晨报副镌》上续刊一次，它吸引着青年读者，每周总盼望着刊出的那一天。我每到是日，早上收到《晨报》，照例先找《副镌》读过《阿 Q 正传》的续文再看其他。

---

* 本文原刊于《前哨》10 月号（1956 年 10 月 10 日）。

记得第二年的夏天在上海，茅盾还谈起他在商务印书馆编译所时，第一次见到《阿Q正传》在北方报上刊出，也极为惊异。觉得这是一篇划时代的杰作，也猜测作者何人，也是每每盼着有这篇新小说的《晨报副镌》的寄到。足见《阿Q正传》刚刚在报上发表时，就惹起文艺界深切的注意。鲁迅的文笔、风格、见解，就是数百字的一篇杂文，到一个精细的读者目前，也会"耀眼生光"。使你看过以后，在脑子中总要经过一番融化、寻思。至于引起读者明正的爱、憎，深切的喜、恶，更不须提。

《阿Q正传》全部作品中包括的人物共有多少，某些人的行动如何，态度如何，心理状态如何，事件的叙述如何，……你读过一遍，不须用心去加强记忆，自会一一摆列目前，神态活现。作者虽着墨无多，可是人物都清楚得很，像一幅凸出纸面的速写，绝无模糊不清、可有可无之感。

以我读文艺著作的经验说，凡是好的、动人的、有价值的作品，即是仅仅读过一遍，也自深入中心，很难忘怀。如《红楼》、《水浒》、《战争与和平》、《死魂灵》、《双城记》、《九三年》、《巴黎圣母院》等等名著，都有这份魔力，使读者不忍释手，与书中人物事件打成一片。这样才真正有了"刺"、"熏"、"浸润"、"启发"的作用，所谓移风易俗，所谓受其刺激——也就是文艺对读者起了最大的感化。《阿Q正传》的魔力正是如此。从它头一次在报纸上与读者见面，直到现在，它的魔力一直存在于字里行间，就在未来，它也是世界文学创作中的一篇不朽的作品。

有关恋爱的几句话

记不清是在一九二〇还是一九二一年的春天，是穿袷袍的时候，有一次与鲁迅先生晤谈，似是在他住的老房子里（北京八道湾）。那两年由于提倡男女同学，大学也对女学生"开禁"。"北大"与其他的几个大学，既已开了风气，而自由恋爱的空气在青年男女中也是盛极一时。可是有些"悲"

剧也随之演出。如某些青年已经婚配，但新恋情殷，要离婚则家庭与社会都不易容许，因此有的便病死客舍，有的颠颠倒倒成了神经病患者。这是当时在北京各大学里成为"谈资"的新问题。那次我与鲁迅先生面谈，不知怎样忽然及此。他深深地吸着纸烟，脸色十分坚定地道："为恋爱弄成神经病多没出息！为了达到自由恋爱的目的，要死，还不如日本人跳火山口，男女一同情死来得痛快！中国人这些地方便有些不中用。……"以上几句话虽因年岁久了，记不十分真切，大意却是如此。这种看法，这种口气，与鲁迅先生的思想、个性都有密切关联。现在回想起来，他说这几句话的神态，还清清楚楚，如在目前。

遥忆老舍与闻一多[*]

前几年，每值春秋佳日或风雨晦冥之时，斗室枯坐——俯倚在书文堆迭的写字桌前，往往引动对过去旧迹、故里风俗，以及连年剧战，久已隔阻的良朋的回思：愈思愈怅惘，愈理愈纷乱的心怀，欲罢不能！然而年光一层，人间世的扰乱一层，地理的阻隔又一层……其结果不是深吐一口长气，便是拍一下几案，硬硬心肠，另转念头……但，这是两年前的话了，比来，身体日衰，精神上竟如此麻木，从前使自己心伤目晕的悯惜，使自己徒唤奈何的感慨……现在，无论如何，连这点情感上的激动都提不起。不敢说槁木死灰，其实也等于心盲意灭！怪得很，疾病与环境把敏于感受的原性既然变了，即连想象力也折却飞翼，不易在回思幻念中自由翱翔。至于把笔为文，比小学生呆望教师的国文课题还要生疏呆钝，不但绝无所谓风发泉涌，就是一点一滴的灵源也渐渐干涸，不易自笔尖流出。

怀人么？……作文字写出这等心境么？兴味既无，且又无从说起。记得青年时，时常不忘那"莫放春秋佳日过，最难风雨故人来"的佳联，以及"风雪凄然岁云暮矣"的俊句，能增加怀友思旧之感。春去秋来，大自然的佳日历劫永存，风萧雨晦，鸡鸣嘐嘐的惊觉并非无闻，然而如何不放？如何得良友快睹？关山难越，时空两非，怎么想又怎么写得出这样难于描摹，难于追忆，难于预想的情思！

辞不获已，强写此文，真纯之感徒凭无花秃笔已是一片模糊，何况至今是否在心头上还留着所谓真纯之感，自己也毫无信力！

信笔略写两位旧友多少年前的生活或性格的片段，至于我的怀想，就

---

[*] 本文原刊于《文汇报》（1945年10月2日），原题《老舍与闻一多》。

让它坠于无何有之乡，与土壤拌合培生草木而已。

老舍之性格实可以其作品代表，我敢妄断，比较他人——从文章里透露性格，他在现代中国著名文人中可算最明显的一个。爽脆，幽默，不拖泥带水，坚定，善能给人欢喜，热心体贴。似玩世而内里真诚，似好讥评而不油腔滑调……够了，愈说愈象下很多的定义，姑取一二事以示实证。战前我每次回北方，偶而谈到上海文艺界的情形复杂，以及人事的纷扰，派别的明争暗斗等，我往往慨叹着说：在我真是增长以前不能想象的阅历，谁知竟有这么多五花八门的现象。小住两年，可谓懂得不少。老舍微笑，用夹香烟手指敲着桌面道："坏了坏了……所以你也学坏了啦！哈哈！"虽是笑话，此中确有至理，愈日久愈时时记起。他并不解释也不下判断，你细想这两句多够玩味的话。这才是够称为幽默的妙语！懂得多就是坏得多！还用到你的分辩！即完全是一个旁观者，它可以将你的天真凿开而失却纯朴的心镜蒙上尘污。

还有，他好饮酒，但从不过量，确能不激不随四平八稳，与他的为人一例。对各方各式的朋友只要有其长处，他绝无冷落待遇，这从他的作品上很容易细心看出。很少有绝对的坏人，而极完美的亦属罕有。惟有一点，他到过上海，却不愿在上海就职。某某国立大学的文学院长，托我几次与他婉商请他来沪教书——其实他那时正已辞去山大的教授，惟恃卖稿维持生活。他与这位亦系旧知，论待遇及人情似皆可就，但他坚决回谢。说他无论如何不到这个地方久住。他对这中国名义下的所谓国际都市，口未明言，却蕴蓄着多少不满。宁愿淡泊安居于青山绿水的海角，不肯到易学坏了的"春申江畔"。他这点定力非常坚决，这也是其性格的另一面。

从小事上最易观察一个人流露于不自觉的趣味，而性格亦潜在其中。有一年过旧岁，我家按例做几样家常点心以备新年中赠予戚友，与自己尝食。老舍同他夫人小孩亦居青市。大除夕，我命人送去内人做的净豆沙加糖的长圆形蒸面卷，与另种一端包枣泥一端包油酥的对折面卷。（这都是我家若干代流传下来的做法。）依我的味觉趣味上说，虽是头一种有清纯的香甜，而后一种却更有既浓甘又柔腻的丰富滋味。所以旧历新年中午晚饭两样并陈时，我宁多吃一两个枣泥油酥卷而少吃前一种。但老舍呢，过了几日我们遇到时，他致过谢言，当着几位熟人特别赞美净豆沙面卷，说是风味清佳，非一般市售者可比。而对于我认为最可口的后一种点心竟未提及。我于是对于他的性格由辨别口味的小节上更为明了。不是么？滋味的口嗜与个人的性情之关连，一个精细的心理学者定有另析的解答。

另一位却是与老舍君恰巧相反，极少产的文学者——闻一多。他自青年在清华园时出过两本狂情奔放的诗集，直到上海办新月社，又印行过薄薄的小本精粹诗《死水》之外，我记不起他有别的诗文集子行世。惟有在《新月》上连登数期的《杜甫评传》，与几首译的白朗宁十四行诗，我读过颇有印象，历久不忘。以后，他置身大学，孜孜矻矻地从事于《诗经》、《唐诗》等专门的研究，反而不大弄外国文学，对创作也谈焉若忘。所谓当时的文坛，所谓杂志，期刊，更得不到他的片文只字。一般后起青年对这位新文艺运动前期的诗人自然多数陌生。作品之价值与多产毫无关系，一诗一文能永远流传。但一多君这些年却与创作绝缘了。

我与一多实在说并非深交，可是从面貌上与言谈上我知道他的性格。虽是生于长江中部，却富有黄河流域人的坚朴质地。十年前，我见他穿普通绸夹衫，外加蓝布罩袍，有时还搭上一件青呢马褂，西服不必说，就连稍稍讲究的中衣式样他也没曾在意。大而沉着的双目映在玳瑁框深度近视镜片后面，发长不梳理，两额高起，黧黑色的面容。显见不是一位纯粹神经质的诗人，而是富有忍耐性，好向深难处钻究问题的学人风度，话不多而郑重，不会诙谐，更难得有味的俏皮话从他口中露出。（这与老舍不也是互相反映的性格型吗？）

他的不轻易落笔与不肯苟同的个性，姑就听知举事为证。

我有一位富有史地癖而好读书的亲戚 T 君，可说是现代东省中的纯笃潜修之士。从二十几岁致力于中国史与北方地理的考据，研索，有几篇永难磨灭的论文曾载在有价值的《地学杂志》等上面。可惜，两年前他已在北平因风痰殒其天年！这位，虽经某某介绍与闻君谈过几回似颇投合，虽有新旧方法的不同，可是都对于考核史籍深感兴味。他有一个仿临古名人的画卷，是他的族侄——有三十年专画古式人物之修养的两家所临，设色用笔俱有根底，非一般时髦画匠所能比。T 君将这幅佳面裱为长卷，后面多留白纸请人题跋。他专托与闻君更熟的同事持去，请其跋写几句，闻君留下，但为忙或疏懒则不可知，总之，一直数月未曾送还。T 君待之既久，又找原送去者索回，仍然素底如新，没落点墨。T 君猜不透是何原因（当然不是闻君看不起人或设想不出题跋的文字），说有意顿荡，说故学高傲？似都非是：我由此一点明白他的性格：太慎，太珍重，太看得严肃些，对作品如此——是他把文字的艺术价值看得极高，不轻易许可，更不轻易动笔。

那几年他在山大教散文，选取题材不限一格，新旧兼收示学生为范。是时以新诗人初露头角于申，新诗界中的某君，恰是随他上散文班的学生之一。某日到我处闲谈，却说："这几天正读你的近作。"我问他是哪篇，他才说出所以：

"闻先生的教书认真，选材之严，同学素知。尤其是对新文学作品，选授较少。前几天忽然手持你的《号声》今秋印本，与学生大谈你的文章作风。他说，现在正是什么新型文学，什么意识正确等等的时世，像这样清远意味，富于艺术，而又是深入人生的短篇，怕不易惹起时髦读者的热好。可是，文章有文章的本质，并非据几个名词便可抹煞一切。我挑出这本子里的一篇给你们细看，作者认真写其怀感，写其由恳挚回念中滤出的人生真感。是《读易》这篇，粗心浮气的读者不大肯读下去，无怪难引人注意。……

第二次上班即将油印原文发下，自然，我早已读过了。他的确特别赞美你这一篇。讲解时，对于情感的分析，背景插说的艺术无不说到……"

并无宗派标榜，社团异同的复杂因素，亦非阿其所好。当那时新兴文学风靡海上，种种刊物上无不高标理论衡量作品。我那篇怀旧忆母的短篇，借在清寂海滨重温《易经》叙起，故家衰门的情况，深挚温和的母爱，冬宵夜读的梦幻光景，若即若离的笑謦幽趣，与十数年后已经三十岁饱经世变的自己对证起来，"白云无依，苍波幻泪！"以前种种宛如隔世，曲折写来得失自知，自然，这里没有多少批判社会，推动前进的力量，说来自感惭愧！不意一多君却独重此篇，至少我认为非细心阅读，肯说真话，何能有上面的评论。不是因为那篇文字我才提起这事，即非我所作，我也一样这么说。真能鉴赏方有真实评论，绝非只是追随风气，人云亦云。但，不是冷静，不是默契，不是撇开虚夸的浮感与流行的看法，又岂易有此认识。

可是，话说回来，那个短篇除闻君外，也实在少人注意。我未听见他人阅后触感。难道真够上曲高和寡？还是不能谐俗同好？

从上述两点，希望知道闻君的由此略略可以明了他的个性，与对于文学作品上的特见。（即有人以为引证自己的旧文不无自弹自唱之嫌，请恕我！自信还不是因他人泛泛的赞扬、酷评便以可嗤的浅薄喜怒相应的那样人。）

若干年来不悉这两位的近况，艰难困苦中敢以诚心敬祝他们的康强，安好，此外还有什么可说。

纸尾还能填几行，用旧律诗体诌诗二首，借以结束。

> 青灯冷壁指皱枯，坐忘兀兀一字无；
> 玄黄忍见龙战野，已残牙爪虎负嵎。

不期文字能传念，共感疮痍痛切肤。

风云关山再岁暮！鸿钧气转待昭苏！

低头忍复诉艰虞，冰雪凝寒惨不舒。

四海惊波沉古国，万家溅血遍通衢。

声闻闭眼成千劫，葭露萦怀溯一舻。

渭北江东云树里，何时樽酒共欢呼！

一九四七年二月写于青岛

致克家*

克家：

《诗刊》编辑部和您来信都嘱我写稿，无诗，谈诗的文章也可以吧。我对于诗，年纪愈大愈感到下笔不易。自然，接触各方面的生活少是重要原因，可是自己拿不出什么方式来表达心中的诗感也不无关系。读诗的年岁愈久，读中外名诗人的佳作愈多（比较的说），愈恨自己不能构篇造句，把对人生、对社会、对时代，甚至对一切事物的真情用各种诗的表现方法吐露出来！这还不是有无"诗感"的问题。

既然没有新作，不必更为申诉，除了自责外，岂能诿过于客观的什么原因。

对加意乐读新诗上，我还不是懒人，就见到的报刊上的诗作，一般的说不大放过。就这几年来的情形看，并非故为夸大，我也觉得，成绩是基本的。尤其是自从文艺界提倡"百花齐放"，打破种种的清规戒律以来，这两年已把诗歌的园地扩大，诗歌的体制放宽，不拘一格，不争一式，更不是每一篇诗里必有政治标语和生产报告的句子。作者多了，新老诗人振奋努力。从"作协"领导下的《诗刊》创刊以来，更显得诗坛上有一片青春光华，水流花放的气象。

关于这些不必多说。

成绩有，诗作亦多，无论对于正在开辟的边疆、少数民族生活的地带，交通繁盛的大城市，耕牧发达的新农村，诗人们都有叙写，有描绘，总言之，不缺少情感洋溢对新社会热爱和对祖国尊护的诗声。一个新诗读者在

---

* 本文原刊于《诗刊》（1957 年 6 月 25 日）。

诗坛上能够看到这么广阔的天地，多样的生活，种种可爱的人物，风景，他哪能不赞叹，吟咏，甚至手舞足蹈起来。

要说有些赞叹……之后有所要求的话，从我的更高的希望说吧，我以为我们的诗坛的成就不能单凭数量而论（任何时代也是如此），其所以能够引起读者赞叹……的，是我们从新诗的字里行间还可以及早的，较为清晰的，也是欣喜的看到了伟大时代的步伐和种种新鲜生动的人民活动的影子，正是"可以兴，可以叹"。但感到不足的却是诗的本身似乎还没有达到"真体内充"使人更为满足的境界。请谅及！我这里绝不是指的哪些诗人和哪些首诗，我是指的全国解放后几年来对新诗坛上的总印感。同时也应声明并非认为已发表的诗少真实感，缺乏真实生活气息，绝不是，但按"积健为雄"的意义上说，大致看去，诗的"内充"似乎还差的不少。从辛亥革命起，甚至更晚些，从大革命时起，我国人民在十分苦难中，在有领导，有组织下进行过种种对反动势力的斗争，那些年中又有多少重大、悲壮、热烈、激动人心的事件和英勇、坚定的人物。以至经过全国抗日，争取解放，九年来国家的伟大建设，社会的基本改造，人民的生活增高，一草一木也都欣欣向荣。……过去和现在的大事当然毋用我来历数，可是我们的诗坛在歌颂，描绘，叙述和表达那些重大的社会变动与群众的情感奋发，如泉流，如火燃，使历史为之焕发新光，使世界人士"拭目以观"的事件、人物的篇章在哪里呢？不是没有，如晴空中的几点晨星，如丛绿上的几簇红蕊，太少了，太薄弱了。比之这些年来我们所经过的剧烈震动的时代，相差太多！

为什么我们不能完全做到"真体内充"？为什么数十年的新诗坛到现在还不敢自称是"积健为雄"？

自己以前也写过一些非诗的"自歌"，说到这里，先应自愧！至于用什么形式作诗的表达，我向少坚持。像那样严密的旧诗律中却有李、杜、白、韩、欧、苏、范、陆（唐代以前与宋以后的不说了）的杰作，在各种利用民歌体，西洋的自由诗诗体上，也产生了一些新的使人兴感的作品。所以用什么形式可随每位诗人的习惯，熟练或爱好，似可不须提示必得如此，不可如彼的议论（自然，您好哪种体，您不好哪种体，尽有您的自由）。

只是写诗却不能不顾到音乐的效果，简单的说，诗至少还得有点音节吧？否则与纯散文何异？更何能收到吟、诵的成效？谁也不能说我们的新诗是只给人看不要什么吟诵的。既然要吟，要诵，这里面便得考究用字，造句的音乐性，否则轻重无别，开合无准，令人听起来不易"声入心通"，虽有丰富的内容，从诗的意义上说总是欠缺。如果念都不易念出，或十分蹩扭的念出来，一大串一连贯的几十个字的长句，念了前头失掉后头的连络，读到下行忘了上行的叙写，这怎么好？岂不只是备看的诗非吟、诵的诗了。

自来的诗无不有韵，有节奏，只要对文词了解，念起来都可"琅琅"上口。《诗经》、《离骚》等等，以后的中国诗何莫不然，西洋诗的自由诗体是后来才有的，其他对于韵律也无不考究的。我们的新诗即不必呆板的用韵脚，在可能范围内能做到审音的高下、轻重，用词的双声、叠韵，（并不限于文言）既可使诗的情绪借声音而多变化，吟诵起来更能合乎口吻，顺乎听觉，在叙述、刻划中把诗感打入人心。节奏既有，即无形式上的韵，而吟、诵起来，自有韵的作用。关于这一点，我们似应注意及之，否则诗与散文其别何在？难道就在排列长短上显示不同？

不必牵引多少过去的诗歌理论，也不须引用多少佳作名篇，以上所谈的一点浅薄却应注意的道理，就作为对《诗刊》的"卑之无甚高论"的一份贡献吧。

久病后又值初夏阴寒，俯案写十分钟的字便须休息。这封草函虽是数次写成，思简文弱，自感不满。聊供参阅，不罗嗦了。

夜谈偶记*

夏夜在松荫筛落的月影下，泡上一壶酽茗，与二三友人共坐廊前随意畅谈，消解一天闷热。当此遍地烽火四方流离中，这极其平常的"一饮一坐"已感过分欣慰！

有位战前留学德国颇久的友人，由于谈到战后欧洲的纷扰，他便把眼见希特勒执政下的德国情形，就记忆所及简略说出。那正是希特勒与纳粹主义的"鼎盛"之秋，东方人在柏林或其他大城的虽尚少受干涉，与英法诸国的旅客比较是自由得多，但不可以与在欧洲他国相比，时时觉得像有只魔手触处摸索。在言谈上也极少听到人民的衷心叙说，不是除了日常应对或上课事务外一无所闻，就是家庭间的琐屑问答。如想从那些城市居民的口中聆取对于政治上的批评，简直不容易。报纸、杂志，甚至图画周刊之类都是清一色宣传纳粹主义的文字；对外国文书报也加以严格检查，有的不许出售不许代销，有的则明白宣布禁止阅读，否则限制传递。

这不是"妄言"！我于希特勒刚刚上台的那年曾往柏林游览。正当夏季，自然，那整齐洁美的德国首都——柏林，人口众多，交通便利，街市整饬，园林丰蔚，从表面上看，你将感到比起黑老的伦敦，纷华的巴黎另有一派清新气象。可是一到夜里，如果你的寓所附近有片树林，或者靠近公园——如不是大规模的公寓与比屋接邻的密居地带，中夜，便有种不甚扰人的响声从那些茂密的小林或隐蔽物后传来。口令，步声，钢铁的轻轻触响，像是居心低沉；居心不愿以此扰及居民的夜眠，然而每晚上在这种地方却成为常课。自然，外国旅客"入国观察"，又哪个不明了纳粹的什么

---

* 本文原刊于《侨声报·星河》（1946 年 9 月 9 日）。

团，什么队，正在日夜的训练，申讨；又谁肯寻声往看自讨没趣？厉害点，把你当作间谍治罪。

此外，我从一个朋友那里见到一本禁册，厚厚的一本，德俄两种文并刊，都是书册，作者，出版年月的纪录。原来这就是新近（那时）德国政府禁止书局出售与人民阅读的德译俄文书籍。其中十之九是文学作品，而又几乎全是俄国大革命前重要作者的著作，所谓新俄作品并无多少。我当时觉得太怪，为什么连托尔斯泰、陀思妥耶夫斯基、安得烈夫诸人的小说、戏剧的旧德译本一律禁止流通？难道这会宣传共产与马列思想吗？

问问朋友他也无从解答，并且证明现时在柏林书店里已找不到列入此册的一本德译书籍，至于俄文原文的更不必提。在德留学，除却自己研习的学科外，很少有阅读"闲书"的，实亦少有新书可读。这种情形，他们本国的青年更比外国去的学生加甚，好在他们的例行事务太多，少有余暇浏览书报。多数青年与市民似亦不甚注意于此，他们日夜忙碌的是"生活上的奋斗"、"团体训练"、"身体与精神上的严制活动"，自然还有"跳舞"、"电影"、"旅行"等等的生活。

因此，德国的出版界即在那几年已经显然衰退，购买力大为减少，纳粹政府除却借文字小册宣传、控制外，似乎并不感到书籍的功用。虽则各种科学仍然得由书册上作基本传授，而希特勒与其左右要员则除却枪炮、钢铁、煤油、操练、宣传、杀逐犹太人以外，其他事物则不在考虑之中。

本无足异，如果你肯调查一下纳粹领袖们的出身，学历，与他们的兴趣，可知"文化"二字在他们的脑中有何印象？——甚至并无印象！至于以书册文字传导思想的看法，大约他们也只认定惟有纳粹主义是值得传播的"思想"。

我们的话题从纳粹主义谈到德国战败的结局，不免为以前德国的文化、思想，与在世界上列入第一流的德文著作发生无限感慨！虽则学说长存，睿思仍在，他们伟大的哲学家、诗人、科学家，并不会因纳粹主义的颠覆失却光辉、减少人间的景仰。然而，真正有价值的德文书册，尤其在东方，以后将成为"罕物"。在四国分占划界而治的情形之下，生活已难，生产无力，近若干年还能谈到什么出版，什么文化？

于是，那位留德较久的友人忽然立起来，高傲地说道：

"前天在小摊上我化了四千元，——四千元法币，买来一本一九三四年的厚本德文字典！一千几百页，并不很旧。若是一本英文的呢？一样大小、厚薄。四千元，才四千元！"

"谁要！"另一位说："不是德国人初占胶州湾以后的那个十几年，到处立德文班，买德文课本，小孩子学德国话。现在，小摊子上最不高兴接售那种字体的德文书，简直没人过问。有些从前真学过德文的，或者学工，或者当医生，各有事业，谁还有工夫有兴趣温习德文书！再一层，他们也不高兴在书架上摆列，心理上像感觉耻辱。德国，凡属德国的东西便易引人反感。所以，就是老德国留学生，于今也不会买这种书本了。只好收书造纸，碰到一个要主，四千元，当然出手。你还以为便宜？难道你不懂得供给与需要的简单道理！"

自诩买得便宜的朋友不能抗议，只好赞同这位的答话："是呀，不见多少洁白的日文书扯着包了油条，大概是没价值的居多。"

"不见得。如果它遇到你，或者可从柏油路上转上你的书案。不信，你找两本康德的大著，海涅的诗歌，一样摆在小摊上等着，有无销路？也许有个没被遣送回去的老德国牧师，偶然走过，肯舍个一千八百元买去，但也很少。不是一样得包油条，擦炭灰。"

我不多说话，可是听他们两位因买书而起的谈论也似有动于衷，而种种联想，无端翻映：德文字典，康德，海涅，昔年爱读的《意志世界》，柏林，柏林大学左近的博物馆与高大精美的纪念像，柏林郊外的小林风景，菠茨坦内的花木，楼台，十几岁时学读德文字母的景况，故里，旧书房院中那棵几丈高的孤松，战火，49 型飞机白天的连续投弹，一场攻防战，日本人的街头堡垒，烧书、书册的厄运，郊野的死尸，"精灵"夜叫，磷火，种种枪响，银光闪耀！……

在半梦的沉迷中，也许饭前的两杯白酒作祟，靠在旧竹椅上管不住自己的片段记忆，与半似真实的幻想。由一本小摊上的旧书引动，我虽没加入讨论，而纷扰的寻思竟引出若干未曾期想的往迹，与仿佛看见的怪景。突然，一道银光从海面破空竖起，向云间映照，掩没了一片淡月的清辉。

"探照灯，是探照灯！"坐在石阶上的好辩者起立仰望。

我在半梦中的幻象竟与长空的银光结合为一，于是我也离开竹椅与他比肩同看。

独有那位多年前在德国读书的书呆子，他今晚上真正另有感思，连破空的探照灯的明光也不注视，只是踱着小步，用悄悄的低音嘟囔着：

> 烈风吹山岗，磷火来城市。……
> 可怜壮哉县，一旦生荆棘。……
> 叹息思故人，存亡自今始。……

我们不好打扰他，一任他连续读着，"叹息思故人，存亡自今始。"谁晓得他从那本"便宜"大字典中有了什么启发？否则被那位好辩者的话引起什么感慨？

夜谈再记*

今夏的海滨亦复闷热异常，幸而清晨，薄暮，海风送爽。又以市内房屋建筑不是鸽笼式的安排，花木随处俱有，若住在小山的山坡，或靠海岸的地方，晚间，不要拿蒲扇自觉清凉。因此，消暑夜谈尤其是此处居民的常课。固然，一天出卖筋力的劳动者，饱饭之后纳头便睡，至多不过一二小时披襟当风。而一般人贪图晚凉，夜话偏多。在郁闷中暂得安闲互相告语，固觉欣慰，然有时听着不知何处的枪炮声响，便把欣慰变成凄叹！

无拘束，无斟酌，不必纪律，不必心口先商，家人父子，熟悉朋友，朴诚的乡人，经历许多的人来过，与你随意扯谈，不但感不到有何倦意，而且兴趣丛生，不像答复一个世故生客对于时局的无聊质问。

"您的见识定然出众！依您的高见，这局面将来怎么样？有何解决呀？"否则：

"哎！世道太坏，太坏！没有办法了，劫运吧，哎，您想好人死混吗？"

其实他是否也是一个太坏的原子，是否够得上好人的资格都大有可疑，可是他会这套应酬时行话，顺口问你，你要如何回答。

与这等对话者应酬上十分钟，我便觉得口干气弱，被一阵倦怠包围，简直不愿多说一个字。

在听人开口之前须提高精神准备评量，须比较是非断定可否。若在闲谈中也要如此，那倒不如一个人在清风明月之下静默自息，或者轻摇大扇静听蚊子的飞鸣反觉舒畅。

可是，时代的苦难谁能脱免？人的情感越在无庸装点的时间与空间里，

---

* 本文原刊于《侨声报·星河》（1946 年 9 月 16 日）。

越发易于透露真实；所爱所恶，所希求与不感兴味的一切，都可显明表现。记得小时候一样的夏夜，躺于老槐树下的竹榻上，听家中老人安闲自在的谈说故事，纵然有的可怕有的是遭难受苦，难于想象的生活，但他们总是追叙久远的过去，否则是重行传述他们的上几辈留传的故事。因此，在说者听者都是轻松淡然，如在梦境矇眬中，看见戏台上的兵卒绕场，呼啸一声，溜身而去。至于再往上讲，明末清初递传下来的兵贼争斗，更是简要叙事，要描摹出一张稍稍动人的画面也不可能。《扬州十日》、《嘉定三屠》，这类事实记载既无印本，又鲜钞传，尤其是在北方，除却藏书家或有家藏秘本的人无从阅读。一般人，谁能想象兵荒马乱时代的杀掠竟有那么奇怪的行为！人性在社会生活的安定中，比较可以保持常态。偶而在年关近时听见某处出了一件路劫，或者某乡演戏，开宝摊的为争地盘酿出一条人命，便变成重大奇闻纷纷宣说，加倍形容。胆小的甚至一听就会发抖，而略读子曰诗云的老先生自然会拢须摇头，诚心叹息人心不古，竟有这样乱子！所以，在最适宜闲谈故事的夏夜，若追述二百年前的荒乱生活，除却有人能够混合着真事与传闻作半历史的简叙，至于细节详情他们无从揣测，也更无法想象。

青年人与渐渐懂事爱听勇敢壮烈事迹的小孩子，只听简单纪事体的传述不感满足，总愿意大人说一个热闹的更热闹的，甚至你会编造也好。他们不是求真，是要满足情绪上的激动与想象上的奇异。

那时，大人们的确少有更热闹的材料可以满足青年与孩子们的欲望。除却鬼怪故事，没法装点，就在鬼怪吓人吃人的一般定型上说，也无非一阵阴风，没头吐舌，……青面獠牙，手如蒲扇，血口如盆，囫囵吞下一类的形容。尽凭他们搜索传说的记忆，与扩大想象的边，过分残酷，过分远非人情，过分不像话的叙说无从提起。活埋，自掘土坑倒头纳入，以辣椒水直灌鼻腔，人喂狼狗，一颗子弹穿过三个头颅，剥皮，在丈夫或父亲身前追奸妻女，把婴孩顶上刺刀的尖锋，集体屠杀，水牢，香簇，跪尖石，睡铁凳，机关枪密集扫射，火油整烧，全村捕杀……，较后十年在中国的地狱地带几乎人人皆知，人人不能否认，甚至竟有若干男女亲身经历过，幸逃残生的。这类不像话的苦毒生活，当时，谁能想出，谁能造意？

可是，话说回来，当此文明大启，科学伟力正在给予人类普遍幸福与无限便利的今日，在中国人群中，如果你于闲谈时详细叙说或加意形容这一类真正热闹！动人心魄的眼前实事，就是十多岁的孩子也闻之漠然；他准不能请求再来一个，更热闹的！因为他知道的太多，亲身经的亦非少数。惯了，有什么奇怪？杀鸡一般。从前，在手指上刺了一针，鼻孔中偶流鼻血，便会不知所措，现今呢？前夜"七吉"打了一仗，漫野里不下一千多个死首。上一个月，某一县十多个村子一回烧净。二号炮台枪毙了八个强盗。某某路边一辆卡车翻倒死伤了三四十个工人……这太平常，太不够刺激了。谁为这个动一下心？谁会因听说这个便不能睡觉？多少大人、孩子，在臭血恶样的死尸旁边啃着苞谷，或者在半死的伤兵身边等候他快快断气好检收一套服装，胆大的还可劫收枪械。

你说什么残酷，什么奇怪，什么人命，什么不敢睁眼？你不能强压住饥饿，你不能消减求生的本能，一切人间的，不像话的，以前所不能想象的事，你得正看，你无法逃避，甚至你就是在其中使人牺牲或牺牲他人的！这还有什么可说。

所以在难得的时间，为了彼此畅快，为了满足闲谈的兴味，如果有人不知趣的数说这种种在道理上可吓得人毛发直竖的新故事，准会惹起听者的烦厌！因为：

谁知道的不如你？犯不上在热天里扒粪！

刺激的反应是兴奋，而过度的长久的刺激使反应变为麻木。

"英雄见惯浑闲事"其实是一贯的道理。习于所蔽，习若性成！以往的平和，忍让，诚笃即使是早已打定根基，并非矫揉造作，无奈人是环境的产物，在这个暴乱，惨毒，杀戮，欺凌的若干岁月中塑成的"人间"，你想如同奇迹出现，忽然会平和，忍让，诚笃起来，那终是不可思议，出乎常情！过量的沉醉不易即时清醒，经过甚深苦痛后的麻木，又如何能即行恢复他的灵敏感觉？

在闲谈中，他们都不愿再听更热闹些的刺激话语，因为他们失去了兴奋的力量了！他们所需求的是安闲，休息，恢复疲劳与调和身心的生活，就是梦想也好。在体味那平静安逸的人生，方能慢慢扩张他们的精力，与恢复正常的态度。为什么他们还想听那些眼睛不愿再看，脑中不愿再记的热闹景象？张弓之后如不能渐渐放松，其归结便是弦断弓折！过度偾张"非竭则蹶"！就是口头耳边的传送，他们并不要也不愿更热闹些的。

"民亦劳止，汔可小休"。休非无为亦非静止，但相反的却不是要他在"劳止"后更作无效率的偾张——连那些昔年的人间闲谈中好听的"更热闹"的刺激话都不耐听闻下去，这是何等急需康休的心情？是何等至度兴奋后应抱正常生活予以从容恢复的时机？

然而，"事实"与最大多数的心愿强逆而行，以饥饿，厄苦，生死挣扎，使之往康休的"背道"拼命驰逐。

追怀济之 *

济之平生所留给我的印象，只有借重王伯祥先生在沪时与我说的那句话："济之真是北平话的老好人！"

无论与谁，相处久了，难免看清楚他的喜怒欢忧的真象，他有时要自加掩饰也不可能。但从我认识济之时起（记得那时他不过二十二岁）没曾见过他有过分的喜怒表现，所谓"狂欢"，"盛怒"自然显不出来，就连一般人稍稍抑制不住的情感上的波动却也少有。并非他的"城府深"，会做作，他这样沉稳坚定的天生性格在朋友群中如此，在他的家庭中并无"二致"。

他的确够得上是位"规规矩矩"的老实人！我自己纵然想勉强学着在面容神色上不表现情感的激发，但总有使人易于触着的锋芒，有时沉默过度，甚至终日不愿与人交一语，高兴得有时便忘了他人在旁。而济之却不须装扮，不用抑制，任何时，任何地都是"天君泰然"。任何忧虑难得锁住眉峰，任何畅快不易使之放纵，既无疾言、厉色，也无些微致人难堪之处。这并无关于修养，是他的个性如此。别位朋友即愿加意摹仿也不能及。再则，他的"心"太坦然了，清清白白，称得起"光风霁月"。

虽然他具有"老好人"的完全资格，可是对于世务人情他也胸中雪亮，坚毅自持，万不会东决东流，西见西淌，不加辨别，随人步趋。有他的所见，有他的是非，他轻易不宣之于口，保持起来却又异常确定，不易为他人说动。是"古板"，也是"自有主张"。

济之不是世俗的所谓卓越"天才"——我可以冒昧地这么说。我想，许多与他热切的老友不至有何异言。他一生"弄"笔墨时候并不算少，但

---

* 本文原刊于《山东新报·文学周刊》第 12 期（1947 年 4 月 27 日）。

未曾有过任何种"创作"，即连一首小诗，一则评论的笔记等也似未有遗留。说他绝不会创作是不对，他一生对于不怎么擅长的绝不炫露。因他对一切认真，即当少年时期，若在他人有他的那样好的俄文学类书籍的广搜博览，启发所及，除译述外总不免抒写抒写自己的印感，何况，他的文章，早有基础，书也读过一些，下笔并不困难，为什么当蓬蓬勃勃的少年期只作"哺饭"活计，不自发挥？这一点正可证明我所说的他那种本性。

记得几近三十年前，他在北京外交部所设俄文专修馆读书，恰值"五四"运动以后，北平的新文化刊物风发云涌，成为全国"新"运动之中心。当时，俄文书籍难得有人译述，尤其是俄国的文艺著作，只有几个习俄文而程度较高的学生能读能译，而济之便是那几位中的一位领袖——后来在商务出版的《共学社丛书》内济之已有译文。除却白话译文外，我曾在他的书房里见到他用简明爽隽的文言译的一种，俄文小说（后来未有印本想又改译白话），即使当时的老人阅过，也许想不到是出自一个青年学生之手。这也是我所见过的他的唯一"文言"文章。

他的为人正与他的性格一样，和平中正，不肯屈己，不愿炫耀，更不能走一点的迂回道路，或以种种方法手段达其目的。他出身于俄文专校，又有外交部的"大道"。以当时俄文人才之缺乏，从二十几岁入外交部学习起直至抗战，虽然按资升调，却未得在中俄外交界上显露身手，只是作过冰天雪地的办理华商事务的领事，与数年的驻苏大使馆的秘书。以他的学历，经验，及其中文读书的素养，二十多年"混"得不过如此。或者，有人以为他不是外交界的领袖人才，或则以为他没有应付外交要务的才能，其实，依我想，他还是不会做官，不能屈己谋职。若在西洋的社会政情中，谁说他不是外交界的重要人物？

他的为人太中和，太方板，不激不随，更不会丝毫作中国官的技巧。即使任何官长对他并无恶感，也无不佳印象，从良心上也许说他忠实，沉重，但对于趋附，变化，利用取巧的言行，都无作法，至多人家给他个按资迁调已经十分不易，以言有所作为，那能办到。

当年北京的俄文专修馆实即俄文专科学校，以"馆"为称，还是沿着清末的"译学馆"而来。（这译学馆中曾设四科，即英文，德文，法文，俄文是。）在"五四"运动以后，出了两位特别人物，一即在抗战前数年死于福建某县的瞿秋白，一即上月在沈阳以脑充血突然故去的耿济之！

他两位都是江苏人，都是所谓"旧家世族"的青年。"瞿氏乃常州巨族，耿家原住上海城里已经数代"。又都是从小时在北平长大的，同学一校同对所专习的俄文有优异的成绩，恰好同遇着中国的急剧革新的时代！然而他二位的分途，成就，结束，不但丝毫不同，而且显然歧异。这不能不说是性格决定了他们的一生，环境当然有关，而性格尤属主要。如果只用"时势造成"的说法便难解释。

瞿秋白是"中共"前期的中心人物，在北伐前后似颇活跃，这是全国内稍稍留心时事的知识分子所共知的，他比济之大概大二三岁，以家庭的舒适论，他没有济之的童年幸福。早年失母，他父亲"为人作嫁"，流落他省而死，虽是旧族，家道中落。秋白与他的小兄弟随着他的一位姨父寄居北平。幸而未曾失学，可是这种家丧人亡的凄惨印感当然在他的幼稚心灵中留下了永难磨灭的伤痕。又因他的个性极强，天才高亢，用文言写来形容，可说是"倜傥，跅弛"，"有大志而不拘小节"。这与济之恰成反比。即就他们在北平毕业前后的言行相比，济之既不能饮酒也不会吸烟，在稍稍多的人群中连几句响亮话也不会说，更不要说什么"放言高论了"。秋白则善辩，健谈，尤长于分析，评论。烟酒都颇有"量"，令人一见便知不是一个规行矩步，或一生只能钻书本子的学究。更非平淡循资，对付时日之流。济之有和乐完美的家庭，生性平易沉静，从幼小时便没何等忧虑、难过的刺激。在他读书期间的生活，甚至毕业后在外交部服务的几年，可说静如止水。只在"五四"前后微微地波动一下罢了。

他们是同学同班，故乡又相距非遥，然而出校门后各人的趋向，活动，却有遥远的距离，凡与他二位在青年时识面的，不须到"盖棺论定"，早可断定他们万不会走同一的道路。主要是性格决定了他们的"人生之路"，如果易地而处，也不会有同等的成就。

秋白自从毕业后担任《北京晨报》的驻俄通信员，与俞颂华君（俞君是当时上海《时事新报》的通信员）冒险犯难向革命后的所谓"劳农政府"的国度去后，我们便没有与他再遇的机会了。那二三年内他虽出版过两本叙写俄国情形与他个人的经历感想的小本子之后（当时由商务出版），即连读到他的文字的时候也少见了。倒是济之虽然在俄属亚洲的二三城作中国领事馆的职员与领事，以后调任莫斯科，但每隔几年回国一行，在北平，上海，却遇见过好几次。尤其是在抗战中约近七个年头我们同留沪上，见面的时间尤多。

济之一生的确够得上"温良恭俭让"与"彬彬君子"的风度。即在二三知友的谈话中，他评论事理与论及私人之处都极稳重，极有含蓄。想从他的口中听到什么斩绝严切的话殊非易事。这并不是他有意装点，矫饰，世故太深，怕惹是招非的柔滑态度。我以三十年的朋友资格敢为证明。这是他的本来面目，从并无世务牵累的学生时代到他的四十几岁，绝无改变。例如当时在北平的熟人多在立学会，办杂志，多谈辩，争主张，他对于相熟朋友听组织的学问文化团体一样加入，也写译文在若干新刊物上登出，但一向少表示信仰什么学说，主张什么主义，在他的笔下，自然难以见到情感的直接发挥，理论的绝对评判，每逢公共集会，作何讨论，他极少说出他的意见，只是十分庄重从事，认真，热切，但不虚伪，不狂张，不言过其实，也不随声附和或好奇立异。

他这等出乎自然的本色，在朋友中，细细比较竟无一人与他相似。他向无"火气",庄重安闲,即专讲养气的"理学者"也不容易达到。

只就蛰居沪上的时期说。济之支持他一家人的生活,老少妇孺,十几口人完全靠他。纵然他在平日颇能俭约,他究竟是本地人比我们萍踪寄寓的或者较好——经济之稍有办法:但这也只是比较上说,其实他已十分艰窘了。太平洋大战起,日人的势力无所不至,物价日高,凡在沪上的清苦自守的知识分子,处境之困,生活之苦,非身经者不悉。济之与人合伙在上海西区共开一家小旧书店,用了两个伙计,转售残旧书册,代售文具,聊以度日。但经营这种并无大资金可资运转的小书店,即有"蝇头"余利,除却用人,开销之外,所余几何?其实他的主要收入还靠译书。后几年他每早上译书三四小时,午后到那只一间门面的小书店里当一会并不怎么在行的"老板",东补西凑,每每遇到,一样也是叹息,摇头——这在他已是不恒有的表现了。

抗战的第二年春夏间,他方由俄京经黑海,转道土耳其,乘船回国抵沪。那时的上海虽已陷入日军的四面包围之中,但由于两租界尚未为日人夺去,故中国抗战的文化阵营与各种组织尚能在困厄奋斗中勉强存在,与日军作言论、潜力的抵御,他与他的夫人小孩们到了上海仍住在他父亲的旧寓。是年秋本拟去渝在外交部供职,但以全家留沪不能同往,十几口人的生活当然不是他的薪金所能供给,加上他的二弟(式之)早已入川(服务工程界,对于西南各路的建设颇多效力),可是他二弟的眷属也在沪上,一样须他照料。因此种种原因,屡欲起程,未果。其后便决定与走不了的朋友们一同在沪共渡难关。至于那几年的窘苦,逼迫,隐避,……一言难尽。就是这样,他经常还可保持他的从容态度,大家偶得聚谈,顾及环境的恶劣,受经济的窘迫,往往短叹长吁,甚则瞠目切齿,虽寄希望于未来,难免沉郁于当时。他出于直感也附说几句,却不大看见他有几次深蹙眉头,面容苦悴。他每天早上准时起床,安心译述数千字,午后到小书店中或熟人处走走，（胜利前二年才有那爿小书店）每隔个把月或二十几天便挟着一大包文稿交于开明书店。有条不紊，生活顺序，实比我们有时心烦虑，精神上易受激动的高明多多。

他受开明书店的邀请，承译高尔基的《俄罗斯流浪记》，陀思妥耶夫斯基的《白痴》《罪与罚》等都是数十万言的巨作，他以每天规定的时间，于两三年内俱已译成。他的俄文知识，自不须提，就看他的译稿，每行每字整齐，清晰，往往一页中难得有几处涂改。这是他一向写文字的良好习惯，不求太快，不愿写出后再多改动。文字看清，想法想妥，然后落笔，所以能够文从字顺不待涂易。从年轻时我见过他的文稿就是这样。再则他那种认真工作，不厌不倦的态度最为难能。每晨，伏案，差不多快到午饭时候方才放下笔墨，这种耐心有恒，可以连续数年如一日！日计不足，月计有余，从为《共学社丛书》译俄文小说起到死前二年止，经他手译的俄国著名文人的作品不必言"质"，在"量"上已是惊人，可是他并没曾有几年的工夫屏除官务，专事译述。（在沪时除外）惟其善于安排时间，利用余暇，持之以恒，便有他人所难及的成绩。

中国开始译述西洋文学，论时期当上溯至清代光绪二十年前后，但能吸收西洋文学的精神，得到西洋伟大文学作者的启发，而且整部整篇的忠实翻译，无论如何，不能不归功于"五四"以后对于西洋文学的介绍。如法、英，以及斯干的纳维亚国的名著固然有影响于中国的新文学运动，而启发与引动的力量，则俄国十九世纪诸作家的著作实为重大。虽当"五四"之前也有些俄文学的短篇或巨著的意译节译，（如林纾先生所译《罗刹雌风》、《桃大王因果录》、《哀吹录》等等，刘半农先生所译托尔斯泰的短篇小说，陈大镫、陈家麟合译的《婀娜小史》，周瘦鹃的《西洋短篇小说丛刊》中所包括的俄名家的几个短篇。再前期的是有正书局所刊行的《小说时报》上，间或一见的契诃夫短篇之译文。距"五四"最近的是《新青年》大型本上连登屠格涅夫的《春潮》译笔颇切实，但不甚为人注意。）然或撷大意以译，或杂以言情侦探等分类小说之浅见，或则赏其一事一节的奇突，与原作完整之意象，寓意所在，故难表达。（当然不无忠实传译的文字，尤其是短篇。这不过举其概略言之，前人劳力的开辟工作，我们应该予以相当的敬重，岂可一笔抹煞，妄逞苛论）何况几乎全是由英文中转译来的，即郑重译述也多少不免有所出入。据我所知，从原本中介绍俄文学的当推耿瞿二位为最早。（当时尚有一二位，如翻译《甲必丹之女》的贺君，也是他们的俄文专修馆的同学，但后来未见续有译述）而继续努力，孜孜不舍，数十年并无间断，诚不能不以此道的"巨擘"推重济之。瞿君的译文合计字数或亦不少，因为他回国以后从事秘密活动，执笔时间自然无多。北伐后习俄文的青年日多，遂有几位以译文见称于世，然开创与不断介绍的"功臣"，济之总是一个。

我们现在能不借英法文的转译，当能读到托尔斯泰，屠格涅夫，陀思妥耶夫斯基，高尔基诸"大匠"的巨著，杰作，能不向当年在风沙漠漠的北京中开始以白话翻译的青年学生怀慕景仰？

他对于俄文学（尤其是十九世纪的俄文学）的研究与了解，其深博的程度，在国内似无几人可与相比。可是他极难得将俄国文学批评或俄文学者之评论引作论文，有所挥发。除却在译文的序言，后记中略有所谈。（记得若干年前他在《小说月报》中曾有三篇译述的俄文学批评者的理论）至于苏俄文学的译文殊不少见，高尔基的《俄罗斯流浪记》作时较早，并非高尔基重回其祖国后的新作。

假定我国胜利之后，一切顺利，国内安定，文化宣扬——出版与读书的力量都能充分发达，写作译述者报酬比战前提高，物质供给不至艰难困迫，一天几千字的劳力可以维持一家人的中等生活。他已经快五十岁了（前年是四十八岁），外交界如不重用他，他专心译述当能比较舒适，过得去，我想他不会去担负普通官职。但事实具在，以种种原因，文化低沉，谋生维艰，执笔的辛勤收入，苛刻点说连一二人的最普通的生活支撑不了！当此时世，尽管要"高尚其志"，却难随心，他只好在胜利后半年只身远赴辽沈，干着不甚重要的"幕僚"官，为靠那有限数的薪俸。除已用外还得顾瞻在江南的家人。其中心的悒郁殆可想象。就连战前多少年他在赤塔作领事，中国驻俄大使馆的秘长职位怕远不如？可是不干呢？能看着一家人过着更为难堪的生活。我去年未到上海，失掉与他最后一晤的机会！但听说他于去秋请假回沪到家时，血压已经增高，（他平常血压便高，身体胖又易疲劳）友人们劝他们留沪，不必再往，他仍然转回那风云扰动的地方，难道他舍不得？还不是生活的鞭子把他再驱回东北，重复过他那办公室的日子。终于一朝突逝，死于异地，也幸而是突然断绝了呼吸，若使缠绵旬日，在清冷旅况中回念已往，回首江南……他那精神上的苦闷怕比肉体上的苦楚加倍剧烈！

济之长往了！我们不必侈谈他首先与一二友人译述俄国旧日伟大文学作品的功绩，也不必多叙他在敌伪势力笼罩下的上海，如何窘苦度日，埋头执笔，对国家民族矢厉忠贞。但就他那种"悃愊无华"，温良恭俭让的地道"好人"的性情上说，总觉得不但以后难有，简直可说是不易多得！

不是由于生活逼紧，精神失调的原因，以他对于身体的相当注意，与其从容不迫躁释矜平的个性，如果国内的一切使人充分乐观，大家的生活不至这么苦恼，我可断言："即纵有血压高的毛病却不会死得如此迅速"。

一九四七年清明节后数日草此

悼朱佩弦先生 *

佩弦兄的去世太突然了！我在早上见到报纸的新闻电时，手颤颤的呆了多时，竟无意绪再看他文。

据说是胃病致死，但这些日子偶见的旧友函中曾未述及，大约以在这个时代有病成了常事，入院就医或者不大惹起友人注意，也想不到竟尔夺去他的天年。而佩弦就这样死于秋热多事的故都，古寺停灵，近即火化，了此一生，遂成千古！人间倏忽，又恰当这个万方多难苦痛重重的时代，回念旧友，岂止洒泪。

我与佩弦兄之认识远在民国八九年间。那时，文学研究会北京分会每月总开一次常会，至少总有十多个会友聚谈，其实并无多少会务，只是借此"以文会友"而已。有两年我曾被举负分会书记之责，每次开会由我召集，每次自己准去，故与佩弦在此时最熟。他生性沉穆，不多说话。虽在北方读书五六年勉强学来的北京话，生硬中带出扬州口音，每每说到"儿"音尤为显然。他不像我与地山、菊农三四人，每好高谈争论。平平的圆面上时常浮出微笑，说话的音绝少高亢，态度和平。虽在少年，却使人对之有"老成持重"之感。那时，在我的心中总觉得这位先生有点迂阔，这因为我们有些飞扬狂态，所以他在我们的心目中或不免有"敬而远之"的存念。时候久了，明白他的个性并非矫饰，反将以前的猜测冰释，自咎冒失。

他不易激动，不多评论，不好表著。可是，就那时说他的社会经验已非我们几个常在都市中打发时日的朋友所能知道的了。

他以散文见知于世，固然是《背影》那一篇的成功，实则当民国十一

* 本文原刊于《民言报·艺文》第七十三期（1948 年 8 月 16 日）。

年沪上某书局所刊《我们的七月》丛刊中，有他与俞平伯先生各作的《桨声灯影里的秦淮河》一文，也引起读者的赞美。文笔的别致，细腻，字句的讲究，妥贴，与平伯的文字各见所长。总之，在那个时期的白话散文中，这两篇都颇动人，流传甚速。

当他与李健吾兄一同出国的那年，也是八月初旬，他一人由北平赴沪。忽然高兴，乘船经过青岛住了两天。杨今甫兄是时正任"青大"校长。我由他处假中归来，一天午后三点，今甫与他同到我的寓处。久别晤谈，自然高兴。遂即同往汇泉，沿着海旁沙滩闲步，佩弦头一次看到这样涛明波软的浴场，十分欢忻。我们在一所咖啡馆里谈到傍晚散去。第二天我与今甫送他往码头上船，回时，在车中谈及普罗文学之是否成立。朋友聚谈之乐令人向往。

抗战期中他在昆明，也同其他靠书笔为生的人一样，备极艰苦，常常听说他的孩子们连袜子也不穿。生活之困给他不少打击，自然，他那向来柔静的性格确也因受到切身锻炼而能更见坚强，比他的少年时期迥乎不同。

战后三年，他零星发布的文字篇数不少，多系评论文学之作。从他的新作里见到他的思想更趋向平民化，他的文艺主张更趋向普及化。他提倡切合农民型的作品，提倡有力的诗歌朗诵。

但这么一个忠于所业，明于文学分析的文人突然逝去，是现代中国文艺界的损失，也是多少爱好文学青年的损失！

至于友生的感叹，惋悼，更毋庸说。

他的著作、思想、文章的风格，将来自会有人论及。我匆匆写出这篇短文以表微意，故不及此。

三年来，当年老友渐多物化，论年龄多在五十岁左右，而又不是平常疾病缠身的。这是否与生存于现代中国，因精神物质的生活两俱窒压的关系，不易断言。而今日男女老小易病，易死，却是普遍现象！文人有敏感，有疑念，也许另有其促死的原因，总之，若时值安平，大概他们还能多活几年，多留下几本佳作？

打不起精神再写下去，以此聊付编者。附录古诗十句，借达哀悼。

亲友多零落，旧齿日凋丧。

市朝互迁易，城阙成丘荒。

坟垄日月多，松柏郁茫茫。

天道信崇替，人生安得长。

慷慨惟平生，俯仰独悲伤！

第一次读鲁迅先生小说的感受 *

以我的年龄与"五四"前即在北京读书论，有人见了本文的题目，很自然地想到这一定是作者在北京读到的《新青年》上发表的《狂人日记》。不错，按以鲁迅署名而论，我第一次读封鲁迅先生的小说是《狂人日记》，可是，我对用那个字署名倒不十分注意，因为鲁迅二字在当时还并不怎么惹人看重，谁又曾见过他的多少作品？更不知他是何等样人，年龄、学历、学识、性格全无所知，……只是从《狂人日记》的思想内容与作者的表现方法上看，一遍又一遍地看，这一来倒引起疑问来了。鲁迅？那里来的这么一位怪人，了不起的作者，什么年岁？那省人？干什么的？教书先生么？于是逐渐"查问"，不久就知道是周启明的大哥，日本留学生，在教育部当差等等的事。

这本来不必多叙，但为了解说"第一次读鲁迅小说……"这八个字不能不先"辞费"几句。至于我所说的第一次，可不是指的《狂人日记》这一篇。

一九一三年春末，我在济南某校读书，才十几岁，可是除功课书外，好看杂书与新出的杂志。商务印书馆出了已经两年多的《小说月报》，我是从一九一一年（辛亥）就按年订阅。因在济南，每月从商务印书馆的济南分馆中取出，读到较早。快放暑假了，天气热的只能穿单竹布长衫上街。大概是五月中旬（？）吧，有一天到商务分馆买了几本书，把《小说月报》的第四卷第一号（即这年四月出版的）就便取回。

那一晚在寓舍的有罩煤油灯前打开新取来的《小说月报》，前面几个短

---

* 本文原刊于《文艺月报》10 月号（1956 年 10 月 10 日）。

篇大略过目，突见有一篇题目《怀旧》，分段甚清，不是往往整页不空一格的那种写法，而且编者照例在字行边加些单圈之外，还有好些句子是用双圈密密排下去。这在一般的小说中是颇少见的，因此，并没注意署名何人，急急地从第一行读下去。读到第二段，"……时予已九龄。不识平仄为何物。而秃先生亦不言。则姑退。思久弗属。渐展掌拍吾股使发大声如扑蚊冀秃先生知吾苦而先生仍弗理。久之久之。始作摇曳声曰来余健进便书绿草二字曰红平声花平声绿入声草上声去矣。余弗遑听跃而出秃先生复作摇曳声。曰勿跳余则弗跳而出"（皆如原杂志发表时之圈句）不禁自己笑了起来。"这多话！口吻、神情像在眼前，只几句话，在杂志的小说中，很少有这种引人入胜的文笔。无怪编者加上这些浓圈。"读到好文字，像珍惜似地，先不一气读下去，这才从题目下面，看到"周逴"二字。

在《小说月报》上以前没有出现过这个生名字，就是在别的刊物上也没见过。"周逴"，什么人？一定是假名，也许姓是真的？看他这等写法不会是现在的学生吧？至少是当过老师或在报馆里呆过？这么乱想了几分钟，便重新全神贯注地把全篇读完。篇末还有编者三行评赞的话，这也是《小说月报》上不轻易有的。恽铁樵能特别赏识《怀旧》这篇小说，不能不说他在当时是一个忠实而有识力的编者，虽然他所赞美的只在行文，没涉及内容。可是如他所说："……曾见青年才解握管。便讲词章。卒致满纸饾饤。无有是处。亟宜以此等文字药之。"（圈句照原式）针对当时的腐腔滥调的文言作品说确有所见，也确是希望青年作者从这一篇中学习得一些"致力"之处。

我对那时的《小说月报》中刊登的小说，觉得有兴趣可再看一遍的实在不多，而对《怀旧》一篇，暑假中从济南带到乡下，热午、雨夕确是读过好几遍。每读一遍绝无因熟生嫌的想法，反觉得"津津有味"。所以，"仰圣先生"、"金耀宗"、"王翁"、"李媪"几个人物，各各映现目前，而作者童年的生话与兴趣也是十分生动，恰如其分。

究竟作者周逴是什么人，我想当时就是《小说月报》编者恽先生也不会知道的十分清楚，因为在这一篇后便不再见有周逴署名的作品发表。第二年（一九一四）夏天，我读《说部丛书》，到了那一本《红星佚史》（后知《红星佚史》虽以周逴署名，却是周启明的译述），忽然在末页上有译者周逴的名字，突然使我联想起头一年引起我特别爱读的《怀旧》的作者，对照名字确是一人。我由此略知作者还是通外国文的一位文人，以后便读不到同一名字的其他作品和译文，更无从"查问"他是什么人了。

直到几年以后，看《新青年》，注意白话文，见到以鲁迅署名的第一篇空前的小说，以及认识鲁迅先生，大概知道他的来历（自然还不知道周逴是他的署名），却也渐渐熟习他的文章了。虽然署名不同，杂文、论文、小说的写法不同，可是他的口吻，他的笔锋，他的深入浅出，又深刻又细致，也庄重也幽默的引人不能不往下看去的"本事"，真是举世无两。而且使一个留心的读者也常常不管署名，易于看出是鲁迅的笔墨。

从《狂人日记》起逐渐读了《药》、《孔乙己》、《阿Q正传》……各篇，不知怎的，使我有时记起六七年前很爱读的那篇文言短篇《怀旧》。文、白自然有别，表现力也有些不一样，年岁呢，又隔了这些，而文章却自有一贯的"魔力"。在我的记忆中影影绰绰地联在一起，只是还没敢武断周逴与鲁迅即同一作者。

自然，没有多久，我对《怀旧》作者是什么人的疑团完全"冰释"，倒不是谁曾告诉过我，我也向没以此署名问过鲁迅先生。从《域外小说集》的重新印行，从周启明叙述他们兄弟两位的选译佳篇，更从鲁迅的白话作品里找印证，所以，我在十六岁时再三读过的《怀旧》，其作者为谁，觉得十分了然，可惜未曾向作者当面问过。

多少年后，继《鲁迅全集》出版，又有辑鲁迅文章补遗的同志，把这篇鲁迅唯一的又是较早的文言创作查明收入，这实是令人欣喜安慰的好事。

自己虽对这篇早有印感，也猜到系鲁迅先生早期的作品之一，但因《鲁迅全集》未曾收入，希望后出补编时，可把自己的所知告于编辑者。及至见到唐弢同志把这篇找到根源加入补编，自然为之欢喜、赞叹！

我现在重读这篇，与四十多年前第一次读这篇时一样的感到清新，感到人物的"栩栩如生"，感到着墨无多而叙事、写景和刻画人物的心理却又不多不少，"适可而止"。"好书不厌百回读"，好作品、好文章，愈多看愈有味，愈咀嚼愈有启发。

我在这里不对这篇创作做什么分析，类如主题、内容、形式等等，请恕我无此心力，但我以怀旧（这不是片面的就可讥笑的二字）的心情，在病中重读鲁迅先生的这一篇，还禁不住以十分强支的精神草成这则短文！不敢说借此作纪念鲁迅先生故后二十年的献礼，但聊抒直感，并奉劝学习鲁迅、热爱鲁迅的，对这位伟大文学家的著作，如果要深有所得，我想只有好好地去体验这一句古诗：

"熟读深思子自知。"

丏尊先生故后追忆*

我与夏先生认识虽已多年，可是比较熟悉还是前几年同在困苦环境中过着藏身隐名的生活时期。他一向在江南从未到过大江以北，我每次到沪便有几次见面，或在朋友聚宴上相逢，但少作长谈，且无过细观察性行的时机。在抗战后数年（至少有两年半），我与他可说除假日星期日外，几乎天天碰头，并且座位相隔不过二尺的距离，即不肯多讲闲话如我这样的人，也对他知之甚悉了。

夏先生比起我们这些五十上下的朋友来实在还算先辈。他今年正是六十三岁。我明明记得三十三年秋天书店中的旧编译同人，为他已六十岁，又结婚四十年，虽然物力艰难，无可"祝嘏"，却按照欧洲结婚四十年为羊毛婚的风气，大家于八月某夕分送各人家里自己烹调的两味菜肴，一齐带到他的住处——上海霞飞路霞飞坊——替他老夫妇称贺；藉此同饮几杯"老酒"，聊解心忧。事后，由章锡琛先生倡始，做了四首七律旧体诗作为纪念。因之，凡在书店的熟人，如王伯祥，徐调孚，顾均正，周德符诸位各作一首，或表祷颂，或含幽默，总之是在四围鬼蜮现形民生艰困的孤岛上，聊以破颜自慰，也使夏先生漱髯一笑而已。我曾以多少有点诙谐的口气凑成二首。那时函件尚通内地，叶绍钧，朱自清，朱光潜，贺昌群四位闻悉此举，也各寄一首到沪以申祝贺，以寄希望。

记得贺先生的一首最为沉着，使人兴感。将近二十首的"金羊毛婚"的旧体诗辑印两纸分存（夏先生也有答诗一首在内）。因此，我确切记明他的年龄。

---

* 本文原刊于《民言报》（1946 年 6 月 6—8 日）。

他们原籍是浙东"上虞"的,这县名在北方并不如绍兴、宁波、温州等处出名。然在沪上,稍有知识的江浙人士却多知悉。上虞与萧山隔江相对,与徐姚、会稽接界,是沿海的一个县份,旧属绍兴府。所以夏先生是绝无折扣的绍兴人。再则此县早已见于王右军写的曹娥碑上,所谓曹氏孝文即上虞人,好习小楷的定能记得!

不是在夏先生的散文集中往往文后有"白马湖畔"或"写于白马湖"之附记?白马湖风景幽美,是夏先生民国十几年在浙东居住并施教育的所在。——以后他便移居上海,二十年来过着编著及教书生活,直至死时并未离开。他的年纪与周氏兄弟(鲁迅与启明)相仿,但来往并不密切。即在战前,鲁迅先生住于闸北,夏先生的寓处相隔不远,似是不常见面,与那位研究生物学的周家少弟(建人)有时倒能相逢。夏先生似未到北方,虽学说国语只是绍兴口音;其实这也不止他一个人,多数绍兴人虽在他处多年,终难减轻故乡的音调,鲁迅就是如此。

平均分析他的一生,教育编著各得半数。他在师范学校,高初级男女中学,教课的时间比教大学时多。惟有北伐后在新成立的暨南大学曾作过短期的中国文学系主任。他的兴趣似以教导中等学生比教大学生来得浓厚,以为自然。所以后来沪上有些大学请他兼课,他往往辞谢,情愿以书局的余闲在较好的中学教课几点。他不是热闹场中的文士,然而性情却非乖俗不近人情。傲夸自然毫无,对人太温蔼了,有时反受不甚冷峻的麻烦。

他的学生不少,青年后进求他改文字,谋清苦职业的非常多,他即不能一一满足他们的意愿,却总以温言慰安,绝无拒人的形色。反而倒多为青年们愁虑生活,替人感慨。他好饮酒也能食肉,并非宗教的纯正信徒,然而他与佛教却从四十左右发生较为亲密的关系。在上海,那个规模较大事业亦多的佛教团体,他似是"理事"或"董事"之一?他有好多因信仰上得来的朋友,与几位知名的"大师"也多认识。——这是一般读夏先生文章译书的人所不易知的事。他与前年九月在泉州某寺坐化的弘一法师，从少年期即为契交。直至这位大彻大悟的近代高僧，以豪华少年艺术家，青年教师的身份在杭州虎跑寺出家之后，并没因为"清""俗"而断友谊。在白马湖，在上海，弘一法师有时可以住在夏先生的家中，这在戒律精严的他是极少的例外。抗战后几年，弘一法师避地闽南，讲经修诵，虽然邮递迟缓，然一两个月总有一二封信寄与夏先生。他们的性行迥异，然却无碍为超越一切的良友。夏先生之研究佛理有"居士"的信仰，或与弘一法师不无关系。不过，他不劝他人相信；不像一般有宗教信仰者到处传播教义，独求心之所安，并不妨碍世事。

他对于文艺另有见解，以兴趣所在，最欣赏寄托深远，清澹冲和的作品。就中国旧文学作品说：杜甫韩愈的诗，李商隐的诗，苏东坡黄山谷的诗；《桃花扇》、《长生殿》一类的传奇；《红楼梦》、《水浒》等长篇小说，他虽尊重他们，却不见得十分引起他的爱好。对于西洋文学：博大深沉如托尔斯泰；精刻痛切如要以陀思妥夫斯基；激动雄抗，生力勃变如嚣俄之戏剧、小说，拜仑之诗歌，歌德之剧作；包罗万象，文情兼茂如莎士比亚；寓意造同高深周密，如福楼拜，……在夏先生看来，正与他对中国的杜甫、苏东坡诸位的著作一样。称赞那些杰作却非极相投合。他要清，要挚，又要真切要多含蓄。

你看那本《平屋杂文》便能察觉他的个性与对文艺的兴趣所在。他不长于分析不长于深刻激动，但一切疏宕，浮薄，叫嚣芜杂的文章；或者加重意气，矫枉过正做作虚撑的作品，他绝不加首肯。我常感到他是掺和道家的"空虚"与佛家的"透彻"，建立了他的人生观，——也在间接的酿发中成为他的文艺之观念。（虽则他也不能实行绝对的透彻如弘一法师，这是他心理上的深苦！）反之也由于看的虚空透彻，——尚非"太"透彻，对于人间是悲观多乐观少；感慨多赞美少；踌躇多决定少！个性，信仰的关系，与文艺观点的不同，试以《平屋杂文》与《华盖集》、《朝花夕拾》相比，他们中间有若何辽远的距离？无怪他和鲁迅的行径，言论，思想，文字，迥然有别，各走一路。

他一生对于著作并不像那些规文章为专业者，争多竞胜，以出版为要务。他向未有长篇创作的企图，即短篇小说也不过有七八篇。小说的体裁似与他写文的兴会不相符合，所以他独以叙事抒情的散文见长。从虚空或比拟上构造人物、布局等等较受拘束的方法，他不大欢喜。其实，我以为他最大的功绩还在对于中学生学习国文国语的选材，指导，启发上面。现时三十左右的青年在战前受中学教育，无论在课内课外，不读过《文心》与《国文百八课》二书的甚少。但即使稍稍用心的学生，将此二书细为阅读，总可使他的文字长进，并能增加欣赏中国文章的知识。不是替朋友推销著作，直至现在，为高初中学生学习国文国语的课外读物，似乎还当推此两本。夏先生与叶绍钧先生他们都有文字的深沉修养，又富有教读经验，合力著成，嘉惠殊多。尤以引人入胜的，是不板滞，不枯燥，以娓娓说话的文体，分析文理，讨论句段。把看似难讲的文章解得那样轻松，流利，读者在欣然以解的心情下便能了解国文或国语的优美，以及它们的各种体裁，各样变化，——尤以《文心》为佳。

夏先生对此二书至少有一半以上的工力。尤其有趣的当他二位合编《国文百八课》，也正是他们结为儿女亲家的时候。夏先生的小姐与叶先生的大儿子，都在十五六岁，经两家家长乐意，命订婚约。夏先生即在当时声明以《国文百八课》版后自己分得的版税一概给他的小姐作为嫁资。于是，以后这本书的版税并非分于两家。可谓现代文士"陪送姑娘"的一段佳话！

此外，便是那本风行一时至今仍为小学后期，初中学生喜爱读物之一的《爱的教育》。

这本由日文重译的意大利的文学教育名著，在译者动笔时也想不到竟能销行得那样多，那样引起少年的兴味。但就版税收入上说，译者获得数目颇为不少。我知道这个译本从初版至今，似乎比二十年来各书局出版白话所译西洋文学名著的任何一本都销得多。

战前创办了四年多的《中学生》杂志，他服劳最多。名义上编辑四位，由于年龄，经验，实际上夏先生便似总其成者。《中学生》的材料，编法，不但是国内唯一良佳的学生期刊，且是一般的青年与壮年人嗜读的好杂志。知识的增益，文字的优美，取材的精审，定价的低廉，出版的准期，都是它特具的优点。夏先生从初创起便是编辑中的一位要员。

浙东人尤以绍兴一带的人勤朴治生，与浙西的杭、嘉、湖浮华地带迥不相同。夏先生虽以"老日本留学生"，住在洋潮的上海二十多年，但他从未穿过一次西装，从未穿过略像"时式"的衣服。除在夏天还穿穿旧作的熟罗衫裤，白绢长衫之外，在春秋冬三季难得不罩布长衫穿身丝呢类面子的皮、棉袍子。十天倒有九天是套件深蓝色布罩袍，中国老式鞋子。到书店去，除却搭电车外，轻易连人力车都不坐。至于吃，更不讲究，"老酒"固是每天晚饭前总要吃几碗的，但下酒之物不过菜蔬，腐干，煮蚕豆，花生之类。太平洋战争起后上海以伪币充斥物价腾高，不但下酒的简单肴品不多制办，就是酒也自然减少。夏先生原本甚俭，在那个时期，他的物质生活是如何窘苦，如何节约，可想而知。记得二十八年春间，那时一石白米大概还合法币三十几元，比之抗战那年已上涨三分之二。洋场虽尚在英美的驻军与雇佣的巡捕统治之下，而日人的魔手却时时趁空伸入，幸而还有若干文化团体明地暗里在支持着抗敌的精神。有一次，我约夏先生章先生四五人同到福州路一家大绍兴酒店中吃酒，预备花六七元。（除几斤酒外尚能叫三四样鸡肉类。）他与那家酒店较熟，一进门到二楼上，捡张方桌坐下，便作主人发令，只要发芽豆一盘，花生半斤，茶干几片。

"满好满好！末事贵得弗像样子，吃老酒便是福气，弗要拉你多花铜钿。"

经我再三说明，我借客打局也想吃点荤菜，他方赞同，叫了一个炒鸡块、一盘糖腌虾、一碗肉菜。在他以为，为吃酒已经太厚费了！为他年纪大，书店中人连与他年岁相仿的章锡琛都以画先生称之（夏读画音）。他每天从外面进来，坐在椅上，十有九回先轻轻叹一口气。许是上楼梯的级数较多，由于吃累？也许由于他的舒散？总之，几成定例，别人也不以为怪。然后，他吸半枝低价香烟，才动笔工作。每逢说到时事，说到街市现象，人情鬼蜮，敌人横暴，他从真切感动中压不住激越的情绪！因之悲观的心情与日并深，一切都难引起他的欣感。长期的抑郁，悲悯，精神上的苦痛，无形中损减了他身体上的健康。

在三十三年冬天，他被敌人的宪兵捕去，拘留近二十天，连章锡琛先生也同作系囚（关于这事我拟另写一文为记）。他幸能讲日语，在被审讯时免去翻译的隔阂，尚未受过体刑，但隆冬四室，多人挤处，睡草荐，吃冷米饭，那种异常生活，当时大家都替他发愁，即放出来怕会生一场疾病！然而出狱后在家休养五六天，他便重行到书店工作，却未因此横灾致生剧病。孰意反在胜利后的半年，他就从此永逝，令人悼叹！

夏先生的体质原很坚实，高个，身体胖，面膛紫黑，绝无一般文人的苍白脸色，或清瘦样子。虽在六十左右，也无佝偻老态，不过呼吸力稍弱，冬日痰吐较多而已。不是虚亏型的老病患者，或以身子稍胖，血压有关，因而致死？

过六十岁的新"老文人"，在当代的中国并无几个。除却十年前已故的鲁迅外，据我所知，只可算夏先生与周启明。别人的年龄最大也不过五十六七，总比他三位较小。

自闻这位《平屋杂文》的作者溘逝以后，月下灯前我往往记起他的言谈，动作，如在目前。除却多年的友情之外，就前四五年同处孤岛；同过大集中营的困苦生活；同住一室商讨文字朝夕晤对上说，能无"落月屋梁"之感？死！已过六十岁不算夭折，何况夏先生在这人间世上留下了深沉的足迹，值得后人忆念！所可惜的是，近十年来你没曾过过稍稍舒适宽怀的日子，而战后的上海又是那样的混乱，纷扰，生活依然苦恼，心情上仍易悲观，这些外因固不能决定他的生存，死亡，然而我可断定他至死没曾得到放开眉头无牵无挂的境界！

这是"老文人"的看不开呢？还是我们的政治，社会，不易让多感的"老文人"放怀自适，以尽天年？

如果强敌降后，百象焕新，一切都充满着朝气，一切都有光明的前途，阴霾净扫，晴日当空。每个人，每一处，皆富有歌欢愉适的心情与气象，物产日丰，生活安定，民安政理，全国一致真诚地走上复兴大道，果使如此，给予一个精神劳动者，——给予一个历经苦难的"老文人"的兴感，该有多大？如此，"生之欢喜"自易引动，而将沉郁，失望，悲悯，愁闷的情怀一扫而空，似乎也有却病销忧的自然力量。

但，却好相反！

因为丏尊先生之死，很容易牵想及此。自然，"修短随化"，"寿命使然"，而精神与物质的两面逼紧，能加重身体上的衰弱——尤其是老人——又，谁能否认。

然而夏先生与晋末间的陶靖节，南宋的陆放翁比，他已无可以自傲了！至少则"北定中原"不须"家祭"告知，也曾得在"东方的纽约"亲见受降礼成，只就这点上说，我相信他尚能瞑目！

写于一九四六年

《离乱十年》序[*]

一般说法，以为身边琐事，限于一个人的观感，当此时代不宜写为文章，强人徒费时力精神，但这话殊嫌笼统，那个文人，不是直接间接，多多少少，将其己身所经所念所见闻的，用种种方法达出。至于有无意义，并不在事的琐屑与伟大，而在作者的人生观与其情感的真实与否，等如杜甫诗里，尽多对于小鸡白鱼红花茅屋的描写，尽多命儿子树鸡栅叫童竖摘苍耳的感怀，并非一首首一句句全是"致君尧舜上，许身稷与契"那样话。然而极琐极细甚至极俗的事，都变成了他的好诗。又如卢梭的《忏悔录》、高尔基的《母亲》等震惊世界文坛的不朽之作，虽时代不同，思想各别，然在这种著作里，其为身边琐事则无以异。他们并不板起面孔，俨然以大道以训言教诫世人，使读者望而生畏。反之，把自己的幼年或青年壮年的生活，琐琐碎碎，和盘托出，甚至就连世人俗见以为不可告人的自己的冲动情热，亦复述出，为什么感人？为什么价值永在？

并不是题材的琐不琐，也非身边的琐细便不能写，要在是写作的态度如何，情感如何。

抗战八年中，多少人流离死伤艰辛苦痛，整个说是一部中国历史上少有的悲壮史诗。就这其间播荡沉浮的个人说，我想每个有心的中国人，俱有其永久记忆的宝贵经验，纵然所处地方不同所经过的生活不同，所负的任务不同，但除却毫无心肝者流，如果总集起那漫长的岁月中的己身经历，笔记出来，岂止是自己的记录？无论如何想法，总与那个伟大的时代，以及社会人心的变动，在在有关。但胜利已过三年，至今则连这等直抒胸臆，

---

[*]　本文原刊于《民言报·艺文》第78期（1948年9月20日）。

记述当时情况的著作，并不多见，更不必说因八年血战而启引出的划时代的伟著了。自然以种种关系，执笔与印刷，都有许多困难，可是我们的创作力，甚至翔实的记述文章也如此缺少，不能不令人兴叹！

哲渊女士于每日公暇与理家务照顾儿女之余，以半年工夫写成此书，校样印成，出以相示，使人读去不易释手，她本身与玉庐先生的经历以及情思踪迹，变化错杂。抛开文笔不论，其中情感之真切，风物之描绘，前敌抗战之窘苦，后方生活之艰难，虽处处以个人为基，而在在都有此一时期中国与强敌抗衡的社会缩影。除此外，作者的热诚真感，尤其是超乎文字以上的特点。

哲渊女士以有限时间，并没意匠经营，有意的使成为文学上的著作，但就娓娓而谈，平直叙述，已足动人。不妆点，不弯曲，不矫饰，自有明白如画的长处。原是内容的生动，比起有意修饰的布局文词实更重要。何况一切都是真实的记录，恋情与战斗，个人与国家打成一片，结为一体的生活表现，此中自有真境。

盼望这类记录当时身经的抗战期中的著作，能够多多刊出，给那场伟大悲壮的史诗多留下几部插曲，也使人不易把那段艰苦的岁月，被当前的纷扰忘却。即使是身边琐事，是这样的有关国家民族的身边琐事，则琐细中固有其价值所在。

作者与玉庐先生心嘱略写阅后所见，遂拉杂写此，视作"常谈"便好。

一九四八年七月二十八日于青岛

| 第三编 |

诗 歌

紫藤花下 *

一

暖软的春风，

一阵阵吹人如醉。

热烈的花香，

散布在晴空中，仿佛催睡。

她的柔发纷披了双肩，

斜倚在紫藤花下，

微微的细锁眉痕，表现出她的心弦凄涩！

二

出巢燕儿，唱着呢喃的娇歌。

捎粉飞蝶，舞着翩跹的羽翼。

是爱的心情！

是真的美丽！

他呢！

天涯外看遍垂杨，

写尽诗意，

只找不到这宛宛春光的痕迹。

紫藤花下，

---

* 本诗原刊于《曙光》第一卷第五号（1920年3月）。

碧绿的翠叶阴里，

记不得？——

有个人儿凝伫！……

三

东风啊！你可以与我方便，

几千里外，

袅荡着我的无限怅望，寄与他一个心电。

道我平安！

道我在紫藤花下，

收拾起飘荡的花片。

放在砚池里，

写几个：“我愿与你相见，又不忍相见！”

相见不如不见！

只将这镌上心痕的花片，夹在他的诗集中，

任风吹虫蚀，香痕儿永久不散！

微雨中的山游 *

1920 年

当我们正下山来;

槭槭的树声，已在静中响了，

迷濛如飞丝的细雨，也织在淡云之下。

羊声曼长地在山头叫着，

拾松子的妇人，也疲倦的回来。

我们行着，只是慢慢地走在碎石的斜坡上面。

看啊!

疏林中春末的翠影，

为将落的日光微耀。

纷披的叶子，被雨丝洗濯着，更见清丽。

四围的大气，都似在雪中浴过。

向回望高塔的铎铃，似乎轻松的摇动，

但是声太弱了，

我们却再听不见它说的什么。

漫空中如画成的奇丽的景色，

越显得出自然的微妙。

斜飞斓翼的燕子，斜飞地从雨中掠过。

他们也知道春去了吗?

---

* 本诗收录于《童心》(商务印书馆 1925 年版)。

下望啊！

烟雾弥漫的都城，已经都埋在暗光布满的云幕里。

羊群已归去了，

拾松子的妇人，大约是已回了她的茅屋。

我们也来在山前的平坡里，

听了音乐般的雨中的流泉声，只恋恋地不忍走去！

童时的游踪 *

故乡的山色，

是微弱而平淡。

当那秋日曝晒的时候，

我们步上山冈，

看树下的草根，已微微地闪出黄色。

平岩下的佛殿，

铙钹声，与长调的诵经声交互着，

正有个乡村的妇人，在庄严的神像下膜拜。

是多少的真诚幽纯的哀心呵！

如下回思，我忍得斥绝这是可哂的迷信？

步下山坡了，

---

* 本诗收录于《童心》（商务印书馆 1925 年版）。

温暖的斜日，

愈使得我们留恋这微弱平淡的山色。

流水瀫瀫的音响，

迅激地，穿透平列而参差的石齿。

秋风吹大了，

衣衫都轻浮微动。

我们蹲立在水中的乱石上面，

由自然中，有不可名言的感兴！

那时我们正在童年，

什么诗意，

什么怀念，

何曾侵入到我的思域之内。

但由静默中，已自然地会得好多的领悟。

他们汲水烹鱼，

慢慢地在风中对酌，

也似乎有些别致的意味，

但我不能深透的领略。

夜幕将要笼下了，

一日之游，

终留下了不可磨洗的印痕，

在夕阳的峰巅，

与乱流的石齿里。

是童年的游踪之一罢了，

而多少引动的感想深深地长镌在我的心底！

旧 迹*

回忆的凄怆，长嵌在童年的心底！

在一个夏日：

杏树的浓阴之叶，蔽了小小的院宇，

云雀下吱吱的歌声，

他们几乎愿将夕阳留住。

俯背的老人，——我家的旧仆，提了鸟笼，正在草地上散步。

他或是想到枝头上的小鸟，与他笼中的红颔①相比。

我由家中跑出：

觉得到处都了无意趣，

唉！一个奇异的妙想，

潜潜地走来，

走到他的身后，将他那半斑色的发辫，系在手里。

一个滑稽的事发生了！

他抬头远望，

迟缓地起立，

惊异而哑的呼声，惹的我笑得弯身不起。

烂熳的笑声，

如今回思，

---

* 本诗原刊于《诗》第一卷第二号（1922年2月15日）。

① 作者家乡的一种小鸟，比云雀较大，毛灰色，唯颈下有红毛一片，颇为美观。善鸣。人多养在笼中，以红颔呼之。

比甚么都自然啊！真诚啊！

如今呵！

任怎样的欣慰，这种笑声，再不能从我多感的心中出！

他又笑了，枯瘦的面皮上多了几种纹摺，

即刻的滑稽的片影，又藏在他奇怪的面底。

他叹息道：

"你啊！小主人，你终是这等顽皮！

你十岁吗？我还记得清楚。

唉！三年前的旧迹，可堪记忆啊！

在初冬微寒的黄昏之后：

在东圩墙上，我一个二十七八岁的人，共蹲立着，

下视着高岸的清溪，

对面朦胧中有杂树矗立。

风声凄动；

夜鸥哀啼，

静静地神秘中，似听得流水与树中问答的秘语。

他吸着烟，

相距咫只，

只看得见一星之火的晃映，

是在凄冷的众星下面。

仰看啊！

只有如白斑点成的星河，在众星中显出。

我瑟缩地战栗！

静听他的深长的叹气！

我知道啊！

他是怎样的忧郁！愁苦之绳，已将缚住！

他的神经弱质，更那堪恶社会的磨折；

与家族间的痛苦！

他啊！我也是自幼小时起，见他一天天长起！

那时正如你的今日……"

夕阳慢慢地下沉，

我手中的发辫也松落了。

幼稚无知的笑容，

也从天真中变为沉寂！

但老人放下鸟笼又继续道：

"那个不可忘却的寒夜，

我至今想起，心中也打寒噤啊！

他为什么在那里蹲立？

他将要变成狂人啊！

他神经易激的中心，更何堪社会与家族间的欺侮！

他不在火炉边，安享寒夕，

他不同他的家中人，与儿童们共享愉快！

他要狂了！……

我是保护他的伴侣！

他在那时是何等的凄苦啊！

众星晶明地嵌在寒空，

却偏不将完全的幸福给予他啊！

他有一群可爱的子女，

如今也不愿返顾了！

他逆着冷风，抽噎地叹气，

溪水流着，

树叶响着，

这是怎样难过的时间啊！……"

"你记得啊！三年前的葬仪。

你那时几岁啊？被人抱在怀中，也作呜咽的啼哭！

你母亲啊！

病倒了几次！哭晕了几次！

唉！是怎样惨淡的境遇！

如今啊！

东圩墙上，可还有什么足迹？

那少年的人，

谁啊？

三年了！唉！你父亲是那日，——是个风雪之日，入了坟墓！

咳，我老人，眼见得你三世的人，如眼光的一息！

好了！如今你竟然也会得活泼游戏！

来！来！我们且绕个圈儿！……"

干涩的音说完了，

他真纯的老泪，也模糊在睫毛里！

我迷惘了！哀凄！

眼看着杏阴淡薄了，消失了，

我无意识的心中，似是被压在重大的石块之下，

呆呆地立着，

不顽了！不狂笑了！也没得言语！

旧迹吧！

童年之心吧！

父亲弃我去十数年了！

即当日提笼的老人，也早埋在故乡的杨树根底！

旧迹啊！

你是轮转的时间之机啊！

到如今你曾遗留与我的，只是心头凄楚！

小诗（十二）*

多年的秋灯之前，

一夕的温软之语，

如今随着飞尘散去，

不知那时的余音，

又落在谁的心里？

---

* 本诗原刊于《晨报副镌》（1922 年 3 月 5 日）。

花 影[*]

花影瘦在架下，

人影瘦在墙里，

是三月的末日了，

独有个黄莺在枝上鸣着。

小的伴侣^{**}

瓶中的紫藤，

落了一茶杯的花片。

有个人病了，

只有个蜂儿在窗前伴他。

虽是香散了，

花也落了，

但这才是小的伴侣啊！

---

* 本诗原刊于《诗》第一卷第四号（1922 年 4 月 15 日）。

** 本诗原刊于《时事新报·学灯》（1922 年 8 月 27 日）。

不 眠*

不眠也好呵，

只是虚寂的恐怖，与坠落的憧憬，

扰乱了我的心曲。

张开眼睛吧，

讨厌帐影的微动。

熄了灯火吧，

无数黑暗的箭，便齐向我心头射起。

小 坐**

见面时有什么可说？

如抽丝似的，

如咽弦似的，

有什么可说？

但壅在胸中的话却分外添了沉重的凄楚！

狂风吹动屋瓦，

围衾独坐，

便抽烟的叹息！

---

* 本诗原刊于《小说月报》第十三卷第九号（1922 年 9 月 10 日）。

** 本诗收录于《童心》（商务印书馆 1925 年版）。

低了头儿将泪痕轻拭。

更何心去想娇月的姿容为暗云所掩，

星河为飞霾所翳。

难眠原不是难过的时间呵，

但连个梦儿也不准我尝到一点

冥茫缥缈的安慰，

人生只在苦虐中流转。

人前的笑语，

时过后总觉得头晕了。

及至在孤灯斜射的窗下，

看西沉的淡月，

在青天中欲敛却她的娇容。

疏疏的星，

闪闪的萤，

一烁一荡的夜之光，

引动我，我于是更觉得头痛欲破。

这时代 *

这时代，火与血烧洗着城市与乡村的尸骸。
古旧的树木被砍作柴薪再不能夭娇作态。
金属弹的飞声，长久，长久征服了安静的田园，
沉落在洪流中，波澜壮阔，融合着起伏的憎、爱。

铁蹄践踏下，疫疠，饥饿，战，决定的命运"活该"？
如涂蜜的温言，与饱了肚皮的伪善，抛弃在
不值钱的尘埃；尘埃下掩没了褴褛的衣衫；
包藏着战败者的骨灰在过去的足迹下长埋。

幽林中仍响着地下泉的活水，永鸣着和谐。
在无名英雄的墓底，有力以上的庄严市街，
村落，与高耀着生活憧憬的明光映闪，浮动，
全飘在地下泉的进行音上，新创造的世界。

化迹的骨灰从马蹄深处升起，遥现光彩，
天半的绮虹，横束住白电与黑汽的云霭。
希望之光是新燃起的一枝风雨中的白烛；
这时代，火与血烧洗的地方是待燃的烛台。

1929 年 8 月

---

* 本诗收录于《这时代》（1934 年作者自印）。

几　度*

我几度把我的心远抛天外：

在虚空中任它毁坏；

在沉醉中任它消蚀；

在清寂中任它悲哀。

挡不住的时光的轮转，

它又从天外归来！

我几度把我的诗意沉埋：

丢舍在尘埃中疲懈；

蹂践在行人的足下；

飘泊过狂风大海。

挡不住的时光的轮转，

它又从人间归来。

我几度把我的"人生"轻怪：

荆棘丛中的狂爱；

蜗角深藏着容忍；

到处的奢望，徘徊。

挡不住的时光的轮转，

---

* 　本诗收录于《这时代》（1934 年作者自印）。

它又从前路归来。

1928 年夏

沉　默 *

无声的风，无波的水，

密阴的黄莺停顿住她的歌喉。

静化中才能领略这一分的深柔。

喧叫是热情的春生，

沉默却完成秋日的丰收。

冷静变成反映人生的清镜，

并没曾忘了世间的翻澜独泛"虚舟"！

在苦寂中作深一步的寻求；

无声的风，无波的水，——

一样能激上云霄，远通着长流。

曾一度啼倦的黄莺，

它不愿对落寞残苦苦挽留。

一声热情调子预备在沉默的喉头。

这不是初春的歌唱，

要叫破肃清的霜秋。

1929 年初春

铁匠铺中 *

一个星，两个星，无数明丽的火星。

一锤影，两锤影，无数快重的锤影。

来呀，大家齐用力，

咱们要使这铁火碰动！

一只手，两只手，无数粗硬的黑手。

一阵风，两阵风，无数呼动的风阵。

来呀，大家齐用力，

咱们先要忍住这火热的苦闷。

一个星，一锤影；一只手，一阵风；

无数的星，无数的锤影；

无数的手，无数的风阵。

来呀，大家齐用力，

在这里是生活的紧奋！

1929 年 1 月

---

* 本诗收录于《这时代》（1934 年作者自印），原题《铁匠肆中》。

她的生命[*]

第一段

热流激涨在每个人的心中，
热火燃烧在铁轮的身旁。
五月，白昼眩耀着热的光亮，
围墙里有压倒一切的巨响。

旋转，旋转，一根皮带拴住了生活，
力，机械，飞劲，象征了人生的榜样。
现代，是由斗争磨碾成钢铁的文明，
在这里，却消逝了唯心者的彷徨！

一棵棵从土壤中争长、开放的花朵，
一手，一脚，摘送到城市市场。
高墙里时间的折磨与劳力的推动，
在这边，一小时变成了细纱衣装。

多少只手都帮助一点巧妙的余力，
余力？消尽了血，汗，贫苦与惆怅！
生命的巨手向虚空拿一个火把，

---

* 本诗原刊于《文学》创刊号（1933 年 7 月 1 日）。

在这里，烧结了现代的人生细账。

飞，追，碾碎，变化，创成，
恰好凝合成她的生命！
接，握，运转，奔走，播动，
机械的朋友是她的见证！

热汗在面颈上滴落，流，映，
眼前，跳舞眩耀着一片白星。
没有闲想，杂念，怅惘与怔忡，
在这里，人心都纳入一个成型。

美丽乡村变成了没落旧影，
黄金的尖穗，碧玉的圆豆；还有，
清塘里几只白鹅小船冲破萍踪；
马缨树下剩一群云雀啁啾争鸣。

干燥的土气息到处散布着东风，
她从田地里把沉睡的一切催醒。
树根下，粪堆旁，工作忙碌了虫蚁，
拖着犁耙的黄牛尾拂青蝇。

是农民与土壤接吻的时令，
时间，空间都造成他们的复生。
遍山野，果行中花开着桃，杏，

人人欢喜，迎接这丰收的年成！

美丽乡村变成了没落的旧影：
力的榨取，弹丸飞掠，金钱的吞并；
一场冰雹，几个月荒旱，拔木的风；
马蹄与财奴辣手的毁坏，希望成空。

这年头，这时代教咱们要怎样拼命？
能抢？能追？能向地底下挖出金坑？
这都行！可白费了吃亏庄稼人的扎挣！
分散，分散，到处做觅食的"哀鸿"。

第二段

春与秋，年年大海边有人潮推动，
抛弃了家园，流浪向远处逃生。
血与汗滋长，培养成异地的花朵，
这都是流亡者勇敢，辛苦的结晶。

一样花朵却不能开放出同一命运，
汽船上载不下苦难巡行者的脚踪。
他们只为了缺乏几只银饼，
近海城市便捕住他们的身形。

男子有天生的身躯棒硬，
女人也具有异性体型。

虽然为饥饿受鞭打，日灼，

虽然向没干过这耻辱的过活！

高楼上狂唱出爵士调的荡声，

窗台口喇叭播送，金银市的行情。

生活，在这里有的是骄纵与淫乐，

声音，光彩不曾降落到黑暗的一角。

城市游魂那个不犯恶太阳辉映，

夜，它才有狂药似的迷动。

让白天复盖着苦人的怯懦，

汗滴，喘哮，力的喊叫——城市的丑恶。

一盏昏灯，惨笑的光焰；

一只木床，沉默的迫恋；

一个身形，蜷伏在灶边；

一饼银洋，凄冷的审看。

为了孩子有肉的售贱，

母亲！在这里，"一个人间？"

母亲强咽着强饿的苦汁，

威暴，调弄，听，叱辱在灯前。

窒息的压迫下，挂心头是

孩子一天没吃过早饭！

半夜后有谁还在留连？

角落里丈夫的鼾声，困倦。

一声尖叫——舞台的管弦；

一阵脆响——亮银的鞋尖；

一片红彩——氖光的放闪；

一夜耻辱——破碎的纸片！

黎明，这一切堕入空幻，

丈夫，麻绊又套上双肩。

折磨，饥困，在生活巨轮下，碾平了乡村逃亡人的心血，连带着
十几岁的女孩向冤苦深渊投坠。

谁能埋怨苍天故意的拖脚，

咬住牙根，他们全担承着活罪！

…………

是寻常的例子，他们偏不割舍。

一年，一年，光阴熬干了眼泪。

男的瘦缩了筋骨，女人添上皱折，

纵使讨饭也打不起精神追随。

松弛的肉体渐要往地下沉落，

长睁不眠的枯睛望寒星入睡。

闹市飞菌偏向旁人身上传播，

过度辛苦压倒了他们，难生后悔！

可是，疫疠，死亡这一串的良药，

能治愈草草浮生拖挨的"造罪"！

再一辈，是"命运"注定的金钱束缚？

童工女孩铁机下包去了青春的岁月。

第三段

机械，在现代机械下，铁与力的存在！

毁灭，生成，而且重造了时间，山岭与湖海。

把迅疾，力，转动的权威压倒人间，

打碎了悠静，沉默，与"超人"的空间神怪。

闲适与喟叹的诗歌，纯敬的宗教崇拜，

白白让与古代人——他们的包容与忍耐。

那长久，迟缓，信赖自然，悠悠的思程，

象折翅春燕被掷落于狂飙之外。

宇宙中自有时代转轮的留痕，新生与淘汰，

现有震动万有的声音，把伟力传播，贩卖。

这是美，是韵律，是生活的证理，飞轮

占住了"幽玄"的空间，创造崭新的世界！

空费了虚无主义耽于幻想中的暧昧；

空费了光丽灵魂在种种色彩徘徊；

回环，触动，却必须追随着严肃的生活，

至妙的竞技，定不会被乳色的雾层复盖。

斗争与劳动，是永久抓得住古今成败，

时代的喊呼渐渐觉醒了旧"人道"的愚昧。

呼声中常常顾不到微小的辛苦，悲叹，

它引起又一天的曙光照彻云霭。

也许机械永不会使女人们衰弱，疲惫，

她能在奋发中留一件活东西，心头永爱：

铁的意志，灵的胎，孕育着机械的婴孩，

在未来，未来，更能把握住重生的时代！

第四段

头一声尖啸惊破清晨，

汇集来妇女一齐踏步。

勇敢的队伍塞入铁门。

一包干粮，包一个青春，

一声汽笛，没一个回顾。

铁轮下认不出笑与颦，

相对着，一例贫苦平均。

皮带迅卷出人生之路，

迸散出泛劳力的相亲。

在这里，不要同情泪滴；

抒情诗的回忆；懊恼的欠伸！

香槟泡沫，狐步的媚舞，

水纹鬈发，金扇的白羽，

为金钱，为权势，资本魔术的制服，

她们空空装点着文化的身躯，

一样是在媚笑中出卖青春！

在这里，有真生活的世纪；

铁的巨响；女性的激怒。

双手抓得住机力的收成，

咱们要整齐女人的步伍！

她想："卸下了爹爹的肩绊，

割断母亲耻辱的继承！

向铁轮旁捏得住一个火星，

微光中能找到更生的途径。"

"幼小时模糊的故乡——

杨柳，白鹅，引不起如今的惆怅。

微光中，四周轮廓渐渐分明，

只记着一片火光，一处吃人的市场！"

"这机轮象飞碾着自己的生命？

清晨到暗夜一步不曾放松。

这是新式工奴的本营，——剩余劳动，

可不能不在这刀山上扎挣！"

"从各处聚合来多少同伴，

全低首倾听这机件飞弦。

她们，谁都不惜匆匆的青春，

来等着，加入这人生剧的一个顶点！"

她再想："咱们的眼光全是收容耻辱：

街头的胡调；绅士们恶笑的叹息；

监狱里钱奴的戏弄，威逼——

机械的朋友，能证明这人间苦！"

"雪里佛东中软绒裹住的身段；

金字门前球场中的健步往还；

传播文化的印纸上，高材纷面，

咱们一伙儿？女性中心的分散？"

第五段

新的光辉包藏着更生的希望，

担负起困苦，双手承接住曙光。

烟囱中喷发潜力的云雾，

地下泉激流着联合前进的歌唱。

女人的明日，是一串力与光的联系，

蔷薇色的无聊梦境，脚底消逝。

咱们一同，一同赤着脚向前进取，

空想，凄迷，让给古诗人的叹息。

沥青路上纷拥着人潮的奔涌，

归去，她们带回去疲劳的身影。

疲劳了身体，却增强了意识的新力，

这新力，扩展开未来生活的憧憬。

第六段

夜的都市——一张暗幕，在上面
开放毒汁的花朵，
爬行着咬恶的蜘蛛。

夜的都市——一张暗幕，在上面
交织着迷荡的色丝，
映现出苦媚的骷髅。

夜的都市——一张暗幕，在上面
渗透出苦痛的血痕，
爆发着火星的跳舞！

她也在繁华夜的暗幕之中：
呻吟着爹、娘的创痛！
愤恨着，联合同伴们的扎挣！
向未来，怀孕着血婴。
迅转巨轮不息的飞行。

她也在繁华夜的都市之中：
飞，追，碾碎，变化，创成，
恰好凝合成她的生命！
接，握，运转，奔走，播动，
机械的朋友是她的见证！

1933 年初秋

爆 竹[*]

谁不是在挣扎中裹住一颗沉重的心？

谁不是喜欢晴空中光与声的耀动？

重压下似是茫昧的希求？

盼到一天，指尖上有火花飞迸。

谁也有欢热的少年心情，

谁在苦闷中不希求放纵！

一年能有几天，一生能得几次？

把人生的"法绳"略略放松。

说到怜悯么？荒村中饿骨强撑，

兵马在大道上纵横，

"天火"燃着了不安定的人心，

霹雳震动着蛰虫的觉醒。

也许是孩子与年轻人的狂兴？

爆竹声中挑起激动的心情。

听！这是古灵的回声还是新生喊叫？

暗夜里火花明映着群星。

1933 年 1 月

---

* 本诗原刊于《文学》第二卷第四号（1934 年 4 月 1 日）。

花球与鞭影 *

一个美丽的花球，

轻轻的膨胀，飘飘的浮动，

松松的，软软的，象感着浑圆的欢欣，

向你心头投放。

明知是鼓着腮帮吹起的玩意，

在这上面却引动求生的"惆怅"。

一条虚空的鞭影，

重重的派头，摇摇的姿态，

在人头上显示着骄傲的"堂皇"。

联想起挥击，战栗，与逼迫下的希望，

向追逐里求解放。

晴空中胶汁吹成的权威，

在这上面透露出求生的凝想；

重压下鞭影的击，撞，

却把意志更炼成钢铁般坚强！

1934 年

---

* 本诗原刊于《文学》第二卷第四号（1934 年 4 月 1 日）。

期 待*

期待，一朵在想象中要放的花萼，

成熟时，会变成一个溃烂的苦果？

期待，一只藏在暗雾下娇丽的翅膀，

暗雾散了，才知垂敛着中过箭伤。

引起贪馋人的食欲，掣空的惆怅；

酸涩咽到喉头，血滴沾污了华裳；

在黄昏的黑道奔跑，不是急性子人

也十分烦渴，可分清美液与毒汁？

那怕听一声毛发直立的鸥鸟叫，

反比老在沉默的夜中踏步的好。

是人都有一片欢喜、惶恐的"同"心：

软绒毯上的舞伴，破屋里的病人，

天可怜！还能从世间偷一口气，

他要从未来的银光中捉回记忆。

记忆，从来找不到那是她的边缘，

织一段生之迷丝可会牢牢牵绊？

是娇媚眼角流落的珍珠，是赤蛇

舌尖吐出的毒火，没有什么分差！

却难忘凝结在现实中真的苦乐，

---

* 本诗原刊于《文学》第二卷第四号（1934 年 4 月 1 日）。

牵丝的一头会燃起期望的烈火！

期待，它不曾在虚空中骗过人生，

它能用"法力"引动起生力的竞争。

期待就是苦果与中箭伤的翅膀，

它可能给你点"相思"填饱了饥肠！

诗　人 *

你不要只是讴歌天上的"乐园"，

行道中也须时时看到自己的迈步；

一段寻思，一片风光，一出人生的活剧，

你要扮演，可试试踏下去的脚力。

诗人，先不必把彩绘的颜色想着迷人，

迷梦的翻腾，虚空中的妄识，把自己拴住！

要热烈地唱一段激动宇宙的高歌，

歌声压住了人间的喝彩与烦恶。

热光在暗海上跃动，泛涌着"生"之潮汐，

有层层波澜表象着天海咽泣。

撑一只灵魂冒险的孤舟，

---

* 本诗原刊于《文学》第二卷第四号（1934 年 4 月 1 日）。

向浩渺处吐一口真诚的太息。

诗人，听芦荻间的秋声，鸟啼在深谷寒枝，

如今，多少人失掉了古老的"幽趣"。

再听！是海上飓风吹奏着大乐的繁音，

夜夜争鸣，在昏朦中急催着朝曦！

1933 年 2 月

玩傀儡戏的旅人 *

紧攥着太阳的射光，到那里去？

到那里去？一肩上挑起生活的担仗。

凄凄风雪中古老的村庄，

荒凉，穷忙，有人烟的集场。

来啊，唢呐吹出引诱的声响，

告诉你这是表弄人生的剧场。

有骄横，妒忌，凶杀，男女的狡猾与端庄；

有强梁的威吓，幽默的独语，无可奈何的低唱；

有光明，黑暗，暴风雨的震惊；

争斗，喧叫，——全人类的种种扮像。

---

*　本诗原刊于《文学》第二卷第四号（1934 年 4 月 1 日），原题《玩傀儡戏者》。

·311·

一声锣响，一口的唱，白，一只手的撮弄，

来呀，咱这里是出脱灵魂的地方。

得意的赞赏与过度的责备，

剧台拆了，便有的是嘲笑，叹息，

人人都忘了自己还在大地上扮戏。

每个人的灵魂果真为自己享有？

被什么播动，撮弄，——悲苦与欣喜。

然而它还在"巨灵"的掌中跳跃，疯狂，

一声锣响，低头时只留下多余的心悸！

不错，谁肯把生活的账目认作虚空，

偏要从难解的谜面找到谜底！

世间可不少飘动，装点的人情味，还有

一池发酵的萍根；一群失穴的虫蚁；

一台指弄的傀儡，正对着观剧者的自己！

流浪人兜起想不清的悲哀，向归云，

奔走到天涯——天涯，场屋，园舍到处为家。

一天的疲劳，梦里不曾发一声叹咤！

强笑苦唱，在每位看客的面前休夸，

小傀儡的说动，是这旅人的生命萌芽。

朝光下，黄昏后，藏在暗中忍听喧哗，

把焦躁，催促，笑骂，都让于布围外吧，

只一层隔幔便挑起他们的心灵作耍！

在每人心尖上开一朵光亮或阴郁的花。

归去，冷冷的黑夜，穿过疏林，旷野，

听一声鸺鹠叫，担仗欹斜，

小木人儿在箱中也觉着害怕？

多少年，乡村流浪弯曲了壮年的身影，

任凭岁月飞流，没曾踏上大城的行径。

大城中有数不清的新巧玩意，

他可不愿在那些对手前自显伶仃。

战争，烧，杀，逃亡，没了已往的兴盛，

打起场子，在这海岸上，怎能打动大家的欢情。

乡村，象是密布着惨淡的云雾，

外来人，不容许你这流浪者自由留停！

向何处去？不容易奔走遥遥的旅程。

布围破了，木人儿的衣妆残缺，连

发光的扁担，肩头上也叫出悲苦的叹声！

向何处去？听层层海涛在落叶下争鸣。

1934 年

峭　寒[*]

　　峭寒轻敛起层层的鳞皱，

　　朔风把又一度的黄昏投入波心。

　　烟霭是一张纱幕漫笼着沙浮、山瘦，

　　冷淡与荒枯——织成了冬晚的画纹。

　　在这里怎能找得到"生"之争斗？

　　暗藏在默息的生机里

　　正等待着明日的晨光罅漏。

　　无声大海，她胸中埋伏着汹涌波澜。

　　黎明紧接在冷静的夜后。

　　又一天，谁知道不是又一天的气候转变！

1933 年

---

　　*　本诗原刊于《文学》第二卷第四号（1934 年 4 月 1 日）。

雪莱墓上 *

东风吹逗着柔草的红心，

西风咽没了夜莺的尖唱。

春与秋催送去多少时光，

他忘不了清波与银辉的荡漾。

墙外，金字塔尖顶搭住斜阳。 ①

墙里，长春藤蔓枝寂静生长。

一片飞花懒吻着轻蝶的垂翅，

花粉，蘸几点青痕霉化在墓石苔上。

安排一个热情诗人的幻境：远寺钟声；

小窗下少女织梦；绿芜上玫瑰娇红；

野外杉松低吹着凄清的笙簧；

黄昏后，筛落的月影曳动轻轻。

"心中心"， ② 安眠后当不曾感到落寞？

---

　*　本诗原刊于《文学》第七卷第二号（1936 年 8 月 1 日）。

　①　距雪莱埋骨的坟园不远，有一砖砌的金字塔式的建筑物，乃纪元前罗马将军赛司提亚司（Cestius）的大坟。

　②　雪莱墓石上第一行字的刻字。

一位叛逆的少年他早等待在那个角落。①

左面有老朋友永久的居室，

在生命里，那个心与诗人的合成一颗。②

"对于他没曾有一点点的损伤，

忍受着大海的变化，从此更丰饶，奇异。"③

墓石上永留的诗句耐人寻思，

墓石下的幽魂也应有一声合意的叹息？

诗的热情燃烧着人间一切。

教义的铁箍，自由的锁链，

欲的假面，黑暗中的魔法，

是少年都应分在健步下踏践。

他们听见了你的名字（自由）的光荣欢乐。

正在清晨新生的明辉上，

超出了地面的群山，

从一个个的峰尖跳过。④

"不为将来恐怖，也不为过去悲苦，"

----

① 英国诗人克茨亦埋于此坟园中，他比雪莱早死一年。

② 雪莱墓左侧是雪莱友人楚劳耐（E.J.Trelawny）的墓，他在 1881 年死于英国。他的墓石上刻着——不要让他们的骨头分开，因为在生命中他们的两颗心合而为一。

③ 雪莱墓上刻着莎士比亚戏剧《风暴》中的成语。

④ 略取雪莱诗的语意。

长笑着有"当前"的挣扎。

擎得住时间中变化的光华，

趁气力撒一把金彩地飞雨。

美丽，庄严，强力，这里有活跃的人生！

一串明珠找不出缺陷，污点，

在窟洞里也能照穿黑暗，

人生！——逃出窟洞，才可见一天晴明。

爱与智能，双双蹑逐着诗人的身影，

挣脱了生活枷锁；热望着过去光荣。

是思想争斗的前峰，曾不回头，

把被热血洗过的标枪投在沙中。

"水在飞流，冰雹掷击，

电光闪耀，雪浪跳舞——

离开吧！

旋风怒吼，雷声虢虢，

森林摇动，寺钟响起——离开前来吧！ ①

"去吧；离开了你，我的祖国。

那里，到处是吃人者奏着凯歌，

我们一时撕不开伪善的网罗，

---

* 略取雪莱诗的语意。

过海去，任凭着生命的飘泊。"

"南方——碧滟滟远通的海波，曾经

因战斗血染过的山，河。古城里

阳光温丽，——阳光下开放着

争自由的芬芳花萼。"

生命，他明白那终是一片雕落的秋叶，

可要在秋风舞蹈里，眩耀着

春之鲜丽，夏之绿缛，——不灭的光洁；

才能写出生命永恒的诗节。

司排资亚的水面，一夜间

被悲剧的尾声掉换了颜色。[①]

漩浪依然为自由前进，

碧花泡沫激起了一个美发诗身。

去吧！

生命旋律与雄壮的海乐合拍。

去吧

是那里晨钟远引着自由的灵魂。

抱一颗沸腾心，还让它埋在故国，

大海，明月，永伴着那一点沸腾的光辉。

————————

* 雪莱于一八二二年溺死于司排资亚（Sepzia）。

我默立在卧碑前一阵怅惘！

看西方一攒树顶拖上一卷苍茫。

没带来一首挽歌，一束花朵，

争自由的精神，永耀着——金色里一团霞光。

墙外，金字塔尖顶搭住斜阳，

墙里，长春藤静静地生长。

守坟园的少年草径上嘤嘤低唱，

"这是一个没心诗人化骨的荒场。"

1934 年春在罗马

九月风 *

——波兰原野的黎明

九月风，吹醒旅客的热梦，

早窗外还没有扑起大野飞沙。

凄清小驿，

灯三两点，映耀着黎明的光华。

木教堂尖顶在黯淡里露影，

一下晨钟，

---

* 本诗原刊于《文学丛报》第五期（1936 年 8 月 1 日），原副题《在波兰原野的黎明中》。

沉响悠扬，随和着铁轮锗镗。

飘一根孤蓬划破鱼肚色的空间，
向晨星旋转去可找到陌上秋家？
太飘零么？
大道旁沉默不动有孤傲的白桦。
是远，是近，一带长林卷起一层淡雾，
雾中人影，
亮光在刀尖闪动，向上去迎着春霞。

这古国不是重生了么？
大战前是刀锋下的食瓜。
分割，生活的锁枷，逃亡与反抗，
他们不曾辜负了"江山如画"。

这古国不是重生了么？
历史上涂销了三分的旧话。
血与泪浇遍了田野，森林，到处生发，
他们在黑海上早找到复明的灯塔。

这古国不是重生了么？
诗人不再在流浪中回念故里桑麻；
更不须提防着巡行的铁蹄蹦踏，
他们手捧起"自由的波浪"散作飞花。

黄铜号角才叫起悲壮的长音，

天明了，号音飞穿过秋郊，杨林。

露点沾湿了牛乳女郎的花巾，

枪尖旁弯下一个刚健柔和的腰身。

是啊，这是铁规旁严重边关，

枪尖上似指明国族的猜嫌？

有一天血泊浪头再次翻起，

牛乳女郎的脚下堆骨如山。

是兴亡曾没丢开那一套的连环，

解得开这永久的环扣才是人间！

是人间，谁不盼望和平与繁荣？

欧罗巴大野可早已撒满了未来的硝烟。

空空感叹，到处飞闪着刀尖、火弹，

牢拴住环扣，白耽误哲理幽玄。

当前，当前，西风把朝霞吹成一片，

……看当前——那里是含笑的江山？

九月风，早翻起了大海飞澜；

九月风，穿过旅车的明窗

在北欧边塞上打透了衣单；

九月风，你吹动每个游人的

灵魂惊颤。记得啊，

这里是再生的波兰！

1934 年秋波兰车中记稿，1936 年 7 月重写

又一年了[*]

又一年了，毒风横吹着血雨，

大江边消失了年年秋草绿。

一枝芦苇，一道河滨，一个样，

受过洗礼，饮过葡萄的血浆！

又一年了！

　　你没曾安眠在秋场的坟园，

笔尖上的锐眼，

　　到处看透了这古国的灾难，

你自然听到

　　激起每个人的灵魂的巨响：

你早喜盼着

　　"阿Q"的众生相会激起愤怒的风旋。

生前，曾不发一声呻吟，不沉入凄叹，

投一支标枪黑暗中明光飞闪。

你的周围现在正演出民族的义战，

血泊中的少年应记着当年的"呐喊"。

＊　本诗原刊于《烽火》第七期（1937年10月17日）。

中国也有翻身的一天，

幽冥不隔喜悦的递传！

四郊全奏着周年祭的壮乐，

听：风、雨、炮、火，是壮乐的飞弦。

鲁迅先生逝世周年日作

又一度听见秋虫 *

一

又一度听见秋虫，——

是否还紧追着旅人的秋梦？

调一曲初凉夜的秋音，

万落千村响动催战的金风。

二

这时代叫不出小儿女的怨情；

诗人肺腑不再被凄凉乐音引动，

他情愿正看白骨上那一点流萤，

——一点燐火，迸跃出光丽的真诚！

---

* 本诗原刊于《少年读物》第四号（1938 年 10 月 16 日）。

三

密云下到处奔驰着风霆，

为震醒"供人食料"的苍生。

城市，郊原，夜夜里烦冤鬼哭，

悲壮的音从人间惊破"幽冥"！

四

谁曾向毒热的"夏日"低头爱慕，

谁曾为秋气萧瑟战栗吞声？

您不必空挥着忧心的涕泪，

秋来，无根的百草应分雕零。

五

悠悠么，耐不住这惨冷的长夜，

捧一把小心期待着风霆后的空明？

江头，阔野，高空，看多少"铁手"厮拼，

谁有生命的余力徒念着凄清？

六

这正当时序成熟的壮盛，

荡漾起"秋肃"传音，心底永生。

战士为仇敌备下了"未归箭"，

暗夜里等他们自碰飞锋。

七

又一度听见秋虫，

是否还紧追着旅人的秋梦？

有多少"万窍"惊鸣，

高壮，清肃，压住草下的和应。

八

调一曲初凉夜的秋音，

万落千村齐响动催战的金风！

听秋音要彻底的悲壮，

谁有生命的余力徒念着凄清？

1938 年之秋某夜夜半

吊今战场 *

一九三六年九月某日晚与郢生君往看，归来写此。

第一段

为什么我与你踱步在这条街头？

看夕阳余光偷藏在谁家的窗后。

为什么我与你踱步在这条街头？

---

* 本诗原刊于《文学》第八卷第一号（1937 年 1 月 1 日）。

听干枝咽泣，铺道上乱扫着枯叶飕飕。

这街头，还有劫后的面目存留；

这街头，几家残败店铺，几处新修；

几处荒草的旷场寒虫跳斗，

这街头，人与物都蒙上一层霜秋！

不见——

小书摊上那些金字皮脊的烧痕？

不见——

断瓦土块里还抹着热血的余温？

不见——

西风里疏柳低拂着欹斜的木门？

不见——

竹篱旁一只瘦鸡仿佛怕沥血的锋刃？

那层楼空壳徒然在瞪目哀吟，

那黑窗下，是凄涩吞声的机轮。

又一边：

松鬟彩衣，轻拖着木屐娇娆，

黄昏时散一阵毒香的红笑。

第二段

当年，这街头不也是清丽的江乡？

小桥，茅舍，一弯弯流水吻着秋阳。

闲时，下了船工，姑娘们岸边晒网，

黄昏后，月明中说书的盲人登场。

当年，他们都是为生活天天穷忙；
当年，农夫们赤脚在水田中插秧。
是啊，如今再没有寒伧的人生式样；
却又来，换一套吸血榨肉的绳缰。

黄蒲潮是那一年潮头高涨？
从此，洪水漫天，冲决了堤障。
铁轮，马达，起重的怪物，电力辉光，
在黑手挈捏里改变了当年形象。

柏油搀合着胶泥，——时代的芬芳；
黑烟柱从肥沃土地上罩下迷帐。
这里把油绿的田野遮一层昏黄，
谁说自然能永久抚摸住她的胸膛？

却又来，换一套吸血榨肉的绳缰，
要挣扎，男女得投入时代的血网。
凭一身机伶，一片小心，一股劲的疯狂，
你与我的劳力填满了多年饥饿的申江。

一口剩饭，几把铜板，虎口中吐出余粮，
"有耐力，勤劳，好百姓！"夸大的称扬。
比做阿非利加凿山开河的土著，

凭自己的土地替人家斩除荆莽。

第三段

多少年变化成嘻嘻笑脸，

没法子呀，让强梁的能干。

乡村里还余下白发老人，

迷瞪着朦胧双眼，向空伸拳。

新都市的边缘速力前冲，

火药气搀合着血味腥膻。

这气味熏脱了睡狮的怒毛。

疲倦里还有声忍痛的吼叹？

在另一个世界中引起眼馋，

"你瞧，伙伴们，咱们眼福多宽！"

西方，东方来多少铁马奔蹿：

黑气高喷，迷蒙了澄江一线。

驮来全世界的珍宝，金钱，

玩的，吃的，外国的戏法会变。

"挣一份家私这时机那能失掉，

只要有伶俐的头脑，谄媚舌尖！

有些人忘了祖宗，却帮造洋化乐园，

给咱们拆去茅棚，压实良田。"

第四段

五年了，十年了，几十年匆匆飞过，

一层层，一片片，血痕在点染山河。

一只大网从洋场撒到乡村，

提提网纲勒进你们的肉痕。

给一口甜食空引起胃腑吐吞，

合作呀，可不让挤进快乐园门？

"江水有情"，听不了穷苦的呻吟！

"江水有情"，空叹这不自由的人民！

"江水有情"，她知道兴亡真因！

"江水有情"，紧瞧你们的傻劲！

第五段

五年了，十年了，几十年匆匆飞过，

有一年在这里点着了烧天野火。

暗夜中，耀红了树影，耀红了楼阁，

每一个箭星闪烁在每个角落。

沿大江涌流出狂喊，怒叫，

从南国高奏起悲壮战角。

"也有一天，咱们得拆却别人的'乐园'；

也有一天，咱们能燃烧着自由的血液！"

大家盼望真有一日，黎明，

改换过几重奴隶的生活。

把每个人心点着了狂热的火把，

小巷里密语，大道旁的集合。

咱们不为在激流上多冒一个浪花，

咱们要揭开这吸人膏血的毒幕。

江湾，是一棵秋树都有豪壮的鸣声；

江潮，争斗求生的波浪打破寂寞。

第六段

且安排怎样去射过悠悠的时间，

时代更新了，都应分安居乐业！

"年太平"酒楼中一例高歌。

忽一声夜炮远响于东北大野，

一片降幡挂起了古国的颜面。

塞外烽烟烧不到残剩的江南？

听，秋原中有多少冤魂咽泣，

听，声声战鼓且待它敲进边关。

割地赠金，那只是往古的愚昧，

如今，不是有莱芒湖的绅士衣冠？

等待，等待，谁教咱无涵养的心焦，

谁说，你独个儿能打回江山？

东风，——空送来大森林战血飞腥，

朔风，——森林里的壮士透骨衣单。

从森林里，平原上伸出了另一只魔手，

你看，那血的戏法直要到扬子江边！

第七段

战！

你不须忧怕，你不用惊颤！

战！

应该用血流来洗一洗柔靡的江南。

这里吐出火蛇的舌焰，

这里混合着漫空硝烟，

在咱们手造的路上，驰驱着

铁甲怪物，吃咱们的飞弹。

在大家的房顶上架就了

毁灭一切的武器机关。

耻辱，愤恨，会并作一团狂笑，

没有生路谁会向马蹄下讨饶。

等待，忍耐这血的日子他们逼到！

在这样的清秋，来，碰一碰尖刀。

战！

到这时顾到么"堆骨成山"？

战！

有明天，人类总还能再度相见！

咱们忍不住唾沫在脸上晒干，

可是，这又一口的毒血喷到你的胸前。

这里，让楼台都在火灰中飞散；

大人，婴孩的骨血，铁蹄下糜烂。

这里，咱们开始了不回头的争战；

这里，谁能还想到未来的纠缠。

江边古树饱嵌着流弹，

人类文化的纪录—— 一阵飞烟。

南国多健儿，铁蹄下碾碎了华年，

沟渠，有多少条血蛇蜿蜒。

凭劳力筑造的道路，楼台，

咱们，情愿它成为世界末的奇观。

第八段

震山林还记得那一次的狮吼？

念旧迹还留下那一场的血斗！

如今又一样的清秋，

红云接去了斜阳，——枯草，瘦柳。

几个孩子在砖瓦堆中，

他们为蝈蝈儿打成交手。

穷女人破衣提筐往垃圾里

拨找宝物，地摊上有干瘪的橘，柚。

一口飞唾寂寞在少行人的街头，

它瞪起白眼瞧着那石碑发抖。

从那里绕过来几只寒鸦

拖着无力黑翅，破檐上呆溜。

向前去，我与你真在低头？

转过荒场，草根下还有焦臭。

看，几家烟囱中晚烟斜逗，

怎么连烟痕也那样轻瘦。

行行，邻近兵营里冲出一阵号音，

这是未来，也许眼前急战的前奏？

到处一个例，这古国是烂熟肥肉，

试一试厨刀碍不着尖锋上铁锈。

"江南好！"漂亮的诗赋闪着光华，

——不是？"年太平"都会这一套神咒？

岂但是古人的白骨生长了青苔，

三年，谁家秋笛里还送出"今人"闲愁！

第九段

"向东去，转，再兜一个弯，

啊！这三十五号，你不记得

那年八月，在小客堂有一次晚餐。

对了，这石库门新的改换，

二楼上嵌进去几个圆点。

一，二，是五个，六个？就是我卧室，

是眼前——阿玉在那儿咬指尖……

噢！临行时黄昏后的帘影轻颤，

看！密密的细竹缝里透出火焰。

……

……"

碎的，圆的，凸着大肚子的石子儿，

真干净，一个个是新生的鹅卵。

连瘦狗的爪子也带不上一点污泥，

行人脚步那么慢慢地，轻轻地，

或许怕鹅卵下还有爆的花？

一个有眼屎的老翁，里门口敛住气；

病瘦的姑娘搔搔没人看的黄发，

灰墙角下轻摇着秋海棠的柔叶。

这半死的短街象堕入秋山，

不，秋山中还有骚动的声息，

怎么？连紧接的房子也没人语，

呆久了，沉默锁住大家的躁气。

转身去，一滴泪痕眼眶里凝留，

"朋友，咱们干吗还在换主的门前难受？"

铅云片下飞来哀鸿的凄叫，

"你瞧，它也是塞外逃来的无家游子！"

第十段

今战场是古战场！——

如果它在人的记忆里遗忘。

难道咱们还用画空中楼阁，

也不用从想象上硬造花朵。

那一条血河，那一块骨头，

白与红的颜色不在这里存留？

那几个囚犯，那几个妇女，

他们会摸不清鞭痕，烙记？

这里，按"天理"讲是谁的罪过？

为什么凭血肉任人家饱偿饥渴？

古战场是今战场！

看，邻营炮口又对准这片地方。

血泥中再预备加一层肉的肥料？

西风吹送着阵阵的战马嘶叫。

扬子江头只剩下浊浪洄漩，

将来，她一样继承着黄河的流怨。

用自己的血把这浪头搅翻，

将来，她才真有和平与安闲。

不见，亡国花纹在历史中浮雕映现？

那时，"潮打空城"替谁奏战胜歌弦？

为什么我与你还踱步在这条街头？

黄晕灯光朦胧在谁家的窗后？

为什么我与你还踱步在这条街头？

听！干枝咽泣，已找不到枯叶飕飕。

朋友，不管你在迟留还是归去，

你与我都有双手。

用脚步空踱时间，

手的力量在沉叹中溜走。

为什么我与你还踱步在这条街头？

近处，——秋风又催起战狂的毒咒。

为什么我与你还踱步在这条街头？

远处，——远么？望一望燕云下的"神州！"

1936 年 9 月某日夜半草成

莲花峰顶放歌 *

　　一九三六年秋偷闲往游黄山数日。山势的壮伟，松石的怪异，云海的变幻，温泉的畅快，历久不忘。当时也曾写过几则笔记，几首诗歌。寂居中追念旧游，山色松涛，仍留梦寐。重行录出以纪前踪。

散一把石屑堆点成三百里的群山，

化五千年神话拥出七百丈的烟鬟。

这儿：

铅色，赭色，青苍与怒赤。

这儿：

雄狮，跳鼠，鸣鸾与飞鸢。

这儿：

眩光在阳岫上闪现，

雪浪在阴崖里回漩。

凿空，穿云——伟大的玲珑，

鸣筑，泻玉——清冷和刚健。

这儿：

使你陶醉，

使你突跃，

使你沉思，

使你微笑；

---

　　* 本诗原刊于《宇宙风》第八十期（1939 年 6 月 16 日）。

使你挤出千万滴心血摹宇宙的彩绘，

使你冲翻了密网的人间梦直望青天。

青天——这儿有轻飘的一线，

串起昼与夜的两个明丸；

火球荡开迷雾跳上高峰，

斫冰的夜镜在松顶飞悬。

方从火炉中跃出；

方从天池中掉入；

方从原始洪涛的圈外漩到圈里；

方从永恒的霹雳声中雕塑整齐。

是微尘的搏聚？

是水火的噬余？

是天河里失落的一撮轻砂？

是地母头上脱掉的一团灰发？

岁月只是石窟中古历史的零页，

你我怎算得巨灵指尖上的弹屑。

这儿要从何处算起？

这儿凭你设想如何？

时与空永难和奏出一曲谐歌，

物与我翻腾着亿万年的生灭。

前进啊，爬行啊，穿过与蹉跎。

回头看：

我的步迹，

我的汗滴，

我的心悸！

回头看：

有振怒的狂飚，

有狂醉的封云，

有冷眼的怪石。

回头看：

旧梦在自己脚下碾成轻尘，

游丝在自己眼前飞变色素。

回头看：

是谁的心肝挑上了剑划的锋芒？

是谁吐口灏气混同了人间悲喜？

莲花蕊上抖落了斜阳，

空荡着一片迷离金光。

天风把千万个峰尖逼转方向，

金光在重阴密谷下迸发巨响。

我们嗅到"天然花萼"里的奇香，

我们呆望着这怪伟的裸女体相。

——上复着苍空，下地呢？何从探量，

两大间矗立着妙莲花的母样：

亭亭，

巍巍，

她叠成千万尺的好高髻，

摇摇轻动在地母的顶上。

劈开数不清的垂瓣，掷下峰，梁，

……烈火的焰舌卷上，

……飞泉的水脚暗藏。

勒一笔画师的古劲——

重重迭迭，奇美的，眩丽的，

亢进，柔服，转侧与飞翔。

整个儿投入絮海——

在下方，在下方。

有多少魂魄在这儿不曾消逝？

有多少心怀在这儿容你起伏？

悠悠——那轻泛的情调怎能形容，

欣欣——只是露出你的浅薄自喜。

峰腰围不住一束浮云，

峰巅却射出万支箭镞。

你瞧：云断处，天尽处，

望西方—— 一段弯弓的暗影向西方投去，

是峨嵋的回光，

是昆仑的灵气？

你瞧：你的身边，你的脚下，

你的心胸里扭住的呼吸。

你瞧：千万尺的坠石；

千万个锐锋的矛戟；

千万层卷涛逆浪；

还要听千万声密林中的怪语。

方从喉头要吐出"奇"字，

用得到么？寒伧的赞语，

方在胸中透一点爽气，

更惭愧！人间度量真狭隘。

啊！从奇径上来探得香砂，

才能在悬空里站稳脚步。

还记否升降的盘纡？

还怕否崩崖的垂缕？

还当心香蕊中美的沉迷？

还念念"阎王门"前的生死？ ①

云海中到处都有暗礁，

道旁危步象缘着"秋毫"。

搅千层波澜何曾压得下歌笑，

凭一口呼吸能接住白日天高。

前后——

听熊虎的咆叫。

————————

① 莲花峰、阎王坡皆黄山上山顶陡坡的名字。

上下——

象仙灵的招邀。

莫怕地轴在那时折倒，

且听大雨吹碎了万窍。

"不能险绝不能缥缈，"

这儿，真给你一次"人生"的心跳！

责任编辑：宰艳红

封面设计：石笑梦

图书在版编目（CIP）数据

王统照集 / 黄勇 编 . —— 北京：人民出版社，2023.12

（暨南中文名家文丛 / 程国赋，贺仲明主编）

ISBN 978 – 7 – 01 – 025938 – 3

I. ①王⋯　II. ①黄⋯　III. ①中国文学—现代文学—作品综合集

　IV. ① I217.2

中国国家版本馆 CIP 数据核字（2023）第 171667 号

王统照集

WANG TONGZHAO JI

程国赋　贺仲明　主编　黄勇　编

人 民 出 版 社 出版发行

（100706　北京市东城区隆福寺街 99 号）

北京盛通印刷股份有限公司印刷　新华书店经销

2023 年 12 月第 1 版　2023 年 12 月北京第 1 次印刷

开本：710 毫米 × 1000 毫米 1/16　印张：22.5

字数：288 千字

ISBN 978 – 7 – 01 – 025938 – 3　定价：78.00 元

邮购地址 100706　北京市东城区隆福寺街 99 号

人民东方图书销售中心　电话（010）65250042　65289539